SUSANNE BECKER | Verliebt und zugenäht!

Über das Buch

Emma ist mit Ende zwanzig auf der Suche nach dem großen Glück. In ihrem Beruf als Schneiderin macht ihr eine strenge Chefin täglich das Leben schwer, und privat wartet sie auch schon allzu lange vergeblich auf die große Liebe. Dabei hat Emma eine ganz genaue Vorstellung davon, wie ihr Glück aussehen soll, denn als Fan romantischer Komödien liebt sie es, die Happy Ends von Liebesfilmen anzusehen und sich in die großen Gefühle von »Pretty Woman« und Co. hineinzuträumen. Doch als ihr eigener Traummann plötzlich vor ihr steht, ist sie so gar nicht vorbereitet. Zwar ist es Liebe auf den ersten Blick, aber sonst ist gar nichts wie im Film – obwohl Emma irrtümlicherweise im Hochzeitskleid am Set einer Fernsehserie gelandet ist. Als sie nicht daran denkt, den Irrtum aufzuklären, und von Regisseur Jo für eine der Schauspielerinnen gehalten wird, beginnt eine Serie turbulenter Verwicklungen, bei der Emma bald selbst nicht mehr weiß, welche Rolle sie spielt und wofür ihr Herz wirklich schlägt: Für die Schauspielerei oder doch für das Schneidern? – Auf jeden Fall für Jo! Doch dann taucht ein Mann in Emmas Leben auf, der ihre Gefühle erst recht durcheinanderwirbelt …

Über die Autorin

Susanne Becker, 1974 in Landshut geboren, studierte Germanistik und Kommunikationswissenschaft. Heute arbeitet sie als Requisiteurin für Film und Fernsehen. Susanne Becker lebt in München. Nach *Dann gute Nacht, Marie!* ist *Verliebt und zugenäht!* ihr zweiter Roman.

SUSANNE BECKER

Verliebt und zugenäht!

Roman

Diana Verlag

MIX
Papier aus verantwortungsvollen Quellen
FSC® C014496

Verlagsgruppe Random House FSC-DEU-0100
Das für dieses Buch verwendete FSC®-zertifizierte Papier
Holmen Book Cream liefert Holmen Paper, Hallstavik, Schweden.

Originalausgabe 04/2013

Redaktion | Uta Rupprecht
Umschlaggestaltung | t.mutzenbach design, München
Umschlagmotiv | © shutterstock
Satz | Christine Roithner Verlagsservice, Breitenaich
Druck und Bindung | GGP Media GmbH, Pößneck

Printed in Germany 2013

ISBN: 978-3-453-35678-8

www.diana-verlag.de

Für meine Mutter
Parole »Schlaflos in Seattle«

1

Manchmal zeigt sich das Leben
von seiner härtesten Seite,
doch minütlich grüßt das Happy End …

WOHNUNG EMMA
Innen/Nacht

Julia Roberts sah freudestrahlend aus dem Fenster auf die Straße, Emma hingegen schniefte traurig. Und dass Richard Gere kurz darauf zu den Klängen von »La Traviata« durch das Dach seiner Limousine kletterte und mit einem Rosenstrauß zwischen den Zähnen die Feuerleiter zu seiner Liebsten erklomm, konnte sie durch den Tränenschleier kaum noch erkennen. Als Edward und Vivian sich schließlich in luftiger Höhe gegenüberstanden, schnäuzte sie sich geräuschvoll.

»Und was passiert, nachdem der Prinz die Prinzessin aus dem Turm gerettet hat?«, fragte Richard Gere Julia Roberts, und Emma kannte deren Antwort seit ziemlich genau fünfzehn Jahren.

»Die Prinzessin rettet daraufhin sein Leben.«

Gab es ein schöneres Happy End für eine Liebesgeschichte als das aus dem Kinofilm *Pretty Woman?* Nun, vielleicht höchstens noch den Schluss des Streifens *Notting Hill*, der um einiges jünger, aber deswegen nicht weniger romantisch war.

Emma wischte sich mit dem fein bestickten Taschentüchlein ihrer Großmutter über die Augen – unzählige Male schon hatte es Emmas Herzschmerz-Tränen getrocknet. Dann wechselte sie die DVD und spulte vor, bis auf dem Display exakt 1.35.40 angezeigt wurde.

Genau in diesem Moment sagte Anna zu William: »Ich müsste heute wieder abreisen, aber ich dachte, wenn ich es nicht tue, würdest du vielleicht nichts dagegen haben, wenn wir uns ab und zu sehen? Oder auch ein paar Mal öfter. Ich dachte, vielleicht hättest du mich wieder gern.« Seine ablehnende Antwort ließ zunächst keine Chance auf ein glückliches Ende vermuten, was Emma erneut die Tränen in die Augen trieb.

Zu oft schon hatte sie selbst ähnliche Situationen erlebt. Zu oft war sie von Männern, für die sie geschwärmt hatte, rüde zurückgewiesen worden. Und zu oft schon hatte es in ihrem Leben so gar nicht nach einem Happy End ausgesehen – und das, obwohl sie erst achtundzwanzig war. Vielleicht sah sie deshalb besonders gerne die letzten Minuten ihrer allerliebsten Liebesfilme in Endlosschleife. Um zu vergessen, dass das eigene Happy End schon seit sehr langer Zeit auf sich warten ließ. Vor ziemlich genau einem Jahr war die letzte dieser Zwei-Monats-Beziehungen in die Brüche gegangen, von denen sie in der Hoffnung auf den Mann ihres Lebens schon viel zu viele hinter sich gebracht hatte. Und seitdem herrschte absolute Funkstille.

Wie gern wäre sie einmal einem Mann begegnet, der wirklich etwas Besonderes war. Und der vor allem auch das Besondere an ihr erkannte. Nun gut, solche Männer gab es nicht wie Sand am Meer, aber einen einzigen hätte das Schicksal ihr nach all den Jahren so langsam mal liefern können. Gut aussehen sollte er schon … Kreativ und selbstbewusst sollte er sein. Kein Jüngelchen, sondern ein richtiger Mann.

Auf dem Fernsehbildschirm hauchte nun Anna Scott alias Julia Roberts: »Vergiss nicht: Ich bin doch nur ein Mädchen, das vor einem Jungen steht und ihn bittet, es zu lieben.« Sie sah dabei richtig klein und hilflos aus. So wie Emma sich fühlte, nachdem ihr die Chefin heute Nachmittag mal wieder eine Standpauke gehalten hatte. Ein Häufchen Elend in Rock und Strickjäckchen und mit Handtasche.

Die Kolleginnen hätten sich von den Vorwürfen der Atelierinhaberin vielleicht nicht jedes Mal so deprimieren lassen. Doch Emma hatte von allen Mitarbeiterinnen bei Weitem die meisten Probleme mit Frau Stich. Was vermutlich auch daran lag, dass ihre Eigeninitiative der Chefin von Anfang an ein Dorn im Auge gewesen war. Als sie nach der Gesellenprüfung die Stelle im Atelier »Kreuzstich« antrat, stellte sich sehr bald heraus, dass Meisterin und Angestellte sehr unterschiedliche Auffassungen von Zusammenarbeit vertraten. Emmas Vorschläge zur Veränderung und Weiterentwicklung eingeführter Schnittmuster blockte die Chefin grundsätzlich ab, ohne auch nur eine Minute zuzuhören. Stattdessen teilte sie ihr nach und nach immer öfter die unbeliebten oder unkreativen Arbeiten zu, um bloß keine noch so kleine neuartige Idee in Emmas Kopf entstehen zu lassen.

Vor Emmas innerem Auge tauchte jetzt Frau Stichs akkurat geschminktes, ernstes Gesicht mit dem strengen Haarknoten auf, und in den Ohren klang ihr erneut die unerbittliche Stimme, die sie so gut wie nie lobte, sondern immer nur zur Ordnung rief.

»Sie blockieren die Overlock ja regelrecht«, hatte sie ihr heute vorgeworfen, als sie zum Nähteversäubern an dieser speziellen Maschine saß. »Wenn Sie das Gerät nicht schnell wieder freigeben, können Ihre Kolleginnen nicht zügig weiterarbeiten.« Dass es durch solche Tiraden noch nie schneller gegangen war, kapierte sie offensichtlich nicht.

heimlich mitstoppen, erklärte sie Emma: »Sie brauchen an der Overlock etwa eineinhalb Mal länger als die anderen!« Das war zwar vielleicht nicht ganz aus der Luft gegriffen, aber das Einfädeln fiel bei dieser Maschine so gut wie jeder Schneiderin ziemlich schwer und war daher allseits verhasst. Was dazu führte, dass alle – und nicht nur Emma – an der Overlock mit größter Sorgfalt und deshalb langsamer arbeiteten, um ja nicht zu riskieren, dass auch nur ein Mal der Faden riss.

»Wenn sich Mister Thacker nun bewusst gemacht hätte, dass er ein Schlappschwanz war, und Sie auf Knien kriechend bitten würde, es sich noch einmal zu überlegen? Würden Sie dann Ihre Meinung ändern?«, fragte Hugh Grant im selben Moment vorsichtig dazwischen. In Emmas Kopf wurde seine Liebeserklärung jedoch übertönt von schrillen Vorwürfen und Ermahnungen, die dröhnend gegen ihre Schläfen pochten: »Flott, flott«, »rascher«, »zügig voran« – Frau Stich schien über einen riesigen Karteikasten mit Vokabeln zum Thema Schnelligkeit zu verfügen, aus dem sie tagtäglich schöpfte.

»Für immer«, antwortete Julia Roberts gerade sanft und

glücklich lächelnd auf die finale Frage, wie lange sie in England bleibe. Doch Emma hörte in diesen Worten einzig und allein die Ankündigung einer lebenslangen Knechtschaft. Die Vorstellung, ihre Tage bis zur Pensionierung wehrlos in den Fängen dieser Peinigerin zu fristen, ließ sie erneut in Tränen ausbrechen. Sie sah die dünnen Spinnenfinger der Chefin mit den perfekt lackierten Fingernägeln vor sich und hatte das Gefühl, bereits jetzt unlösbar in den klebrigen Fäden ihres Netzes verfangen und dem Tode geweiht zu sein.

Was hatte sie sich nach dem Abitur alles erträumt! Schneiderin wollte sie werden. Nun ja, das hatte sie geschafft. Aber eigentlich wollte sie danach Modedesign studieren, um irgendwann einmal selbst die schönsten Kleider zu entwerfen. Und was war daraus geworden? Nichts. Stattdessen ließ sie sich jetzt schon seit sechs Jahren von der Stichsäge knechten, ohne auch nur einen einzigen Schritt in Richtung ihres eigentlichen Ziels weitergekommen zu sein.

Sie vergrub das Gesicht im geblümten Stoff eines ihrer selbst genähten Kissen auf dem Bett. Beinahe hätte sie dadurch verpasst, wie William Thacker der hochschwangeren Anna Scott auf der alles entscheidenden Bank im Park ein letztes Mal vorlas, während die Kamera die beiden zu den Klängen von Elvis Costellos »She« sanft umrundete. Und das wäre wirklich schade gewesen, da doch genau diese Sequenz Emmas absolutes Lieblings-Happy-End war. Trotzdem war nach den überaus unerfreulichen Ereignissen des heutigen Tages noch ein weiteres vonnöten.

Emma warf einen Blick auf die unbekleidete Schneiderbüste neben ihrem Nähtischchen und fühlte sich ähnlich nackt. Kein Traummann, kein Traumberuf, kein Traumleben. Da konnte einem schon mal zum Heulen zumute sein.

Sie legte *Manhattan Love Story* ein und startete den Film bei genau 1.20.10 mit dem äußerst passenden Ausspruch: »Was wir machen, definiert nicht, wer wir sind. Uns definiert, wie gut wir uns hochrappeln, wenn wir gefallen sind.« Erst dieser Satz von Bob Hoskins gab Emma die nötige Zuversicht, um am nächsten Tag der Chefin erneut unter die Augen treten zu können.

Sie schniefte ein letztes Mal. Es hatte wieder einmal geholfen. In Ordnung, sie würde sich nicht kleinkriegen lassen. Bob alias Lionel hatte recht. Und vielleicht würde auch sie irgendwann für ihre Ausdauer belohnt, so wie Marisa alias Jennifer Lopez, die immerhin nach weiteren fünfzehn Minuten den zukünftigen Senator Christopher bekommen sollte.

Und am Ende des Films wurde Marisa auch noch der Weg zu einer beruflichen Karriere geebnet. Vielleicht würde sie selbst das auch noch irgendwann schaffen. Eine richtige Karriere musste vielleicht gar nicht sein. Aber selbstständiges Arbeiten, eventuell sogar das Entwerfen eigener Kreationen wäre für die absehbare Zukunft schon wünschenswert. Ein zumindest versöhnlicher Abschluss für den ziemlich verkorksten Tag, dachte Emma noch, bevor sie sich in ihre Kissen kuschelte und einschlief.

Der erste Blick in den Spiegel am nächsten Morgen war weniger erfreulich. Emmas geschwollene Lider sahen aus wie kleine rosafarbene Raupen, die ihre geröteten Augen umrahmten. Und die Tränensäcke schienen zeigen zu wollen, dass sie für den nächsten Traueranfall schon jetzt genügend Flüssigkeit gesammelt hatten. Sich in den Schlaf zu weinen konnte zwar sehr befreiend wirken, hatte aber offensichtlich äußerst unschöne Spätfolgen. Da halfen auf die Schnelle weder eiskaltes Wasser noch Fettcreme.

Obwohl Emma verzweifelt eine halbe Stunde lang mit allen vorhandenen Mitteln versucht hatte, die scheußlichen Raupen aus ihrem sonst so ebenmäßigen Gesicht zu vertreiben, sah sie ihr Spiegelbild noch immer ungläubig an. Ihre Haut wirkte nun, nach ausführlichem Gerubbel, noch durchscheinender als sonst. Die Tierchen jedoch saßen weiterhin unterhalb der Augenbrauen, als wären sie dort festgetackert. Schön war das nicht. Aber Emma hatte schließlich keinen Modeljob, bei dem man makellos zur Arbeit erscheinen musste – und sogar Mannequins konnten sich im Zeitalter von Photoshop & Co. geringfügige Schönheitsfehler leisten. Nein, auf Äußerlichkeiten legte Frau Stich bei ihren Angestellten wirklich keinerlei Wert. Immerhin.

Trotzdem nahm Emma, als sie kurz darauf die Wohnung verließ, außer den kleinen Raupen auch noch eine Sonnenbrille mit. Draußen blies ein eiskalter Aprilwind, der sich auf ihrer noch etwas müden Haut angenehm belebend anfühlte. Vielleicht vertrieb die frische Luft, die im Gesicht fast ein wenig prickelte, auf dem Weg zur Arbeit nicht nur die geschwollenen Lider und Tränensäcke, sondern auch alle negativen Gedanken. Emma wusste aus Erfahrung, dass die morgendliche halbe Stunde auf dem Fahrrad in dieser Hinsicht Wunder wirken konnte, und trat beherzt in die Pedale.

Über den Bäumen des Englischen Gartens zeigte sich langsam die Sonne, was die Münchner Stadtvögel mit einem begeisterten Morgenkanon bejubelten. »Tirili, tirila, nimm dir ein Beispiel an uns«, schienen sie ihr von allen Seiten zuzurufen, »flieg davon!« Und am liebsten hätte Emma die Arbeit Arbeit sein lassen und wäre zu einer kleinen Radtour aufgebrochen. Ein Duft von Ulmen- und Eschenblüten, der ihr seit der Kindheit wohlvertraut war, lag süß und schwer in der Luft und weckte eine unbestimmte Sehnsucht nach Freiheit.

Wer wollte sie aufhalten, wenn sie einmal nicht der Pflicht, sondern einzig und allein ihrem Gefühl folgte? Wie weit würde sie wohl kommen, bevor die Nacht oder zumindest unvermeidliche Skrupel einsetzten? Frei und ungezwungen sämtliche Grenzen zu überschreiten, um schließlich erschöpft, aber glücklich im Irgendwo zu landen …

In Schwabing wäre sie ganz in Gedanken fast am Atelier vorbeigefahren, doch jetzt konnte sie leider noch nicht alles hinter sich lassen. Wann es allerdings so weit sein würde, wusste sie selbst nicht. Im Moment genügte es ihr vollkommen, ab und zu davon zu träumen. Emma schob den Bügel ihres Fahrradschlosses zwischen die Speichen des Hinterrads und drehte sorgsam den Schlüssel um. Dann betrat sie den Verkaufsraum des eher unscheinbaren Ladens und ging sofort weiter in die Werkstatt. Die Kolleginnen waren bereits da, Emma wieder einmal die letzte.

»So wie du aussiehst, kommst du gerade aus einer ganz anderen Welt«, sagte Mona lachend und konnte natürlich nicht wissen, wie recht sie damit hatte. »Bei mir jedenfalls hat heute früh nicht mal ansatzweise die Sonne geschienen.«

Emma hatte keine Ahnung, was Mona damit sagen wollte. Sie zog es vor, nur mit »Guten Morgen« zu antworten.

»Verdammt dunkel hier, oder?« Auch Azubi Jasmin grinste und trat mit ihrer Kaffeetasse zu den beiden anderen.

»Nun komm schon, nimm das Ding ab«, verlangte Mona

und streckte die Hand nach Emmas Gesicht aus, »man könnte ja fast meinen, du versteckst ein blaues Auge.«

Das nicht, aber zwei dicke, glasige rosa Raupen, hätte Emma am liebsten geantwortet, ließ es aber lieber. Die anderen hielten sie sowieso schon für etwas seltsam, sie mussten nicht wissen, dass sie wegen einer einzigen Standpauke wieder einmal einen ganzen Abend geheult hatte – mit tatkräftiger Unterstützung mehrerer romantischer Kino-Happy-Ends. Emma kam das jetzt selbst idiotisch vor.

Manchmal wäre sie gern ein bisschen wie die anderen gewesen. Nicht so verträumt, nicht so sensibel, dafür selbstbewusster und souveräner. Mona wurde von der Stichsäge nie aus der Bahn geworfen, da konnte die noch so sehr schimpfen. Und Jasmin tat widerspruchslos alles, was angeordnet wurde. Auf diese Weise eckte sie bei der Chefin nie an. War das besser?

Emma nahm die Brille ab und hatte im ersten Moment wirklich das Gefühl, vom gleißenden Tageslicht in der Werkstatt geblendet zu werden.

»Na bitte«, stellte Mona fest, und Emma erwartete spöttische Blicke oder Bemerkungen, wenn nicht sogar schallendes Gelächter, »nichts zu sehen. An die Arbeit, Mädels!« Leicht enttäuscht drehten sich die Kolleginnen um und setzten sich an ihre Nähmaschinen. Schon bald hörte man Rattern aus jeder Ecke des Raumes, so als hätte man eine ganze Armee von Aufziehmännchen gleichzeitig losgelassen.

Emma befühlte vorsichtig ihre Augenlider, konnte jedoch mit den Fingerkuppen keine Veränderung feststellen. Egal. Hauptsache, die anderen hatten keinen Verdacht geschöpft. Gerade wollte sie sich an ihre gestern begonnene Arbeit machen, da kam die Chefin hektisch in die Werkstatt gerauscht.

»Das ist mal wieder typisch«, keifte sie los und stemmte herrisch die Arme in die Hüften, »alle arbeiten, nur unser Fräulein Jacobi starrt Löcher in die Luft!«

Emma wusste, dass es keinen Sinn hatte zu widersprechen. In der Werkstatt war es jetzt so still, dass man eine Stecknadel hätte fallen hören. Falls eine von ihnen es überhaupt gewagt hätte, eine fallen zu lassen. Kein Rattern mehr, kein Flüstern, nichts. Diesen Tonfall kannten sie alle nur zu gut. Emma zog den Kopf ein und erwartete die nächste Standpauke.

»Das trifft sich gut«, hörte sie stattdessen und wäre vor Überraschung beinahe aus den hübschen altmodischen Schnürschuhen gekippt. »Gerade hat mich die Kostümchefin dieser Rathaus-Serie angerufen. Wie hieß sie noch gleich?«

»Die Chefin?« Emma hatte keine Ahnung, woher sie das wissen sollte.

»Papperlapapp. Die Fernsehserie natürlich!«

»Meinen Sie ›Amtliche Gefühle‹?«

»Richtig«, bestätigte Frau Stich wie bei einer Prüfungsaufgabe und rollte dabei das »R« wie eine ihrer Nähmaschinen. »Sie fahren hin und liefern das fertige Hochzeitskleid!« Dabei tippte sie Emma mit ihrem knochigen, langen Zeigefinger auf die Brust.

Die spürte, wie ihr alle Farbe aus dem Gesicht wich. Spätestens waren jetzt beide Raupen an Durchblutungsstörungen zugrunde gegangen. Sicher bereitete es kein Vergnügen, den ganzen Tag mit einer Tyrannin im Nacken seine Arbeit zu verrichten. Aber mit deren Wagen ein sündhaft teures

Modellkleid durch den Münchner Verkehrsdschungel zu kutschieren war noch um einiges unangenehmer.

»Jetzt machen Sie schon! Die Sache duldet keinen Aufschub. Es eilt!« Auch das noch. Emma erwog kurz sämtliche Fluchtmöglichkeiten nebst Ohnmachtsanfall und Hals- oder Beinbruch. Dass Ausreden in dieser Situation jedoch nicht zogen, war von vornherein klar.

»Sie bringen hier in der Werkstatt am allerwenigsten. Da können Sie sich besser draußen nützlich machen.« Damit verließ Frau Stich geschäftig den Raum, um schon einmal das bereits verpackte Kleid ins Auto zu legen. Emma wusste genau, dass die Chefin sie lediglich loswerden wollte, um sich nicht schon wieder mit Emmas Ideen oder Änderungsvorschlägen auseinandersetzen zu müssen. Doch das konnte sie ihr ja schlecht auf den Kopf zusagen.

»Heute meint's die Stichsäge aber besonders gut mit dir«, flüsterte Jasmin etwas neidisch, sobald die Luft rein war. Außer Emma hätte sich vermutlich jede der Kolleginnen gefreut, auf derart elegante Weise der im doppelten Sinn dicken Luft im Atelier für eine Stunde oder mehr zu entkommen.

»Dann fahr doch du. Ich hab nichts dagegen«, erwiderte Emma.

»Hast ja gehört – damit kommst du nicht durch.«

»Jetzt freu dich halt, dass du raus darfst«, sagte Mona aufmunternd, »mindestens eine Stunde ohne Stichsäge. Das ist schon was, oder etwa nicht?«

»Vielleicht lernst du ja sogar einen von den Schauspielern kennen!« Beim Gedanken daran glänzten Jasmins Augen wie der goldene Knauf der Ateliertür, nachdem sie ihn unter den strengen Augen der Chefin blank poliert hatte.

»Wenn Sie noch länger hier sinnlos rumstehen, wäre das Kleid sogar per Post schneller dort!«, unterbrach Frau Stichs keifende Stimme die Unterhaltung. Sie drückte Emma energisch die Autoschlüssel in die Hand und kommandierte: »Bavaria-Filmgelände, Halle drei, Kostümabteilung, zu Händen Teresa Schubert! Und vorsichtig! Danach sofort zurück! Verstanden?«

Emma nickte stumm und ergriff die Flucht, bevor die Chefin weitere Anweisungen ausstoßen konnte. Im Auto ließ die Anspannung allmählich nach, und sie begann sich über den unverhofften Ausflug in die Filmwelt, die sie so sehr liebte, zu freuen. Wer wusste denn, ob sie auf der Suche nach dieser Frau Schubert aus der Kostümabteilung nicht wirklich einem Schauspieler über den Weg lief?

Emma erschrak. Wie sah sie denn überhaupt aus? Ausgerechnet an einem »Raupen-Tag« bestand die Möglichkeit, dass sie zum ersten Mal in ihrem Leben einem Filmstar begegnete. Sie versuchte, im Rückspiegel zu überprüfen, ob ihre Lider noch so unvorteilhaft geschwollen waren, und fuhr dabei, ohne es zu bemerken, immer langsamer. Sofort setzte hinter dem Wagen mit der Aufschrift »Atelier Kreuzstich«, der sich nun fast im Schritttempo die Grünwalder Straße entlang bewegte, ein ohrenbetäubendes Hupkonzert ein.

Da Emma mit dem Zustand ihrer Augen einigermaßen zufrieden war, gab sie wieder Gas. Trödeln konnte sie immer noch, wenn sie »ihm«, wer auch immer es war, erst gegenüberstand. Sie überlegte, welche bekannten Darsteller in »Amtliche Gefühle« mitspielten, aber ihr fiel keiner ein. Sie guckte einfach viel lieber Kinofilme als Serien. Dann würde sie sich wohl oder übel überraschen lassen müssen – und hoffen, dass sie ihn auch tatsächlich erkannte. Immerhin würde es ganz ausgezeichnet in ihre Kinoträume passen, wenn sie einen richtigen Star kennenlernte. Vielleicht wurde irgendwann sogar mehr daraus? Marisa und William hatten das schließlich auch geschafft.

An der Pforte des Bavaria-Filmgeländes erkundigte sie sich nach dem Weg zum Studio drei, in dem die tägliche Fernsehserie »Amtliche Gefühle« gedreht wurde. Ein ziemlich bescheuerter Titel, wie Emma fand, doch darum ging es jetzt nicht. Zunächst einmal war sie froh, dass sowohl Firmenwagen als auch Hochzeitskleid heil an ihrem Bestimmungsort angekommen waren. Damit war sie schon so gut wie aus dem Schneider – dachte sie.

Emma parkte das Auto und nahm entschlossen den Kleidersack mit dem Hochzeitskleid heraus. Doch schon nach wenigen Schritten blieb sie ehrfürchtig vor der riesigen Halle stehen, in die sie eigentlich schleunigst hineingehen sollte. Kahl und mächtig ragte die Wand des Studios vor ihr auf, fast schwindelerregend hoch, und Emma fühlte sich unwillkürlich an die Burg erinnert, auf der Rapunzel im Märchen gefangen gehalten wird. Es gab weder Fenster noch Türen, damit auch nicht der kleinste Lichtstrahl ins Innere fiel. Lediglich über ein mannshohes schweres Eisentor hätte man sich eventuell Zutritt verschaffen können, doch das war mit einem gewaltigen Riegel fest verschlossen. Und das Metallgestänge an der Außenseite verstärkte den Eindruck eines Hochsicherheitsgefängnisses noch.

Eingeschüchtert betrat Emma den Büroflur neben dem

abschreckend wirkenden Koloss. Mit einem Blick erfasste sie ihr tragisches Dilemma: Kein einziger Schauspieler, nicht einmal eine Schauspielerin war zu sehen. Genau genommen weit und breit keine Menschenseele, also auch niemand, den man nach Frau Schubert, der Kostümdame, hätte fragen können. Emma blieb im Eingangsbereich stehen und blickte ratlos den leeren Gang entlang. Er wurde nur von dem durch die Tore an beiden Enden einfallenden Tageslicht erhellt, was ihn geradezu unheimlich wirken ließ.

Da öffnete sich plötzlich eine schwere Eisentür auf der linken Seite, ein junger Mann sprang heraus und hechtete gegenüber in eines der Büros. Emma hätte ihn gerne gefragt, wo sie anklopfen sollte, um ihre kostbare Fracht loszuwerden, doch da hatte er bereits die Tür hinter sich zugezogen. Und schon gingen mehrere rote Lampen an Wänden und Decke an, was nach höchster Alarmstufe aussah. Es machte die Atmosphäre nicht gerade anheimelnder.

Als sich einige Minuten später immer noch niemand ihrer erbarmt hatte, wagte Emma es notgedrungen, selbst einen Schritt zu machen. Sie kam sich vor, als wollte sie unbefugt das Allerheiligste eines Tempels betreten, und war darauf gefasst, sofort erwischt und hinausgeworfen zu werden. Andererseits hatte sie einen Auftrag auszuführen, von dem zwar nicht ihr Leben, aber doch zumindest ihre berufliche Zukunft abhing. Würde sie das Kleid nicht ordnungsgemäß abliefern – die Folgen wollte sie sich unter keinen Umständen ausmalen!

Mit dem Mut der Verzweiflung klopfte sie zaghaft an die erstbeste Tür und erschrak selbst über das laute, hallende Geräusch. Im Geiste sah sie bereits zahllose Filmschaffende aus sämtlichen Räumen stürzen und sich über die unliebsame Unterbrechung beschweren, doch von innen kam lediglich ein »Herein«. Emma zog die Tür auf, steckte aber nur den Kopf durch den Spalt, um bloß keinen Fauxpas zu begehen. Schließlich wusste sie nicht, wo und wann hier genau gedreht wurde.

»Ja?« Die Frau am Schreibtisch hob den Blick und sah Emma fragend an.

»Entschuldigen Sie bitte die Störung, aber ich komme vom Atelier Kreuzstich und suche eine Frau Schubert.« Den Rest hatte Emma vor lauter Aufregung schon wieder vergessen. Blieb nur zu hoffen, dass hier nicht allzu viele Mitarbeiter dieses Nachnamens existierten.

»Kein Problem. Den Gang entlang und dann die vorletzte Tür rechts.« Sie wandte den Blick voller Entschiedenheit zurück zum Computerbildschirm, und es bestand kein Zweifel daran, dass die Unterhaltung hiermit beendet war. Das »Danke« nahm die wortkarge Person vermutlich gar nicht mehr wahr, so emsig tippte sie schon wieder. Das Seriengeschäft schien ein recht stressiger Betrieb zu sein, folgerte Emma und machte sich auf Zehenspitzen auf den Weg zu der beschriebenen Tür.

Dort nahm man sie mit derartigem Hallo in Empfang, dass sich eine weitere Frage nach Frau Schubert erübrigte. Der Lärm ließ jegliche Aufforderung, leise zu sein, obsolet erscheinen. »Endlich«, jubelten mehrere glockenhelle Stimmen gleichzeitig, und Emma hatte sich selten so willkommen gefühlt. Richtig gut tat das, so geschätzt zu werden. Vielleicht sollte sie einfach für immer hier bleiben und überhaupt nicht mehr unter die Knute der Stichsäge zurückkehren?

Mehrere Hände griffen so hastig nach dem Kleidersack, dass Emma schon befürchtete, die kostbare Ware könnte in letzter Minute doch noch einen Schaden davontragen.

»Ich sag der Aufnahmeleitung Bescheid«, zwitscherte eine der Frauen und verschwand.

»Ich geh dann wieder ans Set zurück«, verkündete eine zweite, »hier läuft ja jetzt alles.«

Die beiden Verbliebenen strahlten Emma seliger an als Julia Roberts in einem ihrer Happy Ends.

Doch damit war es sogleich vorbei, als die erste Kollegin mit bestürzter Miene zurückkehrte. »Jetzt haben wir den Salat«, bemerkte sie, »die Schauspielerin ist noch gar nicht da. Stau oder so.«

»Das wird verdammt knapp«, war die Antwort, und alle drei nickten gewichtig.

»Dann muss jetzt eben eine von uns dran glauben.« Drei Augenpaare richteten sich wie abgesprochen auf Emma, die wieder einmal überhaupt nicht begriffen hatte, wovon die Rede war. Instinktiv kam ihr aber der Gedanke, es sei nun an der Zeit, sich so schnell wie möglich zu verabschieden. Die Stichsäge rotierte vermutlich bereits, weil sie so lange ausblieb. Emma konnte ihr Keifen förmlich hören: »Ich hab's gewusst, nicht einmal so eine Lieferung kann diese Person in einer vernünftigen Zeit erledigen!«

Doch statt schriller Töne drang ein leichtes Säuseln an ihr Ohr: »Könntest du vielleicht … Ich bin Sanni, hi. Wie war noch mal dein Name?«

»Emma. Warum?«

»Ich sag der Aufnahmeleitung Bescheid«, meinte die erste

Frau erneut und verschwand noch einmal.

»Hör zu, Emma, die Schauspielerin, die das Hochzeitskleid im nächsten Bild tragen soll, steht im Stau. Wir hatten heute eine kurzfristige Umstellung der Dispo, deswegen ist es hier gerade ein wenig chaotisch. Also jedenfalls kann sie das Kleid nicht vorher anziehen, um den Saum für die Szene zu präparieren. Verstehst du?«

Emma hatte – ganz anders als in ihrem Beruf üblich – schon nach dem ersten Satz den Faden verloren, dachte jedoch nicht im Traum daran, das zuzugeben. Sie nickte.

»Die Darstellerin ist ziemlich zierlich«, fuhr Sanni fort und grinste. »Wir ja nun leider nicht.« Sie sah ihr Gegenüber erwartungsvoll an und ähnelte dabei einem Hund, der gerade das Öffnen der Frolic-Packung vernommen hatte. Emma nickte vorsichtshalber noch einmal. Im selben Moment ahnte sie, dass genau das ein großer Fehler gewesen sein könnte.

»Du kannst dich hier drin umziehen«, flötete Sanni zuckersüß und schob die völlig überrumpelte Schneiderin hinter den Vorhang einer Umkleidekabine. Das Brautgewand samt Kleidersack folgte in Windeseile. »Danke dir«, hörte Emma noch von draußen.

Sie saß in der Falle. So ohne Weiteres würde sie hier nicht entkommen können.

Zwar hatte sie immer noch nicht ganz verstanden, welches Problem die Kostümabteilung von »Amtliche Gefühle« eigentlich hatte. Doch dass sie nun angehalten war, das von ihr gelieferte Hochzeitskleid selbst anzuziehen, war mehr als klar. Und dass sie früher hätte Widerstand leisten müssen, um das zu vermeiden, ebenfalls. Also blieb ihr jetzt nur eins, nämlich das Ganze so schnell wie möglich über die Bühne zu bringen, um nicht allzu spät ins Atelier zurückzukommen und sich noch mehr Ärger als ohnehin schon einzuhandeln. Kurz dachte Emma mit Wehmut an die verlockende Vorstellung von einer romantischen Begegnung mit einem berühmten Serienstar, dann öffnete sie entschlossen die schmucken Silberknöpfe ihrer eigenhändig bunt bestickten Flohmarktjacke.

Das Princesse-Kleid anzuziehen erforderte überraschend viel Geduld, da das kunstvolle Spitzen-Mieder tatsächlich sehr, sehr eng und der mehrlagige Tüllrock sehr, sehr weit war. Ständig darauf bedacht, nur ja nichts zu beschädigen, benötigte Emma bestimmt eine Viertelstunde, bis sie mit am Rücken klaffendem Oberteil in dem schulterfreien Traum in Weiß aus der Kabine trat. Nun ja, eigentlich trippelte sie eher wie eine Aufzieh-Ballerina, da ihre Beine für den Rock zu kurz oder dieser für ihre Statur zu lang war. Um also unter keinen Umständen auf den Saum zu treten und diesen schon vor der notwendigen Änderung zu ruinieren, ging sie vorsichtshalber auf Zehenspitzen.

»Wow«, lautete Sannis erster Kommentar, und Emma war nicht ganz sicher, ob sie das ernst oder ironisch meinte. Auch die Bemerkung »Du kommst da drin aber echt fett rüber« trug nicht gerade zur Klärung bei. Emma erwiderte sicherheitshalber erst einmal gar nichts.

Die Garderobiere warf einen Blick auf den noch offenen Verschluss am Rücken und stellte trocken fest: »Ich würd' da ja nie im Leben reinpassen.« Dann zog sie den Reißverschluss mit einem Ruck zu. »Du kannst die Brautschuhe dazu anziehen.«

Sonst noch was? Vielleicht Ringe, Bouquet oder Schleier?

Emmas Blick war wohl ziemlich verständnislos, denn Sanni setzte nach: »Damit du keinen Krampf in den Zehen kriegst.« Das war natürlich etwas anderes.

Tatsächlich war das Stehen in Pumps wesentlich bequemer als auf dünn besockten Zehenspitzen. Vor allem, wenn man bedachte, dass sich die Bearbeitung des Saumes eventuell ein wenig hinziehen konnte. Mit Stecknadeln im Mund kroch Sanni um den weißen Tüllberg herum.

Siedend heiß fiel Emma da wieder die Chefin ein, die jetzt vermutlich bereits tobte. Telefonieren konnte sie jetzt allerdings gerade ganz schlecht, außerdem genügte es, wenn sie sich die Standpauke bei ihrer Rückkehr abholte. Also erst mal abwarten und stillhalten …

»Okay, das klappt ganz gut«, nuschelte Sanni mit stecknadelbesetztem Mund extrem undeutlich, während sie zu Emmas Füßen kauerte und den Saum an einigen Stellen neu befestigte.

»Moment, nicht bewegen«, kommandierte es dann unter dem üppigen Tüllhaufen hervor, »ich bin gleich wieder da!« Die Garderobiere sprang auf und warf sämtliche zwischen den Lippen verbliebenen Nadeln neben Fadenrollen und kunterbunte Stoffreste auf den Tisch. Und bevor die Ersatzbraut widersprechen oder genauer nachfragen konnte, war sie bereits aus der Tür. Nun gut. »Nicht bewegen« war eine ziemlich eindeutige Ansage, an die man sich halten konnte. Zunächst.

Als Sanni allerdings nach endlosen fünf Minuten immer noch nicht wiederkam, verlor Emma die Lust, die Anweisung weiterhin wortwörtlich zu befolgen. Sie drehte sich zu dem großen Spiegel in der Ecke um und betrachtete sich eingehend. Stand ihr wirklich nicht schlecht, das Hochzeitskleid. »Ein bisschen vielleicht wie ein Baiser«, zitierte sie im Kopf Andie MacDowell in *Vier Hochzeiten und ein Todesfall.* Die schwarzen kurzen Locken hoben sich jedoch, wie bei der Schauspielerin im Übrigen auch, perfekt gegen den strahlend hellen Stoff ab. Und ihr weißer Haarreif mit dem Stoffblümchen passte wie ausgesucht zu diesem Ensemble. Emma sah sich im Geiste schon vor den Altar treten – zu schade, dass der passende Traumprinz für diesen Anlass erst noch gefunden werden musste.

»Die Braut ist schon fertig. Wir können«, hörte sie auf einmal hinter sich eine männliche Stimme und gleich darauf das Knacken des Funkgerätes. Auf der Schwelle stand ein grinsender Jüngling. »Hallo, ich bin Alex«, stellte er sich so hastig vor, als wäre die Polizei hinter ihm her. »Kannst du bitte gleich mitkommen?«

Natürlich konnte Emma. Auch wenn ihr nicht ganz klar war, wie das mit der eigentlich weiterhin gültigen Anweisung »nicht bewegen« konform gehen sollte. Aber was wusste sie schon vom Filmgeschäft? Vielleicht war es nötig, dass Sanni den Rest der Anprobe anderswo absolvierte? Im Grunde war es Emma auch egal. Sie wollte nur so schnell wie möglich wieder zurück zur rotierenden Stichsäge, bevor sie von ihr mit einem Todesfluch belegt oder gar gekündigt wurde.

Also stöckelte sie hinter dem Jüngling mit dem wichtigen Funkgerät her. Irgendwie erinnert er mich an den grinsenden Liftboy aus *Pretty Woman*, dachte Emma, während sie Alex folgte. Den Flur entlang, durch die schwere Eisentür, an einer ganzen Reihe neutral aussehender Wände vorbei, durch dunkle Ecken und Gänge. Sie hatte nicht die geringste Ahnung, wo sie sich gerade befand, und wollte es auch gar nicht wissen. Emma kam sich vor wie Theseus im Labyrinth, musste jedoch gerade feststellen, dass sie ihr Garnknäuel vergessen hatte. Und das bei einer Schneiderin! Nun ja, im Notfall könnte sie immer noch das fremde Hochzeitskleid auftrennen, dann hätte sie wenigstens einen Faden. Hauptsache, sie kam hier bald weg. Das Ganze dauerte sowieso schon viel zu lange.

Plötzlich ertönte direkt über ihnen eine laute metallische Stimme, die heiser kommandierte: »Auf Anfang! Wir drehen!«

Liftboy Alex blieb augenblicklich stehen und grinste nun gar nicht mehr, soweit Emma das bei der schummrigen Beleuchtung erkennen konnte. »Psst! Wir drehen«, hauchte er kaum hörbar, aber sichtlich aufgeregt. Zum Glück war die Lautsprecher-Ansage gleichen Inhalts deutlich lauter gewesen. Die Braut beschlich in diesem Moment das Gefühl, dass Alex, welche Funktion auch immer er haben mochte, noch nicht allzu lange in der Filmbranche arbeitete. Na, hoffentlich ging das gut.

Emma klopfte vorsichtshalber – natürlich geräuschlos – dreimal gegen ihre Stirn und wartete darauf, dass ihr junger Begleiter Entwarnung gab.

Dieser Tag verlief überhaupt nicht so, wie sie sich das vorgestellt hatte. Eigentlich hatte sie gehofft, einem oder mehreren Prominenten zu begegnen, jetzt tappte sie im wahrsten Sinn des Wortes im Dunkeln. Schon gefühlte hundert Stunden lang trieb sie sich bei den »Amtlichen Gefühlen« herum, und nun stand sie mit einem planlosen Jüngelchen und in komplett fremdem Hochzeitsoutfit zwischen ungemütlichen Holzwänden herum und durfte sich weder rühren noch den Mund aufmachen. Beim Film hatte sie es sich wahrlich schöner vorgestellt.

Trotz erhöhter Raupengefahr stand Emma kurz davor, ob dieser unerwartet harten Ernüchterung in Tränen auszubrechen. Da schnarrte der Lautsprecher: »Danke. Nächstes Bild.« Liftboy Alex entspannte sich, winkte sie geschäftig weiter und eilte selbst doppelt so schnell davon wie zuvor. Beinahe wäre sie in der Eile mit ihren hochhackigen Schuhen über die unzähligen am Boden liegenden Kabel gefallen. Sie raffte, so gut sie konnte, die Tülllagen des Rockes zusammen und stolperte in Richtung des gleißenden Lichts, das hinter der nächsten Wand verheißungsvoll strahlte.

Und da stand sie nun. In einer offensichtlich nachgebauten Amtsstube der Serie. Vor einem ihr vollkommen unbekannten Filmteam. Im Brautkleid. Eine ganze Reihe der Anwesenden betrachtete sie mit neugierigen Blicken, andere waren in ihre Tätigkeiten vertieft und achteten gar nicht auf sie. Liftboy Alex flüsterte einem Kollegen etwas ins Ohr und verschwand unmittelbar danach, ohne auch nur »tschüs« gesagt zu haben. Emma fühlte sich so unwohl wie selten in ihrem Leben. Um den zahlreichen interessierten Augenpaaren auszuweichen, schaute sie zunächst einmal auf den Boden.

Erst allmählich wurde ihr bewusst, dass um sie herum eifrig gearbeitet wurde. Aus dem Augenwinkel sah sie, dass man Möbel, Requisiten und Scheinwerfer hinaus und herein trug. Manche der Filmschaffenden grüßten sie ganz beiläufig im Vorbeigehen. Das Stimmengewirr schwoll an, wie ein

Bienenschwarm geriet der gesamte Apparat in Bewegung. Es summte und brummte überall, ohne wirklich laut zu sein, und langsam kam sie sich nicht mehr so vor, als würde nur sie allein im Mittelpunkt stehen.

»Sind wir so weit? Dann erzähle ich euch jetzt kurz, was die beiden in der nächsten Szene treiben – selbstverständlich vorabendtauglich«, verkündete eine angenehme tiefe Stimme, und sofort herrschte Ruhe.

Emma hob neugierig den Kopf. Wer war das, der mit nur wenigen Worten einen wild summenden Bienenschwarm ruhigstellen konnte? So etwas wie der Imker der Serienwelt?

Alle hatten sofort innegehalten und blickten zu einem nicht allzu großen grauhaarigen, aber smarten Mann Anfang vierzig, der mit gelassenen Bewegungen die Szene skizzierte, die er offensichtlich zu inszenieren gedachte. Während er unter Einsatz einer Unmenge von Fachausdrücken und für Emma völlig unverständlich erklärte, was jeder Einzelne zu tun hatte, bewegte er sich geschmeidig von einer Seite der Kulisse zur anderen. Dabei bot er eine äußerst gelungene Melange aus jenem George Clooney, der in *Tage wie dieser* seiner kleinen Tochter liebevoll ein improvisiertes Kasperltheater vorspielt, und dem, der als Danny Ocean in *Ocean's Eleven* wohlorganisiert den perfekten Coup plant.

Peng.

2

Der Regisseur und das Mädchen – alles begann mit einem Brautkleid

FILMSTUDIO
Innen/Tag

Wenn es die Liebe auf den ersten Blick wirklich gab, dann war sie das – ohne jeden Zweifel. Wie vom Donner gerührt und gleichzeitig vom Blitz getroffen, stand Emma am Rande der Szenerie und konnte die Augen nicht von dem faszinierenden Unbekannten abwenden. Nicht nur, wie er es schaffte, auf eine zugleich witzige und doch respekteinflößende Art seine Vorstellungen zu formulieren, beeindruckte sie. Seine strahlenden Augen blitzten so energiegeladen über dem verwegenen Dreitagebart, dass er an einen charismatischen Räuberhauptmann erinnerte.

In Sekundenschnelle glich sie gedanklich das Bild, das sich ihr bot, mit ihrer Männer-Wunschvorstellung ab. Gut aussehen sollte er … kreativ und selbstbewusst sein … kein Bübchen, sondern ein richtiger Mann. Bingo. Das war er. Eindeutig.

»Hervorrrragend«, beendete er gerade seine Ausführungen und rollte dabei das »R« wie ein knurrender Hund. Emma zuckte zusammen. So einen Mann wünschten sich bestimmt viele Frauen: kraftvoll, entschlossen und doch irgendwie weich. »So machen wir das.« Er war ganz in seinem Element, schien das Gefühlschaos der unfreiwilligen Braut gar nicht zu bemerken. Und der war plötzlich überhaupt nicht mehr daran gelegen, das Filmstudio möglichst schnell zu verlassen. Im Gegenteil.

Ja, ich will!, hätte sie am liebsten gerufen. Schließlich war die Konstellation mehr als schicksalhaft: beim ersten Zusammentreffen schon im Brautkleid und dazu auf dem (wenn auch nur Kulissen-) Standesamt – wenn das nichts zu bedeuten hatte! Glück im Unglück, vermutlich.

Emma sah sich schon an seiner Seite vor dem Altar stehen, während er ihr den Ring auf den Finger schob. Gerade als sie ernsthaft überlegte, ob ihm wohl Anzug, Frack oder Cut am besten stand, kam der Typ, dem Liftboy Alex vorhin so konspirativ ins Ohr geflüstert hatte, auf sie zu. Erst jetzt wurde ihr bewusst, dass der attraktive Unbekannte seine Ansprache bereits beendet hatte und verschwunden war, wohin auch immer. Nun ja, weit konnte er zum Glück nicht sein – welch beruhigende Vorstellung. Irgendwie bekam man hier das Gefühl, in einem abgeschlossenen Kosmos zu sein, aus dem niemand ausbrechen konnte. Und Emma war extrem froh, im Moment dazuzugehören.

»Wer war denn der Mann gerade eben – der den Ablauf erklärt hat?« Vielleicht war es unpassend, gleich mit einer Frage ins Haus zu fallen, ohne das formale Einleitungsgeplänkel. Doch auf Etikette kam es jetzt wirklich nicht an.

»Das war Fürstberg, der Regisseur.« Der Typ wollte offensichtlich lieber doch plänkeln, als weitere Fragen zu beantworten, denn er wechselte zu Emmas Leidwesen sofort in den Gesprächston: »Hi, ich bin Basti, der Set-Aufnahmeleiter. Sabine, oder?«

Äh, nein. Umgehend war Emma wieder zurück in der Realität. Und das ausgerechnet hier im Filmstudio. Erst jetzt fragte sie sich, warum sie eigentlich in einem Hochzeitskleid in einer fast komplett dunklen Halle stand. Die naheliegende Antwort war »Versteckte Kamera«, danach wurden die Möglichkeiten ziemlich dürftig. Und wen meinte dieser Setleiter eigentlich mit »Sabine«?

Das Knacken seines Funkgerätes unterbrach rüde Emmas Gedankenchaos. »Ihr habt die falsche Braut«, rauschte es an der Hüfte des Aufnahmeleiters. »Ich hab euch die richtige reingeschickt.«

Basti nahm das schwarze Kästchen vor den Mund und antwortete ungehalten: »Aber die hier hat ein Brautkleid an.«

»Ja, aber … nur schnell … weil … machen müssen«, morste es zurück.

»Mann, Alex! Erst drücken, dann sprechen!«

Eine andere Stimme mischte sich in den Funkverkehr ein: »Basti, die Bräute müssen schnellstens beide wieder raus – wir brauchen die Klamotten.«

»Wenn das so einfach wär. Wo ist denn die zweite? Ich hab hier nur eine«, stellte Basti kopfschüttelnd fest und blickte so hilflos um sich wie Kate Winslet nach dem Untergang der Titanic.

Im selben Moment wusste Emma, dass sie diese Frage beantworten konnte, denn Regisseur Fürstberg kam mit einer aparten, zierlichen Frau um eine der Stellwände herumgeschlendert. Er hatte den Arm um ihre Schulter gelegt und schien ihr die Szenerie zu erläutern, die er dem Team gerade so anschaulich auseinandergesetzt hatte. Die Frau hing ebenso fasziniert an seinen Lippen wie sie selbst vor einigen Minuten und nickte ab und zu ganz brav. Allerdings hatte er Emma vorhin überhaupt nicht beachtet, während er ihr seine ganze Aufmerksamkeit widmete.

Sie sah an sich hinunter. Das konnte doch nicht wahr sein, dass sie hier in einem Traum aus weißer Spitze und Tüll auftauchte und nicht einmal ein »Hallo« bekam, während diese Schauspielerin in Jeans und Mickey-Mouse-T-Shirt umgarnt wurde.

Doch das konnte sie ganz schnell ändern. Wenigstens das. Und vielleicht sah er sie dann endlich an.

Emma deutete dezent in Richtung des Paares und flüsterte Basti zu: »Sucht ihr zufällig die Frau da drüben?«

»Keine Ahnung, ich kenne die Darstellerin ja auch nicht. Aber das werden wir sofort klären.« Mit schnellen Schritten marschierte er quer durch die Kulissen-Amtsstube, die – vermutlich für die bevorstehende Trauung – inzwischen mit mehreren weiß-grünen Blumengestecken geschmückt war.

Auf seine Frage nickte die Mickey Mouse. Also war sie es. Kurz darauf deutete er in Emmas Richtung, und ihr war, als müsste ihr Herzklopfen sogar das allgemeine Summen noch übertönen. Trotzdem sah Fürstberg nicht einmal für eine Millisekunde zu ihr herüber. Stattdessen kamen jetzt Basti und die Schauspielerin eilig auf sie zu.

»Komm mit«, zischte er Emma zu, und schon waren er und die Mickey-Mouse-Dame an ihr vorbei in Richtung Ausgang unterwegs.

Enttäuscht sah Emma ein letztes Mal über die Schulter zum Regisseur, um vielleicht doch noch Blickkontakt aufnehmen zu können. Vergeblich. Dann packte Basti sie etwas rüde am Arm und zog sie mit sich.

»Kannst du mir bitte verraten, wie du an dieses Kleid gekommen bist?«, raunte der Aufnahmeleiter misstrauisch, während er Emma durch die vielen dunklen Gänge zurückbrachte. Erst jetzt wurde ihr klar, dass man sie offensichtlich des Diebstahls oder eines noch schlimmeren Deliktes verdächtigte. Da sie jedoch gleichzeitig auf am Boden liegende Kabel, die hohen Absätze und den üppigen Tüllrock achten musste, hob sie sich ihre Verteidigungsrede für später auf und konzentrierte sich zunächst auf einen möglichst unfallfreien Rückzug aus dem Labyrinth.

Kurz bevor sie die Eisentür nach draußen erreicht hatten, ertönte auf einmal die wohlklingende Stimme des Regisseurs direkt über ihr: »Lasst uns mal eine Probe machen. Wo ist denn die Braut jetzt wieder hin?«

Emma liefen gleich ein Dutzend Schauer über den Rücken. »Er« verlangte nach ihr! Hätte sie genau bestimmen können, woher die Worte tatsächlich kamen, sie wäre sofort zurückgelaufen. Über sämtliche Kabel hinweg, durch alle dunklen Winkel hindurch.

»Läuft«, schnarrte Basti in sein Walkie-Talkie, und Emma glaubte kurz, er hätte mit ihr gesprochen. Dann wurde sie durch die Tür auf den Gang hinausgeschoben.

Im ersten Moment war sie fast blind von dem doch um einiges helleren Licht außerhalb des Studios. Sie kniff die Augen zusammen und wurde gleich darauf schon wieder am Arm gepackt und den Flur entlanggezogen.

»Wo warst du denn?« Sanni wirkte ziemlich genervt. »Wir haben dich überall gesucht!«

»Dieser Lift… ähm … dieser Alex hat gesagt, ich soll sofort mitkommen.«

»Ach, der … der hat doch keine Ahnung, der ist ja nur Praktikant. Und das noch nicht mal lange. Der hat dich für die Schauspielerin gehalten.«

»Welche Schauspielerin?«

»Na, die Gastrolle, die heute das Hochzeitskleid tragen wird. Hoffentlich ist der Robe nichts passiert. Wenn du sie jetzt ruiniert hast mit deinem lustigen Ausflug ans Set …«

Emma konnte sich lebhaft vorstellen, was dann mit ihr geschehen würde. Das war mal wieder typisch. Innerhalb einer einzigen Stunde hatte sie es geschafft, von der allseits bejubelten Retterin in der Not zur geächteten Delinquentin abzusteigen. Von ihrem großherzigen Einspringen als Notfallmodel sprach keiner mehr. Und dafür hatte sie eine Standpauke der Stichsäge riskiert!

Während sie verzweifelt versuchte, mit Sanni Schritt zu halten, warf sie immer wieder schnelle Blicke auf den Rock und dessen Saum. Sie konnte keinerlei Schaden erkennen und sandte mehrere Stoßgebete zum Himmel, dass das auch für die Garderobieren galt. Im Kostümbüro angekommen, juchzten die Kolleginnen beim Anblick der beiden erneut auf. Diesmal allerdings deutlich angespannter als bei Emmas erstem Auftritt.

Die falsche Braut wurde kurzerhand in die Umkleidekabine verfrachtet, um der richtigen Braut, die genau genommen auch eine falsche war, endlich ihr rechtmäßiges Outfit zukommen zu lassen. Mit vereinten Kräften schälten mehrere Garderobieren Emma aus dem hautengen weißen Gewand und verschwanden eilig, um es der Schauspielerin anzuziehen. Schnell schlüpfte Emma wieder in ihre eigenen Klamotten und schickte sich an, den Ort des Geschehens nun endlich zu verlassen.

Beim Hinausgehen warf sie einen schnellen Blick auf die Mickey Mouse mit Namen Sabine, die von einer Horde Garderobieren umschwärmt vor den Spiegel getreten war wie eine Bienenkönigin mit ihren Arbeiterinnen. Mir stand das Kleid besser, dachte Emma mit einem kleinen Anflug von Genugtuung und verließ unauffällig den summenden Bienenstock, ohne dass eine der Frauen es bemerkt hätte.

Auf dem Flur kam sie noch einmal an Liftboy Alex vorbei, der einen erschöpften Eindruck machte. Vielleicht hatte er bereits die Standpauke bekommen, die eigentlich für Emma bestimmt gewesen war. Aber ihr stand ja sicherlich auch noch eine bevor. Bei dem Gedanken daran wäre sie vor Schreck beinahe hingepurzelt.

Ein Blick auf ihre Armbanduhr bestätigte es: Alles in allem trieb sie sich seit etwa drei Stunden außerhalb der Werkstatt herum. Ohne Modeljob im Brautkleid und den ausgedehnten Ausflug ans Filmset hätte man die Lieferung gut und gerne in der Hälfte der Zeit schaffen können. Die Stich dachte mit Sicherheit, dass es an Emmas »Schlendrian«, wie sie es nannte, gelegen hatte. Sie vom Gegenteil zu überzeugen würde ein hartes Stück Arbeit werden.

Dennoch saß Emma kurze Zeit später fröhlich im Firmenauto und summte zur Radiomusik vor sich hin. Harry Nilssons *»I can't live if living is without youhuhu«* sprach ihr nach dem gerade erlebten Blitzschlag buchstäblich aus dem Herzen. Während sie vor sich hin trällerte: »*No, I can't forget this evening or your face as you were leaving*«, dachte sie nur an Fürstberg. Zu schade, dass er sie nicht bemerkt hatte und dass sich keine Gelegenheit geboten hatte, ihn richtig kennenzulernen. Als Schauspielerin wären ihre Chancen bei einem Regisseur vermutlich deutlich besser gewesen.

»*But I guess that's just the way the story gooooooes.*« Immerhin, die Ausgangssituation hätte auch schlechter sein können. Schließlich kannte sie bereits seinen Nachnamen, seinen Beruf und seine Arbeitsstelle. Hätte sie ihn in der U-Bahn, auf dem Viktualienmarkt oder auch im Fußballstadion gesehen, wäre es deutlich schwieriger gewesen, Kontakt aufzunehmen.

Beinahe wäre Emma auf das Auto vor ihr aufgefahren, das überraschend gebremst hatte, so sehr war sie in ihre Träume von einer gemeinsamen Zukunft mit dem Zauber-Imker von »Amtliche Gefühle« versunken. Noch nie war ihr ein Mann begegnet, der so gekonnt, souverän und zugleich liebevoll eine Horde von Menschen dirigierte. König David vielleicht, aber der war schon ziemlich lange tot und von daher ganz sicher nicht mehr auf Partnersuche.

Ein erneuter Schreck durchfuhr Emma, und diesmal waren weder andere Verkehrsteilnehmer noch die Stichsäge schuld.

Was, wenn dieser so attraktive Mann verheiratet war? Wenn er Kinder hatte? Haus und Garten? Hund oder Meerschweinchen? Oder alles zusammen? Emma betrachtete kurz das vor ihrem inneren Auge aufscheinende Horrorszenario. Nein, das konnte nicht sein. Schließlich war sie es, die das alles mit ihm zusammen haben wollte – wenn es sein musste, sogar das Meerschweinchen.

Seit etwa einer Stunde stand für sie fest, dass dieser Mann ihr Schicksal war. Wäre sie ihm denn überhaupt begegnet, wenn er nicht tatsächlich für sie bestimmt gewesen wäre? Und sie würde ihn bestimmt wiedertreffen. Vielleicht über Umwege oder mit Hindernissen, aber etwas Anstrengung sollte einem das eigene Glück schon wert sein.

Emma bog in die Durchfahrt zum Hinterhof des Ateliers ein und parkte den Wagen auf seinem Stellplatz. Als sie ihre selbst genähte Patchwork-Tasche vom Beifahrersitz nahm, erklang daraus Ronan Keatings »When you say nothing at all«, ihr Handy-Ton, was nicht darüber hinwegtäuschen konnte, dass dies vermutlich der wiederholte Versuch einer Standpauke war. Das Display des Mobiltelefons drohte tatsächlich mit satten »fünfzehn Anrufe in Abwesenheit«, die natürlich allesamt vom »Kreuzstich«-Apparat getätigt worden waren.

Aber davon ließ sich Emma nicht einschüchtern. Beflügelt von der elektrisierenden Begegnung, die ihren Vormittag so unerwartet bereichert hatte, betrat sie geradezu mutig das Geschäft. Die Stichsäge stand am Ladentisch und trommelte mit ihren Fingernägeln auf den Kunststoff, so als wollte sie zu Emmas aktuellem Sturm der Gefühle das passende Regen-Geräusch beisteuern.

»Na, das wurde ja auch langsam Zeit«, zischte sie spitz.

Aus dem Augenwinkel sah Emma, dass Mona und Jasmin in der Werkstatt bereits die Köpfe einzogen in Erwartung des nun unweigerlich folgenden Donnerwetters. Doch sie dachte gar nicht daran, dieses widerstandslos über sich ergehen zu lassen. Wer gerade erlebt hatte, wie beeindruckend angenehm und ruhig andere Chefs mit ihren Mitarbeitern umgingen, der konnte sich dem jetzt nicht so einfach ausliefern. Außerdem gab es ja sozusagen »stichhaltige« Gründe, warum es ein kleines bisschen länger gedauert hatte.

»Es tut mir wirklich außerordentlich leid«, begann sie vorsichtig, um nicht sofort alles zu verderben, »aber als ich in diesem Studio ankam, bat man mich, kurz mal einzuspringen.« Das klang doch gar nicht schlecht und war nicht einmal gelogen.

Die Stichsäge staunte offensichtlich wirklich, denn sie zog nur skeptisch die linke Augenbraue hoch und schwieg. Na los, Emma, jetzt musste noch mehr kommen.

»Es war gerade Not am Mann, da die Schauspielerin, die unser Hochzeitskleid tragen sollte, nicht gekommen war.« Das klang, als hätten die Serienprofis einer Schneiderin die Rolle der Braut gegeben. Gut so.

In Laden und Werkstatt war es nun mucksmäuschenstill. Keine Nähmaschine ratterte, kein Bügeleisen schnaubte. Ein wenig genoss Emma die Aufmerksamkeit, die ihr auf einmal entgegengebracht wurde. Eigentlich war sie in der Werkstatt sonst meistens diejenige, die wegen ihrer verträumten Art und ihrem Eigensinn nur selten die Lorbeeren einheimste.

Je länger jedoch die neugierigen Augen aller Anwesenden wie kleine Scheinwerfer auf sie gerichtet waren, desto mehr bekam sie Angst vor der eigenen Courage. So toll waren ihre Erlebnisse der vergangenen Stunden nun auch wieder nicht gewesen. Wenn man mal von dem Blitz- und Donnerschlag absah, der ihr ganzes Leben dauerhaft verändern würde. Aber den konnte und wollte sie natürlich nicht erwähnen.

Trotzdem musste sie die Geschichte notgedrungen noch ein wenig aufbauschen, wenn sie mit heiler Haut aus der Sache herauskommen wollte.

»Als ich ankam, war alles in heller Aufregung, weil diese berühmte Schauspielerin im Stau stand. Und das, wo sie doch das Kleid noch unbedingt vor dem Dreh hätte anziehen müssen, um es für die Szene zu präparieren.« Die anderen, selbst die Stichsäge, schwiegen ergriffen. »Da fragte man mich, ob ich kurz einspringen könnte, weil ich als Einzige die passende Figur hatte. Alles ging so schnell, es war nicht einmal Zeit zu telefonieren.«

Am Hals der Chefin waren rote Flecken zu sehen, sie schien kurz vor der Schnappatmung. Doch sie verkniff sich ganz gegen ihre sonstige Art jeden Kommentar. Noch. Die Kolleginnen kamen gespannt näher.

»Jedenfalls musste ich ans Filmset, weil der Regisseur die Szene einrichten wollte. Danach erschien endlich Sabine, die Schauspielerin, ich wurde nicht mehr gebraucht und durfte gehen.« Emma kam sich vor wie die Drehbuchautorin eines ihrer Lieblingsfilme. So richtig gekonnt hatte sie die Geschichte nicht erzählt, doch vielleicht war die Wirkung trotzdem ausreichend. Bang blickte sie die anderen an und wartete auf die Reaktionen.

»Nun gut, ich lasse das ausnahmsweise so gelten«, schnarrte die Stichsäge, »jetzt aber hurtig an die Arbeit, wir haben schon genug Zeit mit diesem Schwachsinn verloren.«

Kein Donnerwetter, keine Standpauke, nicht einmal eine Rüge. Eventuell konnte diese lehrreiche Erfahrung an anderer Stelle noch einmal hilfreich sein. Emma sah sich schon ihr nächstes morgendliches Zuspätkommen durch eine überraschende Begegnung mit Serienregisseur Fürstberg erklären. Und wenn sie erst zusammen waren …

Die drei Schneiderinnen verzogen sich schnellstens in die Werkstatt, aber dort wurde Emma natürlich sofort mit Fragen bestürmt. »Du hast wirklich den Regisseur kennengelernt? Und wie ist der so? Und die Schauspielerin? Welche war das denn nun? Hat sie mit dir gesprochen? Und du hattest wirklich ihr Kleid an? Durftest du auch beim Dreh zuschauen?«

»Jetzt mal langsam.« Das war Emma nun doch zu viel Aufmerksamkeit, zumal sie bei Weitem nicht alle Fragen zufriedenstellend beantworten konnte. Deshalb begann sie mit dem, was sie im Moment am meisten beschäftigte: »Dieser Herr Fürstberg ist wirklich ein ganz toller Mann. Der hat das gesamte Filmteam mit einer Leichtigkeit im Griff, dass man nur staunen kann. War schon beeindruckend, das zu sehen. Die Schauspielerin fand ich jetzt nicht so besonders. Ist vielleicht auch Geschmackssache.« Emma zuckte scheinbar ungerührt mit den Schultern und wandte sich wie selbstverständlich ihrer Arbeit zu. Es funktionierte. Den Rest des Tages herrschte Ruhe.

Auf dem Heimweg vom Atelier radelte sie wie meistens noch kurz bei ihrer Oma Fanny vorbei. Da Emmas Eltern seit einigen Jahren in Tutzing lebten, waren Emma und ihre Schwester Lisa dafür zuständig, die Großmutter hin und wieder zu besuchen und für sie Besorgungen zu machen.

Das hatten beide Töchter auch sehr gerne übernommen, denn schließlich war Fanny für ihre dreiundsiebzig Jahre noch äußerst unternehmungslustig und immer gut gelaunt.

Manchmal kam sich Emma sogar älter vor als ihre fröhliche Großmutter, die vor nichts und niemandem Angst zu haben schien und ihre Umwelt mit skurrilen Einfällen des Öfteren zur Weißglut brachte. So hatte ihre Tochter Traudl, Emmas Mutter, vehement Einspruch erhoben, als Fanny mit Mitte fünfzig beschloss, ausgerechnet Karate zu lernen. Inzwischen hatte sie es immerhin bis zum grünen Gürtel gebracht und ließ keinen Zweifel darüber aufkommen, dass sie auf jeden Fall bis zum schwarzen weitertrainieren werde. Ihre Seniorenmannschaft und vor allem der Karatemeister bestärkten sie darin.

Heute begrüßte sie ihre Enkelin mit einem Kichern wie ein pubertierender Teenager. »Der Jung von nebenan heißt zwar ›Jung‹, ist aber im Kopf so vertrocknet wie eine ägyptische Mumie. Kaum zu glauben, dass jemand in unserem Alter so spießig sein kann.« Das sagte sie so entschieden, als spräche sie nicht von einem pensionierten Oberstudienrat, sondern von einem Studenten im ersten Semester. »Dabei hab ich ihm nur eine winzige Mausefalle zwischen die Post in seinen Briefkasten gesteckt. Und da will der gleich die Polizei rufen und Anzeige erstatten! Völlige Überreaktion, findest du nicht?«

»Mensch, Oma, wie oft hab ich dir schon gesagt, du sollst den armen Mann in Ruhe lassen? Was hat er dir denn getan?« Jetzt kam sich Emma schon wieder ganz spießig vor.

»Auf die Palme bringt er mich mit seinen dauernden Vorschriften und Regelungen!«

Fanny runzelte die Stirn, kniff den Mund zusammen und presste mit verstellter Stimme zwischen schmalen Lippen hervor: »Das Treppenhaus muss stets am Donnerstagvormittag gesäubert werden, da anderenfalls die Intervalle zwischen den Putzvorgängen zu sehr variieren würden. – ›Intervalle‹, ›Putzvorgänge‹, pah! Der will sich doch nur überall einmischen. Weil ihm sonst vor lauter Langeweile seine Stuckdecke auf die vertrocknete Birne fallen könnte!«

»Aber wenn du das nun schon weißt, Oma, gäbe es doch auch die Möglichkeit, ihn zu einem Spaziergang einzuladen, anstatt ihm Mausefallen in den Briefkasten zu schmuggeln.«

»Ach, du Spielverderberin«, maulte die Großmutter wie ein kleines Kind und fügte hinzu: »Ein Spaziergang mit dem? So weit kommt's noch! Damit ich mich bei seinem komischen Gerede zu Tode langweile. Für seine merkwürdigen Ansichten ist mir meine kostbare Lebenszeit definitiv zu schad. Was ist denn heut eigentlich mit dir los, Herzerl? Du bist ja für gar nix zu begeistern.«

Welche Überraschung, wenn man mit einem so sensationellen Ereignis wie einer Mausefalle in der Post empfangen wurde! Tatsächlich aber traf Fanny wirklich jedes Mal ins Schwarze, wenn Emmas Stimmung im Keller war, deshalb hatte sie sich über die Jahre auch zu ihrer engsten Beraterin in Liebes- und Lebensfragen entwickelt. Sie trat eng an ihre Enkelin heran, schob die Brille fast bis zur Nasenspitze hinunter und blickte sie durchdringend an. »Na, was ist passiert?«, fragte sie streng. Da war Leugnen in jedem Fall zwecklos.

Also erzählte Emma ihr von der Begegnung mit Regisseur Fürstberg, die genau genommen ziemlich einseitig und deshalb gar kein richtiges Kennenlernen gewesen war. Das wahre Ausmaß des Blitzschlags verschwieg sie vorsichtshalber erst einmal.

»Mach Sachen, Emmilein! Du hast dich tatsächlich ein

bisschen verliebt?« Die Großmutter strahlte. Das war eine Geschichte ganz nach ihrem Geschmack. Natürlich erhoffte sie sich für ihre Enkelin einen Partner, der ihr Liebe und Sicherheit geben konnte. Andererseits wurde ein Mann für Fanny erst dann interessant, wenn er mehr als eine ausgefallene Eigenschaft besaß.

Während Emma die mitgebrachten Einkäufe in den Kühlschrank sortierte und im Gefrierfach eine Zahnpastatube entdeckte, die vermutlich für den nächsten Großmutterstreich bestimmt war, versuchte sie ihr Zusammentreffen mit Fürstberg zu beschreiben. Dabei stieg auch wieder Wut in ihr hoch. »Nur weil diese Schauspielerin aufgetaucht ist, hat er mich keines Blickes gewürdigt. Und als sie das Kleid endlich anhatte, war ich total abgemeldet. Die Garderobieren haben nicht einmal ›tschüs‹ oder ›danke‹ gesagt.« Sie pfefferte die Karotten mit Wucht in das Gemüsefach und schloss es danach ebenso kräftig. Rums.

»Spatzerl, ärger' dich nicht«, versuchte Fanny sie zu beruhigen. »Was erwartest du denn, wenn du da als Fremde auftauchst? Dass sie dich hätscheln und tätscheln? Der Film ist ein hartes Geschäft, da wird einem nichts, aber auch gar nichts geschenkt. Da musst du schon ein bisserl deine Ellenbogen benutzen, wenn du diesen Regisseur erobern willst.«

»Aber ›danke‹ kann man doch sagen.« Emma zog einen Flunsch wie schon als Kind, wenn die Großmutter sie unsanft auf den Boden der Tatsachen zurückgeholt hatte.

»Vielleicht sind die Madln dort einfach sehr unter Druck gestanden. Die haben vielleicht auch eine strenge Chefin, genau wie du. Und diesem Regisseur geht es möglicherweise nicht anders …«

So hatte Emma es noch gar nicht gesehen. Sie verzieh den Garderobieren im Handumdrehen und Fürstberg sowieso. Schon wieder etwas besser gelaunt verabschiedete sie sich von ihrer Oma und radelte durch die nächtlichen Münchner Straßen nach Hause. An der Isar sah man die ersten verliebten Pärchen dieses Jahres entlangflanieren. Offensichtlich begann jetzt wieder die Zeit, in der man statt des wohlig warmen Platzes vor dem knisternden Kamin einen Abendspaziergang in der lauen Frühlingsluft genoss.

Auf ihrem Anrufbeantworter fand sie eine Nachricht ihrer Freundin Hannah, die den heutigen Mädelsabend absagte: »Ich hoffe, du bist nicht böse, aber irgendwie passt es Kirsten und Yvonne auch nicht so recht.« Nein, Emma war nicht böse. Vielleicht sollte sie sich die Erlebnisse des heutigen Tages sowieso erst einmal in Ruhe durch den Kopf gehen lassen, bevor sie den Freundinnen davon erzählte.

Weil sie nun den ganzen Abend für sich allein hatte, durchstöberte sie erst einmal ihren alten, schön bemalten Bauernschrank im Flur, der sich im Laufe der letzten Jahre bis unter den Rand mit DVDs gefüllt hatte. Und wie meistens fielen ihr zuallererst ihre Lieblingsfilme in die Finger. Emmas Blick fiel auf Jennifer Lopez und Ralph Fiennes, die sie vom obersten Cover verliebt anstrahlten.

Die Parallelen zwischen den Ereignissen des heutigen Tages und dem Film waren nicht zu leugnen. Ein wichtiger Mann mit anerkanntem Beruf, eine unbedeutende Frau in einem fremden Outfit – die perfekte Konstellation für eine romantische Liebesgeschichte, genau wie in *Manhattan Love Story*. Und schon hatte Emma die geeignete Unterhaltung für den Abend gefunden. Bevor sie es sich allerdings im Blümchen-Pyjama und mit einer Tüte Gummibärchen im Ohrensessel vor dem Fernseher bequem machte, gönnte sie sich noch einen kurzen Abstecher zum Kleiderschrank im Schlafzimmer.

Sie zog die Tür auf – und da hing es. Ein Traum aus roséfarbener Seide, tief dekolletiert und sanft gerafft, genau wie das Abendkleid, das Marisa alias Jennifer Lopez auf dem alles entscheidenden Empfang trägt. Emma hatte es vor etwa zwei Jahren in ihrer eigenen Größe nachgeschneidert, bis heute aber nicht ein einziges Mal wirklich getragen. Wann hatte eine kleine Schneiderin wie sie schon die Gelegenheit dazu? Die Herausforderung war mehr die möglichst perfekte Kopie des Originals und nicht so sehr die tatsächliche Nutzung gewesen. Schließlich musste sie auf irgendeine Weise Erfahrungen mit anspruchsvollen Stücken sammeln, wenn man ihr im Atelier schon nicht die Möglichkeit dazu gab.

Trotzdem holte Emma das Kleid jetzt aus dem Schrank und hielt es sich für einen kurzen Blick in den Spiegel vor den Körper. Nun ja, mit ihrem kurzen Lockenkopf, der helleren Haut und der deutlich zierlicheren Figur würde es an ihr etwas anders aussehen als bei der Schauspielerin, falls … Ja, falls sie es jemals tragen sollte.

»Ich weiß, irgendwann werde ich«, zitierte sie leise Sandra Bullock in *Während du schliefst*, hängte das Kleid sorgsam zurück und schloss die Schranktür.

Anschließend startete sie Ralph und Jennifer, und das ausnahmsweise ganz am Anfang des Films, als sie sich noch nicht kannten. Nach etwa fünfundvierzig Minuten machte es zum zweiten Mal am heutigen Tag »peng«.

»Das sind die goldenen Jahre. Wir müssen beweisen, dass unsere Mütter falsch lagen. Vergeude sie nicht«, riet Stephanie Marisa, und Emma war, als wäre sie selbst angesprochen. Warum sollte sie das außerordentliche Glück, einem solchen Mann überhaupt begegnet zu sein, leichtfertig verspielen? Irgendeinen Grund musste es schließlich geben, dass ausgerechnet sie zur Lieferantin erkoren, in ein fremdes Brautkleid gesteckt und gegen ihren Willen an ein Filmset geschleift worden war. Und dieser Grund musste existenziell sein – sonst wäre der Aufwand rein schicksalsmäßig in keiner Weise zu rechtfertigen.

Kurz entschlossen drückte sie auf die Pause-Taste ihrer Fernbedienung und lief erneut zum Kleiderschrank. Marisas Kleid sollte sie jeden Tag daran erinnern, dass sie auch so ein Happy End haben wollte. Schließlich hatte sie es angesichts der wenigen kurzen Beziehungen in ihrem Leben verdient, endlich mit ihrem Traummann glücklich zu werden. Sie holte das zarte Etwas aus seidigem Rosé wieder aus dem Schrank und zog es vorsichtig der Schneiderbüste über, die neben ihrem Nähtischchen im Schlafzimmer stand.

Nun würde sie es jeden Morgen und Abend sehen und so ihr romantisches Ziel niemals aus den Augen verlieren. Und vielleicht würde ja wie bei Marisa mit dem privaten Glück der berufliche Erfolg einhergehen. Wer den Rückhalt einer großen Liebe hatte, konnte sich schließlich viel gelassener auf die Karriere konzentrieren.

Zurück vor dem Fernseher träumte Emma weiter von Fürstberg und folgte Christopher und Marisa auf ihrem Weg zum Happy End nur noch mit halber Aufmerksamkeit. Stattdessen klangen die Anweisungen des Regisseurs in ihr nach, als würde ihr Echo von einer Felswand zurückgeworfen.

»Können wir noch mal neu anfangen?« Wie gern hätte Emma diese Frage von Fürstberg gehört, doch leider stellte Ralph sie in diesem Moment Jennifer. »Zweites Rendezvous, zweite Chance. Du als du und ich als ich, ohne Geheimnisse. Was meinst du?«

Ohne Geheimnisse? Kommt gar nicht infrage, schwor sich Marisas Schülerin Emma im Stillen, während die beiden auf dem Bildschirm ihr Schicksal mit einem langen Kuss besiegelten. Im Gegenteil: Vielleicht musste sie sich genau das zulegen, um in ihrer eigenen romantischen Liebesgeschichte einen Schritt weiterzukommen. Ein kleines Geheimnis. Für einen Mann wie Fürstberg war sie als gewöhnliche Schneiderin sicher nicht interessant genug. Aber auf keinen Fall konnte sie warten, bis sie das schon so lange hinausgeschobene Modestudium abgeschlossen hatte.

Also musste sie sich wohl oder übel etwas Schnelleres einfallen lassen, um ihn zu erobern. Denn dieser Mann stand seit heute auf ihrem Lebens-Wunschzettel an oberster Stelle.

3

Eine Frau, ein Mann, zwei Probleme.

WOHNUNG EMMA
Innen/Nacht

Da Schneiderinnen im Brautkleid ganz offensichtlich nicht in Regisseur Fürstbergs Beuteschema passten, musste Emma einen anderen Weg einschlagen, um auf sich aufmerksam zu machen. Noch nie in ihrem Leben hatte sie die Liebe auf den ersten Blick erfahren – das konnte doch nur ein Wink des Schicksals sein! Es winkte sozusagen mit dem Zaunpfahl, dieses Schicksal, ließ sich also nicht so einfach ignorieren. Und außer Lieferanten- und Modeljobs hatte es noch ganz andere Tricks auf Lager: So träumte Emma in dieser Nacht einzig und allein von Fürstberg. Und obwohl sie dazwischen mehrmals aufwachte, endete der Traum nicht, sondern setzte sich bis zum Morgen fort.

Als der Wecker klingelte, fühlte sie sich wie gerädert und fürchtete, beim Blick in den Spiegel das Raupenpärchen vom Vortag wiederzutreffen. Es war nicht da, dafür aber deutliche Augenränder, und das gleich im Doppelpack. Nun gut, die ließen sich wenigstens besser überschminken, und heute hatte sie ja nicht vor, schon wieder einem tollen Regisseur zu begegnen.

Im Atelier fragte zum Glück auch niemand nach, der Tag verlief also ganz ohne außergewöhnliche Ereignisse, Aufträge und Sonstiges. Nur das Schicksal wollte ab und zu mitmischen und legte in regelmäßigen Abständen kurze Fürstberg-Filmchen in Emmas Kopfkino ein. Den Mann zu vergessen war ganz und gar unmöglich.

Nun hatte Emma ein Problem. Wenn ihr Märchenprinz sie im Brautkleid und nur wenige Meter neben sich nicht wahrgenommen hatte, wie schaffte sie es dann, ihm als Nullachtfünfzehn-Frau in einiger Entfernung aufzufallen? Ein Blick ins Internet beantwortete diese Frage leider nicht, lieferte aber immerhin genauere Eckdaten: Jo Fürstberg, Regisseur, zweiundvierzig Jahre, wohnhaft in München, frisch geschieden. Da hatte sich doch das Schicksal tatsächlich gekümmert und rechtzeitig die Scheidung eingereicht. Lobenswert.

Vom Computerbildschirm aus schien Fürstberg Emma an diesem Abend verschwörerisch zuzuzwinkern, und sie gab ihm verliebt ein Küsschen auf die Nasenspitze, bevor sie die Seite wieder schloss. Vielleicht sollte sie sich einfach weiterhin auf das fleißige Schicksal verlassen. Vielleicht hielt es schon etwas Neues für sie bereit? Wenn ihr das zu lange dauerte, konnte sie immer noch einschreiten und die Sache selber in die Hand nehmen.

Tatsächlich ergab sich schon in der darauffolgenden Woche wieder eine Gelegenheit, erneut zum Filmgelände zu fahren. So ganz sauber hatte das Schicksal allerdings nicht gearbeitet, denn auch dieser Auftrag, ein fertiggestelltes Dirndl zu liefern, kam völlig überraschend. Sie konnte sich also weder hübsch machen noch andere Vorkehrungen treffen. Nun ja, vermutlich musste sie den Auftrag sowieso eher als Recherchereise denn als Flirtchance sehen. Komisch war nur, dass Frau Schubert bei ihrem Anruf ausdrücklich nach »der kleinen Schwarzhaarigen vom letzten Mal« verlangt hatte. Die Stichsäge hatte natürlich mit den Zähnen geknirscht, weil sie der Entscheidungsgewalt enthoben wurde, wollte es sich jedoch mit der Serienproduktion nicht verscherzen.

Auf der Fahrt in den Münchner Süden schlug Emmas Hirn geradezu Purzelbäume. Neben den ständigen Gedanken an Fürstberg gab es eine ganze Reihe offener Fragen: Warum hatte Teresa Schubert ausdrücklich sie als Lieferantin verlangt? War das Brautkleid vom letzten Mal vielleicht doch beschädigt gewesen? Würde sie die Standpauke diesmal von einer anderen Chefin erhalten? Oder sollte sie gar Schadenersatz leisten? Emma wurde richtig mulmig bei dem Gedanken, dass man sie eventuell nur deshalb herbeizitiert hatte, um ihr gehörig den Marsch zu blasen. In diesem Fall würde sie nie, nie mehr die Möglichkeit haben, auf ganz unauffällige Weise Jo Fürstbergs Nähe zu suchen.

Mit zitternden Knien bremste sie vor dem Studio von »Amtliche Gefühle« und stellte den Motor ab. Ganz weich wurden ihre Beine jedoch in dem Moment, als sie das Objekt ihrer Sehnsucht nur wenige Meter entfernt Zigarette rauchend auf und ab gehen sah. Instinktiv ging sie erst einmal in Deckung, indem sie fast bis unters Lenkrad rutschte. Noch war absolut keine Rendezvous-Zeit – sie brauchte erst mal ein Time-out!

Vorsichtig linste sie über den unteren Rand des Seitenfensters und sah Jo geradewegs auf ihr Auto zukommen. Sofort ging sie erneut auf Tauchstation. Sie saß mal wieder in der Falle. Wer von ihnen beiden wohl den längeren Atem hatte?

Beim nächsten Blick sah sie ihn die Zigarette austreten – gut so. Beim übernächsten allerdings telefonierte er in aller Seelenruhe, während er weiter hin und her tigerte. Musste dieser Mensch denn niemals arbeiten? Was veranstaltete wohl das herrenlose Bienenvolk im Inneren der burgartigen Halle ohne seinen Chef?

Wenn sie an die möglicherweise drohende Standpauke dachte, hätte Emma gern den ganzen Tag in der Horizontalen unter dem Lenkrad verbracht. Die Furcht allerdings, es durch übermäßigen Lieferverzug nur noch schlimmer zu machen, ließ sie nach weiteren fünf Minuten eine andere Lösung erwägen. Fürstberg telefonierte immer noch.

Verzweifelt versuchte Emma, das sorgsam in Folie verpackte Dirndl auf dem Rücksitz zu ergreifen, ohne auch nur den kleinsten Teil ihres Körpers über die magische Sichtgrenze zu heben. Es gelang – kostete sie allerdings sämtliche nach der unruhigen Nacht noch verbliebenen Kräfte und hinterließ gefühlte zwei Dutzend Blutergüsse. Ob das zu liefernde Kleid unter der rüden Aktion gelitten hatte, konnte sie in ihrer unbequemen Lage nicht erkennen. Endlich wagte sie, sich vorsichtig aufzurichten, hielt dabei das Dirndl jedoch so neben ihren Kopf, dass sie aus Fürstbergs Richtung nicht gesehen werden konnte. Derart getarnt entstieg sie schließlich dem Firmenwagen.

Ob der Regisseur ihr nun in eben der Minute, die Emma

vom Auto bis zur Hallentür brauchte, den Blick zuwandte, konnte sie, von der Tracht verborgen, nicht sehen. Falls ja, dann sah er ein schmuckes Dirndl mit zwei Jeansbeinen in abgewetzten bunten Stoffturnschuhen schnellen Schritts zum Eingang traben und dabei wie beschwipst hin und her schwanken. Immer noch besser als eine übermüdete Schneiderin mit Augenrändern, die ihm bei der ersten richtigen Begegnung doch so viel lieber perfekt herausgeputzt gegenübertreten wollte.

»Da sind Sie ja schon«, wurde sie im Kostümbüro von einer ihr unbekannten Person begrüßt, die aber offensichtlich trotzdem wusste, wer sie war. Emmas verständnisloser Blick schien Bände zu sprechen, denn die Frau setzte gleich nach: »Sie kennen mich nicht, aber ich kenne Sie.«

Wie unheimlich. Solche Situationen kannte man eigentlich nur aus Filmen. Und weiterhin blieb ungewiss, ob es sich bei diesem Liefertermin um den Gang nach Canossa handelte oder nicht. »Ich bin Teresa Schubert, hallo.«

Aha, die Chefin. Das machte die Angelegenheit nicht unbedingt angenehmer. Emma merkte erst jetzt, dass sie das eingepackte Dirndl immer noch mit ausgestrecktem Arm neben ihr Gesicht hielt. Auf Frau Schubert musste das wirken, als stünde ein überdimensionaler lebendiger Garderobenständer in ihrer Bürotür. Schnell senkte Emma den Bügel und erwiderte: »Emma Jacobi vom Atelier ›Kreuzstich‹, hallo.«

»Ich weiß.«

Eigentlich sah die Kostümfrau, deren strahlend blaue Augen hinter einer schicken kunterbunten Brille blitzten, sie ganz freundlich an. Trotzdem fühlte Emma sich außerordentlich unwohl. Sie streckte ihrem Gegenüber die Folie mit dem Kleid entgegen und hoffte ganz kurz, dass sie damit entlassen war. Weit gefehlt.

»Ich habe Sie hierhergebeten«, setzte Frau Schubert an, »weil Sie bei Ihrer letzten Lieferung einen, nun, sagen wir, etwas unkonventionellen Auftritt hatten.«

Von Kannibalen im Topf ganz langsam weich gekocht zu werden war wahrscheinlich angenehmer als Emmas momentane Situation. Sie spürte, wie ihr die Hitze ins Gesicht stieg. Vermutlich waren ihre Wangen bereits so sattrot wie das rote Kreuz der gleichnamigen Organisation. Und sie würde auch gleich einen ihrer Rettungswagen benötigen, wenn das hier noch länger so weiterging.

»Meine Mädchen haben mir erzählt, was letzte Woche vorgefallen ist.«

»Ja, das lief etwas unglücklich, weil …«

»Allerdings.«

Emma zitterte am ganzen Körper wie Espenlaub. Diese Chefin flößte ihr mit ihrer unendlich ruhigen Art fast mehr Angst ein als die Stichsäge. Die Kostümbildnerin sollte vielleicht so langsam zum Punkt kommen, wenn sie nicht innerhalb der nächsten Minute eine kollabierte Schneiderin in ihrem Büro liegen haben wollte.

Eigentlich hätte Emma ebenso gut sofort den Rückzug antreten können. Das Kleid war ordnungsgemäß zugestellt, somit gab es hier nichts mehr zu tun. Allerdings würde diese Frau Schubert dann vermutlich beim nächsten Termin wieder nach »der kleinen Schwarzhaarigen« verlangen. Und falls sie sich drückte, beim nächsten Mal wieder. Und wieder. Und wieder. Emma sah sich bereits in einer Endlosschleife gefangen, aus der sie nicht mehr entkommen konnte.

Ganz in ihre albtraumartigen Befürchtungen vertieft, hörte sie gar nicht mehr richtig zu, während die Dame mit der bunten Brille weitersprach. »… wirklich sehr geholfen« war schließlich der erste deutliche Satzfetzen, der ihre überforderten Gehirnwindungen erreichte.

Wie bitte? Wer hatte da wem geholfen? Die Kostümmädchen ihr? Oder sie ihnen? Oder sie der Schauspielerin? Oder der Aufnahmeleiter ihr? Aus den Purzelbäumen von Emmas Hirn wurden Saltos, was nicht gerade zu ihrer Konzentration beitrug. Und so rauschte auch der Rest von Frau Schuberts Rede ungehört an ihr vorüber.

Deshalb war sie komplett ahnungslos, was sie eigentlich mit der Eintrittskarte sollte, die ihr die Kostümbildnerin jetzt reichte. Sie versuchte es erneut mit dem verständnislosen Blick, der schon zu Beginn des Gesprächs ganz gut funktioniert hatte.

»Nehmen Sie nur, keine falsche Scheu. Sie haben es sich wirklich verdient«, ermunterte Frau Schubert sie und wedelte ihr mit der Karte vor der Nase herum, als wollte sie Ihrer Hoheit mit einem Palmblatt Luft zufächeln. Demnach war die Gabe wohl als Belohnung für besondere Verdienste gedacht. Das fand Emma nun auch wieder übertrieben, wollte jetzt aber auf keinen Fall lange diskutieren.

Sie atmete so laut aus, dass sie schon befürchtete, die Kostümbildnerin würde ihre übergroße Erleichterung bemerken und nachfragen. Doch nichts passierte. Also schnell weg hier, bevor sich noch irgendjemand irgendetwas irgendwie anders überlegte. Sie nahm die Karte entgegen, bedankte sich und verließ hastig den Raum.

Ehe sie aus dem Hallenflur ins Freie trat, lugte sie erst

einmal vorsichtig um die Ecke, ob Fürstberg vielleicht immer noch lässig auf und ab flanierte. Aber zum Glück war weit und breit niemand zu sehen. Also huschte Emma eilig zum Auto und schloss die Fahrertür auf. Erst als sie hinter dem Lenkrad saß und sich einigermaßen sicher fühlte, nahm sie sich Zeit, die Karte in ihrer Hand genauer zu betrachten.

»Bavaria-Frühjahrsempfang« stand darauf in recht nüchternen Lettern. Und weiter: »Die Bavaria Film lädt Sie und Ihre Begleitung ein, mit uns zu feiern. Das Fest gibt Produzenten, Schauspielern, Regisseuren und anderen Filmschaffenden die Gelegenheit, sich auszutauschen und Kontakte zu knüpfen, bevor die Hauptdrehsaison beginnt.« Am Freitagabend nächster Woche.

Na, danke. Und was sollte sie da bitte?

Kleinen Moment mal! Natürlich ... Das Schicksal winkte schon wieder! Und zwar nicht mehr nur mit dem Zaunpfahl, sondern wohl eher mit dem »Zaunsystem Classic« samt Gartentor, das Emma vor einiger Zeit im Baumarkt bewundert hatte. Jo Fürstberg würde vermutlich ebenfalls zu diesem Empfang gehen. Sie würde ihm dort begegnen, sie würden sich verlieben, heiraten, Kinder kriegen ... oder so. Hoffentlich.

Emma ließ den Motor an und fuhr davon in dem Gefühl, dass ihre Zukunft so gut wie gesichert war. Die Planung konnte sie getrost weiterhin dem Schicksal überlassen, denn das hatte in den letzten Tagen ganz hervorragend gearbeitet.

Erst am Abend im Bett dachte sie darüber nach, dass sie für einen solchen Empfang weder die Erfahrung noch das passende Outfit besaß. Mit wem sollte sie überhaupt hingehen? Was sollte sie mit diesen Filmleuten bloß reden?

Und was antworten, wenn man sie nach ihrem Beruf fragte? Hallo, ich bin eine kleine Schneiderin und habe diese Karte nur geschenkt bekommen? Das ging absolut gar nicht. Aber was dann?

Ihr Blick fiel auf die Schneiderbüste mit Marisas Abendkleid. Wie auf dem Präsentierteller bot es sich dar. Natürlich! Damit war eines der Probleme, die ihr auf der Seele brannten, schon so gut wie gelöst. Und bis zu dem bewussten Abend hatte sie eine ganze Woche Zeit. Da würden sich hoffentlich auch noch die Antworten auf alle weiteren offenen Fragen finden, dachte Emma müde und schlief sofort ein.

Am Samstagmorgen wurde sie vom anhaltenden Klingeln des Telefons geweckt, das wie eine Alarmsirene in ihre Träume einbrach. Die Armbanduhr auf dem Nachtkästchen schien sie schadenfroh anzugrinsen, als sie verschlafen versuchte, die Zeigerstellung richtig zu deuten. Kurz nach acht? Wer rief sie denn am Wochenende um diese Zeit an? Wer war da überhaupt schon wach? Nun, auf jeden Fall jetzt Emma und vielleicht …

»Guten Morgen, hier ist deine Schwester!« Das hätte sie sich gleich denken können. Lisa hatte eine fünfjährige Tochter, die auch am Samstag keine Rücksicht auf erwachsene Ausschlafwünsche nahm. Aber musste deshalb gleich die gesamte Großfamilie zu nachtschlafender Zeit zum Aufstehen gezwungen werden?

Es kam noch besser: »Clara will dich was fragen.«

»Hallooooo!«

»Hallo, Mäuschen, hast du gut geschlafen?«

»Hm.« Über dieses langweilige Thema wollte die Kleine

offensichtlich nicht sprechen. Emma hörte sie mit ihrer Mutter flüstern – das Ganze war also wieder mal ein Komplott. Wenn sie ein dringendes Anliegen hatte, übergab Lisa gerne mal den Hörer an das Töchterchen, weil sie wusste, dass ihre Schwester der Nichte kaum einen Wunsch abschlagen konnte.

Die nahm am anderen Ende gerade hörbar Anlauf, um schließlich zu tönen: »Tante Emmaaa?«

»Du sollst mich nicht immer so nennen, mein Schatz.«

»Du bist doch aber meine Tante Emma!«

»Das macht mich irgendwie so alt.«

»Wieso?«

»Das erklär ich dir ein andermal. Was gibt's denn, Clara?«

Ein erneuter Anlauf, dann: »Duuuu … Willst du heute Abend zu uns kommen, Tante Emma?«

»Zum Essen …«, flüsterte es aus dem Hintergrund.

»Zum Essen«, plärrte Clara brav ins Telefon, so laut, dass sie am anderen Ende beinahe einen Hörsturz verursacht hätte. »Ich geb dir mal die Mama.« Und weg war sie, noch bevor die Tante antworten konnte.

»Was hast du dir denn da wieder ausgedacht? Hab ich was vergessen, irgendeinen Anlass?«, wollte Emma von Lisa wissen.

»Nö, nö«, gab ihre Schwester zurück, »ich dachte mir nur, wir haben uns schon so lange nicht mehr gesehen … Nichts Großes, nur ein bisschen essen und quatschen.«

Na gut, das war tatsächlich keine schlechte Idee, und Emma hatte sowieso noch nichts Bestimmtes vor. Also sagte sie zu, sich pünktlich um neunzehn Uhr bei Familie Merker im Münchner Stadtteil Harlaching einzufinden.

Allerdings war das mit dem Pünktlichsein leider so eine Sache. Fast immer fiel Emma gerade dann, wenn sie die Wohnung verlassen wollte, irgendetwas ein, was unbedingt noch getan werden musste. Mal war es das Altpapier, das längst entsorgt gehörte, mal die Post, die noch adressiert und frankiert werden musste, um sie gleich noch mitnehmen zu können.

An diesem Abend kurz vor halb sieben stand Emma fix und fertig angezogen im Flur ihrer Haidhausener Wohnung, als ihr beim Griff nach dem Schlüssel einfiel, dass sie Lisa noch die beiden geborgten Bücher zurückbringen sollte, die sie schon vor Monaten ausgelesen hatte.

Das erste war im Regal schnell gefunden, das zweite dagegen … Wo versteckte sich das bloß? Hinter die Bücherreihen war es nicht gerutscht. Im Schlafzimmer auf dem hübschen antiken Nähtischchen lag nur Fachliteratur für tapfere Schneiderlein. Im Nachtkästchen tummelte sich alles Mögliche, jedoch kein Lesestoff. Emmas kreatives Chaos aus Schnittzeichnungen, Stoffen, Borten und Fadenrollen ermöglichte leider auch keinen schnellen Überblick, verschiedene Scheren, Spulen, Fingerhüte, Haken und Ösen lagen ebenso herum wie Reißverschlüsse, Knöpfe und Schnallen. Das alles zu durchwühlen dauerte eine ganze Weile. Ein schneller Blick auf die Schneiderbüste in Rosé ließ für einen kurzen Moment Vorfreude in ihr aufsteigen, dann erinnerte sie sich wieder, warum sie hier gerade das Unterste zuoberst kehrte. Und sie war auch schon ein bisschen spät dran.

Emma suchte im Kleiderschrank und im Badezimmer, in der selbst bemalten Kommode im Flur, die eigentlich vorwiegend Gebrauchsanweisungen beherbergte, und bei den

Zeitschriften, die sich in einer Ecke des Wohnzimmers stapelten. Der kunstvolle Turm aus den verschiedensten Heften rutschte sofort auseinander, sobald sie die obersten Exemplare nur berührte. Das jetzt wieder neu aufzuschichten würde viel zu lange dauern. Also ließ sie alles verstreut liegen. Schließlich fand sie das Buch doch noch – in einer Umhängetasche, die sie nur ganz selten benutzte.

Inzwischen war es allerdings schon zehn vor sieben, und Emma stand immer noch in ihrer Wohnung und wischte mit dem Ärmel etwas Staub von den Schmökern, um sie anschließend in ihrem Beutel zu verstauen. Die Bücher waren nun sauber, die Jacke leider nicht mehr. Egal. Jetzt wurde es wirklich Zeit, sich auf den Weg zu machen. Zum Glück hatte sie keinen geschäftlichen Termin; bei der eigenen Familie konnte man sich schon mal ein wenig verspäten. Das Essen würde hoffentlich nicht gleich verkocht sein.

Außerdem kannte Lisa ihre Schwester seit über achtundzwanzig Jahren und bestellte sie meistens sowieso mindestens eine Viertelstunde früher als notwendig zu sich. Dass Emma dies ganz genau wusste, verbesserte ihre Pünktlichkeit allerdings nicht gerade – im Gegenteil.

Die Turmuhr der Emmauskirche schlug halb acht, als sie mit ihrem Fahrrad in die Autharistraße einbog, wo Lisa mit Henning und Clara wohnte. Das schicke Einfamilienhaus, das sie vor einigen Jahren gebaut hatten, ließ Emma jedes Mal, wenn sie davor stand, an ein Raumschiff aus einem Science-Fiction-Film denken. Die von Metallschienen unterteilte Glasfront wirkte mit der dahinter sichtbaren Galerie wie eine moderne Kommandobrücke, während der schräg zulaufende asymmetrische Fensteraufsatz in der Mitte des Daches als Ausguck für Erkundungsfahrten ins Weltall hätte dienen können.

Lisa öffnete die Tür und zog so streng die Augenbrauen hoch wie Frau Stich in ihren besten Zeiten: »Du bist zu spät, Mensch!«

»Hallo. Ich freu mich auch, dich zu sehen«, erwiderte Emma trocken. »Zu spät? Wofür?«

»Wir warten seit einer halben Stunde mit dem Essen.« Das war nun doch etwas Neues, dass Verabredungen im Hause Merker derart genau eingehalten werden mussten.

»Tante Emmaaaaa«, schallte es da aus dem Wohnzimmer, und im selben Moment flitzte Clara mit wehenden Zöpfen auf die beiden Schwestern zu. »Du musst ganz schnell mal kommen!« Sie nahm Emma bei der Hand und zog sie ungeduldig ins Innere des Hauses, bevor diese ihrer Nichte erneut erklären konnte, dass sie es wirklich nicht mochte, wie ein altmodischer Kramerladen bezeichnet zu werden.

»Der Willi kann ganz toll zaubern. Der Willi hat zwei Geldstücke aus meiner Nase und, und, und … Dann, dann, dann war da … Der Willi hat …« Die Aufregung war offenbar etwas zu groß, um mit gerade mal fünfjährigem Sprachhintergrund sinnvolle und ganze Sätze zu bilden.

Emma hatte keine Ahnung, wovon die Rede war. Wahrscheinlich hatte die Kleine endlich mal wieder fernsehen dürfen. Das fand sie, weil es ihr so selten erlaubt wurde, immer besonders spannend. Willi war vielleicht eine Comicfigur, Kinderseriengestalt oder auch irgendein Quizmoderator, den sie gerade gesehen hatte.

Wie ein Gummiball auf und ab hüpfend führte Clara

ihre Tante ins Wohnzimmer. Dabei plapperte sie fröhlich vor sich hin, ohne dass Emma auch nur ein Wort verstand. Das war wohl heute ein besonders aufregender Tag für Clara gewesen!

Als Emma den Raum betrat, saßen auf dem Merker'schen Sofa überraschenderweise zwei Männer. Mit dem einen, den Emma kannte, hatte sie gerechnet, mit dem anderen nicht.

»Schön, dass du da bist, Schwägerin!« Wenigstens Henning begrüßte sie wie immer freundlich und mit einer Umarmung. Nun gut, ihm bedeutete der momentane Zustand des Abendmenüs vermutlich weniger als seiner Frau. Außerdem war er einer der korrektesten Menschen, die Emma überhaupt kannte.

Der fremde Mann war ein schlanker Kevin-Costner-Verschnitt Mitte dreißig in Jeans und kariertem Hemd. Er erhob sich nun ebenfalls und streckte Emma die Hand hin: »Ich bin Willi, hi.« Dabei sah er aus, als wäre er soeben aus seiner kanadischen Blockhütte getreten, um auf Bärenjagd zu gehen.

»Ah, die Comicfigur, jetzt verstehe ich«, rutschte es Emma heraus.

»Wie bitte?«

»Ach, nichts. Clara hat nur eben so was dahergeplappert ...« Eigentlich eine ganz miese Nummer, ihren Tritt ins Fettnäpfchen dem unschuldigen Kind in die Schuhe zu schieben! Zum Glück schien der kanadische Jäger das nicht bemerkt zu haben – Rotwerden war also unnötig.

»Ja, wir beide haben schon tolle Sachen gezaubert, nicht wahr, Clara?« Er drehte sich zu der Kleinen um, die ihn mit offenem Mund anstarrte und ehrfürchtig nickte.

»Der Willi kann aus einem Gummi zwei machen, Tante Emma. Hast du das gewusst?«

»Nein, da muss ich wohl eine klitzekleine Wissenslücke haben, mein Schatz!« Emma zwinkerte ihrer Nichte zu und ging vor ihr in die Hocke. »Aber du kannst mir ja sicher erzählen, wie das geht.«

Willi ließ sich wieder auf die Couch sinken und zog die Kleine liebevoll auf sein rechtes Knie. »Komm, wir zeigen es deiner Tante noch mal.« Ruckzuck hatte er zwei Haushaltsgummis über die Finger gezogen, ohne dass Emma so recht wusste, woher er sie geholt hatte.

»Jetzt musst du ganz fest hierhin pusten, Clara.« Er hielt dem Mädchen eine kanadische Holzfällerhand hin, die tatsächlich so aussah, als hätte sie in ihrem Leben schon einiges an harter Arbeit verrichtet. Trotzdem ging er mit Clara äußerst sanft, fast zärtlich um. Kein Wunder, dass sie voller Begeisterung für den Freund ihres Vaters war.

Die Kleine holte tief Luft, wie sie es für die Kerzen auf dem Geburtstagskuchen gelernt hatte, und blies ein Gemisch aus Luft und Spucke auf Willis Finger, was ihn nicht im Geringsten störte. Er grinste, bedankte sich mit einer angedeuteten Verbeugung und legte Emma einen einzigen Gummiring in die Hand. Der zweite war verschwunden.

»Und ich hab gepustet!«, schrie Clara begeistert, sprang von Willis Schoß und lief zu ihrer Mutter in die Küche, um Bericht zu erstatten. Ihre Tante applaudierte beeindruckt und nahm sich vor, das Geheimnis des Zaubertricks bei Gelegenheit zu ergründen. Vielleicht konnte der patente Willi ja auch im Handumdrehen aus zwei Einzelpersonen ein Liebespaar machen.

»Wenn ich gewusst hätte, dass ihr heute extra für mich ein ganz besonderes Unterhaltungsprogramm vorbereitet habt, wäre ich natürlich überpünktlich gewesen«, entschuldigte sich Emma jetzt bei ihrem Schwager. Vor dem Fremden war ihr das Ganze nun doch etwas peinlich.

»Machen wir uns nichts vor, liebste Schwägerin, Pünktlichkeit liegt dir ungefähr so fern wie Las Vegas von Castrop-Rauxel«, lachte Henning, was die Peinlichkeit nicht gerade verringerte. »Aber wir haben Willi nicht deinetwegen eingeladen. Er ist ein Freund von mir und außerdem Landschaftsarchitekt. Wir wollten heute Abend über die Neuanlage unseres Gartens reden. Du weißt ja, dass da endlich was geschehen muss.«

Über diese Tatsache konnte man durchaus geteilter Meinung sein, fand Emma. Im Gegensatz zu ihrem Schwager mochte sie es lieber natürlich als künstlich und wäre wohl nicht im Traum darauf gekommen, für den eigenen Garten einen Fachmann zu engagieren. Henning hatte schon öfter darüber gesprochen, wie akkurat und sauber er sich die Anlage vorstellte. Nach seiner Beschreibung sah Emma weder einen kreativen noch einen kindgerechten Garten vor sich.

Und dass ihr Schwager einen Fachmann, wenn auch einen befreundeten, bemühte, um ein paar Bäume zu pflanzen oder Beete anzulegen, war typisch. Aber bei Henning musste immer alles seine Ordnung haben. Na ja, Geld genug hatte er als Oberarzt schließlich auch.

Mit dem Menü hatte Lisa sich wieder einmal selbst übertroffen. Es gab Hasenrücken in Sahnesauce mit Maronen und anschließend Tarte Tatin. Willi schwärmte während des

Essens derart von den Kochkünsten der Gastgeberin, dass Emma schon befürchtete, er würde ihrer Schwester auf der Stelle einen Heiratsantrag machen. Auch Henning schien die Gefahr zu bemerken, denn er versuchte mehrmals, das Thema vom Kaninchen auf die zukünftige Gartenanlage zu lenken. Was zumindest hin und wieder gelang.

Nach dem Essen musste Clara ins Bett, nicht ohne sich noch einen Zaubertrick von Willi und eine Gutenachtgeschichte von ihrer Tante gewünscht zu haben. Emma las ihr das Bilderbuch vom kleinen Schwein, das unbedingt heiraten wollte, ganze drei Mal vor und musste anschließend noch eine Unmenge offener Fragen zum Thema Hochzeit und Ehe beantworten. Darin war sie nun leider wirklich keine Expertin, sodass sie bei der ersten Gelegenheit die Flucht ergriff und es Lisa überließ, die Kleine in den Schlaf zu wiegen.

Als sie wieder nach unten kam, saßen Henning und Willi beim Wein und diskutierten inzwischen ziemlich hitzig darüber, wie der Garten in Zukunft aussehen sollte. Während Henning sich das künftige Grün ums Haus möglichst geordnet wünschte, plädierte der »Kanadier«, wie Emma Willi im Geiste schon nannte, für eine »landschaftlich geprägte Natürlichkeit«. Und ein Kompromiss schien noch längst nicht in Sicht. Schade. Der engagierte Landschaftsarchitekt war vermutlich die letzte Chance, die der Merker'sche Garten noch hatte, ehe ihn Henning zur Einöde machte.

»Nun lass mich doch wenigstens erst mal einen Entwurf erstellen. Den kannst du dann immer noch ablehnen«, beendete Willi schließlich den Disput und trank sein Glas in einem Zug leer. »Ich muss jetzt auch los.«

Emma glaubte, ziemlich dicke Luft zu atmen, als sie zu den beiden trat. Willis überstürzter Aufbruch wirkte durchaus etwas beleidigt.

Irgendwie konnte sie ihn verstehen. Schließlich war er der Fachmann und hatte weitaus bessere Ideen als Henning, was dieser aber einfach nicht anerkennen wollte. Da wäre sie auch enttäuscht gewesen.

»Sieh mal einer an, kaum komme ich wieder, da gehen Sie. Wie soll ich denn das verstehen?«, sagte sie leichthin, um die Atmosphäre zu entspannen.

»Das hat wirklich überhaupt nichts mit Ihnen zu tun«, beteuerte der »Kanadier« und nahm seine Jacke. »Ich hätte mich gerne noch ein wenig unterhalten. Leider muss ich zu Hause noch arbeiten, für eine Präsentation am Montag.« Mit einem Seitenblick auf Henning fügte er hinzu: »Aber vielleicht sehen wir uns ja mal wieder – wenn das mit dem Garten tatsächlich etwas wird.« Er ließ der Gastgeberin seinen Dank für das hervorragende Essen ausrichten, verabschiedete sich und ging.

»Wo ist denn Willi?« Nun kam auch Lisa zurück ins Wohnzimmer und sah sich suchend um, als vermutete sie den Gast hinter den Gardinen oder unter dem Couchtisch.

»Den hast du jetzt leider ganz knapp verpasst«, antwortete Henning trocken, nahm Weingläser und Flasche und trug sie in die Küche. Der gemütliche Teil des Abends war wohl nun ganz offiziell beendet.

»Habt ihr euch wieder über den Garten gestritten?«

»›Gestritten‹ kann man eigentlich nicht sagen. Schließlich bin ich sein Auftraggeber, und letztendlich obliegt die Entscheidung sowieso mir.«

»Du weißt aber schon, dass ich der gleichen Meinung bin wie Willi.« Lisa stellte lautstark und vielleicht etwas zu heftig die Teller in die Spülmaschine.

»Ach, wirklich? Darum hat er ja auch dein Essen über den grünen Klee gelobt.«

»So ein Schmarrn! Geschmeckt hat's ihm, sonst nichts.«

Da der Streit inmitten der Geschirrberge zu eskalieren drohte, verspürte Emma nun ebenfalls einen starken Fluchtreflex – bevor die Teller flogen. »Ich geh dann auch mal«, verkündete sie an der Küchentür. »Vielen Dank für die Einladung und das tolle Essen.«

»Kommt nicht infrage«, widersprach ihre ältere Schwester resolut, »du bleibst noch ein bisschen. Das Gerede hier führt eh zu nichts.«

»Danke«, versetzte ihr Mann eingeschnappt und verließ den Raum.

»Was war das denn?« Emma hatte ihren Schwager nur selten so heftig erlebt.

»Ach, dieser Garten ist eine *never-ending story*. So langsam bin ich einfach nur froh, wenn er endlich mal angelegt ist, wie auch immer.« Lisa stellte die Spülmaschine an und begann, die Töpfe mit der Bürste zu bearbeiten. »Im Grunde glaube ich, dass Henning bloß eifersüchtig auf Willi ist. Wie findest du ihn eigentlich?«

Aha, daher wehte der Wind. Emma hatte sich schon gefragt, warum sie zu diesem Essen eingeladen worden war. Schließlich hatte es sich fast um ein Geschäftsessen gehandelt – mit Familienanschluss sozusagen. Nun war alles klar. »Du hast mich seinetwegen kommen lassen?«

»Wo denkst du hin? Das war Hennings Idee.« Lisa grinste

und zwinkerte ihrer Schwester zu. »Wahrscheinlich hat er gehofft, dass unser Gast zur Abwechslung mal die Vorzüge einer anderen Frau lobt.«

»Hat ja auch wunderbar geklappt«, erwiderte Emma trocken. »Aber damit habe ich jetzt ja wohl meine Mission erfüllt und kann gehen.«

»Eigentlich fand ich Hennings Plan gar nicht schlecht. Sag doch mal: Wäre der nichts für dich? Gefällt er dir nicht mal ein bisschen?«

»Ach, Lisa, das hatten wir doch schon tausendmal! Meinen Zukünftigen suche ich mir immer noch selber aus.« Und ich habe ihn vielleicht sogar schon gefunden, ergänzte Emma in Gedanken und dachte mit klopfendem Herzen an Jo Fürstberg und den Empfang am kommenden Wochenende. Die Schwester bereits jetzt einzuweihen erschien ihr allerdings nun doch etwas früh. Ein anderes Mal … Und dann würde Lisa genügend Zeit bekommen, um sich Spiele für die Hochzeitsfeier auszudenken und den Junggesellinnenabschied zu planen – all das eben, was vor acht Jahren bei Lisas Heirat Emmas Aufgabe gewesen war.

Bis es so weit war, gab es jedoch noch unheimlich viel zu tun. Zuallererst musste Emma das größte Problem angehen, nämlich, dass sich Jo schon unwiderruflich in Emmas Herz, sie sich jedoch noch nicht mal eine Spur in seines eingeschlichen hatte. Das Schicksal hatte zwar mit einer verheißungsvollen Einladungskarte gewinkt, aber das allein sicherte natürlich noch lange kein romantisches Happy End.

Beim Nachhauseradeln stellte Emma sich vor, wie sie beim Empfang »lopezgleich« auftreten und alle Blicke, vor allem die von Fürstberg, auf sich ziehen würde. Die duftende nächtliche Frühlingsbrise beflügelte ihre Vorstellungskraft so sehr, dass sie sich bereits in den Armen des Regisseurs liegen sah. Den Abschluss des Traums bildete ein unendlich langer Kuss, bei dem sie in die Hofeinfahrt einbog und ihren Drahtesel an den Fahrradständer anschloss.

4

Sie trat in sein Leben, fand eine Rolle und verlor ihr Herz

WOHNUNG EMMA
Innen/Tag

Einige der noch offenen Fragen bezüglich des Empfangs waren erstaunlich schnell beantwortet.

Welche Begleitung würde Emma mitnehmen? Natürlich keine. Eine Frau konnte in einem solchen Rahmen schnell zur Konkurrentin werden, ein Mann würde jede Chance auf Kontaktaufnahme gründlich vermasseln. Traute sie sich überhaupt, allein hinzugehen? Nun ja, sie hatte wohl kaum eine andere Chance, Fürstberg wiederzusehen. Was, wenn er gar nicht kam oder, noch schlimmer, mit einer anderen Frau? Das Risiko musste sie wohl oder übel eingehen, da half alles nichts.

Auch die Frage nach dem passenden Outfit war schon entschieden, denn Emma besaß nicht viele Kleider, die man zu einem solchen Anlass tragen konnte. Im Internet hatte sie Fotos von einem ähnlichen Empfang gefunden, die Aufschluss über den Dresscode gaben. »Schlichte Eleganz« beschrieb ihn treffend. Da war doch Marisas Abendkleid genau das Richtige. Immerhin hatte Emma sich im Laufe der letzten Jahre ein paar besondere Kleider aus ihren Lieblingsfilmen nachgeschneidert. Nun hatte sie die Gelegenheit, endlich mal eins davon zur Schau zu tragen.

Nun gut, sie hatte nicht Jennifer Lopez' Hüften und auch nicht deren Oberweite, aber ganz ohne weibliche Rundungen war sie nicht, wie sie zufrieden feststellte. Während Emma sich vor dem Spiegel hin und her drehte, wehte ihr die roséfarbene Seide in hauchzarten Wellen die Beine entlang bis fast auf den Boden – figurumfließend, wie es im Fachjargon hieß. Im Gegensatz dazu saß das in kleine Falten gelegte Bustier straff und figurbetont und gab den Blick auf ein ebenmäßiges Dekolleté frei, das allenfalls etwas blasser war als Marisas. Passende Sandaletten hatte sie sich von Mona geliehen, Kette und Ohrringe hatte die Großmutter aus ihrem Schmuckkästchen beigesteuert. Sie war auch die Einzige, der Emma erzählt hatte, wohin sie an diesem Freitagabend wirklich ging.

Natürlich hatte Fanny unzählige verrückte Tipps parat: »Männer zu erobern ist kein Hexenwerk. Wir hatten da früher alle möglichen Tricks, um ans Ziel zu kommen.« Mit einem verschwörerischen Zwinkern weihte sie die Enkelin ein: »Opa habe ich zum Beispiel kennengelernt, weil ich gaaaanz zufällig neben ihm gestolpert bin, direkt in seine Arme. Da hat er nicht mehr widerstehen können. Du kannst deinem Regisseur dabei auch noch den Aperitif auf den Smoking kippen, dann ist er a gmahde Wiesn, wirst sehn.« Sie kicherte wie ein junges Mädchen. »Was auch gut funktioniert, ist Anrempeln, sodass *sein* Drink auf dem Anzug landet.«

»Ich weiß nicht, Oma, ist das nicht alles ein bisschen übertrieben? So was liegt mir eher nicht so; ich bin schließlich nicht die, die Karate macht. Ich kann doch auch ganz normal mit ihm ins Gespräch kommen. Das wäre weniger peinlich.«

»Damals hatte ich auch noch keine Ahnung von Karate. Herzerl, völlig egal, wie du es machst. Hauptsache, du machst was und sitzt nicht den ganzen Abend in der Ecke und träumst vor dich hin!«

Wenn Fanny sie so sehen könnte, wäre sie zumindest schon mal stolz auf ihre Enkelin, dessen war Emma sich beim Blick in den Spiegel ziemlich sicher. Sie schminkte sich dezent, bändigte die kurzen Locken mit einem farblich passenden Band, zog den Mantel an und griff nach dem eigens noch schnell geschneiderten Täschchen. »Perfekt«, hauchte sie ergriffen ihrem Ebenbild zu. Gleichzeitig packte sie Angst vor dem, was jetzt unweigerlich auf sie zukam. Nun gab es kein Zurück mehr. Sie hatte die Eintrittskarte, sie hatte das komplette Outfit und vor allem einen Märchenprinzen, der das hoffentlich zu schätzen wusste. Wer, wenn nicht ein Filmschaffender, würde erkennen, was für ein Aufwand hinter diesem Auftritt steckte, und ihn entsprechend würdigen?

»Heute Abend ist das Zimmermädchen eine Lüge. Und das hier, das hier bist wirklich du«, zitierte sie leise aus *Manhattan Love Story*. Nun ja, sie war kein Zimmermädchen, sondern Schneiderin, aber sonst stimmte einfach alles. Bis auf ihre Haarlänge, doch die würde hoffentlich nicht den Ausschlag geben. Sie verließ die Wohnung und stöckelte wie auf rohen Eiern die Treppen hinunter. Der Gang musste bis zur Ankunft auf dem Bavaria-Gelände noch etwas optimiert werden, wenn sie nicht sofort vor Fürstberg auf die Knie fallen wollte. Als Einstand wäre das eventuell dann doch ein bisschen zu dick.

So übte sie von der Wohnungs- zur Haustür, von da bis zur Straßenbahn, von der Straßenbahn bis zum Bavaria-Eingang und von dort bis zum Ziel ihrer Träume. Rund um die Halle, wo der Empfang stattfand, waren dicht über dem Boden unzählige Scheinwerfer aufgestellt. Sie ließen Bäume und Büsche vor dem nächtlich schwarzen Himmel in allen Farben des Regenbogens leuchten und verwandelten sie in einen märchenhaften Zauberwald. Die wendeltreppenartig geschwungenen Feuerleitern links und rechts neben dem Eingang waren auf dieselbe Weise in ein geheimnisvolles Blau getaucht. Emma kam sich vor wie Cinderella, die am Abend des alles entscheidenden Balles furchtsam vor dem Königsschloss steht.

Als sie den roten Teppich und die Türsteher vor sich sah, wäre sie am liebsten auf der Stelle wieder umgekehrt. Kurz spielte ihr Kopfkino ein erschreckendes Szenario an peinlichen Fettnäpfchen und Pannen ab, doch dieser Film stoppte in dem Moment, als sie am Ende einer langen Schlange eleganter Menschen den begehrten Purpurläufer betrat. Ab jetzt bewegte sie sich wie in Trance. Halb schob man sie, halb ging sie hin – zu dem Stehtisch, an dem eine junge Frau mit einer langen Liste stand und sie erwartungsvoll ansah. »Wie ist Ihr Name, bitte?«

Was sollte das denn? Musste man sich etwa ausweisen, um Zutritt zu dieser enorm wichtigen Veranstaltung zu bekommen? Genügte es denn nicht, dass sie aussah wie eine Mischung aus Nora Tschirner und Lady Di in ihren besten Zeiten? Dass sie aufgebrezelt war bis zum Anschlag?

»Ihr Name, bitte«, wiederholte die Dame lächelnd und deutete mit einer Kinnbewegung zu ihrer Liste, als wollte sie damit ihr Anliegen genauer erklären.

Irgendwie hatte Emma sich das Ganze einfacher vorgestellt. Mehr so wie bei Marisa im Film, die völlig ungehindert auf dem Empfang auftauchte. Nun ja, die war auch persönlich eingeladen gewesen, aber doch auch nicht als die, die sie wirklich war. »Ich habe eine Karte«, versuchte Emma es vorsichtig und kramte das Papier aus ihrem Täschchen.

»Das ist ja schön und gut«, gab die Dame zurück, »aber ich muss Ihren Namen auf der Gästeliste abhaken.«

Gästeliste, oh Schreck! Das wäre nun doch ziemlich verwunderlich, wenn eine unbedeutende Schneiderin auf einer solchen Liste verzeichnet wäre. Darüber hatte Teresa Schubert wahrscheinlich nicht nachgedacht und sie selbst natürlich erst recht nicht. Verflixt und zugenäht. Teresa Schubert.

Das war's. Ja, klar. Emma lächelte die Empfangsdame, die langsam ungeduldig zu werden drohte, an wie ein strahlender Weihnachtsengel. »Teresa Schubert.«

Deren Kugelschreiber wanderte auf der Seite nach unten, während Emma überlegte, ob die weibliche Form von Zerberus eigentlich »Zerbera« war. »Danke schön. Viel Spaß!« Der Stift machte ein Häkchen, und eine unbedeutende Schneiderin enterte ungehindert Hollywood. Oder kam sich zumindest für einen winzigen Moment so vor.

Das Innere der Halle war aufwendig und schick dekoriert und wimmelte von Menschen wie ein Ameisenhaufen. Nicht alle waren so aufgetakelt wie Emma, einige hingegen übertrafen sie noch. An der einen Seite war das Bufett aufgebaut, es gab zwei Bars, eine Tanzfläche, eine Garderobe und jede Menge zu bewundern. Zwischen verschiedenen schrill neonbeleuchteten Bereichen gab es schummrige Ecken mit stark gedämpftem Licht. Weiß und Silber waren die vorherrschenden Farben, was die kühle Atmosphäre der großen Halle noch betonte, in der die Menschenmasse zu brodeln schien.

Emma stand – noch immer im Mantel – zwischen konzentriert ins Gespräch vertieften Prominenten wie ein Kleinkind vor dem Christbaum und konnte sich kaum sattsehen. Viele der Gesichter kannte sie aus dem Fernsehen, zu einigen wusste sie sogar einen Namen.

»Hätten Sie gerne ein Glas Prosecco?«, ertönte es neben ihr, und ein elegant gekleideter Kellner hielt ihr ein volles Tablett unter die Nase. Vielleicht keine schlechte Idee, zur Auflockerung.

»Gerne«, stammelte sie und kramte erneut in ihrem Täschchen, um zu bezahlen. Doch da hatte er ihr schon ein Glas in die Hand gedrückt und war ohne ein Wort entschwunden. So lief das hier also. Gar nicht mal schlecht.

Zwei Gläser später war ihr auch schon um einiges wärmer, sodass sie den Mantel ausziehen konnte. Mit unsicheren Schritten – was inzwischen vermutlich mehr am Alkohol und weniger an den Schuhen lag – stöckelte sie zur Garderobe. Vom Ballast des Mantels befreit und seltsam beschwingt, begann sie sich endlich nach Fürstberg umzusehen. Ihn in der großen Masse an Leuten zu finden würde nicht leicht werden – falls er überhaupt da war. Immer wieder schoben sich bekannte Gesichter in ihr Blickfeld, wie mit einem

Suchscheinwerfer tastete sie einen Anwesenden nach dem anderen ab. Doch der begehrte Regisseur war nicht darunter.

Was würde sie eigentlich zu ihm sagen, wenn sie ihm gegenüberstand? Bisher waren ihre Gedanken nicht über den Moment hinausgegangen, in dem sie ihn endlich wieder traf. Und dann? Vielleicht: »Hallo, ich bin Emma und stand schon mal bei Ihnen am Set.« Oder besser: »Guten Abend, Jacobi mein Name. Wie Sie Regie führen, ist wirklich höchst beeindruckend.« Das war wahrscheinlich ein bisschen zu schleimig für den Anfang. Eventuell doch eher: »Sie kennen mich nicht, aber ich kenne Sie. Hätten Sie Lust, das zu ändern?« Klang wie ein Anmachspruch aus einem Ratgeber für frustrierte Singles. »Sind Sie nicht Jo Fürstberg, der bekannte Regisseur? Könnte ich ein Autogramm haben?« Mit einem solchen Satz war die Begegnung vermutlich direkt danach schon wieder vorbei. Als Fan hatte sie bestimmt nicht die geringste Chance auf ein normales Gespräch. Wollte sie das denn überhaupt? Als Schauspielerin hätte sie bestimmt weniger Probleme gehabt, mit ihm in Kontakt zu kommen, aber als Schneiderin …

»Entschuldigen Sie bitte, aber das ist mein Fuß, auf den Sie gerade so entschlossen gestiegen sind.« Auch kein schlechter Spruch. Woher kam denn der? Emma drehte sich um und stand Jo Fürstberg gegenüber, der im selben Moment hörbar die Luft ein- und das Gesicht verzog. Und selbst dabei sah er immer noch unglaublich gut aus. Jeans, Hemd und Baumwollschal. Sportlich, jedoch nicht unelegant. Die kurzen grauen Haare gekonnt verstrubbelt. Ein wenig, aber nicht zu viel Bart.

O Gott. So ungefähr musste sich das anfühlen, wenn der

Verstand komplett aussetzte. Ihr Gehirn war vermutlich an Blutleere nicht zu überbieten – alles, was in ihren Adern war, wurde gebraucht, um ihr Gesicht zu röten. Emma schnappte nach Luft, was nicht viel half. So paralysiert wie das Kaninchen vor der Schlange starrte sie den Regisseur an, den sie gerade eben noch so herbeigesehnt hatte.

Wenn sie jetzt nicht wollte, dass er sofort das Weite suchte, musste sie etwas sagen. Am besten etwas Intelligentes. Aber was? Die ganze Zeit hatte sie von genau diesem Augenblick geträumt, und nun war er viel schrecklicher als alles, was sie je erlebt hatte. Sollte Cinderella in diesem Moment die Flucht ergreifen und dabei einen Schuh opfern?

»Ist Ihnen nicht gut? Kann ich helfen?« Fürstberg wirkte tatsächlich besorgt.

Emma erwog für einen kurzen Moment, ihm einfach halb ohnmächtig in die Arme zu sinken und ihren Kopf Schutz suchend an seine Schulter zu lehnen. Stattdessen stotterte ihr Mund ungefragt los: »Du meine Güte, das tut mir so leid. Ich bin aber auch ein Schussel. Wie konnte ich nur? Haben Sie sich wehgetan? Können Sie auftreten? Kann ich irgendetwas tun? Eis vielleicht?« Wie zur Bestätigung ihres großzügigen Angebotes blickte Emma in Richtung Cocktailbar. Dabei atmete sie derart hektisch, als wollte sie auf der Stelle kollabieren.

»Sie können durchaus etwas tun, nämlich sich erst einmal beruhigen«, antwortete Fürstberg prompt, »es ist ja gar nichts passiert. Sehen Sie.« Wie der Storch im Salat hob er den lädierten Fuß in Hüfthöhe und bewegte ihn in alle Richtungen. Das sah so komisch aus, dass Emma hell auflachte. »Mein Auftritt als einer der vier kleinen Schwäne nächste

Woche ist gesichert«, fügte er hinzu, als er wieder mit beiden Beinen auf der Erde stand.

»O nein, Sie haben wirklich …« Irritiert brach Emma ab.

»Keine Sorge, das war nur ein Witz.«

»Die Pose sah auch mehr wie ein Storch aus.« Endlich konnte sie auf seinen lockeren Ton einsteigen. Glücklicherweise nahm er ihr den »Fehltritt« wohl wirklich nicht übel.

»Auf den Schreck müssen wir erst mal etwas trinken«, schlug er vor und schob sie mit einem sanften Händedruck an ihrer Hüfte auf die Bar zu. »Zwei Gin Tonic«, bestellte er dort lässig und lehnte sich mit dem Rücken an die Theke, während der Typ dahinter die Getränke mischte.

Emma wagte nicht, das Gespräch zu beginnen. Irgendwie fragte sie sich immer noch, ob er tatsächlich sie, die unbedeutende Schneiderin, meinte. Jeden Moment erwartete sie, dass er wie in einem schlechten Film an ihr vorbei griff und einer absoluten Traumfrau den georderten Drink anbot. Doch er reichte ihr das Glas. Feuchtigkeit und Kälte an ihrer Handfläche ließen darauf schließen, dass es auch wirklich echt war, die pure Realität. Aber alles fühlte sich an wie im Film – allerdings einem wunderbaren.

»Auf die schöne Unbekannte mit dem energischen Auftreten«, sagte er lächelnd und prostete ihr zu.

Verlegen nahm sie einen großen Schluck von dem etwas bitteren Getränk, das im Licht der Halle seltsam bläulich schimmerte. Und kurz danach gleich noch einen, um sich Mut anzutrinken. Es funktionierte. Sie hob den Kopf und sah ihn an.

»Sind Sie Schauspielerin?«, fragte der Regisseur, und Emma antwortete reflexartig: »Ja, genau.«

»Ich hab's gewusst. Filmschaffende erkenne ich mit schlafwandlerischer Sicherheit«, sagte er freudig, »ich bin nämlich Regisseur. Jo Fürstberg.« Wider Erwarten sprach er seinen Vornamen nicht englisch aus, sondern deutsch, wie die erste Silbe von Johannes. Dabei deutete er eine kleine Verbeugung mit Handkuss an.

»Angenehm. Emma Jacobi.« Das lief ja … komplett in die falsche Richtung. Und war nicht mehr aufzuhalten. Schon wieder eine Falle. Und sie war natürlich voll hineingetappt. Wenn sie den Irrtum jetzt aufdeckte, war sie den Mann sofort wieder los. Warum nur hatte sie gerade in einem kurzen Moment geistiger Umnachtung »ja« gesagt? Sie stand doch hier nicht vor dem Traualtar. Kein Mensch hätte ein Ja von ihr verlangt. Nun war es zu spät.

Emma kam sich vor, als hätte sie tatsächlich gerade einer Ehe zugestimmt – »bis dass der Tod uns scheidet«. Es half alles nichts, sie musste auf jeden Fall erst einmal weiter mitspielen. Das sollte eigentlich kein Problem sein, schließlich war sie seit etwas über einer Minute Schauspielerin. Unfreiwillig, aber fürs Erste unwiderruflich.

»Du bist in diesen Mann nicht verliebt. Und er ist nicht in dich verliebt. Da ist nichts mit Chemie, Verbundenheiten oder Verbindlichkeiten. Ihr kommt aus verschiedenen Welten«, hörte sie das passende *Manhattan-Love-Story*-Zitat in ihrem Kopf. Eben nicht, widersprach sie innerlich, heute Abend ist die Schneiderin eine Lüge. Basta. Kurzerhand verabschiedete sie sich von ihrer Wunschvorstellung, einen Mann kennenzulernen, bei dem sie ganz sie selbst sein konnte. Später vielleicht. Nach der Hochzeit.

»Sie kommen mir auch so bekannt vor«, fuhr Jo nun fort,

»wo könnte ich Sie denn gesehen haben?« Da wurde es schon etwas schwieriger.

Sie versuchte, Zeit zu gewinnen. »Das kann ich mir eigentlich nicht vorstellen, meine Rollen sind eher …« Emma brach ab, weil sie beim besten Willen nicht wusste, wie sie da mit heiler Haut herauskommen sollte. Außerdem war ihr am wichtigsten, Fürstberg nicht vor den Kopf zu stoßen, sondern die Chance auf einen intensiveren Kontakt auch nach diesem Abend zu wahren.

»Lassen Sie mich raten …« Tolle Idee. Fürstberg musterte sie von Kopf bis Fuß, als wäre sie eine Statue, die auf dem Flohmarkt angeboten wurde.

»Ich könnte mir vorstellen …« Der machte es aber wirklich spannend. Emma versuchte, eine möglichst geheimnisvolle Miene auf ihr Gesicht zu zaubern, um die peinliche Situation für sich ein kleines bisschen vorteilhafter zu gestalten. »Also Serien drehen Sie nicht. Serien sind meine Welt, ich würde Sie kennen. Ein solches Gesicht vergisst man doch nicht.« War das jetzt Kompliment, Beleidigung oder Verarschung? Emma wurde immer nervöser. »Theater?«

»Nun ja …« Vielleicht war das keine schlechte Idee. Wenn er sie dann aber nach bestimmten Dramen fragte, war sie sofort wieder aufgeschmissen.

»Sie werden ja rot.« Na, danke. Das hilft bestimmt. »Drehen Sie etwa Pornofilme?«

»Um Gottes willen, nein!« Vermutlich hatte ihr Gesicht in diesem Moment den dunkelvioletten Ton eines Kardinalsgewandes angenommen. Sie fragte sich ernsthaft, wie sie bloß auf den absurden Gedanken gekommen war, einfach so auf diese Veranstaltung zu gehen. Und unbedingt mit Fürstberg reden zu wollen. Es war die Hölle. Zumindest fühlte es sich so an.

Emma brach der Schweiß aus. Wenn sie das Ratespielchen nicht sofort beendete, würde alles nur noch schlimmer werden. Und Jo wäre fort. Für immer.

Sie nahm einen großen Schluck Gin Tonic und dann gleich noch einen. »Es ist so«, begann sie schnell, bevor er weitere Vermutungen äußern konnte, »ich bin eigentlich … noch gar keine … richtige Schauspielerin.«

»Sie sind noch in der Ausbildung?« Das klang nun aber wieder sehr popelig.

»Ich bin gerade fertig geworden.« Kluger Schachzug.

»Tatsächlich? Soviel ich weiß, sind die Abschlussprüfungen doch im Sommer, oder? An welcher Akademie waren Sie denn?« Schach – und matt?

»Ja, ja, natürlich im Sommer. Aber mir kommt es so vor, als wäre es erst gestern gewesen. Ich bin bis jetzt überhaupt nicht im Berufsleben angekommen.« Gerade noch mal den König in Sicherheit gebracht. Und gar nicht schlecht. Der Alkohol begann zu wirken. Emma nahm vorsichtshalber noch einen weiteren Schluck.

»Das kann ich gut verstehen.« Puuuuhhhh. »Dann hatten Sie seither keine Rollen, kein Engagement? Was haben Sie denn für Pläne und Ziele?«

»Ach, da bin ich eigentlich völlig offen … Äh … ich meine, da bin ich nicht festgelegt.« Sie strahlte ihn an, während er sie mit echtem Interesse betrachtete. Wann hatte sie zum letzten Mal ein Mensch nach ihren Zielen und Plänen gefragt? Vermutlich kurz nach dem Abitur. Das war inzwischen an die zehn Jahre her.

Damals hätte sie sich nie im Leben träumen lassen, dass sie heute mit einem Filmregisseur auf einem Empfang Gin Tonic trinken würde. Zwar hatte sie erwartet, mit achtundzwanzig eine angehende Modedesignerin zu sein. Aber war das hier nicht viel besser? Emma fühlte sich großartig. Die paar Schluck Gin riefen in ihrem Inneren eine wohlige Wärme hervor, sie kam sich fast ein wenig vor, als würde sie schweben.

Fürstberg bestellte noch zwei Gin Tonic und führte seine Gesprächspartnerin zu einer Sitzgruppe, in der niemand saß, weil das Partyvolk sich inzwischen auf der Tanzfläche tummelte. Auf dem Weg dorthin grüßte er immer wieder vorbeikommende Gäste, küsste hier eine Dame, drückte dort jemandem die Hand. Emmas Hüfte, die er sanft vor sich herschob, ließ er jedoch bis zur Ankunft am Sofa nicht los. Sie zog es vor, an ihrem frischen Longdrink erst einmal nur noch zu nippen. Schließlich wollte sie dem Mann ihrer Träume auf keinen Fall stockbetrunken auf den Schoß sinken.

Stattdessen lenkte sie das Gespräch nun geschickt in eine andere Richtung: »Und Sie, Herr Fürstberg? Sie führen Regie bei Serien, sagten Sie?«

»Nennen Sie mich bitte ›Jo‹. Sie gehören schließlich so gut wie zur Branche. Ja, ich drehe hauptsächlich tägliche Formate in Berlin, Köln und München. Zurzeit bin ich bei der Daily ›Amtliche Gefühle‹ hier auf dem Gelände. Sagt Ihnen das was, Emma? Ich darf doch ›Emma‹ sagen?«

Ja, Jo, hätte sie am liebsten hingebungsvoll geantwortet, doch das hätte sich wohl eher nach einem Möchtegern-Rap angehört. Also hauchte sie, wie sie es aus ihren Lieblingsfilmen kannte: »Ich bitte darum.« Dazu versuchte sie einen verführerischen Augenaufschlag, den sie in nüchternem Zustand nie gewagt hätte. Die Frage nach seiner Serie hatte sich damit zum Glück erledigt. Emma konnte ja schlecht sagen, dass sie ihm dort schon zweimal über den Weg gelaufen war. Beim ersten Mal im Brautkleid und beim zweiten Mal hinter einem schwebenden Dirndl.

Fürstberg alias Jo erzählte nun abwechslungsreich von seiner Arbeit als Regisseur, sie hätte den Rest des Abends zuhören können. Zwischendurch fragte er sie nach ihrer Meinung oder ihren bisherigen Erfahrungen und erkundigte sich wiederholt nach ihrer Schauspielausbildung und ihren Zukunftsplänen. Zum Glück gelang es Emma immer wieder, von ihrer eigenen Person abzulenken, indem sie das Gespräch erneut auf seinen Beruf brachte. Und da sie am Gin Tonic weiterhin nippte, behielt sie auch den einigermaßen klaren Kopf, den sie dafür dringend benötigte.

Nach etwa einer halben Stunde meinte Jo: »Ich muss mich leider noch um einige Kollegen kümmern. Hat mich sehr gefreut. Vielleicht sieht man sich ja mal wieder?« Er stand, ja sprang so beschwingt auf, als hätte er keinen Tropfen Alkohol intus, und Emma bekam Panik.

Was tat man, wenn der Schwarm gerade im Begriff war, sich für immer zu verabschieden? Er reichte ihr formvollendet die Hand, sie erhob sich weit weniger elegant. Dann beugte er sich nach vorn und küsste sie zart auf beide Wangen. Das hatte er zuvor schon mehrfach bei seinen Begrüßungen gemacht, hatte also nichts zu bedeuten. Trotzdem fühlte es sich nicht schlecht an.

»Viel Erfolg bei der Rollensuche.« Und schon hatte er sich weggedreht.

Neeeeiiiiin, wollte Emma äußerst filmreif schreien. Doch

ein solch theatralischer Schrei passte vielleicht bei einer Schießerei, Geiselnahme oder einem Überfall, aber nicht so recht nach dem ersten Gespräch.

»Gerade fällt mir ein …« Sie traute ihren Augen kaum, als er sich ihr doch noch einmal zuwandte. »… geben Sie mir doch einfach mal Ihre Nummer. Vielleicht kann ich ja irgendwann was für Sie tun.«

Da würde mir auf Anhieb sehr viel einfallen, jubelte Emma innerlich.

Er zog sein Handy aus der Hosentasche und tippte die von ihr genannten Ziffern konzentriert hinein. »Wie war noch einmal der Nachname?«

»Jacobi, Jott – A – Ce – O – Be – I.«

»Herzlichen Dank. Vielleicht sehen wir uns später noch. Schönen Abend.« Das war der eindeutig bessere Abschied. Gekauft.

Emma ließ sich zurück aufs Sofa fallen und nahm nun doch noch einen kräftigen Schluck Gin Tonic. Selten hatte sie sich nüchterner gefühlt, das war jetzt nicht mehr nötig. Nachdem sie ihre Mission erfüllt hatte, konnte sie genauso gut noch ein wenig die Party genießen. Vielleicht lief sie dabei sogar Jo wieder über den Weg. Konnte nicht schaden, wenn er sie auch mal beim Tanzen sah. Das beherrschte sie nämlich im Gegensatz zur Schauspielerei richtig gut.

Zunächst nahm sie allerdings erst noch das Buffet unter die Lupe. Zu dieser späten Stunde erinnerte es ein wenig an die Essensreste nach den WG-Partys, die Emma während ihrer Ausbildung erlebt hatte. Halb volle Schüsseln, abgegraste Platten, geleerte Teller – kurz gesagt, ein Schlachtfeld nach dem Ende des Kampfes.

Sie nahm sich ein Schälchen mit einer hübsch dekorierten Nachspeise, die an Mousse au Chocolat erinnerte. Schließlich gehörte sie so gut wie zur Branche. Es war eine lockere Schokocreme, die nach dem vielen Gin umso süßer schmeckte. Was für ein passender Abschluss dieses gelungenen Abends.

»Gegen Ende gehe ich immer noch mal zum Buffet. Du auch?« Ohne dass sie es bemerkt hatte, war ein Mann im Anzug neben sie getreten und hatte sich ebenfalls ein Dessert genommen. Jetzt war sowieso schon alles egal. Sie konnte ebenso gut weiterhin so tun, als wäre sie auf solchen Empfängen zu Hause.

»Da geht es mir wie dir. Und dann schmeckt es auch am besten.« Gin und Schokolade waren offensichtlich eine Mischung, die enorm beflügelte. Langsam hatte Emma wirklich das Gefühl, sich schon seit Längerem in dieser anderen Welt zu bewegen.

»Auch Schauspielerin?«

Warum vermutete das eigentlich jeder hier? Lag es vielleicht an dem Traum in Rosé, den sie trug? Kleider machen Leute. War das etwa immer noch so? Wenn ja, hatte sie zumindest in ihrem realen Leben einen Job mit Perspektive gewählt. Also volle Fahrt voraus, ohne Rücksicht auf Verluste: »Stimmt. Wie hast du das nur erraten?«

»Das sieht man doch sofort. Deine Haltung, deine Ausstrahlung. Ich bin auch Schauspieler, da erkennt man einander einfach.« Aha. »Mein Name ist Pierre, hallöchen.« Statt ihr die Hand zu geben oder ein Wangenküsschen oder irgendetwas Ähnliches, schob er sich einen vollen Löffel Schokomousse in den Mund.

Je später der Abend, desto unwichtiger die Etikette, dachte Emma und war froh darüber. Sie hatte es sich viel unangenehmer und komplizierter vorgestellt, so allein unter Prominenten. Ihre Berührungsängste zu Beginn der Veranstaltung hatte sie schon vergessen – oder erfolgreich im Gin ertränkt.

»Ich bin Emma.«

»Emma … Emma … Und weiter?«

»Emma Jacobi.«

»Ah, Jacobi … Ja, hab ich schon mal gehört. Gut im Geschäft?«

»Danke, ich kann nicht klagen.« Warum nicht ein wenig übertreiben? Schließlich hatte man nicht so oft die Gelegenheit, mit einem echten Schauspieler zu sprechen. Unglaublich, wie einfach das war. Pierre kam ihr tatsächlich bekannt vor. Vielleicht war er ja sogar ein wenig berühmt? Das Gespräch bot jedenfalls eine glänzende Möglichkeit, ein paar Informationen über ihren neuen Beruf zu sammeln. Falls Jo wirklich anrief, musste sie schließlich etwas mehr Hintergrundwissen vorweisen können. Pierre war auch äußerst mitteilsam. Er wunderte sich kein bisschen, dass seine Kollegin derart viele Fragen zu seinem Werdegang hatte. Wahrscheinlich hielt er es für ein ausgeprägtes Interesse an seiner Person, das ihm offensichtlich durchaus gelegen kam. Im Laufe des Gesprächs wurde er so redselig, dass Emma sich fragte, ob das seinem Wesen entsprach oder dem Alkoholkonsum geschuldet war. Die Erzählungen waren aber so witzig und gleichzeitig informativ, dass es ihr nicht gelang, einen Absprung zu finden.

»Ich muss mich leider noch um einige Kollegen kümmern. Es hat mich sehr gefreut. Vielleicht sieht man sich ja mal wieder?«, wagte sie gegen drei Uhr schließlich ein Remake von Fürstbergs Abschiedsworten. Die auch beim zweiten Aufguss noch wirksam waren.

»Würde mich wirklich freuen. Herzlichen Dank für die nette Unterhaltung.« Monolog wäre wohl die passendere Bezeichnung gewesen. Trotzdem hatte Emma, als sie den Empfang verließ, das sichere Gefühl, dass sie einen äußerst amüsanten Abend erlebt hatte, der auch noch wunschgemäß verlaufen war.

5

Das ganze Leben war ein Spiel,
doch nur sie allein kannte die Regeln.

WOHNUNG EMMA
Innen/Nacht

Von einem netten Taxifahrer sorgsam zu Hause abgesetzt, konnte Emma jedoch noch nicht sofort ins Bett gehen und schlafen. Zu viele verschiedene Eindrücke und Erlebnisse wirbelten ihr in einem bunten Durcheinander durch den Kopf. Sie war Fürstberg auf den Fuß getreten, hatte sogar mit ihm gesprochen, ihm ihre Nummer gegeben. Jo hatte mit ihr angestoßen, sie auf die Wange geküsst, sie beim Vornamen genannt und ihre Nummer sogar selbst verlangt. Überwältigt von ihrem Erfolg legte sie sich zwischen die selbst genähten Kissen, verschränkte die Arme hinter dem Kopf und blickte verträumt an die Decke.

Jetzt sah sie vor sich nur noch sein Gesicht mit dem Lausbubenlächeln. Die kleinen Fältchen in den Augenwinkeln, die Grübchen neben dem Mund. Sie spürte den sanften Druck seiner Hand in ihrem Rücken und roch immer noch den erfrischenden Duft, der von ihm ausgegangen war.

»Du als du und ich als ich«, flüsterte Ralph Fiennes leise in ihrem Kopf. Ganz sie selbst war sie nicht gewesen an diesem Abend. Doch dafür würde später immer noch Zeit sein. Bei Marisa und Christopher hatte es schließlich auch geklappt.

Emma sah Jo an und hörte sich vorsichtig beichten: »Es gibt etwas, das Sie nicht wissen. O Gott, wie soll ich Ihnen das nur sagen? Als Sie mich das erste Mal gesehen haben ...«

»Da hast du mich verzaubert«, antwortete der Regisseur filmgemäß und verhinderte jeden weiteren Einwand mit einem langen, zärtlichen Kuss.

Dass sie sich dabei nicht in New York befanden wie in *Manhattan Love Story*, sondern im Englischen Garten standen, tat nichts zur Sache. Sie stritten sich wie im Film, versöhnten sich hochoffiziell mit Pressekonferenz und allem Pipapo, genau wie Jennifer Lopez und Ralph Fiennes. Emma sah auch die Titelblätter bekannter deutscher Zeitschriften auf sich zufliegen, mit Fotos und Schlagzeilen wie »Der Regisseur und die Schneiderin – die Liebesgeschichte des Jahres« oder »Von der Näherin zur Braut des berühmten Serien-Regisseurs«.

Sie stand im Princesse-Kleid neben Jo vor dem Traualtar, als jemand von den Anwesenden anklagend nach vorne rief: »Ich glaube, der Bräutigam liebt eine andere!«

Mit einem leisen Aufschrei schreckte Emma aus dem Traum hoch und fand sich im roséfarbenen Abendkleid mit Schmuck und Sandaletten auf dem Bett wieder. Erleichtert ließ sie sich in die Kissen zurücksinken und wartete, bis sich das rasende Herzklopfen etwas beruhigt hatte. Dann zog sie sich schnell um, schminkte sich ab, kuschelte sich unter ihre Decke und war kurz darauf wieder eingeschlafen.

Gegen Mittag erwachte sie ausgeruht und ohne sich an weitere Träume erinnern zu können. Bevor sie sich einen Kaffee zubereitete, hängte sie Marisas Kleid, das sie seit Tagen immer im Blick gehabt hatte, zurück in den Kleiderschrank. Nun war es an der Zeit, einen würdigen Nachfolger auf der Schneiderbüste zu küren. Schließlich hatte sie ihr erträumtes Ziel noch längst nicht erreicht. Da konnte es nicht schaden, mit dem, was bei der Premiere nicht allzu schlecht geklappt hatte, weiterzumachen. Für Vivians bodenlange Robe beim Opernbesuch war es vielleicht ein bisschen früh, doch ihr schwarzes Cocktailkleid aus Spitze schien genau das Richtige zu sein für diese Phase des Kennenlernens, es durfte den dunklen Schrank verlassen.

Als Hannah um drei Uhr anrief, um mitzuteilen, dass die Freundinnen das verschobene Mädelstreffen für diesen Samstagabend angedacht hatten, war sie bereits wieder so unternehmungslustig, dass sie sofort zusagte. Nur selten in ihrem Leben hatte sie sich wohler gefühlt in ihrer Haut. Sie war verliebt in einen tollen Mann, der ebenfalls interessiert schien. Sie hatte Menschen um sich, die gerne mit ihr den Abend verbringen wollten. Eine Familie, mit der sie sich außerordentlich gut verstand. Fehlte nur noch die berufliche Erfüllung, ein Modestudium, eigenständiges Arbeiten, kreative Selbstverwirklichung. Aber das konnte auch gut noch etwas warten. Alles zu seiner Zeit.

Wenn Kirsten, Yvonne, Hannah und Emma sich trafen, gab es meistens enorm viel zu besprechen. Da unbedingt immer alle vier dabei sein sollten – das hatte Tradition seit ihrer gemeinsamen Schulzeit –, schafften sie es im Höchstfall einmal im Monat, einen passenden Termin zu finden. Dafür wurde es dann regelmäßig ein langer Abend, weil sämtliche wichtigen Themen ausgiebig erörtert werden mussten.

Zu viert leerten sie mehrere Flaschen Wein und tauschten private und berufliche Erlebnisse aus, die kommentiert und bewertet wurden. Das war in manchen Situationen tatsächlich recht hilfreich, doch ab und zu verunsicherte es Emma auch. Deshalb nahm sie sich auf dem Weg zu Kirstens Wohnung fest vor, von ihren Begegnungen mit Jo Fürstberg lieber noch nichts zu erzählen. Denn eigentlich wusste sie schon vorher ziemlich genau, welche Ratschläge die Freundinnen parat haben würden.

Kindergärtnerin Hannah, die als Einzige bereits Familie hatte, wäre mit Sicherheit gegen eine Beziehung mit dem Regisseur. Sie war in der Runde die Verfechterin des Prinzips »Gleich und gleich gesellt sich gern«. Dementsprechend hatte sie sich einen Sozialpädagogen zum Mann gesucht. Von ihr war also nicht das geringste Fünkchen Unterstützung zu erwarten.

Ganz anders Kirsten, Mathematik- und Physiklehrerin und eindeutig die pragmatischste der vier Frauen. »Nimm ihn auf jeden Fall«, würde sie vermutlich raten, »der hat bestimmt Kohle ohne Ende. Dann brauchst du dich nicht mehr von der Stich quälen zu lassen.« Eine durchaus einleuchtende Argumentation, doch für Emma viel zu unromantisch. Sie hielt es lieber mit *Pretty Woman* Vivian, die kurz vor Schluss des Films idealistisch bekennt: »Mein Märchen soll wahr werden.«

Die vielen Happy Ends in Emmas DVD-Schrank konnten doch schließlich nicht irren. Es gab sie ja auch immer wieder in der Realität. Warum also sollte nicht auch sie eines erleben? Irgendwann, irgendwie, mit irgendwem … Am liebsten mit Jo.

Zu guter Letzt Yvonne, ihres Zeichens Buchhändlerin. Sie mochte nur realistische Geschichten und hasste romantische Komödien. Außerdem bevorzugte sie Bücher, Filme waren ihr eher suspekt. Und wenn sie Kino oder Fernsehen überhaupt in Erwägung zog, dann nur ab einer gewissen Menge Drama und Tragik. Als ob das so viel lebensechter wäre als Emmas Schnulzen! Doch obwohl die beiden Freundinnen darüber schon seit Jahren diskutierten, waren sie bislang zu keiner Einigung gelangt. Wenn Emma mit Jo den Beweis angetreten hatte, konnte sie immer noch die Katze aus dem Sack lassen, dachte sie und bog in Kirstens Straße ein.

Natürlich waren die Freundinnen schon alle versammelt, weil sie wieder einmal als letzte eintraf. Dass sie allerdings eine Dose selbst gebackene Kekse mitgebracht hatte, sorgte für schnelle Vergebung. Schließlich kannten sich die Mädels seit mehr als achtzehn Jahren, da war man so langsam mit den Eigenheiten der anderen vertraut.

Wie bei ihren privaten Film-Happy-End-Sessions konnte Emma ohne jedes Vorgeplänkel in die Unterhaltung einsteigen. Kirsten goss ihr ungefragt Rotwein ins Glas und hockte sich wieder mit angezogenen Beinen zurück auf ihre Couch. Jede der Frauen hatte ihren Stammplatz, den sie quasi automatisch einnahm: Kirsten und Yvonne auf dem Sofa, Emma im Sessel, die Beine seitlich über einer Armlehne, und Hannah, wie es sich für eine Yoga-Expertin gehörte, im Schneidersitz auf dem Teppich.

»Stellt euch vor«, legte sie nun los, »beim letzten Yoga-Workshop hab ich endlich ›die Krähe‹ geschafft. Na, was sagt ihr?«

»Ich habe nicht die geringste Ahnung, was das überhaupt ist«, meinte Kirsten trocken und nahm einen weiteren Schluck Wein.

»Moment …« Hannah rollte elegant aus ihrer Sitzhaltung nach vorn in eine Art Hocke und schwebte kurz darauf mit angewinkelten Beinen in der Luft, während sie auf den Handflächen balancierte. »Zwei Jahre habe ich da hin geübt«, verkündete sie stolz, nachdem sie die übliche menschliche Ordnung der Gliedmaßen wiederhergestellt hatte. Die anderen drei applaudierten beeindruckt und waren insgeheim froh, sich dieser Herausforderung nicht stellen zu müssen.

Als Kirsten gleich darauf von den Schwierigkeiten mit ihrer Schulklasse berichtete, gingen die Meinungen wie stets weit auseinander.

Yvonne sah das Hauptproblem im zu häufigen Fernseh- und Internetkonsum der Kinder. »Den Kindern werden heute einfach nicht mehr die richtigen Werte vermittelt«, beklagte sie nun schon zum wiederholten Male.

Und Kirsten antwortete ebenso gebetsmühlenartig: »Das ist auch nicht in erster Linie die Aufgabe einer Mathematiklehrerin. Dafür sind andere Fächer da.«

Hannahs Erklärung für Konflikte und Gewalt unter Schülern sah dagegen vollkommen anders aus. Sie machte soziale Unterschiede für die Problematik verantwortlich und riet der Freundin, im Übrigen auch nicht zum ersten Mal, doch lieber an eine Waldorfschule zu wechseln.

Als die Debatte an Hitzigkeit immer weiter zunahm, war Emma im Stillen sehr froh, die Begegnung mit Jo gar nicht erst zum Thema gemacht zu haben. Ein Gespräch darüber wäre bestimmt ähnlich verlaufen und hätte sie nur verunsichert.

Seit sie heute Morgen erwacht war, fragte sie sich dennoch ständig, ob und wann Fürstberg sie wohl anrufen würde. Sie warf regelmäßige Blicke auf ihr Handy, obwohl sie hören konnte, wenn es klingelte. Gleichzeitig war ihr völlig klar, dass es dazu noch viel zu früh war. Doch warum sollte der Regisseur erst in zwei Wochen und nicht bereits am nächsten Tag Kontakt aufnehmen? Bis dahin hatte er sie doch bestimmt schon längst wieder vergessen. Falls er nicht bald etwas von sich hören ließ, täte sie bestimmt gut daran, sich möglichst bald in Erinnerung zu bringen. Aber wie?

Ach, es wäre so schön gewesen, wenn Jo sie genauso intensiv gesucht hätte wie Christopher Marisa. Wenn er Emma einfach nicht vergessen könnte. Beim Gedanken daran entstand ein völlig neuer Film in ihrem Kopf.

»Ich habe sämtliche Schneidereien in ganz München abgesucht«, sagte Fürstberg zu ihr und umarmte sie zärtlich. Halt – falsch! »Ich habe sämtliche Schauspielschulen der Stadt abgeklappert«, musste er natürlich gestehen. Dann Umarmung, Kuss und so weiter. »Du hast mir so gefehlt. Ich möchte keinen einzigen Tag mehr ohne dich sein. Willst du meine Frau werden?«

»Ja, ich will«, hauchte es da neben ihr ergriffen, und die Freundinnen brachen in schallendes Gelächter aus.

»Miss Dreamy steht mal wieder vor dem Traualtar«, verkündete Kirsten fröhlich, »den verzückten Blick kenne ich.«

Yvonne fiel ein: »Wer ist denn diesmal der Glückliche? Richard Gere oder vielleicht doch lieber George Clooney?« Auch sie machte sich ab und zu ein wenig über Emmas verträumte Filmleidenschaft lustig.

Dass Emmas Gedanken auch mitten in einem Gespräch gern einmal in romantische Fernen schweiften, war für ihre Freundinnen nichts Neues. Umso erleichterter war Emma jetzt, dass sie kein Sterbenswörtchen über den gestrigen Abend und seine Vorgeschichte verloren hatte. Und es auch erst einmal nicht tun würde. Bestimmt nicht! Sie beteiligte sich wieder brav an der allgemeinen Unterhaltung und achtete darauf, den Rest des Abends wohlweislich nicht mehr aus der Reihe zu tanzen.

Den Kolleginnen im Atelier erzählte Emma ebenfalls nichts von Jo, Pierre und dem Empfang auf dem Bavaria-Gelände. In den nächsten Tagen versuchte sie, ihrer Arbeit in der Schneiderwerkstatt so zügig nachzugehen, dass die Stichsäge keinerlei Beanstandungen vorbringen konnte. Dieses Vorhaben wurde allerdings dadurch etwas erschwert, dass sie weiterhin alle halbe Stunde einen Blick auf ihr Handy warf, in der Hoffnung, es hätte in der Zwischenzeit eine ganz bestimmte »unbekannte Nummer« angerufen. Doch es herrschte die ganze Woche Schweigen im Walde.

Trotz aller guten Vorsätze, möglichst nicht anzuecken, meldete sich Mitte der Woche wieder einmal Emmas ideenreicher Schneiderinnen-Kopf, als die Stichsäge ihr die Bestellung von Frau Anderson anvertraute. Blusen und Röcke waren für eine Fachkraft eigentlich keine große Sache. Doch vielleicht bekam die Gesellin gerade deshalb Lust, neue Pfade zu beschreiten.

Dass die Chefin auf jede auch noch so kleine Veränderung ihrer erprobten Schnitte äußerst allergisch reagierte, wusste sie. Schließlich hatte die Stichsäge ihr das oft genug deutlich zu verstehen gegeben. Trotzdem war Emma in ihrer Verliebtheit so euphorisch, dass sie es erneut versuchte. Wenn eine unbedeutende Schneiderin in der Lage war, einen attraktiven Filmregisseur kennenzulernen, konnte sie vielleicht auch ihre widerspenstige Chefin von einigen neuen Ideen überzeugen.

Weit gefehlt. »An dieser Stelle haben wir bei diesem Modell noch nie eine Naht gesetzt«, war Frau Stichs eindeutige Antwort, »und das werden wir auch in Zukunft nicht tun.«

»Das würde den Schnitt aber ein wenig ausgefallener erscheinen lassen«, wagte Emma zu widersprechen, »und Frau Anderson mag es doch eigentlich ein bisschen extravagant.«

»Wollen Sie mir die Vorlieben meiner Stammkunden erläutern?«, fuhr die Chefin sie beleidigt an und war von da an für weitere Argumente nicht mehr zugänglich.

Emma gab klein bei, hielt den Mund und erledigte im Lauf der Woche die gesamte Bestellung, drei Blusen und zwei Röcke.

Eine weitere Lieferung zum Studio von »Amtliche Gefühle« stand bis zum Freitag leider nicht mehr an, sodass sie dem Traumprinzen und damit ihrem Herzenswunsch nicht das kleinste Stückchen näher kam.

Der Samstag immerhin bot ein wenig Abwechslung, weil Lisa ihre Schwester gebeten hatte, Clara vorbeibringen zu dürfen, während sie einige wichtige Besorgungen erledigte.

Henning hatte Bereitschaft im Harlachinger Krankenhaus.

Die Kleine hatte in den vergangenen Wochen offensichtlich ihre Leidenschaft für die Kunst entdeckt, denn sie suchte sofort sämtliche Zettel in der Wohnung nach freien Zeichenflächen ab.

»Tante Emmaaaa«, brüllte sie, sobald sie fündig geworden war, »kann ich da was draufmalen?«

»Erstens gebe ich dir gleich ein Blatt Papier«, bremste die Tante und nahm ihrer Nichte gerade noch rechtzeitig die Gehaltsabrechnung ab, »und zweitens nenn mich nicht immer Tante Emma. Du weißt doch, dass ich das hasse.«

»Ich will aber ›Tante Emma‹ zu dir sagen. Zur Mama sag ich ›Mama‹, zum Papa ›Papa‹, zur Oma ›Oma‹, zum Opa …«

»Danke, ich hab's kapiert. Bevor du jetzt die gesamte Ahnengalerie aufzählst, hol ich dir lieber was zum Malen«, sagte Emma und lief nach einem Block und bunten Stiften.

Interessant, was die Kinder heutzutage so zu Papier bringen, dachte sie, als sie wenig später neben der Kleinen am Tisch saß. Clara kritzelte eifrig vor sich hin und plapperte dabei: »Die Terrasse muss aus Natursteinen sein und drum herum ganz viele Gräser und auch solche Farne.« Wild durcheinander zeichnete sie grüne Striche und Zacken um ihre braune Fläche in der Mitte des Bildes. »Das muss man machen, damit viele Tiere und so Käfer und so was alles da drin leben können«, erklärte sie und sah ihre Tante ernst an.

Die hörte äußerst gespannt zu und fragte schließlich: »Woher weißt du denn das?«

»Vom Willi. Der Willi hat mir auch Bilder gezeigt, wo

alles genau so drauf is.« Dabei malte sie kleine und größere farbige Kreise mit längeren oder kürzeren Beinen und wilden Augen in die Botanik auf der Zeichnung. »Der Willi sagt, dass das ganz wichtig ist, dass man ganz viele verschiedene Blumen und Bäume in unseren Garten macht. Der Papa will aber lieber nicht so viele.«

»Haben sie sich wieder gestritten?«

»Ja, gestern.« Clara leuchtete offensichtlich die Argumentation des Landschaftsarchitekten durchaus ein, ganz im Gegensatz zu ihrem Vater.

Nicht schlecht, dachte Emma, dieser freundliche Holzfäller hat immerhin bereits zwei Frauen aus der Familie auf seine Seite gebracht! Und ihr selbst hatten Willis Pläne ebenfalls besser gefallen als die geordnete Öde, auf die Henning sich versteifte. Seinen Beruf schien er jedenfalls zu verstehen.

Als Lisa ihr Töchterchen zusammen mit einem ganzen Stapel Planzeichnungen abholte, fragte Emma neugierig: »Wie soll denn nun euer Traumgarten aussehen?«

»Ach, frag mich nicht. Henning ist so stur. Wenn er so weitermacht, wird es Weihnachten, bevor die beiden sich geeinigt haben.«

»Wann ist Weihnachten?«, schaltete sich Clara ein.

»Erst in etwa acht Monaten, mein Schatz.«

»Och, das ist ja noch total lang.«

»Tja, aber für deinen Vater könnte selbst diese Zeit zu kurz sein.«

»Weißt du was, du bringst ihm jetzt einfach alle deine tollen Bilder mit«, schlug Emma vor und deutete auf den Bilderstapel in Lisas Hand. »Dann wird er schon einsehen, dass die Idee mit dem natürlichen Garten doch nicht so schlecht ist.«

»Dann kann der Willi alles so machen, wie ich es ihm aufgemalt hab. Da freut er sich bestimmt«, verkündete die Kleine stolz und wollte die Kunstwerke jetzt vorsichtshalber doch lieber selbst nach Hause tragen. So zogen die beiden von dannen, und Emma war wieder allein mit ihren Gedanken an Jo. Aber immerhin hatte sie ganze drei Stunden nicht ein einziges Mal auf ihr Handy gesehen.

Den Rest des Wochenendes tat sie es dafür umso öfter. Und hätte am Sonntagmorgen nicht ihre Mutter angerufen, so wären es vermutlich noch zwei oder drei Mal mehr geworden. Seit Traudl ehrenamtlich in der Altenpflege arbeitete, telefonierte sie deutlich seltener mit ihrer Tochter, aber ab und zu fand sie dennoch ein wenig Zeit dafür.

»Was ist denn los?«, fragte sie schon nach wenigen Sätzen, »du klingst lang nicht so munter wie sonst.« Mütter hatten eben ein ganz besonderes Gespür für die seelische Verfassung ihrer Kinder. Allerdings wollte Emma gerade jetzt die Geschichte mit Jo nur sehr ungern erzählen – vielleicht meldete er sich ja gar nicht mehr? Und so blieb es bei den Senioren-Berichten der Mutter und den Stichsägen-Klagen der Tochter.

Am Sonntagabend nahm Emmas Bedürfnis, mit jemandem über ihren Liebeskummer zu reden, dann so sehr überhand, dass sie sich kurz entschlossen aufs Fahrrad schwang und zur Großmutter ins Lehel fuhr. Fanny freute sich natürlich sehr, merkte aber ebenfalls sofort, dass etwas nicht in Ordnung war. Und wie immer legte sie gleich den Finger in die Wunde.

»Emmilein, ist was geschehen?«, fragte sie besorgt und streichelte der Enkelin mitfühlend die Wange. »Dir liegt doch was auf dem Herzen. Geht's um deinen Regisseur? Wie hieß er noch?«

»Jo Fürstberg. Und er ist gar nicht ›mein‹ Regisseur.« Wie ein trotziges Kind sah Emma auf die Spitzen ihrer Turnschuhe hinab, als gäbe es gerade nichts Interessanteres. Sogar vor Fanny war es ihr ein wenig peinlich, über die Ereignisse der vergangenen Wochen und ihre Gefühle zu Jo zu sprechen. Plötzlich kam ihr der filmreife Traum von Liebe und Glück, dem sie seit ihrer Jugend unbeirrt nachhing, ziemlich albern vor. Die große Liebe ohne Wenn und Aber, die absolut harmonische Beziehung, gegenseitige Treue bis in den Tod, keinerlei Hindernisse beim Kennenlernen, die Seelenverwandtschaft zweier Menschen, Männer ohne unangenehme Eigenschaften – gab's das vielleicht wirklich nur im Film? Schließlich hatte keine ihrer bisherigen Beziehungen diesem Ideal wirklich standhalten können. Was dazu geführt hatte, dass sie meist nach ein paar Monaten wieder in die Brüche gegangen waren.

»Jetzt setz dich her und spann mich nicht länger auf die Folter, Madl. Das verkraftet mein altes Herz nämlich gar nicht mehr so gut.« Die Großmutter klopfte mit der Hand auf das Polster des Sessels neben sich und lehnte sich gemütlich zurück wie zu einer Märchenstunde.

Eigentlich war sie es ja, die ab und zu den Kindern in der Nachbarschaft Märchen vorlas. Allerdings veränderte sie dabei gerne mal das eine oder andere Detail, sodass Dornröschen sich plötzlich selbst aus der Dornenhecke befreite oder Rapunzel sich die langen Haare abschnitt.

»Selbst ist die Frau. Kinder können das gar nicht früh genug lernen«, meinte Fanny immer nur, wenn die Eltern sich beschwerten, dass sie deutsches Kulturgut zerstöre. Sie ließ sich von niemandem, nicht mal von den Gebrüdern Grimm, vorschreiben, was sie zu tun und zu lassen hatte.

Kein schlechtes Vorbild, dachte Emma und begann in aller Ausführlichkeit zu erzählen. Von dem ereignisreichen Abend bei dem Bavaria-Empfang und ihrem prinzessinnengleichen Auftritt dort. Von dem versehentlichen Fußtritt, der ausgerechnet Jo traf, und dem anschließenden Gespräch, das zu einer folgenschweren Fehlinformation geführt hatte. »Und jetzt weiß ich gar nicht, ob ich mir wünschen soll, dass er mich anruft. Oder ob es besser wäre, wenn er sich gar nicht mehr meldet. Schließlich bin ich ja überhaupt keine Schauspielerin. Und werde auch nie eine sein.«

»Dann wart doch einfach ab, was passiert. Du kannst doch im Moment eh nichts machen. Es wird schon so kommen, wie es kommen soll.« Eigentlich war der Verweis auf das Schicksal eher Emmas Part. »Und wenn er dich als Schneiderin nicht mag, ist er sowieso nicht der Richtige. Am besten sagst du ihm gleich die Wahrheit, wenn du ihn das nächste Mal siehst. Dann wirst du ja erleben, wie er reagiert.«

Vielen Dank fürs Gespräch. Erstens war gar nicht klar, ob es ein nächstes Mal überhaupt geben würde. Und zweitens musste man sich nur Marisas und Christophers *Manhattan Love Story* vor Augen führen, um zu wissen, dass es beim nächsten Mal viel zu früh dafür war. Der richtige Zeitpunkt wäre vermutlich nach einer gemeinsamen Nacht. Falls es die je geben sollte …

Ein aufforderndes Klingeln an Fannys Wohnungstür riss sie unsanft aus ihren Gedanken.

»O nein, nicht auch noch am Sonntagabend«, stöhnte die Großmutter und erhob sich geradezu provokant langsam, um zu öffnen.

»Frau Lechner, ich muss Sie leider darauf aufmerksam machen, dass Ihre Sachen im Keller immer noch den gesamten Gang blockieren«, hörte Emma deutlich bis in die Küche.

»Wie bitte?«, antwortete ihre Oma viel zu laut, »können Sie das noch mal wiederholen?«

»Ihre Flaschen und Gläser!« Jetzt brüllte der Nachbar. »Sie versperren den Gang!«

»Taschen?«, bekam er seelenruhig zur Antwort. »Welche Taschen?«

»Nicht T-aschen! Fl-aschen!!!!«

»Ich habe keine Taschen, tut mir leid, Herr Jung. Da müssen Sie jemand anderen fragen.« Sprach's und schloss einfach die Tür.

Zumindest war jetzt klar, woher Emma den Hang zum Schwindeln hatte. Das musste genetisch bedingt sein. »Warum darfst du eigentlich dem Oberstudienrat vorspielen, dass du fast taub bist, und ich muss Jo unbedingt die Wahrheit sagen?«

»Das sind doch zwei völlig verschiedene Paar Stiefel, Spatzerl. *Ich* bin ja nicht in den Jung verliebt und möchte mit ihm eine Familie gründen, alt werden und das alles. *Ich* will dem alten Spießer nur zeigen, dass es wirklich Wichtigeres gibt, worüber man sich aufregen kann.«

Als Emma an diesem Abend ihre Oma verließ, war sie

nicht ruhiger als zuvor. Dass sie den Schwindel mit der Schauspielerei Jo gegenüber nicht ewig aufrechterhalten konnte, war ihr selbst klar. Nun gut, bisher hatte er sich noch nicht bei ihr gemeldet, sodass sie noch eine kleine Schonfrist hatte, um über diese Frage und damit vielleicht über ihre ganze Zukunft zu entscheiden. Die nächste Hürde war jetzt erst einmal eine weitere Arbeitswoche im Atelier, in der sich vielleicht eine neue Möglichkeit bieten würde, Jo zumindest kurz wiederzusehen. Hoffentlich …

Am Montagvormittag war Frau von Thalbach zur ersten Anprobe ihres Abendkleids bestellt. Es war zu erwarten, dass keine in der Werkstatt auch nur einen Stich machen konnte, solange die adelige Kundin anwesend war. Sie ließ sich relativ häufig etwas Außergewöhnliches anfertigen und hielt für gewöhnlich die gesamte Mannschaft auf Trab – was die Chefin ausdrücklich unterstützte.

Auch an diesem Morgen war es nicht anders. Azubi Jasmin wurde direkt nach Ankunft der Dame in die Apotheke geschickt, weil Frau von Thalbach heftigste Kopfschmerzen plagten.

»Ich weiß auch nicht, was mit mir los ist. Ich fühle mich gar nicht besonders gut. Könnten das eventuell schon die Wechseljahre sein?«, fragte sie kokett und nahm huldvoll die Versicherung entgegen, das wäre angesichts ihrer offensichtlichen Jugendlichkeit keinesfalls möglich. Wie immer bat sie mit Leidensmiene um eine Tasse Tee »nicht schwarz und auf keinen Fall länger als neunzig Sekunden gezogen«.

Die Stichsäge umkreiste sie ständig wie ein schwanzwedelnder Hund, der auf ein Leckerli hofft. Dabei beteuerte sie gebetsmühlenartig, wie gut die Kundin in der neuen Maßanfertigung und natürlich überhaupt immer aussehe.

Die Belohnung folgte auf dem Fuße. »Ach, liebe Frau, Sie sind wirklich Balsam für meine Seele. Und Ihre Kreationen sichern mir einen Platz im Olymp der High Society.« Mona stieß Emma in die Seite und verdrehte hinter dem Rücken der Chefin die Augen. Doch die hatte Frau von Thalbachs Leckerli bereits geschluckt und mit einem breiten, zufriedenen Lächeln verdaut.

»Emma, Steckigel, hopp, hopp«, verlangte sie wie ein Arzt im OP, der nach dem Skalpell ruft, und klatschte laut in die Hände. Dann begann sie sorgfältig die notwendigen Änderungen abzustecken, während sie unentwegt Lobeshymnen auf die Kundin sang, in denen diese, im türkisfarbenen gehefteten, nadelgespickten Abendkleid-Rohling, wie eine Prinzessin badete.

»Noch ein Wort, und ich muss mich auf der Stelle in die Spüle übergeben«, zischte Mona, als sie mit Emma in der kleinen Küche eine weitere Tasse Tee und »ein bisschen Gebäck« für die Kundin holte.

»Aber bitte leise, damit Ihre Hoheit nicht gestört werden«, bekam sie in strengem Ton zur Antwort.

In diesem Moment kam Jasmin mit einem Medikamentenarsenal vom Umfang einer mittleren Hausapotheke zurück in den Laden, und gleichzeitig klingelte das Telefon. Da die Stichsäge ausnahmsweise nicht sprechen konnte, weil sie den Mund voll mit Stecknadeln hatte, bedeutete sie Emma, das Gespräch anzunehmen.

»Atelier Kreuzstich, Emma Jacobi am Apparat«, meldete sich Emma unsicher, denn es kam nicht gerade häufig vor, dass die Chefin eine ihrer Angestellten freiwillig ans Telefon ließ.

»Hier Schubert, Produktion ›Amtliche Gefühle‹. Könnte ich bitte Frau Stich sprechen?«

Emmas Herz klopfte augenblicklich mindestens doppelt so schnell wie üblich. Sie stotterte »einen Moment« und hielt der Chefin aufgeregt den Hörer hin.

»Hmmm hmm hmmm hm hm hm«, machte diese unwillig mit ihrem Stecknadel-Mund und schüttelte so heftig den Kopf, dass ihr Dutt ruckartig über den Stoff des abzusteckenden Abendkleids scheuerte. Die darin befindliche Kundin zuckte erschrocken zurück und stieß einen leisen, spitzen Schrei aus.

Emma hatte inzwischen die Sprache wiedergefunden: »Tut mir leid, Frau Stich ist im Moment in einer wichtigen Anprobe. Kann ich Ihnen vielleicht helfen?«

»Danke, Kindchen, bringen Sie mir doch noch ein Gläschen stilles Wasser dazu«, plärrte Frau von Thalbach dazwischen, meinte jedoch Jasmin, die ihr soeben untertänigst eine Kopfschmerztablette aus ihrem Reservoir gereicht hatte. Emma steckte einen Finger in das hörerfreie Ohr und versuchte, sich auf die Antwort am anderen Ende der Leitung zu konzentrieren.

»Es müsste ganz dringend jemand von Ihnen vorbeikommen und das Dirndl noch einmal abholen«, hörte sie zu ihrer Freude. »Wir hätten da einige Änderungen, die wir hier nicht vornehmen können. Ich müsste das allerdings einem Fachmann hier vor Ort am Modell erklären. Wäre das heute noch möglich?«

Na klar – sofort, hätte Emma am liebsten gerufen, hielt

sich aber gerade noch zurück. Jetzt nur nichts falsch machen. Diese Angelegenheit musste geschickt und diplomatisch angegangen werden, wenn sie wunschgemäß verlaufen sollte.

»Ja, natürlich, wir kümmern uns darum«, versprach sie erst einmal bereitwillig.

»Das wäre wunderbar«, jubelte die Kostümfrau am anderen Ende, »sonst müsste ich jetzt noch eine andere Firma beauftragen, die aber wieder bei null anfangen würde. Ich danke Ihnen.« Sprach's und legte auf.

»Geben Sie mal her«, schaltete sich jetzt die Stichsäge ein, die sich komplett entnadelt hatte und nun ihre Spinnenfinger ungeduldig nach dem Telefonhörer ausstreckte.

»Tut mit leid, Frau Schubert hat schon aufgelegt«, meinte Emma bedauernd und musste sich anstrengen, kein allzu fröhliches Gesicht dabei zu machen.

»Frau Schubert? Was wollte sie? Worum kümmern wir uns?«

»Wir sollen ganz schnell jemanden schicken, dem sie erklären kann, was an dem Dirndl noch geändert werden soll«, gab Emma bereitwillig Auskunft und überlegte bereits, was sie als Erstes zu Jo sagen würde, wenn sie ihn gleich traf. Ach, wenn sie ihm doch begegnen würde!

»Muss das jetzt sein?«, fragte stattdessen die Chefin, setzte dann aber entschieden nach: »Gut, wenn es so dringend ist … Mona, dann fahren Sie. Lassen Sie sich von Fräulein Jacobi den Weg beschreiben, und beeilen Sie sich gefälligst.«

Emmas Augen weiteten sich entsetzt, ohne dass sie es verhindern konnte. Da war sie wieder, die Falle – kurz davor zuzuschnappen. Sie hätte ihren ganzen Besitz (zugegebenermaßen nicht besonders viel) gewettet, dass die Chefin natürlich sie zu den »Amtlichen Gefühlen« schicken würde. Schließlich war sie bereits zweimal dort gewesen und brachte ja auch (Zitat) »hier in der Werkstatt am allerwenigsten«. Mona? Was sollte die denn dort? Einen Liebesbrief von Emma an Fürstberg übergeben?

Das sah die Kollegin offensichtlich ganz anders. In ihrer Vorfreude auf die willkommene Abwechslung trug sie bereits ein breites Grinsen im Gesicht. Sie würde die Fahrt sicher nicht widerstandslos an Emma abtreten. »Natürlich, gern«, antwortete Mona auch prompt.

Emma überlegte fieberhaft, wie sie Mona vielleicht doch dazu bewegen konnte, freiwillig auf den Ausflug in die Filmwelt zu verzichten. Was, wenn sie ihr als Gegenleistung einmal Overlock-Umfädeln versprach? Oder einmal Pailletten-einzeln-Abtrennen-und-wieder-Annähen? Nun gut, das wäre ein wirklich enorm großer Liebesdienst für eine kurze Begegnung mit Jo. Hoffentlich würde er das dann auch zu schätzen wissen.

Gerade als Emma Mona unauffällig zu einem Gespräch unter vier Augen bitten wollte, stieß jemand einen spitzen Schrei aus. Es war Frau von Thalbach, die den Wortwechsel mitverfolgt hatte und sich nun ungefragt einmischte: »Bitte, liebe gnädige Frau« – damit konnte nur die Chefin gemeint sein –, »lassen Sie mir doch das Fräulein Faber hier. Sie hat immer eine so beruhigende Wirkung auf mich. Darauf würde ich nur sehr ungern verzichten.«

Nun wanderten Monas Mundwinkel nach unten, die von Emma nach oben. Beide wussten genau, dass die Stichsäge ihrer besten Kundin keinen noch so absurden Wunsch abschlagen würde. In diesem Punkt war sie ziemlich berechenbar. Auch heute.

»Dann fährt eben Fräulein Jacobi«, presste sie gezwungenermaßen heraus und zielte mit dem Spinnen-Zeigefinger auf Emma. Danach drehte sie sich abrupt zu dem nadelgespickten Abendkleid um, als wäre ihr die Kundin erst durch ihre Bitte wieder eingefallen. »Aber dalli, dalli!«, zischte sie Emma noch über die Schulter hinweg zu und machte sich erneut ans Abstecken. Emma hingegen sandte ihrer Kollegin einen entschuldigenden Blick, zuckte mit den Schultern und verschwand möglichst schnell, bevor es sich irgendjemand doch noch anders überlegen konnte.

Auf der Fahrt zum Bavaria-Filmgelände dachte sie nur darüber nach, was sie auf welche Art und Weise zu Jo sagen würde, wenn sie ihn gleich wieder traf. An einer roten Ampel verschlief sie eine ganze Grünphase, weil sie so tief in Gedanken versunken war, dass sie das Hupkonzert hinter sich überhaupt nicht bemerkte. Trotzdem kam sie nach etwa einer Dreiviertelstunde wohlbehalten am Ziel ihrer Träume an.

Ein erster Blick aus dem Autofenster war enttäuschend, denn Fürstberg telefonierte diesmal nicht vor dem Studio. Wie schade – jetzt hätte Emma kein Problem mehr damit gehabt, ihn einfach so anzusprechen.

Ich bin eine Schauspielerin, ich bin eine Schauspielerin, ich bin eine Schauspielerin, memorierte sie sicherheitshalber und erinnerte sich dabei an Jack Lemmon in *Manche mögen's heiß*. Sie war für Fürstberg zwar nicht ins andere Geschlecht, aber immerhin in einen völlig neuen Beruf geschlüpft. Also nichts wie auf die Bühne, wenn auch leider ohne das passende Kostüm. Emma sah an sich hinunter.

Die rostbraune Jacke aus Nickistoff mit verschiedenen bunten Ansteckern, der dazu passende Kapuzenpulli, ein weinroter Baumwollschal und gemusterte Stoffturnschuhe waren vermutlich eher kein Star-Outfit. Dafür war sie ja auch noch nicht lange Schauspielerin – ihrer kleinen Notlüge nach nicht und in der Realität schon erst recht nicht. Emma betrat die inzwischen schon wohlbekannte Halle und – sah Jo am anderen Ende des Ganges. Er war im Gespräch mit einer Frau, die ihm konzentriert zuhörte, während er dezent gestikulierend etwas erklärte.

Plötzlich drehte er den Kopf in Emmas Richtung und sah sie über die weite Distanz direkt an. Ein Schauder nach dem anderen lief ihr über den Rücken, als er sich sofort in Bewegung setzte und geschmeidigen Schrittes auf sie zukam. Die andere Dame ließ er einfach stehen, ohne sie noch eines Blickes zu würdigen. Ich bin eine Schauspielerin, ich bin eine Schauspielerin.

»Emma!« Er hatte sich sogar ihren Namen gemerkt. »Ich freue mich sehr, Sie zu sehen. Was machen Sie denn hier?« Er nahm sie in die Arme, küsste sie rechts und links auf die Wange, und der nächste Schauder wanderte unaufhaltsam in Richtung Steißbein.

»Ich habe hier eine kleine Rolle bekommen«, kam es aus ihrem Mund, ohne dass sie es wirklich wollte.

»Das ist ja wunderbar. Wann drehen Sie? Heute?«

Was war denn nun die richtige Antwort auf diese Frage? Da sie in Wirklichkeit gar keinen Drehtag hatte, war sie terminlich erst mal nicht an Tatsachen gebunden. »Nächste Woche erst«, antwortete sie vorsichtshalber, um Zeit zu gewinnen.

»Sehr schön, da werde ich wieder am Set sein, denn ich drehe ab Montag wieder. Wollen wir dann heute Abend essen gehen?«

Ganz schön forsch, diese Filmleute, aber Emma kam das sehr gelegen. So musste sie wenigstens nicht die Führung übernehmen und konnte die Inszenierung der Szene ganz allein dem Regisseur überlassen. Und trotzdem entwickelte sich im Moment alles ziemlich exakt nach ihren Vorstellungen.

»Kann ich Ihnen irgendwie helfen?« Erst jetzt bemerkte Emma die Frau neben sich, die sie freundlich, aber etwas verwundert ansah. Emma blickte zuerst zu ihr und dann den langen Flur entlang. Fürstberg stand immer noch gestikulierend ins Gespräch vertieft am anderen Ende – er hatte sie noch gar nicht bemerkt.

Ach je, das hier war die Realität. Nicht die sowieso komplett erfundene Rolle und eine sehr spontane Esseneinladung. Vielleicht erst mal ganz gut so.

»Nein, danke«, antwortete sie der Frau und machte ein paar Schritte in Jos Richtung. Jetzt erkannte sie seine Gesprächspartnerin; es war Teresa Schubert. Nicht gerade die ideale Konstellation, um unauffällig dazuzustoßen.

Was, wenn sie Emma sofort nach ihren Erlebnissen auf dem Empfang fragte, für den sie ihr schließlich die Karte geschenkt hatte? Das musste Fürstberg ja nun nicht unbedingt erfahren. Ebenso wenig wie die Tatsache, dass sie nur eine kleine Schneiderin und keineswegs eine frisch ausgebildete Schauspielerin war. Emma verlangsamte ihren Schritt wieder und beobachtete die beiden aus sicherer Entfernung. Eine vollbepackte Kleiderstange, die an der Seite stand, bot ihr Schutz, wenn sie sich ganz nah an die Wand stellte, konnte sie nicht gesehen werden. Ein junger, schlaksiger Mann ging vorbei und warf ihr einen skeptischen Blick zu, sagte aber nichts. Trotzdem, ewig durfte sie so nicht stehen bleiben, ohne dass es auffiel. Emma schickte mehrere Stoßgebete zum Himmel.

Als sie das nächste Mal um die türkisfarbene wattierte Jacke vor ihrer Nase herumlinste, war Frau Schubert verschwunden, und Jo kam geradewegs auf ihr Versteck zu. Nun musste sie wohl oder übel ihre Deckung verlassen. Sie trat also wie selbstverständlich hinter der Kleiderstange hervor und stand direkt vor ihm. Ich bin eine Schauspielerin, dachte sie sich noch, dann sagte sie: »Hallo.« Das Ganze wirkte vermutlich ein bisschen, als hätte sie ihm hier aufgelauert, doch nun war es eindeutig zu spät für eine Kurskorrektur. Viel zu spät.

Er stutzte, sah ihr in die Augen, und die Schauder sprinteten jetzt in Rudeln nach unten. Wenn jetzt auch noch der Dialog wie in ihrer Vorstellung gelang, war alles in Butter. Dachte Emma und vergaß dabei völlig, dass sie in diesem Fall nächste Woche bei Fürstberg am Set hätte erscheinen müssen. »Hallo«, sagte er stattdessen mit einem derart schwungvollen und kehligen »O«, dass dies bereits wieder ein Fall für die Schaudertierchen war. Offensichtlich erinnerte er sich an seine Abendbekanntschaft, was er mit einem anerkennenden Blick deutlich machte. »Helfen Sie mir … Der Bavaria-Empfang?«, begann er durchaus charmant, »… die … Schauspielerin ohne Berufserfahrung.«

»Genau.«

»Wie war noch einmal Ihr Name?« Nun gut, man konnte vermutlich nicht alles haben.

»Emma.«

»Richtig. Was machen Sie denn hier?« Ausgerechnet an diesem Punkt hielt sich die Realität exakt an ihre fiktionalen Vorgaben.

»Jo?« Zum Glück trat im richtigen Moment jemand auf den Flur und unterbrach das Gespräch, das gerade im Begriff war, schwierig zu werden. Leider handelte es sich bei dem rettenden Engel um Frau Schubert. »Jo, können wir noch einmal kurz über die Bettszene nächste Woche … Ah, hallo, Frau Jacobi, schön, dass Sie schon da sind.«

Nur keine Panik. Ich bin Schauspielerin. Und es ist nicht ungewöhnlich, dass eine Kostümbildnerin meinen Namen weiß. Im Gegenteil.

»Ah, ihr kennt euch«, stellte Jo prompt voller Freude fest, und dieses Mal waren die Schauder eher unangenehmer Natur. Für ein munteres Plauderstündchen zu dritt hatte Emma im Moment überhaupt keinen Nerv.

»Natürlich, Frau Jacobi war in letzter Zeit mehrmals bei uns, in ihrer Funktion als …« Jetzt war es höchste Eisenbahn einzuschreiten, wenn die schillernde Seifenblase »Emma und Jo« nicht auf der Stelle mit einem lauten Knall und äußerst bühnenreif zerplatzen sollte.

»In der Branche kennt doch irgendwie jeder jeden, oder?«, plapperte Emma hastig dazwischen und kicherte etwas unnatürlich und viel zu laut.

Das wurde Frau Schubert glücklicherweise nun doch zu ausführlich. Mit der wenig verräterischen Ankündigung »Ich komme gleich zu Ihnen« zog sie Jo endlich in ihr Büro.

Emma blieb allein auf dem Gang zurück und atmete erleichtert aus. Puuuhhh. Noch einmal gut gegangen. Jetzt nur nicht leichtsinnig werden. Sie hörte, wie die beiden drinnen miteinander sprachen, konnte aber nicht wirklich etwas verstehen. Kurz darauf kam Fürstberg ohne Frau Schubert wieder.

»Ach ja, wo waren wir stehen geblieben?« An dem Punkt, an dem wir auch erst einmal nicht mehr weitermachen wollen, dachte Emma. Sie wusste keine völlig unproblematische Antwort, denn weshalb sie hier war, konnte sie ihm nun wirklich nicht sagen, ohne sich und ihre Lüge komplett zu entlarven. Also schwieg sie. Warum konnte er sie nicht einfach zum Essen, zum Tanzen oder ins Kino einladen? Machte man das in der Filmbranche nicht so, wenn man an einer Frau Interesse hatte?

»Frau Jacobi, Sie können jetzt hereinkommen«, rief da zum Glück eine hilfreiche Stimme ganz unverfänglich aus dem Kostümbüro.

»Ich muss leider …«, entschuldigte Emma sich. »War mir eine Freude.« Sie wandte sich zum Gehen und hatte nur noch ein Ziel, nämlich die Zusammenkunft mit Fürstberg möglichst schnell zu beenden. Und das, obwohl sie sich vorhin noch nichts sehnlicher gewünscht hatte, als ihm zu begegnen.

»Ja, wirklich sehr schade«, meinte Jo, »vielleicht sieht man sich mal wieder.«

»Sie haben ja meine Nummer.« Damit drehte sie sich um und freute sich gleichzeitig über den brillanten Einfall, diese Tatsache noch einmal erwähnt zu haben.

»Sehr schön«, kam es auch prompt zurück, bevor ihr Schwarm den Gang entlang entschwand. Das ist der Stoff, aus dem Traummänner sind, dachte Emma und hoffte, dass man ihr die Begeisterung nicht allzu deutlich ansah.

»Kennen Sie Jo Fürstberg schon länger?«, fragte Teresa Schubert neugierig, als sie mit ihr in den Nebenraum zu dem Dirndl marschierte.

Hörte das denn heute gar nicht mehr auf? Es würde noch so weit kommen, dass alles aufflog, nur weil ein paar ungünstige Umstände zusammengetroffen waren. Immerhin durfte sie jetzt wieder Schneiderin sein, alles Weitere würde sich schon finden. Und in diesem Fall am besten mit der zumindest halben Wahrheit.

»Nein, nein«, antwortete sie, »wir haben uns auf diesem Empfang kennengelernt, für den Sie mir die Karte geschenkt haben.« Die näheren Umstände taten nun wirklich nichts zur Sache. Hoffentlich kam jetzt die Kostümchefin nicht irgendwann auf den interessanten Gedanken, Fürstberg nach seiner Bekanntschaft mit der kleinen, schwarzhaarigen Schneiderin vom Atelier »Kreuzstich« zu fragen.

»Das ist ja wirklich witzig!« Frau Schubert schien sich zu freuen und hatte ihre dringenden Dirndl-Probleme offenbar ganz vergessen.

Wahnsinnig, dachte dagegen Emma wenig begeistert und heftete vorsichtshalber ihren Blick hochkonzentriert auf die Schneiderpuppe, über der das bewusste Trachtenkleid hing. »Worum geht es denn?«, fragte sie sachlich, um

Frau Schubert unauffällig zu einem Themenwechsel zu bewegen. Es half.

»Ach ja, genau … Da am Rock und auch an der Schürze müsste man noch etwas enger stifteln. Die Personen unterhalten sich nämlich im Dialog über die spezielle Machart des Dirndls, und das wollen wir dann natürlich auch sehen. Da gab es Textänderungen im Drehbuch. Wir übernehmen selbstverständlich die Mehrkosten. Wäre das ausnahmsweise bis morgen möglich?«

Wenn ich dann wieder hierherfahren darf, dachte Emma, arbeite ich, wenn's sein muss, die ganze Nacht. Aber das sprach sie natürlich nicht aus. »Wir tun, was in unserer Macht steht, und melden uns so bald wie möglich«, versprach sie, ohne sich exakt festzulegen. Dann bekam sie das Gewand in einen Kleidersack gepackt und über den Arm gehängt.

Auf dem Weg vom Kostümbüro zum Auto hoffte sie inständig, Jo Fürstberg nicht noch einmal zu begegnen. Sie hatte sich und ihre Handynummer erfolgreich in Erinnerung gebracht. Mehr musste dann doch nicht unbedingt sein. Vor allem auf einem derart gefährlichen Terrain wie hier im Studio, wo ihre Doppelrolle jederzeit auffliegen konnte. Vielleicht hätte sie das bedenken sollen, bevor sie dem begehrten Regisseur so unbedarft die Geschichte von der frischgebackenen Schauspielerin aufgetischt hatte. Leider zu spät.

Glücklicherweise ging alles gut. Fürstberg war wie vom Erdboden verschluckt, und Emma kam mit heiler Haut und dem Dirndl beim direkt vor der Halle geparkten Dienstwagen an.

Während sie zum Atelier zurückfuhr, überlegte sie noch einmal, ob dieser Auftritt, bei dem sie so gut wie keinen sinnvollen Text von sich gegeben hatte, wirklich gelungen war. Als Gespräch im herkömmlichen Sinn konnte man ihn jedenfalls nicht gerade bezeichnen.

Egal. Sie hatte den Regisseur wiedergesehen. Er hatte sie wiedererkannt. Sie hatten miteinander gesprochen, wenn auch nicht besonders romantisch. Noch vor einigen Tagen wäre das viel mehr gewesen, als sie je zu hoffen gewagt hätte. Und das Wichtigste: Er hatte sie nicht als elende Lügnerin entlarvt. Was hoffentlich auch noch nicht so bald passieren würde. Am allerbesten erst nach der Hochzeit.

6

Ein Stück, zwei Darsteller, drei Rollen und jede Menge Hindernisse

WOHNUNG FANNY
Innen/Tag

»Was könnte ein Mann denn meinen, wenn er ›sehr schön‹ sagt?« Emma sah die Großmutter ratlos an und hoffte auf eine hilfreiche Antwort aus dem Schatz ihrer immensen Lebenserfahrung.

Doch die Auskunft war nicht gerade zufriedenstellend. »Das kommt auf den Zusammenhang an, Kind.« Ach ja? Herzlichen Dank. »Ging es um deine Kleidung oder um deine Frisur oder um etwas, das du gesagt hast? Ein wenig mehr musst du mir schon erzählen, wenn ich dir helfen soll, Emmilein.«

»Es ging um meine Telefonnummer.«

»Die fand er also schön? Und? Was weiter?«

»Ich hatte sie ihm auf dem Empfang gegeben.«

»Na, und dann? Himmelherrgott, jetzt lass dir doch nicht jedes Wort einzeln aus der Nase ziehen!«

»Ich glaub, ich hab alles falsch gemacht.« Emma war den

Tränen nahe. In ihren Träumen wäre sie zu diesem Zeitpunkt längst viel weiter. Hätte mindestens schon ein richtiges Rendezvous mit Jo hinter sich und viele weitere vor sich.

»Hast du ihm inzwischen gesagt, dass du keine Schauspielerin, sondern Schneiderin bist?«

»Ich wollte ja … Aber dann …« Das war natürlich ein bisschen geflunkert. Schließlich hätte sie sich weder hinter der Kleiderstange verstecken noch vor Frau Schubert Angst haben müssen, wenn sie Jo wirklich die Wahrheit sagen wollte. Im Wunschtraum hatte sie so etwas auf keinen Fall nötig.

»Dann weiß er's also immer noch nicht. Madl, Madl, dann wird's aber langsam Zeit. Willst du ihm ewig was vorschwindeln?«

Nein, nur bis nach der Hochzeit, dachte Emma, hütete sich aber, das auszusprechen. »Er hat schon so angefangen … So … mit so einem ›Hallo‹, so einem ganz bestimmten … Du weißt schon. Das bedeutet doch was, oder?«

»Tja, so ganz bestimmte ›Hallos‹ gab es leider noch nicht, als ich jung war. Dazu kann ich jetzt gar nix sagen. Wir haben uns damals halt einfach begrüßt.«

»Ach, Oma, das kann man doch auf die eine oder die andere Art tun. Erzähl mir nicht, dass du nicht weißt, wovon ich rede. Hilf mir lieber.«

»Mein Rat lautet: Die Wahrheit ist auf jeden Fall am besten. Lügen haben kurze Beine, haben wir früher immer gesagt.«

»Das sagt man auch heute noch. Aber Kalendersprüche bringen mir doch erst recht nichts. Er hat mich ›die Schauspielerin ohne Berufserfahrung‹ genannt. Was denkt er denn dann von mir?«

»Wahrscheinlich, dass du eine Schauspielerin ohne Berufserfahrung bist. Nicht mehr und nicht weniger. Leg bloß nicht jedes Wort auf die Goldwaage.«

»Das muss ich aber. Schließlich waren es nur so wenige. ›Vielleicht sieht man sich mal wieder.‹ Heißt das, er *will* mich sehen oder eher nicht?«

»Was weiß denn ich? Das ist wahrscheinlich einfach eine Abschiedsfloskel, hinter der gar nichts weiter steckt.«

»O Gott, meinst du wirklich?«

»Ich weiß es doch auch nicht!« So langsam war die Großmutter etwas genervt, weil ihre Enkelin nicht aufhören konnte, die Begegnung mit Fürstberg bis ins kleinste Detail zu analysieren. Und das auch noch ohne irgendein brauchbares Ergebnis. Bis jetzt zumindest.

»Dass wir uns auf dem Empfang kennengelernt haben, wusste er – sagen wir – *fast* sofort. Aber an meinen Namen konnte er sich überhaupt nicht erinnern. Ist das jetzt ein gutes oder ein schlechtes Zeichen?«

»Emmilein, mach dich nicht so verrückt. Beim nächsten Mal sagst du ihm halt die Wahrheit, dann merkst du sowieso, ob er dich wirklich mag. Ergreif doch endlich mal die Initiative!« Wenn Fanny die Tatsachen des Lebens mit ein paar Worten auf den Punkt brachte, klang immer alles so einfach. Sie konnte einem auch ohne Probleme weismachen, dass das tapfere Schneiderlein in Wahrheit eine Schneiderin war und Aschenputtel diejenige, die beim Ball den Königssohn zum Tanz aufgefordert hat, und nicht umgekehrt.

Die Initiative zu ergreifen war für Emma längst nicht so einfach, wie ihre Großmutter das behauptete. Wirklich nicht. Das kurze Gespräch mit Jo am heutigen Vormittag hatte, wie sie fand, ihre Lage eher noch kompliziert. Nun wusste sie erst recht nicht mehr, was sie tun sollte. Sie selbst war gefühlsmäßig ganz klar auf Liebe, Liebe und noch mal Liebe gepolt. Aber reichte das allein aus, um einen Mann wie Jo für sich zu gewinnen?

Nachdem die Großmutter es entschieden ablehnte, auch noch Fürstbergs Aussage »wirklich sehr schade« auf Herz und Nieren zu prüfen, verabschiedete sich ihre Enkelin kurze Zeit später und radelte unzufrieden nach Hause. Dort suchte sie erst einmal Rat bei ihren Film-Happy-Ends, die bei Liebeskummer schließlich meistens geholfen hatten.

»Bisweilen werden wir gezwungen, Wege einzuschlagen, die wir selbst hätten finden müssen«, äußerte *Manhattan Love Story* und hielt sich ansonsten mit Ratschlägen eher zurück.

»Ich kenn das Problem, mehr zu wollen. Man kann fast sagen, ich hab's erfunden. Es ist nur die Frage, wie viel mehr«, philosophierte Edward in *Pretty Woman* und half Emma damit auch nicht sehr viel weiter.

William aus *Notting Hill* meinte sogar: »Ich bin eher der schlichte Typ, der sich nicht oft verliebt. Ich kann das nicht annehmen und möchte es dabei belassen.« Was ganz sicher nicht die richtige Strategie für ein glückliches Ende war. Auch wenn es fünfzehn Minuten später doch noch gut für ihn ausging. Aber das war eben Hollywood.

Und während Fanny ohne diese ganzen Weisheiten vermutlich ziemlich schnell und unproblematisch in den Schlaf fand, lag Emma bis weit nach Mitternacht hellwach in ihrem Bett und dachte an Jo. Wieder und wieder gingen ihr sämtliche gesagten und nicht gesagten Sätze durch den Kopf, bis sie schließlich erschöpft und immer noch unzufrieden einschlief.

Im Traum erschien ihr Frau Schubert in einem sehr eng gestiftelten Dirndl und hob drohend den Zeigefinger. »Lügen haben kurze Beine«, schmetterte sie trotz bestecknadeltem Mund, »also müssen wir den Rock um einiges hochnähen.« Dabei lachte sie hämisch.

»Feiner Endelstich und nicht schlampen«, fügte die Stichsäge hinzu, eine Stoppuhr in der Hand. »Zack, zack!«

Als schließlich sich auch noch Frau von Thalbach in Häubchen und einem äußerst schlecht gehefteten Nachthemd einmischte und Neunzig-Sekunden-Tee für das gesamte Proletariat forderte, schreckte Emma schweißgebadet hoch und konnte erst einige Zeit später wieder einschlafen.

Folgerichtig traf sie am nächsten Morgen vor dem Spiegel einige alte, aber wenig kleidsame Bekannte in ihrem übermüdeten Gesicht wieder. Sofort beschloss sie, die Rückgabe des geänderten Dirndls an die »Amtlichen Gefühle« heute großzügig jemand anderem zu überlassen. Denn in diesem Zustand konnte sie Jo nun wirklich nicht unter die kritischen Regisseursaugen treten. Zumindest, wenn sie den gerade geknüpften Kontakt zu ihm nicht sofort wieder aufs Spiel setzen wollte. Zudem war sie nach dem gestrigen Gespräch unsicherer denn je, was er nun wirklich über sie dachte. Vielleicht war Abstand in dieser Situation sowieso das Beste. Sonst bekam er am Ende noch das Gefühl, dass sie ihm nachlief, und das hätte vermutlich ihre Chancen endgültig ruiniert.

Als nachmittags im Atelier die Frage aufkam, wer diesmal die Fahrt in den Münchner Süden antreten sollte, waren alle

Augen wie selbstverständlich auf Emma gerichtet. Doch heute war sie darüber überhaupt nicht glücklich.

»Mir geht es leider nicht besonders gut«, wandte sie kläglich ein, und das war nicht einmal gelogen.

»Sie sehen tatsächlich nicht ganz gesund aus«, bestätigte auch die Chefin, »da wird Ihnen ein wenig frische Luft sehr guttun.« Dass sie damit keinen erholsamen Spaziergang im Englischen Garten meinte, verstand sich von selbst. »Fräulein Jacobi, Sie sind unsere Frau für ›Amtliche Gefühle‹. Teresa Schubert kennt Sie inzwischen und hat sich erstaunlicherweise auch noch nicht über Sie beschwert. Das muss Sie doch freuen.«

»Wahnsinnig«, murmelte Emma kaum hörbar und betrachtete wieder einmal höchst interessiert ihre Schuhspitzen. Es war doch wirklich erstaunlich, mit welch unerschütterlichem Erfindungsgeist die Stichsäge Begründungen fand, um ihre ungeliebte Mitarbeiterin aus der Werkstatt zu lotsen.

Heute war allerdings in keinem Fall der Tag für Liebesmissionen irgendwelcher Art, das spürte Emma ganz deutlich. Erstens sah sie eher wie ein ramponiertes Kuscheltier aus als wie eine verführerische Lady. Und zweitens fühlte sie sich auch nicht danach, vor Jo die strahlende Schauspielerin zu geben. Sie war heute innerlich wie äußerlich auf Aschenputtel gepolt und deshalb tunlichst angehalten, sozusagen am häuslichen Herd zu bleiben. Also musste ihr jetzt sofort ein im wahrsten Sinn des Wortes »stichhaltiger« Grund einfallen, warum sie nicht in die Bavaria fahren konnte.

Sie hob vorsichtig den Blick, und die Werkstatt und mit ihr die Kolleginnen verschwammen vor ihren Augen. Der

Boden schien hin und her zu schwanken wie bei einem Schiff auf hoher See. Und gleichzeitig drehte sich das Frühstück mehrmals in ihrem Magen um. »Ich glaub, mir wird schlecht«, presste sie mühsam hervor und hielt vorsorglich die Hand vor den Mund.

»Aber bitte nicht hier«, kommandierte die Stichsäge streng, »dafür haben wir ja schließlich Toiletten.« Sie gestikulierte mit dem nagellackverzierten Spinnenfinger in die entsprechende Richtung, als wollte sie einen Formel-1-Wagen durchs Ziel winken.

Emma stürzte hinaus und schloss sich auf dem Personalklo ein. Natürlich war ihr nicht wirklich schlecht, allerhöchstens etwas unwohl. Doch das hätte kaum genügt, um die Chefin davon zu überzeugen, dass heute eine andere das Dirndl überbringen musste. Sie klappte den Klodeckel hinunter und setzte sich ratlos. Erst einmal Zeit gewinnen. Wie lange musste sie wohl hier bleiben, bis Frau Stich eine Kollegin mit der Aufgabe betraute?

Kurz malte sie sich aus, wie sie den ganzen Tag und die Nacht ohne Essen und Trinken in der Toilette ausharrte, nur um nicht zu Jo geschickt zu werden. Sie sah die Chefin, die zusammen mit Mona und Jasmin vor der verschlossenen Tür stand und wütend dagegentrommelte, während sie selbst mit knurrendem Magen und trockenem Mund verzweifelt versuchte, in dem engen Raum eine bequemere Sitzposition zu finden.

In diesem Moment hörte sie tatsächlich Monas Stimme vor der Tür flüstern: »Hörst du was? Hoffentlich ist sie nicht ohnmächtig geworden.« Die Klinke wurde gedrückt.

Es half alles nichts. Noch länger konnte sie ihre Rückkehr

nicht hinauszögern, ohne dass es auffiel. Sie musste sich jetzt sofort eine Notlüge ausdenken oder doch fahren. Also drückte sie zunächst die Spülung, öffnete dann die Tür und setzte ein leidendes Gesicht auf. Schließlich war sie Schauspielerin.

Mona und Jasmin sahen ihr besorgt entgegen. »Geht's wieder?«

»Kann ich nicht gerade behaupten. Mir ist verdammt übel. Hab wahrscheinlich was Falsches gegessen.«

»Komisch, ich hab dich gar nicht kotzen hören.«

Zu dumm, daran hatte sie nicht gedacht. Tja, Schauspielerinnen waren für die Inszenierung von Szenen eben nicht gemacht. Dazu brauchten sie dann doch Regisseure. Wie gern hätte sie einen an ihrer Seite gehabt. Nur eben nicht heute!

»Konnte ich auch nicht«, antwortete Emma fast trotzig, »das ist ja das Schlimme. Hätte ich mich übergeben, würde es mir jetzt wahrscheinlich besser gehen.«

»Au ja, das kenne ich.« Mona hatte die etwas dürftige Ausrede geschluckt, ohne Verdacht zu schöpfen. »Dann solltest du wohl wirklich nicht zu den Serienheinis fahren.«

»Wenn du meinst …«, hauchte Emma und bemühte sich um ein enttäuschtes Gesicht. So langsam bekam sie den Eindruck, dass sie tatsächlich eine passable Schauspielerin war.

»Außer du willst das unbedingt machen«, wandte Mona im selben Moment ein. Offensichtlich hatte sie großes Mitleid mit der kranken Kollegin und wollte ihr auf keinen Fall etwas wegnehmen.

»Nein, nein, ist schon okay. Es würde mir bestimmt überhaupt nicht guttun.« Und das war nicht gelogen. Sie verstärkte den leidenden Ausdruck in Gesicht und Stimme: »Gute Fahrt.« Noch einmal gut gegangen. Dank oscarreifer schauspielerischer Leistung.

Zwei Stunden später kam Mona von ihrem Ausflug in die Filmwelt zurück. »Beim nächsten Mal kannst das gerne wieder du machen«, war ihr einziger Kommentar. »Die sind ja dort alle so was von doof.« Es stellte sich heraus, dass Mona aus Versehen während des Drehs die Tür zum Studio geöffnet hatte und von Aufnahmeleiter Basti unfreundlich zurechtgewiesen worden war. »Der hat mich richtig angezickt«, berichtete sie sauer. »Kann ich doch nicht wissen, wann genau die filmen.«

Jetzt konnte Emma mit ihren Kenntnissen glänzen. »Dafür gibt's aber doch ein Rotlicht!«, erklärte sie.

»Das weiß ich auch. War aber bestimmt nicht an.«

»So, so.« Emma lächelte, und auch der letzte Rest von Übelkeit verflog. Mona war in Sachen »Amtliche Gefühle« jedenfalls keine ernst zu nehmende Konkurrenz mehr. Denn ein bisschen unruhig war Emma schon gewesen, auch wenn sie sich heute vor der Fahrt gedrückt hatte: Die Kollegin hätte sich schließlich auch in den Regisseur verlieben können. So toll, wie er nun mal war.

Glück gehabt. Sie war Jo Fürstberg offensichtlich nicht über den Weg gelaufen.

Doch auch ohne Monas Konkurrenz war Emma in dieser Schlacht noch lange nicht die Siegerin. Allein die Tatsache, dass Jo Fürstberg ihre Handynummer in sein Telefon eingespeichert hatte, nützte ihr rein gar nichts, solange er nicht anrief. Und natürlich konnte sie nicht jeden zweiten Tag gaaaanz zufällig an seinem Arbeitsplatz auftauchen, um sich in Erinnerung zu bringen.

»Wenn er sich nicht von selbst bei dir meldet, dann hast du es auch nicht nötig, ihm hinterherzurennen«, kommentierte Fanny am Abend wieder einmal unangenehm treffend den aktuellen Stand. »Du bist eine tolle junge Frau, nach der sich die Männer alle Finger lecken. Und andere Mütter haben auch schöne Söhne.«

Aber ihre Enkelin wollte die Schlacht auf keinen Fall schon verloren geben. Und von »anderen schönen Söhnen« wollte sie erst recht nichts wissen. Lisas gärtnernder Holzfäller vielleicht? Na, vielen Dank. Emma wusste selbst viel besser, wer der Richtige für sie war. Hätte das Schicksal sonst mit derart vielen Zaunpfählen gewinkt? So viele Zufälle auf einmal konnte es doch gar nicht geben.

Ein Blick in Jasmins *Gala* am nächsten Morgen verfestigte diesen Eindruck noch. Unter der Rubrik »Liebe« stand da für das Sternzeichen Fische: »Ihre Gefühle werden filmreif durcheinandergewirbelt. Dabei sind Sie so leidenschaftlich, dass sich das andere Geschlecht magisch zu Ihnen hingezogen fühlt. Singles könnten daher schon bald eine neue Eroberung machen. Tolle Aussichten!« Wenn das kein Zeichen war … Emma las das Wochenhoroskop mehrmals genau durch, um auch ja keinen Halbsatz zu übersehen. Es bestand kein Zweifel: Die Sterne standen ausgezeichnet. Für sie. Und welches Sternzeichen hatte wohl Jo?

Die Lektüre der übrigen Vorhersagen war wenig aufschlussreich. Nur bei den Schützen sah es so verheißungsvoll aus, dass Emma stutzte. »In der Partnerschaft herrscht Romantik pur. Ideal, um Zukunftspläne zu schmieden. Vielleicht wird es auch bei Singles konkret, und sie finden eine neue Liebe? Liebesgöttin Venus weckt jetzt jedenfalls selbst bei den sonst so freiheitsliebenden Schützen die Lust auf Zweisamkeit.« Emma begann zu träumen. Vielleicht würde ja sie es sein, die den von seiner Ehe enttäuschten Jo wieder für eine Beziehung begeistern konnte. Ach, wenn er doch nur Schütze wäre …

Als sich jedoch trotz ihres glänzenden Horoskops einige Tage lang überhaupt nichts tat, bekam Emma allerdings Zweifel an der Macht des Schicksals. Kein Auftrag, der sie wieder zum Studio drei des Bavaria-Geländes führte. Kein Anruf von Fürstberg, der auf ihrem Tag und Nacht erreichbaren Handy blinkte. Ja, nicht einmal Frau Schubert, die sich in der Schneiderei meldete. Kurz und gut: Auf allen Frequenzen herrschte absolute Funkstille zwischen Emma und Jo, und was noch schlimmer war, sie konnte nichts daran ändern.

Mit jedem Tag sank ihre Laune weiter in den Keller, bis sie zu Beginn der nächsten Woche ganz unten angekommen war. Nun galt schon wieder ein anderes Horoskop, das leider weit weniger verheißungsvoll war als das der vorherigen Woche. Verflixt und zugenäht. Wahrscheinlich war es erheblich einfacher, eine Stecknadel im Heuhaufen ausfindig zu machen, als einem gut beschäftigten Regisseur ganz beiläufig zu begegnen. Zumindest für eine unbedeutende Schneiderin. Und dabei hatte sie es doch schon so deutlich vor Augen gesehen – das Happy End à la *Pretty Woman* oder *Notting Hill*.

»Verdammt«, entfuhr es ihr, als die Nadelspitze der lästigen Overlock-Maschine in ihre Fingerkuppe fuhr und ein kleiner Blutstropfen hervorquoll. Schnell hielt sie die winzige und gerade deshalb schmerzhafte Verletzung an die Lippen und saugte vorsichtig daran. Ein leicht metallischer Geschmack breitete sich auf ihrer Zunge aus, während sie erneut versuchte, den fliederfarbenen Faden in das Öhr der rechten Nadel zu bekommen.

Als sie jedoch ihren Zeigefinger noch einmal zum Mund führen musste, um einen weiteren Blutrest abzulecken, rutschte ihr der Faden erneut weg, inzwischen zum dritten Mal. Schon in ganz entspanntem Gemütszustand war das Umfädeln an dieser Maschine kein Spaß, mit Liebeskummer schien es Emma aber schlichtweg unmöglich. Sie fluchte erneut und sprang ungeduldig von ihrem Stuhl auf.

»Na, will das Kamel mal wieder nicht durchs Nadelöhr?«, fragte Mona.

»Dieses Umfädeln macht mich wahnsinnig. Jedes Mal dauert es Ewigkeiten, und dann reißt der Faden sofort wieder«, schimpfte Emma über die Maschine, meinte aber eigentlich Fürstberg. Zwar musste sie zugeben, dass auch in ihren Filmen dem Happy End immer einige Hindernisse vorausgingen. Doch für sich selbst hätte sie sich eine Liebesgeschichte ganz ohne Umwege gewünscht.

Wenn sie gehofft hatte, eine der beiden Kolleginnen würde Mitleid bekommen und ihr die verhasste Aufgabe abnehmen, hatte sie sich gründlich getäuscht. Weder Mona noch Jasmin waren besonders scharf auf zerstochene Fingerkuppen oder geschundene Nerven. So versuchte Emma erneut, mit möglichst ruhiger Hand den Faden zu führen, und schaffte es im zweiten Anlauf. Leider war sie jedoch beim Versäubern der Naht schon wieder derart in ihren

Gedanken an Jo versunken, dass der Faden nach kurzer Zeit erneut riss.

»Das gibt's doch nicht!«, schimpfte sie vor sich hin und hätte um ein Haar die Seidenbluse in eine Ecke gepfeffert.

»Was ist denn eigentlich mit dir los?«, fragte Mona nun doch und trat an Emmas Tisch. »Du bist schon seit Tagen so mies drauf.« Sie fasste ihre Kollegin an den Schultern und drehte sie mitsamt dem Stuhl zu sich herum. »Stress mit den Männern?«

Schön wär's. Das war vielleicht Monas größtes Problem, Emma hingegen wäre froh gewesen, wenn sie wenigstens mit einem einzigen – einem ganz bestimmten – Mann irgendeine Art von Stress gehabt hätte. Aber der rief sie ja nicht einmal an.

Daher schwieg sie verbissen und mühte sich, den widerspenstigen Faden über die zahlreichen Haken und Ösen heil bis in die Nadel zu befördern. Möglichst, ohne sich zu stechen. Es gelang.

Mona stand noch eine Weile abwartend neben ihr, um vielleicht doch noch eine Antwort auf ihre gut gemeinte Frage zu bekommen. Doch Emma, die sich inzwischen in düsterer Endzeitstimmung befand, hatte absolut keine Lust auf Gedankenaustausch und brütete beim Nähen still vor sich hin. Wenn Jo sie schon so konsequent ignorierte, dann musste sie das nicht auch noch der ganzen Welt mitteilen.

Noch zweimal riss der Faden, dann waren die Nähte der Bluse endlich versäubert. Emma atmete auf. Doch eine besonders lange Verschnaufpause war ihr an diesem Nachmittag nicht vergönnt.

»Ich hätte da noch eine interessante Aufgabe für Sie, Fräulein Jacobi«, verkündete die Stichsäge, als sie kurz darauf vom Einkauf zurückkam. Schon diese Einleitung ließ nichts Gutes ahnen. Und tatsächlich brachte sie Emma die bereits zugeschnittenen Teile eines pinkfarbenen Paillettentops. »Das muss sorgfältig verarbeitet werden. Kümmern Sie sich darum«, kommandierte sie und verschwand, bevor Emma entscheiden konnte, ob sie eventuell Einspruch erheben wollte.

Heute war wirklich nicht ihr Tag. Zuerst ein stundenlanger Kampf mit der Overlock, den sie mehrmals fast verloren hätte. Das zerrte schon erheblich an den Nerven. Und jetzt auch noch die Strafarbeit schlechthin: Pailletten. Seufzend machte sich Emma daran, die winzigen schimmernden Metallplättchen an den Rändern vorsichtig, eins nach dem anderen, vom empfindlichen Stoff zu lösen.

Mit solchen diffizilen Tätigkeiten beschäftigte die Stichsäge besonders gern Emma, weil sie zwar langsamer, aber damit auch behutsamer und sorgfältiger arbeitete als die beiden anderen. Dann kam sie sich meistens wie Aschenputtel beim Linsensortieren vor – aber leider ohne die hilfreichen Tauben. Paillette um Paillette fiel sacht in das kleine Schälchen, wo sie bis zum Wiederannähen aufbewahrt werden sollten. Ach, wenn doch ein schöner Prinz vorbeigeritten käme und Emma aus der Gewalt dieser bösen Stiefmutter befreite!

»*The smile on your face lets me know that you need me*«, trällerte Ronan Keating im Hintergrund, was jetzt durchaus passend war. »*There's a truth in your eyes saying you'll never leave me.*« Emma sah ihren Retter jetzt ganz deutlich vor sich, wie er sich von seinem Pferd zu ihr herunterbeugte und sie zu sich nach oben zog. »*The touch of your hand says you'll catch me wherever I fall.*« Wunderschön. Paillette um Paillette fiel – pling, pling –, und Emma träumte.

»Willst du nicht endlich mal rangehen?« Erst jetzt wurde ihr bewusst, dass es ihr eigenes Handy war, das diesen romantischen und so treffenden Song dudelte. Peinlich.

Schnell sprang sie auf und fummelte das Telefon aus der Handtasche. »*You say it best when you say nothing at all*«, plärrte es nun richtig laut, während das Display partout keine Auskunft über den Anrufer geben wollte. Emma meldete sich hastig.

»Oh, habe ich Sie gestört? Sie klingen sehr beschäftigt.« Irgendwie kam ihr die männliche Stimme bekannt vor, doch derart abrupt aus ihrer Prinzen- und Linsenwelt gerissen, hatte sie überhaupt kein dazu passendes Gesicht vor Augen. Und außerdem gerade auch überhaupt keine Lust zu telefonieren. Schließlich warteten gefühlte tausend Metallplättchen darauf, schleunigst abgetrennt zu werden, damit die Teile des Tops sauber zusammengefügt werden konnten.

»Es soll schon Menschen gegeben haben, die am Telefon auch was sagen.« Mona machte über ihre Nähmaschine hinweg eine Kopfbewegung zu Jasmin und kicherte.

Emma dagegen versuchte immer noch, die Stimme am anderen Ende zuzuordnen.

»Ach, sind Sie gerade beim Dreh?«, fragte der Mann plötzlich und löste damit das Problem. Um gleichzeitig ein neues heraufzubeschwören. Jo Fürstberg! Ausgerechnet jetzt! Und ausgerechnet hier! Wenn sie nicht wollte, dass er gleich wieder auflegte, musste sie langsam mal antworten.

»Nein, nein, ich bin …« ›… beim Pailletten-Abtrennen‹ konnte sie wohl kaum sagen. ›… in der Arbeit‹ war ebenfalls keine gute Idee. Schließlich war sie für ihn eine beschäftigungslose Schauspielerin.

»Schön, dass Sie anrufen«, schien ihr ein recht passender Anfang, »ich habe Sie gar nicht sofort erkannt.« Warum meldete sich der Typ auch nicht mit seinem Namen, wie es sich gehörte?

Emma sah die immer größer werdenden Augen und vor allem Ohren ihrer Kolleginnen und wusste schon wieder nicht weiter. Zum Glück übernahm jetzt erst mal Jo.

»Ich hätte da ein interessantes Angebot für Sie.« Fantastisch. Rendezvous? Ehe? Familiengründung? Was mochte das wohl sein? Emma war sprachlos vor Freude. »Haben Sie nächsten Donnerstag eventuell Zeit für ein Treffen?« War das ein Traum? Konnte es wahr sein, dass der attraktive Regisseur Fürstberg einer unbedeutenden Schneiderin so etwas vorschlug?

Natürlich nicht. Das Ansinnen galt der Schauspielerin Emma. Egal.

»Natürlich, jederzeit«, antwortete sie ohne zu zögern und hätte am liebsten einen Luftsprung gemacht. Auf einmal sah der Tag geradezu strahlend aus.

»Hervorrrragend.« Er schien sich ehrlich zu freuen. Da war er wieder, der knurrende Hund ihrer ersten Begegnung. »Ich habe da gerade den Termin für ein Werbecasting erfahren und sofort an Sie gedacht. Wie finden Sie das?«

Wahnsinnig toll. Herzlichen Dank. Emma sackte augenblicklich in sich zusammen, was sie tunlichst vor den Kolleginnen zu verbergen suchte. Lügen haben kurze Beine, hallte

Fannys Mahnung in ihrem Kopf. Doch dass sie so kurz sein würden, hatte sie nicht erwartet. »Großartig«, hörte sie sich ohne nachzudenken sagen. Sie durfte sich diese einmalige Chance nicht entgehen lassen, Jo würde sie nie mehr anrufen, wenn sie ihm jetzt einen Korb gab. Die Wahrheit sagen konnte sie später immer noch.

»Dann gebe ich Ihnen gleich mal die Nummer der zuständigen Agentur. Ich habe Sie bereits dort angekündigt.« Na, toll. So wie sich das jetzt darstellte, hatte sie in Kürze zwar ein Werbecasting, aber immer noch keinen Fürstberg. »Hören Sie?« Und schon diktierte er sämtliche Kontaktdaten, ohne dass Emma noch etwas einwenden konnte. »Alles verstanden?«

»Ja … Danke.« Und wie schaffte sie es jetzt, dass das Gespräch nicht in der nächsten Sekunde beendet war?

»Dann wünsche ich Ihnen noch einen schönen Tag und alles Gute für das Casting. Vielleicht sieht man sich ja mal wieder.« Aufgelegt.

Emma starrte ungläubig auf ihr Handydisplay, von dem ihr »Verbindung beendet« entgegenblinkte. Es war doch nicht ihr Tag heute. Und Jo vermutlich auch kein Schütze. Konnte eine klare Chance noch schlechter genutzt werden? Nein.

»Was war das denn?«, erkundigte sich Mona sofort neugierig.

»Nichts«, erwiderte Emma, bevor sie fluchtartig die Werkstatt in Richtung Hinterhof verließ.

Ihr standen Tränen in den Augen, als sie sich dort auf eine der Bänke setzte. Die Frühlingssonne schien freundlich auf sie herab, als wollte sie sie aufmuntern. Doch Emma schniefte nur. Jos ersten Anruf hatte sie sich ganz anders vorgestellt.

Natürlich könnte sie das Casting einfach ignorieren und an Fürstberg keinen Gedanken mehr verschwenden. Aber das wollte sie auf gar keinen Fall. Wenn sie allerdings nicht vorhatte, den Regisseur so einfach wieder aus ihrem Leben zu streichen, musste sie die Agentur zumindest kontaktieren. Denn Jo würde sie bei ihrer nächsten Begegnung bestimmt danach fragen. Und was sollte sie dann antworten? Aber wie konnte es zu einer nächsten Begegnung überhaupt kommen?

Emma hätte sich in den Hintern beißen können, dass sie das Telefonat mit Fürstberg so einfach beendet hatte. Zumindest hätte sie ihn noch fragen können, wie es ihm ging. Wie es in der Produktion lief. Wie lange er noch in München war. Ob er gerade drehte. Oder vielleicht mit einer Zigarette vor dem Studio hin und her spazierte. Vermutlich hätte sich dann ein durchaus brauchbares Gespräch entwickelt. Aber nein, Frau Jacobi musste ja komplett überfordert die Sprachlose mimen. Schöne Schauspielerin. Super.

Emma zog ein besticktes Taschentüchlein aus der Tasche ihrer graublauen Cordhose und schnäuzte sich geräuschvoll. Was hätte wohl Marisa an ihrer Stelle getan? Oder Vivian? Oder Anna? Jede dieser Frauen wartete am Ende ihres Films, dass ein Mann die Initiative ergriff. War das richtig? Emma schnäuzte sich erneut und fasste im selben Moment einen Entschluss. Sie wischte sich die Tränen aus den Augen, atmete tief durch und straffte die Schultern. Dann sprang sie auf und lief zurück in die Werkstatt, als wäre die Stich mit einer knatternden Kettensäge hinter ihr her.

Das Handy lag immer noch neben dem Schälchen mit den pinkfarbenen Pailletten.

»Ach, auch mal wieder da?«, meinte Mona spitz, verstummte aber sofort, als sie Emmas verweintes Gesicht sah. »Alles in Ordnung mit dir?«

»Klar, mir ging es nie besser.« Und das war auch tatsächlich so gemeint. Jetzt, da sie wusste, was sie zu tun hatte, waren Trauer und Verzweiflung verflogen. Sie schnappte sich das Handy und war schon wieder auf dem Weg nach draußen, als die Chefin aus ihrem Büro kam.

»Fräulein Jacobi, wo wollen Sie denn hin? Es ist noch nicht Feierabend.«

Bis dahin kann ich aber leider nicht warten, hätte Emma am liebsten geantwortet, unterließ es aber. »Ich bin sofort zurück. Ich muss nur kurz etwas erledigen«, sagte sie stattdessen.

»Erledigen?« Die Stichsäge zog die Augenbrauen so hoch, dass sie fast an den Haaransatz zu stoßen schienen. »Das geht aber nicht. Dafür haben Sie nach Feierabend und am Wochenende genug Zeit.«

Bis dahin traue ich mich aber schon wieder nicht mehr, wäre die passende Antwort gewesen. Doch auch das war natürlich zwecklos.

Also sagte sie hastig »nur eine Minute« und war bereits aus der Tür. Schon spürte sie ihren Mut wieder schwinden, nun musste es schnell gehen. Emma kam sich vor wie bei der Wiederbelebung eines bewusstlosen Unfallopfers. Nur nicht den Faden verlieren. Jede Sekunde zählt. Die Anruferliste ihres Handys hatte sich die Nummer von Fürstberg zuverlässig gemerkt. Emma drückte ganz schnell die Abheben-Taste, um es sich bloß nicht noch mal anders zu überlegen.

Als sie das Telefon ans Ohr hielt, war sie sich nicht sicher, ob das Freizeichen oder ihr eigener Herzschlag lauter war.

»Ja, hallo, Fürstberg?«

Der dicke Kloß in Emmas Hals schien jede verständliche Äußerung unmöglich zu machen. Mit aller Kraft schluckte sie ihre Hemmungen hinunter. »Ja, hallo, ich bin's noch mal.« Jetzt war es zu spät. Auflegen konnte sie nun nicht mehr, ohne sich völlig unmöglich zu machen. Fast spürte sie so etwas wie Erleichterung darüber, dass sie sich jetzt nicht noch einmal drücken konnte. Wie auch immer Jo reagierte, sie hatte es zumindest versucht.

»Ach, Emma, was gibt es?« Das klang gar nicht unfreundlich, und ihren Namen hatte er auch sofort parat.

»Wegen der Werbung ...«

»Ja?«

»Ich habe mit solchen ... Jobs (sagte man das so?)... noch keine Erfahrung.« Jetzt nur ganz schnell weitersprechen, damit vor dem entscheidenden Satz nicht doch noch etwas dazwischenkam. »Können wir uns vielleicht vor diesem Casting mal treffen? Sie kennen sich da doch sicher sehr gut aus ...« Ein wenig Honig um den Dreitagebart kam bei Filmleuten bestimmt hervorrrrragend an.

»Nun, ich kenne mich mit Werbung leider nicht so besonders aus.« Verdammt. »Aber natürlich kann ich Ihnen schon den einen oder anderen allgemeinen Tipp geben. So ein Vorsprechen läuft ja im Großen und Ganzen immer ähnlich ab. Was halten Sie von nächstem Dienstagabend? Dann haben Sie danach noch einen Tag Zeit, um sich vorzubereiten.«

»Ja, ja, klar, super, perfekt!« Das war vielleicht ein wenig zu dick. »Ich meine, das kann ich einrichten.«

»Dann hole ich Sie um 20 Uhr ab. Wäre das in Ordnung? Sagen Sie mir einfach Ihre Adresse.«

Nachdem Emma aufgelegt hatte, konnte sie es eine gefühlte Ewigkeit lang nicht fassen, dass es so einfach gewesen war. Anrufen, Wunsch äußern, Verabredung treffen. Waren die vom Film etwa alle so unkompliziert? Dann hatte sie ihr Leben bisher ganz eindeutig verschwendet, weil sie noch keinen Einzigen von ihnen kennengelernt hatte. Im Umkehrschluss hieß das aber auch, dass das Leben jetzt erst so richtig begann. Mit Jo. Hoffentlich.

7

In der Liebe gibt es keine Schnittmuster.
Aber jede Menge Haken und Ösen …

NOBELRESTAURANT
Innen/Nacht

Als Emma mit Jo das äußerst schicke Restaurant betrat, das er ausgesucht hatte, fragte sie sich für den Bruchteil einer Sekunde, warum sie überhaupt mitgekommen war. Auf den Tischen standen Leuchter, die selbst fast mehr schimmerten als die Flammen der Kerzen. Polster, Teppiche, Tischdecken, Servietten waren in hellen Farbtönen gehalten und wetteiferten in schlichter Eleganz mit dem dunklen Holz des edlen Mobiliars. Von der Decke hingen üppige Kronleuchter, an den Wänden große Spiegel. Die Gäste schienen sich ausschließlich flüsternd zu unterhalten, denn eine unnatürliche Stille lag über dem gesamten Raum, obwohl das Lokal gut gefüllt war.

Während der Kellner die beiden Neuankömmlinge zu ihrem Platz geleitete, warfen ihnen die Anwesenden kurze, aber offensichtlich skeptische Blicke zu, sie steckten die Köpfe zusammen. Ob sie sich über sie lustig machten? Vielleicht konnte sich Fürstberg nach dem Abend mit ihr nirgendwo mehr sehen lassen? Doch er schien nichts davon zu bemerken. Galant wartete er, bis sie sich gesetzt hatte, dann nahm er ebenfalls Platz und bestellte weltmännisch. Erschrocken bemerkte sie die schier unübersichtliche Anzahl an Besteckteilen neben den Tellern und fühlte sich an *Pretty Woman* erinnert.

»Manchmal hat die Gabel auch nur drei Zinken«, schoss es ihr durch den Kopf, »das ist die Salatgabel.« Gut zu wissen. Filme bildeten eben doch.

»Ich weiß nicht, wie es Ihnen geht, aber ich habe mir nie merken können, welches davon zu welchem Gang gehört«, sagte nun auch noch Jo, und Emma wurde langsam ruhiger.

Er zitierte einen ihrer Lieblingsfilme! Das konnte nur ein gutes Zeichen sein. Als er dann wie zum Beweis seiner Unwissenheit mit dem Dessertlöffel im Wasserglas rührte, musste sie sogar lachen. Die Gäste an den Nebentischen blickten etwas konsterniert auf das eigenwillige Paar, sagten aber keinen Ton. Das Lachen verging Emma auch sofort wieder, als zu Beginn des Menüs tatsächlich, wie in *Pretty Woman*, Schnecken serviert wurden.

Aus dem Film wusste sie zwar ganz genau, wie man die ominöse Schneckenzange, die dazu gereicht wurde, bediente. Doch von dem, was danach zu tun war, hatte sie keinen blassen Schimmer. Sollte sie die Escargot etwa, wie Vivian, quer durchs Restaurant schießen lassen, nur um sie nicht essen zu müssen? Das wäre nun wirklich zu peinlich. Es musste anders gehen. Aber zu fragen traute sie sich auch nicht. Zumal Jo sich den ersten Gang bereits schmecken ließ.

»Eine französische Delikatesse«, sagte er lächelnd zu ihr, was ihr im Moment ziemlich egal war.

Verzweifelt versuchte sie, die Zange so zu öffnen, dass sie damit eines der Schneckenhäuser fassen konnte, doch es gelang ihr nicht. Offenbar war es ein anderes Modell als in *Pretty Woman*, obwohl es ähnlich aussah. Emma drückte und zog, doch nichts tat sich. Was sollte nur Jo von ihr denken? Zum Glück hatte er noch nichts bemerkt. Schweißperlen traten ihr auf die Stirn, sie fühlte eine starke Hitze im Körper aufsteigen und rang mühsam nach Luft.

Im gleichen Moment blickte Jo von seinem Teller auf und meinte lächelnd: »Ich bin übrigens Schütze.«

Mit einem kleinen Aufschrei schreckte Emma aus dem Schlaf hoch und wusste zunächst nicht genau, wo sie sich befand. Im Dunkel des Zimmers standen finstere Gestalten bedrohlich um ihr Bett, die sich nach und nach allerdings als der behängte Kleiderständer, die Nähmaschine und die auf ihren Holzfüßen breitbeinig danebenstehende Schneiderbüste entpuppten. Emma sank erleichtert in die Kissen zurück. Ihr Atem beruhigte sich langsam, das rasende Herzklopfen verschwand.

Sie saß nicht im Nobelrestaurant und war auch nicht mit der Handhabung der Schneckenzange überfordert. Zumindest jetzt noch nicht. Und bis zum nächsten Dienstag konnte sie sich in Ruhe auf alles vorbereiten. Jetzt war sie ja gewarnt, würde es in der Realität also bestimmt nicht vermasseln. Dachte sie und schlief ziemlich bald wieder ein.

Die Planung des großen Abends nahm das gesamte Wochenende in Anspruch. Am Samstagvormittag stand Emma vor ihrem Kleiderschrank und verschaffte sich einen ersten Überblick über das Angebot. An Abendgarderobe besaß sie eigentlich nur die Stücke, die sie im Laufe der Jahre ihren Filmvorbildern nachgeschneidert hatte. Jennifer Lopez' Traum in Rosé war bereits aus dem Rennen, den kannte Jo schließlich schon. Blieben noch Julia Roberts' knielanges Cocktailkleid aus schwarzer Spitze oder die knallrote, schulterfreie Abendrobe, die sie in der Opernszene trug. Na ja, das wäre vielleicht etwas overdressed. Dann eventuell das orangefarbene Kleid von Charlotte Coleman aus *Vier Hochzeiten und ein Todesfall*?

Emma nahm es aus dem Schrank und hielt es sich gegen den Körper. Sie drehte sich vor dem Standspiegel hin und her und betrachtete kritisch ihr Spiegelbild. Für die Schauspielerin, die sie seit Neuestem war, wäre das vermutlich genau das Richtige. Schreiende Farbe, auffällig in jeder Beziehung. Doch die Schneiderin würde sich darin den ganzen Abend unwohl fühlen. Kurz kam ihr der Albtraum wieder in den Sinn. Sie erschauderte und hängte den orangefarbenen Wahnsinn schnell zurück in den Schrank. Ob sie dieses Kleid wohl jemals selbst tragen würde? Dann doch lieber den schwarzen Traum aus Spitze. Schlichte Eleganz, das war dem Anlass wohl eher angemessen. Kaum waren also etwa drei Stunden vergangen, hatte sich Emma auch schon entschieden, was sie bei ihrem Date mit Jo tragen wollte.

Als Nächstes kam die Frisur. Lange Locken im Nacken wie Vivian war mit ihren kurzen Wellen leider nicht möglich. Und ein Haarteil wollte Emma dann doch nicht tragen. Es musste auch irgendwie anders gehen. Sie probierte verschiedenste Reifen und Spangen, die sie zu Dutzenden in ihrem Badezimmerschränkchen aufbewahrte. Doch keine Variante stellte sie zufrieden. Schließlich entschied sie sich für ein mehrmals um den Kopf geschlungenes silbernes Band, das sie im Nacken mit einer weißen Kunststoffblüte feststeckte. Nun noch das passende dezente Make-up. Fertig.

Am späten Nachmittag stand Emma wie für einen Ball zurechtgemacht vor dem heimischen Spiegel und betrachtete sich. Beinahe hätte sie vergessen, dass sie nicht heute, sondern erst am Dienstagabend mit Fürstberg verabredet war. Hoffentlich gelang das Gesamtkunstwerk dann auch wieder so gut. Denn so war es nahezu perfekt. Sie strahlte ihr Spiegelbild an und hätte platzen können vor Freude über das bevorstehende Rendezvous mit dem ersehnten Mann. Am liebsten hätte sie ihn jetzt sofort angerufen und zu sich nach Hause bestellt, um die Arbeit eines ganzen Tages nicht ungenutzt wieder zerstören zu müssen.

Natürlich! Sie konnte das Outfit heute durchaus noch sinnvoll einsetzen, indem sie es vorab an einem anderen Mann testete. Wenn sie nicht wollte, dass der lebenswichtige Dienstagabend ähnlich endete wie in ihrem Albtraum, musste sie üben. Und da sie nun schon von Kopf bis Fuß gestylt in ihrer Wohnung stand, konnte sie das Gesamtkunstwerk genauso gut probeweise zum Einsatz bringen. Nur – wer bot sich da als Versuchskaninchen an?

Männliche Freunde hatte sie eigentlich keine, das fiel schon mal flach. Ihr Vater war sicher nicht unbefangen, dazu wäre er viel zu begeistert von seiner hübschen Tochter. Außerdem: Wie sollte sie ihm die ungewöhnliche Aufmachung erklären, ohne die Wahrheit zu sagen? Schließlich wusste er genau, dass sie sich zum letzten Mal für Lisas Hochzeit so herausgeputzt hatte – und das auch nur unter Protest. Wie schade, dass sie keinen Bruder hatte. Aber doch immerhin einen Schwager …

Ja, Henning war ein guter Kandidat für die angemessene Beurteilung des Abendoutfits. Er war im richtigen Alter, als Arzt durchaus weltgewandt und, auch wenn ihr seine Gartenplanung nicht gefiel, sehr auf gute Optik bedacht. Aber stand er ihr nicht zu nah? Würde er ihr wirklich die Wahrheit sagen? Gab ein Mann einer Frau gegenüber jemals ehrlich zu, was er über ihr Aussehen dachte? Eine direkte Frage war vielleicht gar nicht der richtige Weg. Es musste eher subtil geschehen. Unauffällig. Ohne Worte.

Aber wer wäre dafür das geeignete Testobjekt? Henning würde sich vermutlich nur erkundigen, was sie vorhabe, wenn sie am Samstagabend im Cocktailkleid und bis in die Haarspitzen gestylt bei ihm und Lisa auftauchte. Wenn allerdings noch jemand anderes dabei wäre – ein Freund der Familie, der trotzdem den nötigen Abstand hatte … Willi vielleicht, dieser Landschaftsarchitekt. Er kannte Emma zu wenig, um über ihre außergewöhnliche Aufmachung besonders erstaunt zu sein. Schließlich könnte es ja sein, dass sie als Schneiderin jeden zweiten Tag so aufgetakelt herumlief. Vermutlich saß er ohnehin gerade mit Henning bei der Gartenplanung, die mit Sicherheit noch lange nicht beendet war.

Kurz entschlossen griff Emma zum Telefonhörer und wählte Lisas Nummer. Ihre Schwester war sofort am Apparat: »Merker!«

Für einen Rückzug war es jetzt zu spät. Nun ja, bei Fürstberg hatte die Augen-zu-und-durch-Methode ja schließlich auch gut geklappt.

»Seid ihr heute Abend daheim?«, tastete Emma sich vor, ehe sie ihr Anliegen vorbrachte.

»Natürlich. Wie an ziemlich genau neunundneunzig Komma neun Prozent aller Samstage im Jahr.« Es klang ein bisschen frustriert. »Willst du etwa vorbeikommen? Das wäre wenigstens eine kleine Abwechslung.«

»Wenn du möchtest, gern«, antwortete Emma und freute sich, dass sie gar nicht direkt hatte fragen müssen. Und wie brachte sie jetzt unauffällig Willi ins Spiel? »Seid ihr allein?«

»Natürlich. Wie an etwa fünfundneunzig Prozent aller Abende im Jahr.«

»Ach komm, Lisa, übertreib doch nicht so. Was ist denn los? Als ich das letzte Mal bei euch war, hattet ihr zum Beispiel diesen Willi zu Besuch.« Gar nicht schlecht.

»Na ja, das war aber quasi beruflich. Außerdem haben er und Henning sich bloß wieder gestritten.« Lisa war offensichtlich wirklich nicht gut drauf. Hoffentlich zeigte sie sich trotzdem zugänglich für kurzfristige Planänderungen. Die sich jetzt natürlich schon nicht mehr so naheliegend anboten. Egal.

»Dann lad ihn doch auch ein. Vielleicht würde es das Verhältnis der beiden etwas entspannen, wenn wir zu viert …« Weiter kam Emma nicht mit ihrem Vorschlag.

»Er hat dir also doch gefallen!«, unterbrach Lisa sie jubelnd. Von schlechter Laune oder Frustration war augenblicklich nicht das Geringste mehr zu spüren. Das war einerseits gut für die Verwirklichung von Emmas Vorhaben, andererseits kannte sie ihre Schwester. Wenn Lisa einen Plan verfolgte, konnte das schon mal unangenehm werden.

Sie versuchte, das Missverständnis sofort aufzuklären. »Überhaupt nicht, ich dachte nur ...«

»Erzähl mir doch nichts. Ich kenn dich ja schließlich schon ein paar Jahre. Du willst ihn wiedersehen, stimmt's?«

Das zumindest konnte Emma nicht wirklich bestreiten. Nur waren die Gründe so ganz anderer Natur, als Lisa glaubte. Zu spät. Und eigentlich war es auch Jacke wie Hose, was ihre Schwester dachte. Hauptsache, sie lud den kanadischen Holzfäller für heute Abend als Versuchskaninchen ein.

»Ich ruf ihn sofort an«, sagte Lisa auch prompt, »der hat bestimmt noch nichts vor, weil er am Samstag meistens seine Abrechnung macht. Geh aus der Leitung, ich regle das. Bis später.« Wenn sie ein bestimmtes Ziel verfolgte, konnte Lisa manchmal schon fast beleidigend deutlich sein. Doch diesmal war das Emma ganz recht. Sie wusste das Problem in den besten Händen. Hoffentlich verlief der Abend dann auch zu ihrer Zufriedenheit, sodass sie am Dienstag mit neu aufgefrischtem Selbstbewusstsein Jo ganz locker gegenübertreten konnte.

Bevor Emma die Wohnung verließ, warf sie noch einen letzten prüfenden Blick in den Spiegel. Ja, alles sah noch genauso perfekt aus wie eine Stunde zuvor kurz nach Fertigstellung. Vielleicht hätte sie, als Schnittmuster sozusagen, ein Foto von sich machen sollen. Keine schlechte Idee. Schnell kehrte sie noch einmal um und suchte die Digitalkamera. Natürlich musste sie zuerst in sämtlichen Schubladen wühlen, bevor sie das Gerät in der Schlafzimmerkommode entdeckte.

Das eigene Spiegelbild zu fotografieren erwies sich als

keine gute Idee, da der reflektierte Blitz das gesamte Bild überstrahlte. Also Selbstauslöser. Emma rief die entsprechende Einstellung auf, legte die Kamera an den Rand des Nähtischchens und trat einige Schritte zurück. Das Gerät blinkte ein paar Mal – klick –, Foto im Kasten. Nur leider ohne Kopf, wie der anschließende Kontrollblick zeigte. Und die Frisur musste doch auch unbedingt festgehalten werden. Also noch eins, diesmal mit leicht nach hinten gekippter Kamera. Einstellen, zurücktreten, klick. Jetzt war alles drauf. Noch eins zur Sicherheit. Perfekt.

Niemals in der gesamten Menschheitsgeschichte war ein Rendezvous besser vorbereitet worden. Emma zog nahezu euphorisch los.

Es war gar nicht so einfach, mit dem engen Cocktailkleid aufs Fahrrad zu steigen. Doch im Überwinden derartiger Schwierigkeiten hatte Emma Übung. Sie schob den Rock vorsichtig etwas nach oben, bestieg den Drahtesel, hakte die Stöckel der schwarzen Pumps an den Pedalen ein, und schon ging's. Ein zarter Frühlingswind strich ihr um die seidenbestrumpften Beine, während sie in Richtung Harlaching fuhr. Hoffentlich zerstörte er nicht die kunstvoll drapierte Lockenfrisur, die doch unbedingt bis zur Ankunft überleben musste. Um diese Gefahr nicht noch zu erhöhen, drosselte sie das Tempo ein wenig. Lieber wollte sie etwas verspätet als wie ein zerrupfter Vogel auf der Bildfläche erscheinen – so viel stand fest.

Gemütlich fuhr sie die Straße entlang und hatte zum ersten Mal seit Langem ein Auge für die Schönheiten der Natur, die um diese Jahreszeit langsam erwachte. Rosafarbene Blüten kämpften sich aus den Knospen der Bäume hervor, und frische hellgrüne Blättchen überzogen die bis vor Kurzem noch kahlen Äste.

Emma atmete die laue Luft, die ein wenig nach Jasmin und frisch geschnittenem Gras roch, und freute sich über den Frühling, der eindeutig ihre liebste Jahreszeit war. Auf das bevorstehende Treffen mit Jo, das sie in Sachen Liebe bestimmt einen großen Schritt weiterbringen würde. Und auf die nächsten Stunden im Hause Merker, die hoffentlich ihre Zuversicht beflügeln würden. Jedenfalls war, so fand sie, das Leben im Moment ganz in Ordnung. Und vielleicht sogar bald filmreif, sozusagen.

Vor der Haustür der Schwester warf Emma noch einmal einen prüfenden Blick auf ihr Spiegelbild an der Glasfront des Hauses und zupfte einige Locken zurecht. Sie strich den Mantel über dem Kleid glatt, setzte ein möglichst einnehmendes Gesicht auf und drückte die Klingel. Es dauerte überraschend lang, bis sie das Klappen der Flurtür und Schritte im Inneren hörte. Dann wurde geöffnet, und Willi stand ihr gegenüber. Damit hatte sie nun nicht unbedingt gerechnet, doch es kam ihr nicht ungelegen. Schließlich war er ihr Testobjekt, zumindest für den heutigen Abend.

»Herein, wenn's kein Schneider ist«, sagte er lachend und reichte ihr die Hand. »Wir kennen uns ja schon.«

»Ich erinnere mich, hallo«, antwortete sie möglichst beiläufig, um den Eindruck nicht zu früh zu zerstören.

»Darf ich Ihnen den Mantel abnehmen?«

»Sehr gern. Vielen Dank.«

Er trat hinter sie und half ihr galant beim Ausziehen. »Wow«, entfuhr es ihm, und sie bedauerte, dass sie sein Gesicht nicht sehen konnte. Der Test schien bereits bestanden.

»Sie sehen umwerfend aus. Was für ein aufregendes Kleid.« Besser hätte es wohl kaum laufen können. Sehr schön. »Vielleicht ein bisschen kurz, oder?«

Emma sah an sich hinunter und bemerkte mit Erschrecken, dass sie den Rock immer noch bis direkt unter den Poansatz hochgeschoben trug. Während ihr Gesicht augenblicklich die Farbe eines gekochten Hummers annahm, versuchte sie schnell, das hübsche Cocktailkleid so hinzuziehen, wie es gehörte. Sie zupfte und schob, mal rechts, mal links, an den Hüften entlang, was bei dem engen Rock nicht sofort die erwünschte Wirkung erzielte. Okay, es hätte doch besser laufen können. Viel besser.

»Ach, lassen Sie nur. Ich fand das eigentlich vorher ganz hübsch«, schmunzelte Willi und hätte in diesem Moment beinahe jede Chance auf seine Teilnahme an der Outfit-Jury verspielt.

»Das könnte Ihnen so passen«, gab Emma etwas patzig zurück. Sie war enttäuscht, dass ausgerechnet der Auftakt ihres Probelaufs derart missglückt war. Doch es kam noch schlimmer.

»Wie siehst du denn aus?«, begrüßte sie Henning. Er hatte die Schwägerin bisher nur bei seiner Hochzeit in einer solchen Aufmachung erlebt.

»Vielen Dank. Ich freu mich auch, dich zu sehen.« Jetzt war Emma richtig beleidigt.

»Also ich finde, sie sieht fantastisch aus«, mischte sich zum Glück Willi ein. Hätte er geschwiegen, dann hätte Emma die Wohnung vermutlich Hals über Kopf wieder verlassen. Das lief ja alles so gar nicht nach ihren Vorstellungen.

»Was ist fantastisch?«, rief nun Lisa aus der Küche.

»Ich geh mal rüber!«, sagte Emma schnell, um der unangenehmen Situation zu entfliehen. Außerdem wollte sie verhindern, dass Willi auch noch den ernüchternden Kommentar der Schwester mitbekam.

»Du hast dich aber in Schale geworfen!«, stellte Lisa jedoch in anerkennendem Tonfall fest, als sie die Küche betrat. Dabei grinste sie wissend. »Und jetzt erzähl mir noch mal, dass Willi dir nicht gefällt.«

»Was soll das denn mit meinem Kleid zu tun haben?«

»Na, du machst mir Spaß! Sonst kommst du hier immer in Cordhosen und Turnschuhen an. Und heute mit Abendgarderobe und Stöckelschuhen.«

»Das hat überhaupt nichts zu bedeuten.«

»Also reiner Zufall, oder wie?«

In ihrem Eifer wurde Lisa zunehmend lauter: »Zuerst willst du unbedingt, dass ich Willi einlade. Und dann ziehst du ganz aus Versehen dein schönstes Kleid an? Und schminkst dich bis zum Anschlag?«

»Psst! Nicht so laut.« Emma bekam jetzt doch ein wenig Angst, dass die Männer im Wohnzimmer Lisas feuriges Plädoyer hören könnten. Sie würden die Sachlage bestimmt völlig falsch einschätzen. »Ja, warum denn nicht?« Sie setzte ein unbeteiligtes Gesicht auf und bemühte sich um einen unschuldigen Augenaufschlag. Die Wahrheit wollte sie lieber nicht erzählen, Lisa hätte sie ausgelacht. Schnell wechselte sie das Thema. »Wo ist eigentlich Clara?«

»Die ist schon im Bett. Wir waren heute den ganzen Nachmittag auf dem Spielplatz. Ihr sind schon die Augen zugefallen, als wir vorhin nach Hause kamen. Geh mal rein. Gleich gibt's Essen.«

Im Wohnzimmer besprachen die Männer weder Emmas Fauxpas bezüglich der Rocklänge, noch erkundigten sie sich nach dem Grund ihres aufwendigen Stylings. Sie waren bereits wieder bei ihrem Lieblingsthema, dem Garten.

»Heute wird aber ausnahmsweise nicht gestritten, ja?«, warnte Emma und drapierte sich mit elegant übereinandergeschlagenen Beinen zwischen die beiden aufs Sofa.

»Kein Problem. Wenn Sie den ganzen Abend hier sitzen bleiben, kann gar nichts passieren«, meinte Willi verschmitzt. »Zumindest nichts Unangenehmes«, fügte er noch hinzu und sah ihr dabei direkt in die Augen.

»Jetzt duzt euch doch endlich mal. Das kann ja kein Mensch mit anhören«, kommandierte Lisa, während sie das Kartoffelgratin auf den Tisch stellte.

»Musst du ja gar nicht«, gab Emma genervt zurück. Sie hatte Angst, die offensichtlichen Verkupplungsversuche ihrer Schwester könnten die Mission erneut gefährden. Willi sollte vollkommen neutral zu einem unabhängigen Urteil kommen und nicht durch Lisas Lobpreisungen beeinflusst werden.

Der sah das zum Glück ganz locker. »Moment, Moment«, meinte er grinsend und tastete seine sämtlichen Hemd- und Hosentaschen ab, »wo hab ich denn jetzt mein Champagnerglas?«

»Dafür brauchen wir keinen Champagner. Das kriegen wir auch so hin«, antwortete Emma im gleichen lockeren Ton und war sehr froh, dass Willi aus der peinlichen Situation keine Affäre machte. Sie hob das Weinglas und prostete ihm zu: »Emma.«

»Du siehst heute aber eher nach Champagner als nach

Aldi-Wein aus«, widersprach er und griff ebenfalls zu seinem Glas: »Willi.«

»Moment mal«, schaltete sich Henning empört ein, »ich verbitte mir jegliche Verunglimpfung unseres Bordeaux! Sonst setze ich euch beide vor die Tür.«

Eigentlich gehörte ja zur Brüderschaft neben dem Champagner noch ein Kuss, fand Emma. Aber das war hier wahrlich nicht der Ort dafür. Sie hakte sich bei Willi ein und schob ihn zum Kartoffelgratin. »Dann würden wir schon ein anderes nettes Plätzchen finden, oder?«

»Sicher«, bestätigte der Landschaftsarchitekt, »allerdings wohl kaum ein so hervorragendes Essen.«

Mühelos war es Willi gelungen, die Atmosphäre zur Zufriedenheit aller aufzulockern. Und als Emma beim Essen die neuesten Anekdoten über die Großmutter und ihren Lieblingsfeind, den Oberstudienrat Jung, mit verteilten Rollen zum Besten gab, war auch das letzte Gefühl von Peinlichkeit verflogen.

»Du hättest Schauspielerin werden sollen«, prustete Lisa, während Emma mit erhobenem Zeigefinger und strenger Miene den überkorrekten Nachbarn mimte. Anschließend klimperte sie mit den Augen, als könnte sie kein Wässerchen trüben, nahm die Hand hinters Ohr und schrie: »Taschen? Welche Taschen? Ich habe keine Taschen!«

»Eure Oma ist wirklich eine Wucht!« Willi lachte lauthals und erinnerte Emma für einen kurzen Moment an Gérard Depardieu. »Das muss wohl in der Familie liegen.« Dabei lächelte er die Schwestern gleichermaßen an, sodass keinerlei Zweifel darüber aufkommen konnten, dass er tatsächlich beide meinte.

»Halt, stopp!«, rief Emma, als er sich zwei Stunden später verabschieden wollte. »So einfach lasse ich dich nicht gehen.« Henning starrte sie ungläubig an, Lisa grinste, und Willi drehte sich erstaunt zu ihr um.

Jetzt war es ihr doch ein wenig unangenehm, die Augen aller auf sich gerichtet zu wissen. »Ich sag's dir draußen«, meinte sie schnell und schob den »Kanadier« zur Tür.

»Wir müssen noch ein wenig vom Eingang weg«, erklärte sie ihm vor dem Haus, »Lisa lauscht so gern.«

»Jetzt bin ich aber neugierig«, flüsterte Willi, so als wären sie beide auf einer geheimen Mission.

»Wir haben vorhin etwas vergessen.«

Sein fragender Blick zeigte, dass er keinen blassen Schimmer hatte, wovon sie sprach. Schon ein wenig enttäuschend. Aber gut, er war schließlich auch nur ein Mann.

»Den Kuss.«

»Welchen Kuss?«

»Na ja …« Langsam kam sich Emma ein wenig blöd vor, und kühl war es auch hier draußen. »Brüderschaft … Duzen … und so …«

»Na klar. Wie konnte ich nur das Beste vergessen?«

»Also dann …«

Etwas unbeholfen standen sie sich gegenüber.

»Nun mach doch«, meinte Emma schließlich und kam sich noch blöder vor. Warum nur hatte sie damit angefangen? Es war doch gar nicht Jo, der da vor ihr stand. Das musste der Alkohol sein …

Also, wenn der Regisseur genauso küssen konnte, dann war er auf jeden Fall der Richtige. Emma hätte am liebsten gar nicht mehr aufgehört. Das war wohl auch der Alkohol.

»Das kannst du wirklich gut«, meinte Willi nach einiger Zeit und löste sich von ihr. Emma hätte das Kompliment gerne zurückgegeben. Doch da war er schon in der Dunkelheit verschwunden.

Beschwingt und jetzt doch ganz zufrieden mit ihrem Testergebnis radelte Emma nach Hause, nachdem sie noch eine Stunde lang mühsam Lisas neugierigen Fragen widerstanden hatte. Der Rotwein hatte ihren Kopf in einen riesigen Wattebausch verwandelt, und sie lenkte ihren Drahtesel in leichten Schlangenlinien den Radweg entlang. Leise trällerte sie *»I wanna be loved by you«* vor sich hin und dachte verträumt an Jo. Fast wäre sie vor lauter Verliebtheit in einer Baustellenabsperrung gelandet, die sie erst in allerletzter Sekunde bemerkt hatte, obwohl sie ihr in den letzten Tagen schon mehrmals ausgewichen war.

Nachdem sie sämtliche Hindernisse erfolgreich umrundet hatte, kam sie schließlich mit heiler Haut zu Hause an und ging sofort ins Bett. Für ein erfolgreiches Date hatte sie getan, was sie konnte. Wahrscheinlich sogar mehr als das. Jo war der Mann ihres Lebens … ihres Lebens, das Rendezvous vorbereitet … bis ins kleinste Detail vorbereitet, Outfit und Styling sogar noch … dank Willi … auf Herz und Nieren geprüft … O ja. Und dieser Kuss … und Jo … Kaum hatte sie sich in einem Nebel diffuser Gedanken hingelegt, schlief sie auch schon ein.

Am Dienstag war sie den ganzen Tag so aufgeregt, dass sie sich kaum auf die Arbeit konzentrieren konnte. Ob Einfädeln, Abstecken, Auftrennen oder gar Nähen – nichts wollte beim ersten Mal gelingen, manches sogar auch nach mehreren Versuchen nicht. Beim Gedanken an den bevorstehenden Abend schlug Emmas Herz so laut, dass sie fast befürchtete, die Kolleginnen könnten aufmerksam werden. Dass ihr fast ununterbrochen die Hände zitterten und sie bei jedem falschen Wort empfindlich reagierte, hatte sie nicht besonders lange vor ihnen verbergen können.

Nach Feierabend zu Hause wurde es leider nicht viel besser. Am vergangenen Samstag hatte sie mehrere Stunden Zeit gehabt, um sich in aller Ruhe zurechtzumachen, aber heute war Eile geboten. Das Foto des erwünschten Endergebnisses hatte Emma auf das Bord vor ihrem Badezimmerspiegel gelehnt und behielt es während der gesamten Styling-Prozedur ständig im Blick.

Unglücklicherweise klappte das Schminken heute – vermutlich wegen zitternder Hände und klopfendem Herzen – bei Weitem nicht so reibungslos wie beim Probelauf. Die Locken fielen nicht so schön, der Lidstrich war irgendwie verrutscht, und die Seidenstrümpfe bekamen beim hektischen Anziehen eine hässliche Laufmasche am Oberschenkel.

Als Emma gerade die Strümpfe wechseln wollte, klingelte es an der Tür. Starr vor Schreck warf sie einen Blick auf die Uhr und musste entsetzt feststellen, dass Jo im Gegensatz zu ihr äußerst pünktlich war. Das Gesamtkunstwerk »Schauspielerin Emma« war noch nicht ganz fertig. Leider.

Schnell lief sie zur Sprechanlage und meldete sich mit einem zaghaften »Ja?«. Hoffentlich hörte man das Klopfen ihres Herzens nicht unten auf der Straße. Bis zum Hals jedenfalls schlug es schon. Mindestens.

»Hier ist Jo-ho«, jubilierte es scheppernd durch den Lautsprecher, was Emmas inneren Tumult zum Erdbeben verstärkte. *Er* schien jedenfalls kein bisschen aufgeregt zu sein. Herzlichen Dank.

»Ich komme sofo-hort«, versuchte sie seinen singenden Tonfall nachzuahmen und hängte den Hörer ein. Erst jetzt merkte sie, dass die Laufmasche gerade auf dem Weg in Richtung Knie war. Daran konnte sie nun auf die Schnelle nichts ändern. Vielleicht aber sollte sie, anders als beim Test am Samstag, darauf achten, dass der Rock auf keinen Fall nach oben rutschte. Na ja, mit dem Fahrrad musste sie ja zum Glück heute nicht fahren. Noch schnell ein vergleichender Blick vom Foto zum Spiegel und zurück. Das musste jetzt wohl genügen.

Auf dem Weg nach unten wäre sie vor lauter Aufregung fast gestürzt, konnte sich aber gerade noch am Treppengeländer festhalten.

Unten vor dem Haus war Jo verschwunden. Emma sah suchend die Straße entlang. Nichts. Für einen kurzen Moment musste sie sich zwingen, nicht auf der Stelle in Tränen auszubrechen. Dann riss sie sich zusammen.

Wie war das möglich? So lange hatte ihre Fertigstellung nun auch wieder nicht gedauert. Schließlich hatte sie nicht einmal mehr die Strümpfe gewechselt. Das konnte einfach nicht wahr sein, dass er schon nach so kurzer Zeit wie vom Erdboden verschluckt war. Zur Sicherheit kniff sie sich prüfend in den Unterarm. Vielleicht war das wieder einer dieser Träume, die sie in den letzten Wochen des Öfteren zum Narren hielten? Nein, offensichtlich nicht. Der Schmerz am Arm war da, der Regisseur blieb weg.

Sie blickte über die dichten Efeuranken an der Hauswand

hoch zu ihrem Küchenfenster. Musste sie sich schon jetzt wieder in das Turmzimmer ihres Dornröschenschlosses zurückziehen? Nachdem sie gerade vom Prinzen aus einem gefühlt hundertjährigen Schlaf geweckt worden war? Warum schickte ihr eigentlich das Schicksal einen Traummann vorbei, wenn sie ihn dann auf der Stelle wieder hergeben musste, ohne ihn richtig anprobiert zu haben? Emma spürte, wie ein bisschen Wut in ihr aufstieg. Das Leben war echt ungerecht! Dabei hätte sie jetzt doch schon mit Jo in seinem schicken Wagen auf dem Weg zu einem gemütlichen Restaurant sein sollen.

»*Ciao, bella*«, hörte sie da von der Seite eine bekannte Stimme. Eine brennende Zigarette in der Hand kam Jo um die Straßenecke und schlenderte auf sie zu. »Sorry, dass ich dich hab warten lassen«, sagte er, »aber ich musste noch kurz in die Kneipe um die Ecke, den Tabakvorrat aufstocken.« Wie zum Beweis hielt er zwei Zigarettenschachteln hoch, die er in der Hand trug.

Emma sah ihn verblüfft an. Schon okay, dass er sich kurz aus dem Staub gemacht hatte. Kein Problem, dass sie für einen Moment geglaubt hatte, er habe sie schnöde versetzt. Aber warum duzte er sie auf einmal? Sollte sie ihn jetzt auch duzen? War das ein Versehen? Oder Absicht?

Sie entschied sich für eine neutrale Anrede: »Hallo, ist ja kein Problem.«

Als hätte er ihre Unsicherheit bemerkt und richtig gedeutet, erwiderte er: »Jetzt müssen wir uns doch wirklich endlich duzen, oder? Schließlich gehen wir gerade miteinander aus.« Das war natürlich ein Argument. »Mein Auto steht um die Ecke«, fuhr er fort und legte ihr vertraulich den Arm um die Taille. Am liebsten hätte sie gleich den Kopf an seine Schulter gelehnt, doch vielleicht war es dafür selbst in den verruchten Filmkreisen noch etwas zu früh.

»Ich habe eine Überraschung für dich.« Das wurde ja immer besser. Endlich entwickelte der Abend sich nach Emmas Vorstellungen. »Wir holen jetzt gleich noch meinen Lieblings-Regieassistenten ab. Der hat schon viele Werbedrehs und auch Castings gemacht.« Rums.

Mit einem Mal war Emma, als hätte sie in Schneewittchens vergifteten Apfel gebissen. Wenn es wenigstens so gewesen wäre! Dann hätte sie einfach zu Boden sinken und sich von Jo retten lassen können.

»Daniel ist echt ein toller Typ.« Das ist Willi auch. Und trotzdem hätte ich ihn nicht zu unserem ersten Rendezvous mitgenommen, dachte Emma enttäuscht. »Du wirst ihn mögen.« Ganz bestimmt.

Das war ja wirklich großartig. Monatelang hatte sie kein anständiges Date mehr gehabt, und nun ging es nicht ohne Anstandswauwau? Schweigend setzte sie sich auf den Beifahrersitz.

Als Regieassistent Daniel ein paar Straßen weiter zustieg, kam zumindest etwas mehr Leben in die Bude beziehungsweise in Jos schickes Auto. Er war Ende zwanzig, smart, quirlig, schwarzhaarig, mit lustigen Augen und einer angenehm warmen Stimme.

»Ich bin sein Knecht«, stellte er sich scheinbar gequält vor und wies mit dem Kopf in Richtung Fahrersitz. »Heutzutage sagt man zwar ›Regieassistent‹ dazu, aber de facto hat sich nichts geändert. Zumindest nicht bei einem solchen Despoten.« Er wies mit dem kleinen Finger auf seinen Chef, der prompt einen scherzhaften Schlag nach hinten sandte. »Siehst du, das ist der Beweis«, jaulte Daniel auf der Rückbank, »so macht er das immer!«

»Jetzt halt doch endlich mal den Mund. Emma springt mir sonst noch aus dem fahrenden Wagen. Den ganzen Tag quasselt dieser unerträgliche Mensch nur Blödsinn. Da muss man doch handgreiflich werden, oder?«

Gelassen lenkte Jo das Auto durch den Münchner Abendverkehr, während er und sein Assistent sich einen verbalen Schlagabtausch lieferten. Dabei schienen die Rollen auf merkwürdige Weise vertauscht, denn Assistent Daniel beherrschte weitgehend das Gespräch, während Regisseur Jo auf den Redeschwall meist nur kurz etwas erwiderte. Emma hielt sich raus. Zu den Themen der beiden hatte sie ohnehin nichts zu sagen.

Je länger sie unterwegs waren, desto genervter wurde sie allerdings. Ihr erstes Treffen mit Jo hatte sie sich wahrlich anders vorgestellt. Jetzt saß sie zwar tatsächlich bei ihm im Auto, durfte sich aber lediglich seine unbedeutenden Frotzeleien mit dem Kollegen anhören.

Das Restaurant in Schwabing, das Jo ausgewählt hatte, war glücklicherweise bei Weitem nicht so steif und nobel wie in Emmas Albtraum letzte Woche. Trotzdem gehörte es offensichtlich zur gehobenen Kategorie. Immerhin, das war sie ihm schon mal wert. Als der Regisseur ihr den Mantel abnahm, hoffte sie für einen kleinen Moment, sie könnte Jos Aufmerksamkeit wenigstens mit ihrem Kleid auf sich ziehen. Doch er sagte kein Wort dazu.

Stattdessen hörte sie Daniels Singsang hinter ihrem Rücken: »Oh la laaaa!« Emma griff sich unwillkürlich prüfend an den Rocksaum. Nicht schon wieder … Nein, alles in Ordnung. Das Kleid saß perfekt. Sie drehte sich zu dem Regieassistenten um.

»Pretty Woman, zweiter Spieltag, Restaurantszene«, kam es wie aus der Pistole geschossen. »Dieses Kleid ist ein Kostüm-Highlight der Achtziger«, jubilierte Daniel und zielte mit seinem rechten Zeigefinger genau zwischen Emmas Augen. »Woher hast du das?«

»Hey, hey, hey, hab ich irgendwas verpasst?«, mischte sich nun endlich auch Jo ins Gespräch. »Ich sehe nur eine Laufmasche.« Wie peinlich! Musste er das unbedingt in aller Öffentlichkeit herausposaunen?

»Wenn du *Pretty Woman* nicht kennst, hast du tatsächlich was verpasst!« Zum Glück überging Daniel Jos blöde Bemerkung und schob Emma den Stuhl zurecht.

»Natürlich kenne ich den Streifen. Schließlich musste ich damals nacheinander einige Damen ins Kino begleiten. Aber wie kommt ihr jetzt darauf?«

»Ts, ts, ts … Regisseure. Manchmal fehlt ihnen einfach der Sinn fürs Wesentliche, aber schon so was von. Also spann mich nicht auf die Folter. Woher hast du das?«

»Selbst geschneidert«, antwortete Emma nicht ohne Stolz.

»Wow!« Daniel war offensichtlich beeindruckt. »Warum kannst du das?«

»Nun ja, als Schnei…« Gerade noch rechtzeitig fiel ihr ein, dass sie heute Abend Schauspielerin und nicht Schneiderin war. Fast hätte sie sich sozusagen um Kopf und Kragen verplappert. »Äh … Als schneidige Modefanatikerin – kann es nicht schaden, wenn man sich in der Herstellung auch ein wenig auskennt.«

»Ein wenig? Du machst Witze.«

»Haben die Herrschaften schon gewählt?«, unterbrach sie zum Glück der Kellner und verschaffte Emma eine kleine Verschnaufpause.

So schwierig hatte sie sich das Ganze nicht vorgestellt. Daniel war nicht nur ein redseliger, sondern offensichtlich auch ein cleverer Typ. Dem konnte man nur schwer etwas vormachen. Vermutlich war es nur eine Frage der Zeit, bis er hinter ihr Geheimnis kam. Emma war drauf und dran, sofort alles zu beichten.

Nachdem sie die Bestellung aufgegeben hatten, entschuldigte sie sich kurz, ging zur Toilette und zog die kaputten Strümpfe lieber ganz aus.

Als sie zum Tisch zurückkam, meinte Jo: »So, nun aber zu deinem Werbecasting. Hast du mit der Produktionsfirma telefoniert?«

Das hatte Emma sehr wohl getan. Erfahren hatte sie dadurch jedoch nicht besonders viel. Die Dame, mit der sie gesprochen hatte, hatte ihr lediglich einen Termin am Donnerstag und die Adresse genannt. Schließlich musste sie davon ausgehen, dass die Bewerberin wusste, wofür sie sich bewarb. Und die hatte sich genau aus diesem Grund nicht getraut, genauer nachzufragen. Vielleicht konnte ihr Jo noch etwas erzählen.

»Ich habe Daniel extra mitgebracht, damit er dir ein paar Tipps gibt«, sprach Jo zum Glück gleich weiter. »Das ist deine erste Werbung, oder?«

Emma nickte kleinlaut. Mit erfundenen Spots oder Aufträgen wollte sie nicht auch noch anfangen.

»Gar kein Problem, ich helfe so was von gern«, sagte der

Assistent mit lausbübischem Grinsen. »Worum geht's denn überhaupt genau?« Er sah die vorgebliche Schauspielerin interessiert an, und der wurde abwechselnd heiß und kalt. Über ihren echten Beruf konnte sie in dieser Runde nicht unbefangen reden, über den unechten allerdings auch nicht. Wäre sie doch mit Jo allein gewesen, dann hätte sie wenigstens nur einem Mann etwas vorspielen müssen.

»Es handelt sich um einen neuen Spot für YogiLight«, meldete sich glücklicherweise der Regisseur gleich wieder zu Wort.

»Der Joghurt, der anturnt?«

»Genau der.« Auch das noch. Dieser Slogan war so ziemlich der bescheuertste, den sich eine Werbeagentur je ausgedacht hatte. Und da sollte sie mitmachen? Echt nicht.

Umso besser. Damit war das Casting so gut wie gegessen. Sie würde hingehen, den schlechten Spruch noch schlechter sprechen, dann hatte sich die Sache für immer erledigt. Ohne dass sie vor Jo ihr hübsches Schauspielerinnen-Gesicht verlor. Jetzt musste sie nur noch einen Grund finden, ihn trotzdem weiterhin zu treffen. Aber welchen bloß?

Erst einmal nickte Emma eifrig, als hätte sie nicht gerade eben erst erfahren, dass sie sich am Donnerstag für die Mitwirkung in einem der dümmsten Spots der Fernsehgeschichte bewerben sollte. Nun, da sie wusste, dass sie mit heiler Haut aus der Nummer herauskommen würde, konnte sie viel glaubwürdiger Interesse heucheln.

Zwischendurch wurde das Essen serviert, was ihr noch einmal einen kleinen Aufschub gewährte. Während sie sich im Folgenden so intensiv wie möglich mit ihren Lachs-Tortellini beschäftigte, redete der offenbar multitaskingfähige

Daniel so viel und so schnell, wie er sich eine Gabel gefüllter Entenbrust nach der anderen in den Mund schob. Umso besser, dann musste sie weniger sagen.

»Bleib immer ganz du selbst«, riet er ihr, was für Emma allerdings genau der falsche Ratschlag war, auch wenn er das nicht ahnen konnte. Schließlich konnte sie schlecht als Schneiderin zum Werbecasting gehen. »Na gut, wenn du was über dich erzählst, kannst du ruhig ein bisschen flunkern. Das tut keinem weh.«

O Gott, daran hatte sie überhaupt noch nicht gedacht. Eventuell musste sie sich einen etwas geschönten Lebenslauf zurechtlegen. Den konnte sie schließlich vor Ort nicht so einfach aus dem Ärmel schütteln – auch als Schneiderin nicht.

»Und … Ganz wichtig …« Daniel machte ein Gesicht, als müsste er Emma für einen Auftritt bei der Oscarverleihung vorbereiten. »Frag auf keinen Fall am Ende, ob du den Joghurt mitnehmen darfst, weil er dir soooo gut schmeckt, okay?«

»Warum denn nicht?«

»Das macht so was von jeder, damit kannst du nur verlieren, glaub mir.« Gut zu wissen. Die Tipps des Regieassistenten waren wirklich hilfreich. Ob sie Emma allerdings tatsächlich die Rolle im Werbespot bescheren würden, stand auf einem ganz anderen Blatt. Zum Glück.

»Und dann hab ich nur noch einen letzten, ultimativen Tipp für dich«, schloss Daniel seine Ausführungen. »Nicht so zappeln!« Er zwinkerte Emma zu und tupfte sich mit der Serviette die Lippen ab.

»Was sollte das denn jetzt?«, meldete sich nun auch Jo

wieder zu Wort, der den Satz aus *Pretty Woman* natürlich nicht erkannt hatte.

Ganz im Gegensatz zu Emma, die gerne auf das Spiel einstieg. Daniel wurde ihr immer sympathischer. »Und das Outfit? Sehe ich nicht zu anständig aus?«, zitierte sie nun ihrerseits Vivian und hoffte, dass er entsprechend antworten würde.

»O nein, ich liebe deinen Look«, kam wie aus der Pistole geschossen die Film-Replik. »Männer mögen so was.«

Jo sah etwas hilflos zwischen seinem Regieassistenten und seiner neuen Bekanntschaft hin und her und verstand offensichtlich nur Bahnhof. Das hinderte die beiden jedoch nicht daran weiterzumachen.

»Du brauchst was Passendes«, brachte nun wieder Daniel ein Zitat, »nicht zu schrill und nicht zu sexy. Konservativ, hast du verstanden?«

»So ein Quatsch«, schaltete sich sein Chef erneut ein, »das ist doch genau das, was die Promo-Leute nicht wollen. Wer ist denn nun der Werbeexperte von uns beiden?« Doch die beiden anderen beachteten ihn gar nicht.

»Spießig«, führte stattdessen Emma den Dialog weiter und blieb damit ganz beim Drehbuch.

Daniel grinste wie Richard Gere alias Edward und sprach ebenso korrekt seinen Schlusssatz: »Elegant.«

»Also textsicher bist du jedenfalls«, meinte er anschließend begeistert und hielt seiner »Spielpartnerin« die Handfläche zum Abklatschen hin.

»Darf ich jetzt auch mal wieder mitmachen?« Jo zog einen Schmollmund und sah dabei so süß aus, dass Emma ihn am liebsten sofort in die Arme genommen und getröstet hätte.

Doch das traute sie sich natürlich hier und jetzt noch nicht. Immerhin war ihr Selbstbewusstsein durch das herzliche Geplänkel mit Daniel wieder gestiegen, sie fühlte sich bei Weitem nicht mehr so klein und unbedeutend wie zu Beginn des Abends.

In den letzten Minuten hatte sich das Blatt eindeutig zu ihren Gunsten gewendet, die Chancen auf ein Happy End mit Jo blieben demnach gewahrt. Gut so.

8

Eigentlich wollte sie nur an einem Casting teilnehmen, doch dann veränderte es ihr ganzes Leben …

VOR HAUS EMMA
Außen/Nacht

Emma hatte ihre Hoffnungen auf ein paar romantische Minuten mit Jo für diesen Abend schon längst begraben, doch nach dem Restaurantbesuch fuhr er tatsächlich zuerst seinen Assistenten nach Hause. Im Nachhinein konnte man das Date tatsächlich als durchaus gelungen bezeichnen, denn zu dritt hatten sie im Lokal schließlich noch ziemlich viel Spaß gehabt. Und zwar »so was von«, wie Daniels Urteil gelautet hätte. Emma hatte sogar fast den Eindruck, dass die beiden Männer immer mehr um ihre Aufmerksamkeit buhlten, je länger der Abend dauerte. Am Ende konnten sie sich nur schwer einigen, wer ihre Rechnung übernehmen durfte. Das darauffolgende »Schnick-Schnack-Schnuck« gewann Jo souverän, wodurch auch dieser Punkt zu Emmas vollster Zufriedenheit geregelt worden war.

Als der Regisseur sein Auto kurz darauf in der Haidhauser Milchstraße stoppte, wünschte sie sich plötzlich, Daniel säße doch noch mit im Wagen. Wie sollte sie sich bloß angemessen von dem Mann verabschieden, mit dem sie sich bereits vor den Traualtar und ins anschließende Eigenheim geträumt hatte? Sie konnte ihm ja wohl schlecht förmlich die Hand geben und sich artig für die großzügige Essenseinladung bedanken.

»Ja, dann …«, begann sie nach einer fast endlosen Zeit des Schweigens und wusste schon nicht mehr weiter.

»Kann ich dich allein über die Straße lassen?«, fragte er sie und sah sie so fürsorglich an, dass sie erneut kurz davor war, ihm um den Hals zu fallen.

»Kannst du. Ich bin schon groß«, antwortete sie mit derselben leichten Ironie.

»Ja, das bist du.« Seine Stimme klang auf einmal sehr leise, fast brüchig. Dann streckte er die Hand aus und strich ihr sanft über die Wange, bevor seine Finger zu ihrem Nacken wanderten. Er zog ihren Kopf zu sich heran. Und dann war er da. Der Kuss. Der Kuss, den sie so oft herbeigesehnt und in gleichem Maße gefürchtet hatte.

Ein Kind von Traurigkeit war er jedenfalls nicht, dieser Jo Fürstberg, so viel stand fest. Ebenso zielsicher wie gekonnt bahnte sich seine Zunge den Weg in ihren Mund, und gleichzeitig wanderte eine Hand unter ihren Rock. Sie ließ es geschehen, wusste jedoch nicht genau, wie sie darauf reagieren sollte.

Irgendwie hatte sie sich das in ihren Träumen anders vorgestellt. Nach-Hause-bringen war darin zwar auch vorgekommen, aber sie hatte mit Jo dann nicht knutschend wie ein Teenager in seinem Auto gesessen. Ein Abschiedskuss, ja. Aber musste es gleich so viel mehr sein?

Wenn sie nicht aufpasste, hatten sie gleich auch noch Sex – sozusagen mitten auf der Straße. Erschrocken schob sie schnell seine Finger von ihrem Oberschenkel und hätte sich beinahe zum ersten Mal in ihrem Leben an einem Kuss verschluckt.

»Was ist denn?«, flüsterte Jo nah an ihrem Gesicht.

»Ich muss ins Bett. Hab morgen einen langen Tag.« Das sollte als Erklärung genügen. Schließlich konnte sie schlecht sagen, dass sie ihren ersten Sex mit ihm lieber im Himmelbett zwischen Kerzen und Rosen gehabt hätte.

»Ach, komm«, widersprach er, »ich muss morgen auch früh raus.« Und schon hatte er ihr wieder die Lippen auf den Mund gedrückt und wollte weitermachen, wo sie eben aufgehört hatten. »Es würde dir bestimmt auch Spaß machen«, nuschelte er, während seine Küsse langsam am Hals entlang zu ihrem Dekolleté wanderten.

Spaß? Ging es denn hier um Spaß? Oder um die einzig wahre Liebe? Entschlossen befreite sich Emma aus Jos Umarmung, murmelte ein kurzes »Tschüs« und öffnete die Beifahrertür. Geradezu fluchtartig verließ sie den Wagen und verschwand, ohne sich noch einmal umzudrehen, in ihrem Haus.

Erst als sie die Wohnungstür hinter sich geschlossen hatte, kam ihr der Gedanke, dass sie vielleicht etwas zu plötzlich aufgebrochen war. Vivian und Edward, Anna und William, Marisa und Christopher – hatten sie nicht alle schon Sex miteinander gehabt, bevor sie wirklich zusammenkamen?

Aber nicht im Auto!

Nun, sie hätte ihn auch nach oben bitten können … Ja, eigentlich war alles ihre Schuld.

Was würde Jo jetzt von ihr denken? Vermutlich hielt er sie für ziemlich prüde. Ob er sie nach diesem katastrophalen Abgang überhaupt noch einmal anrief geschweige denn sehen wollte? Hastig lief sie zum Küchenfenster und schaute zur gegenüberliegenden Straßenseite, in der Hoffnung, sein Auto dort stehen zu sehen. Vielleicht sollte sie noch einmal zu ihm hinunterlaufen? Doch natürlich war er längst weggefahren.

Sie hatte es versaut. Und zwar »so was von«. Da biss die Maus keinen Faden ab.

Der Abend hatte sich – nach anfänglichen Schwierigkeiten – so gut entwickelt. Und dann – hatte sie die Sache in den Sand gesetzt. Sie ganz allein. Sie war eben doch nur eine kleine Schneiderin und keine versierte Schauspielerin. Dabei hatte sie in den vergangenen Stunden fast ein wenig das Gefühl bekommen, dass sie mehr konnte als nur nähen. Doch jetzt war sie ohne Wenn und Aber auf den Boden der Tatsachen zurückgeholt worden. Das tat weh.

Eigentlich hatte sich im Vergleich zu ihrem Leben von vor einem Monat nichts geändert. Sie war immer noch Schneiderin bei der Stichsäge, hatte Freunde, aber keinen Mann und so weiter. Doch in der Zwischenzeit hatte sie Jo kennengelernt, sie war an einem Filmset gewesen, hatte erfolgreich einen Empfang hinter sich gebracht. Das konnte man nicht einfach so zu den Akten legen. Sie würde dieser großen, glamourösen Welt und vor allem Jo noch lange nachtrauern.

Da half nur eins. Und zwar das Einzige, was in einer solchen Situation immer zuverlässig verfügbar war.

Emma lief ins Schlafzimmer zum Fernseher und legte eine DVD ein. Wie in Trance spulte sie mechanisch an die richtige Stelle und schaltete ein.

»Ich bin da so reingerutscht. Und aus war's mit meinen Kindheitsträumen«, meinte Vivian gerade, und Emma bekam sofort feuchte Augen.

»Es gibt so viele andere Möglichkeiten«, sagte Edward tröstend zu den beiden Frauen vor und auf dem Bildschirm.

Doch Vivians desillusionierte Antwort: »Wenn man so weit abgerutscht ist, gibt es nicht mehr viele Möglichkeiten«, öffnete zumindest Emmas Tränenstrom Tür und Tor. Noch vor weniger als zwei Stunden hatte sie mit Daniel im Restaurant lustig aus diesem Film zitiert, und jetzt, kurze Zeit später, war schon alles verspielt.

»Hast du ihn etwa auf den Mund geküsst?« Kit auf dem Bildschirm sah Vivian verständnislos an. »Du verliebst dich und küsst den Typen auf den Mund? Hast du denn gar nichts gelernt?«

Emma auf ihrem Bett sackte schuldbewusst in sich zusammen. War das vielleicht der Fehler gewesen? Nein, sie war natürlich keine Prostituierte mit hehren Prinzipien. Aber möglicherweise hatte der Zeitpunkt für den Kuss wirklich nicht gestimmt?

»Vielleicht kauft ihr euch zusammen ein Haus, und dann schenkt er dir Diamanten und danach ein Pferd und … So kann's laufen, so was passiert«, versuchte nun Kit ihre Freundin aufzumuntern und schaffte es fast, auch Emmas Traurigkeit zu lindern.

Doch Vivian wollte sich damit nicht zufriedengeben. »Ich will wissen, wann so was wirklich passiert! Nenn mir nur ein einziges Beispiel von irgendjemandem, den wir kennen!«

Und natürlich kannte Emma Kits ernüchternde Antwort bereits: »Da fällt mir nur Schneewittchen ein.«

Daraufhin lachten die beiden Frauen im Film, und Emma brach erneut in heftiges Schluchzen aus. Märchen konnten sie heute nicht mehr aus ihrer Enttäuschung holen. Nicht einmal Fannys Version eines voll und ganz selbstbestimmten Dornröschens hätte sie in dieser Situation aufgemuntert.

Da half es auch nichts, dass Jo Fürstberg wenig später an ihr Bett trat und ihr ein Haus, ein Pferd und Diamanten versprach. Als Bedingung nannte er zwar lediglich, dass sie sich selbst ein Schneewittchen-Kostüm schneidern und es auf ihrer Hochzeit tragen sollte, doch damit konnte er Emma nicht einwickeln. Schließlich war es sonnenklar, dass es sich hier eindeutig um einen dieser blöden Träume handelte, die einen im Schlaf hinterhältig überrumpelten und dann bei Tag im Regen stehen ließen. Und genau so war es auch.

Am nächsten Morgen waren die Raupen über den Augen wieder da und Emma entsprechend schlecht gelaunt. Auf dem Weg zur Arbeit konnten weder der strahlend blaue Himmel noch zwitschernde Vögel oder blühende Baumkronen ihre gedrückte Stimmung auch nur ein kleines Stückchen über den Nullpunkt heben. Selbst den Kolleginnen im Atelier gelang es trotz allergrößtem Bemühen nicht, ihr zumindest ein zaghaftes Lächeln auf das traurige Gesicht zu zaubern.

»Willst du uns nicht wenigstens sagen, was passiert ist?«, versuchte es Mona beinahe stündlich, doch kein Wort der Erklärung kam über Emmas Lippen.

Zum Glück befand sich die Stichsäge noch bis zum Ende der Woche auf der Stoffmesse in Köln, sodass wenigstens von ihr keinerlei Forderungen drohten. Die fragenden Gesichter von Jasmin und Mona waren allgegenwärtig genug. Doch Emma blieb standhaft und ließ kein Wort über ihre Schauspielkarriere und den wohl verlorenen Traummann verlauten. Nach dem Casting am morgigen Tag war es dann auch mit der Karriere für immer vorbei, also wozu jetzt noch die Pferde scheu machen?

Und überhaupt: Musste sie das Vorsprechen eigentlich noch über sich ergehen lassen, wo sie sich doch vor Jo bis auf die Knochen blamiert hatte und er sicher nichts mehr von ihr wissen wollte? Schließlich hatte er ganz deutlich gezeigt, dass er sich mit ihr mehr vorstellen konnte als nur keusche Küsserei. Und ihre Abfuhr hatte bestimmt wie absolutes Desinteresse gewirkt. O nein!

»Ich bin dann weg und geh noch die Garne kaufen«, rief Mona gegen drei Uhr nachmittags. Emma war erleichtert, bei ihrer momentanen Laune war es ihr nur recht, heute etwas früher Feierabend zu machen. So viele Aufträge hatte die Schneiderei zurzeit ohnehin nicht.

Und auch Jasmin witterte die Chance auf einen kurzen Arbeitstag und bat Emma eine halbe Stunde später: »Kann ich vielleicht ausnahmsweise auch schon gehen? Ich bekomme heute Abend Besuch und müsste noch einkaufen und …«

»Na, hau schon ab«, meinte Emma nur und war froh, den lauernden Blicken der Kolleginnen endlich entkommen zu sein. Morgen hatte sie bestimmt wieder etwas bessere Laune.

Als sie gegen sechzehn Uhr gerade dabei war, den Laden so weit aufzuräumen, dass sie ihn etwas früher schließen konnte, betrat eine junge Frau das Geschäft. Sie war etwa Mitte dreißig, trug die langen braunen Haare zu einem Pferdeschwanz zusammengebunden und hielt einen schwarzen Kunststoffkoffer in der Hand.

»Guten Tag, mein Name ist Hartmann«, stellte sie sich freundlich vor, »ich hätte gerne Frau Stich gesprochen.«

»Das tut mir leid, Frau Stich kommt leider erst nächste Woche wieder.« Emma erwartete, dass die Dame nach dieser Auskunft auf dem Absatz kehrtmachen und den Laden wieder verlassen würde. Doch weit gefehlt.

»Das wundert mich«, meinte Frau Hartmann, »wir hatten nämlich für heute Nachmittag um vier einen Termin zur Installation der neuen Abrechnungssoftware vereinbart.«

»Davon weiß ich nichts. Können Sie nicht nächste Woche noch einmal wiederkommen?«

»Das geht leider nicht. Unsere Termine werden mehrere Wochen im Voraus gemacht. Da müssten wir schon einen neuen vereinbaren, aber das geht erst im übernächsten Monat.« Das wäre der Stichsäge vermutlich gar nicht recht, doch über ihren Kopf hinweg wollte Emma eine solche Entscheidung in keinem Fall treffen.

Als sie die Chefin aber weder auf dem Handy noch im Hotel erreichen konnte, wurde Emma klar, dass es mit dem frühen Feierabend heute leider nichts werden würde. Vielleicht ganz gut so. Vermutlich hätte sie sowieso nur stundenlang vor dem Fernseher geheult.

»Brauchen Sie Frau Stich unbedingt dafür? Oder könnte auch ich Ihnen weiterhelfen?«, bot sie also an. Und wie vermutet, hatte Frau Hartmann nichts gegen ihre Gesellschaft einzuwenden. Sie schob die Stoffballen auf dem Ladentisch ein wenig beiseite und hob ihren Koffer neben den Computerbildschirm.

»Wie lange dauert das denn ungefähr?«, wollte Emma wissen.

»Mit Deinstallation und Neueinrichtung der diversen Konten etwa drei Stunden.« Die gute Frau war bereits so in ihre Arbeit vertieft, dass sie beim Sprechen kaum aufsah.

»Hätten Sie vielleicht gerne einen Tee oder etwas anderes?«

»Ein Tee wäre wunderbar, vielen Dank.«

Während Emma in der Küche Wasser aufsetzte, überlegte sie, wie sie es bis neunzehn Uhr allein mit dieser wortkargen Person aushalten sollte. Zu tun hatte sie nichts mehr, und um etwas Neues anzufangen, war die Zeit wiederum zu kurz.

Als Emma mit der gefüllten Teetasse zurückkam, fiel ihr Blick in den Deckel des aufgeklappten, mit sorgsam einsortierten CDs und Kabeln gefüllten Koffers, wo ihr das Foto einer braun-weiß getigerten Katze ins Auge stach.

Froh, einen Anknüpfungspunkt gefunden zu haben, fragte sie interessiert: »Ach, haben Sie eine Katze?«

Frau Hartmann sah erstaunt auf. Dann schien sie sich an das Bild im Kofferdeckel zu erinnern und senkte den Blick erneut zum Computerbildschirm: »Einen Kater, ja. Kasimir.«

Nun gut, wenn die Dame lieber stumm ihre Arbeit verrichtete, sollte Emma das auch recht sein. Sie räumte die letzten Stoffballen zurück in die Regale und nahm sich als Nächstes in der Werkstatt das Schränkchen mit dem Zubehör vor. In den einzelnen, durch transparente Scheiben einsehbaren kleinen Fächern waren Garne, Bänder, Borten, Schnallen und Ähnliches nach Farben sortiert. Da konnte es schon einmal vorkommen, dass eines der Utensilien nicht ordentlich aufgerollt war oder an die falsche Stelle zurückgelegt wurde. Genau die richtige Aufgabe für einen solchen Abend, fand Emma.

Gedankenversunken hob sie jede der zahlreichen Klappen an und überprüfte den Inhalt. Ab und zu nahm sie ein Teil heraus, wickelte es neu oder sortierte es in das richtige Fach. Dabei konnte sie nicht verhindern, dass ihr das gestrige Treffen mit Jo und ihre Blamage im Kopf herumschwirrten.

»Entschuldigen Sie …« Emma hatte gar nicht bemerkt, dass Frau Hartmann in den Türrahmen zur Werkstatt getreten war: »Ich war vorhin etwas kurz angebunden. Aber am Anfang ist immer volle Konzentration gefordert. Jetzt läuft das Ganze erst einmal eine halbe Stunde allein.« Sie setzte sich auf die Tischkante und wollte nun offensichtlich doch ein wenig reden.

»Möchten Sie noch einen Tee?« Emma war für jede Unterbrechung dankbar und sprang auf.

»Gern. Der ist wirklich gut. Und ich bin sozusagen Teeexpertin.« Sie zwinkerte und wurde gleich um einiges sympathischer.

Kurze Zeit später saßen die beiden Frauen hinter dem Ladentisch auf dem Boden und tranken Ingwertee.

»Haben Sie auch ein Haustier?«, griff die Computerfrau das Thema von vorhin wieder auf.

»Meine einzige Mitbewohnerin ist eine Schneiderbüste«, bekannte Emma und wurde schon wieder traurig, »und die macht keinen Mucks.« Und manchmal kommen noch Julia Roberts oder Hugh Grant dazu, ergänzte sie in Gedanken, sagte es aber nicht, um nicht zu verhärmt zu wirken.

»Das Problem kenne ich«, meinte jedoch überraschenderweise Frau Hartmann. »Bevor ich vor zwei Jahren mit meinem Freund zusammenkam, hatte ich einige Jahre lang sozusagen kaum Kontakt zur Außenwelt.«

»Haben Sie nicht gearbeitet?«

»Doch, natürlich. Aber die Arbeit in einer Computerfirma kann man nicht gerade als sonderlich kommunikativ bezeichnen.«

»Und dann?«

»Dann habe ich mich mal eben als Schriftstellerin ausgegeben und Lutz kennengelernt. Seitdem sind wir ein Paar.« Frau Hartmann lachte, als könnte sie es selbst noch kaum glauben.

Emma trank einen Schluck Tee und sah ihre Gesprächspartnerin interessiert an. Als Schriftstellerin ausgegeben? Diese eher unscheinbar wirkende Computerspezialistin? Der Abend begann nun doch eine erfreulichere Wendung zu nehmen. Vielleicht konnte sie von dieser Frau noch etwas lernen. Immerhin schien sie jetzt glücklich liiert zu sein. »Das hört sich ja abenteuerlich an.«

»Ja, in gewissem Sinn war es das auch. Vor allem, nachdem wir zusammengekommen waren. Denn da musste ich wohl oder übel beichten, dass ich gar keine Schriftstellerin bin.«

»Und? Wie hat er reagiert?«

»Nun, er ist Wissenschaftler. Die halten sich normalerweise ausschließlich an Fakten. Mit Vorspiegelung falscher Tatsachen können die überhaupt nicht umgehen.« Bei Regisseuren war das vermutlich nicht so das Problem. Vielleicht gab es ja doch noch eine Chance auf ein Happy End für Emma und Jo? »Er hat sich geschlagene drei Wochen nicht bei mir gemeldet, und ich dachte schon, ich bin wieder Single, bevor ich überhaupt richtig in einer Beziehung war.«

»Und dann?«

»Pling, pling«, machte der Computer, und Frau Hartmann musste wieder an ihre Arbeit.

Nachdem sie verschiedene CDs eingelegt und mehrere Klicks später wieder aus dem Laufwerk genommen hatte, rutschte sie zurück auf den Boden und hielt Emma die Hand hin. »Ich bin übrigens Marie. Wenn ich dir schon mein ganzes Leben erzähle, können wir uns auch gleich duzen.«

»Dann aber richtig«, antwortete Emma und lief in die Küche, um die Flasche Prosecco aus dem Kühlschrank zu holen, die dort seit dem letzten Geburtstag lagerte.

Als sie miteinander anstießen, hielt sie es für angebracht, nun auch etwas aus ihrem Leben beizusteuern. Die Parallelen waren ja offensichtlich. Warum sollte sie sich nicht ein wenig Rat von der Erfahreneren holen?

»Ich glaub, ich hab's mir mit meinem Schwarm gerade so richtig versaut«, begann sie, um gleich auf den Punkt zu kommen. Marie schien nicht der Typ zu sein, bei dem man wie die Katze um den heißen Brei schleichen musste.

»Erzähl«, meinte sie auch tatsächlich und nahm einen Schluck Prosecco.

Emma berichtete ihr ausführlich von Jo und wie sie ihn zum ersten Mal am Set gesehen hatte. Von dem Empfang, auf dem sie es tatsächlich geschafft hatte, mit ihm ins Gespräch zu kommen. Und vom gestrigen Abend, als sie sich bis auf die Knochen blamiert hatte.

»Wieso denn blamiert?« Marie sah ihr Gegenüber erstaunt an.

»Na ja, schließlich hab ich mich angestellt wie eine Klosterschülerin.«

»So ein Schmarrn!«, widersprach die Informatikerin und hörte sich für einen kurzen Moment wie Emmas Großmutter an. »Bei aller Verstellung, die einen manchmal weiterbringen kann, musst du bloß immer du selbst bleiben. Gib dich von mir aus als Astronautin aus, erzähl das Blaue vom Himmel herunter, aber bleib hinter den ganzen Schwindeleien immer du selbst! Das ist das Allerwichtigste.«

Gegen neunzehn Uhr war Marie zwar mit der Installation der neuen Abrechnungssoftware fertig, mit der Analyse von Emmas Liebesleben jedoch noch lange nicht. Deshalb leerten sie zunächst gut gelaunt den Prosecco und begossen den gemeinsamen Feierabend. Dann fand Emma noch eine Flasche Weißwein im Küchenschrank, die die Stichsäge schon vor Längerem von einer dankbaren Kundin geschenkt bekommen und mit ihren Angestellten natürlich nicht geöffnet hatte. Vermutlich wusste sie gar nicht mehr, dass sie existierte.

Schließlich kam Marie auf den Gedanken, beim Pizzaservice sowohl eine gehaltvolle Grundlage als auch Alkoholnachschub zu bestellen.

»Geniale Idee«, fand Emma und musste sich schon sehr konzentrieren, um nicht zu lallen. Wenig später hielten die beiden auf dem Boden hinter dem Tresen ein nettes kleines Picknick aus Pizza, Tiramisu und Rotwein.

»Uuups«, kicherte Marie, als ihr beim Abbeißen ein Artischockenstück von der Pizza auf eines der Musterbücher hüpfte, »'tschuldigung.«

»K-k-kein Problem.« Emma nahm eine Papierserviette und wischte den Tomatenfleck von der weißen Mappe, was leider nicht ganz rückstandsfrei möglich war. Egal. Die Stichsäge war weit weg und der Abend gerade so schön entspannt.

»Was ich nich versteh«, lenkte Emma noch einmal zum Thema zurück, »wie kann ich denn … ich selbst bleiben, wenn ich … aber doch … ne Schauspielerin sein soll und keine Schneiderin … hmmm?«

»Das geht … Glaub mir. Du darfst nur … das, was dich ausmacht … weißt schon … deine Träume, deine Ideale … und so was alles … nicht verraten. Gut, was?«

»… verstehe. Aber so was von.« Emma nahm noch einen Schluck Rotwein und fand die Erklärung gleich noch viel besser. Mit gezinkten Karten zu spielen erschien ihr auf einmal der einzig richtige Weg, in der Liebe erfolgreich zu sein. »Marie?«

»Hmmm?«

»Glaubst du, ich hab bei Jo als Schauspielerin … bessere Chancen denn als Schneiderin?«

»Keine Ahnung … Aber 'n Versuch is es wert, oder?« Marie schob sich einen Löffel Tiramisu in den Mund und spülte gründlich mit Rotwein nach. »Bei mir hat's jedenfalls gefunkt – äh – gefunktioniert. Die Schn… Schneiderin kannst du dann ja immer noch aus 'm Ärmel sch… schütteln. Witzig, ne?« Vor lauter Begeisterung über ihr mäßig originelles Wortspiel bekam sie einen solchen Schluckauf, dass sie beinahe am Tiramisu erstickt wäre. Als alles Nachspülen mit Wein und Luftanhalten nichts half, verschwand sie mit vorgehaltener Serviette zur Toilette.

»Ich glaub … ich sollt besser heim … hicks … heim«,

meinte sie, als sie nach ein paar Minuten zurückkam, »Lutz wartet sicher schon.«

»Kein Problem.« Noch nie hatte Emma mehr Verständnis für beziehungsgeschädigte Frauen gehabt. »Wir haben ja alles besp… sprochen.«

»Wir können uns ja – hicks – ’n Taxi teilen.«

»Logo.«

Das taten sie. Marie packte sorgsam ihre Utensilien in den Koffer zurück und klappte ihn zu. Zum Glück war sie noch in der Lage, Emma ihre Handynummer aufzuschreiben. Schließlich konnte es durchaus sein, dass sie irgendwann noch einmal den Rat der neuen Freundin brauchte. Danach riefen sie sich mit vereinten Kräften ein Taxi, Emma schloss die Ladentür mehr als gründlich ab und war gegen zehn Uhr heil zu Hause. Sie ließ sich aufs Bett fallen und dachte kurz noch einmal dankbar an diese Marie, die dafür gesorgt hatte, dass sie bei Jo sicher nicht kampflos aufgeben würde. Dann schlief sie ein.

Beim Erwachen am nächsten Morgen fühlte sich ihr Kopf an, als würde eine stattliche Truppe von Heinzelmännchen darin gewaltige Renovierungsarbeiten durchführen. Ein Blick in den Spiegel zeigte jedoch, dass diese eher an der Außenfassade nötig gewesen wären. Winzige Schweinsäuglein blickten Emma aus einem rötlich aufgequollenen Gesicht entgegen, Lippen und Zähne dagegen waren vom Rotwein bläulich verfärbt, dunkle Augenringe vervollständigten das Bild. Entsetzt starrte sie ihr Spiegelbild an und versuchte vorsichtig, den ersten klaren Gedanken des Tages zu fassen.

Der trug leider überhaupt nichts dazu bei, die Stimmung zu heben. Das Casting. Es war heute. Das Pochen in Emmas

Kopf wurde augenblicklich lauter, ihr Hals schmerzte noch mehr, und der Magen grummelte mit einem Mal deutlich stärker. Wie sollte sie in diesem Zustand auch nur ein vernünftiges Wort herausbekommen? So wie sie aussah und sich fühlte, würde sie sich mit Sicherheit bis auf die Knochen blamieren. Und was sollte sie Jo dann sagen? Gerade hatte sie beschlossen, um ihn zu kämpfen, und schon setzte sie das Vorhaben wieder gründlich in den Sand! Wie blöd durfte man eigentlich sein?

Genug gejammert. Wenn sie noch eine Chance haben wollte, Jo für sich zu gewinnen, dann musste sie sich jetzt so schnell wie möglich aufrappeln und vor allem aufmöbeln, das war Emma klar. Das Casting war nachmittags um vierzehn Uhr, bis dahin musste sie einigermaßen wie eine werbeträchtige Schauspielerin aussehen. Schließlich wollte sie nur wegen der harten Konkurrenz und nicht aufgrund eines simplen Katers scheitern.

Nach mehreren Litern eiskaltem Wasser im Gesicht und im Magen bekam sie die Augen zumindest wieder so weit auf, dass man Pupille und Iris erkennen konnte. Eine ausführliche Dusche und endloses Zähneputzen halfen sehr, verschiedene Cremes und stark deckendes Make-up taten ein Übriges. Auf dem Weg zur Arbeit hatte Emma heute gar keinen Sinn für die Schönheiten der Natur und des Englischen Gartens. Im Gegenteil. Das Zwitschern der Vögel dröhnte schrill in ihrem schmerzenden Kopf, jede Bodenwelle verstärkte das üble Gefühl in ihrem gereizten Magen.

Als sie am Laden ankam, war Mona schon da. »Wie siehst du denn aus?«, grüßte sie, direkt wie immer, während sich

Emma bemühte, einigermaßen elegant vom Fahrrad zu kommen. Offensichtlich hatten ihre Bemühungen im Bad doch noch nicht ausgereicht.

»Hab schlecht geschlafen«, lieferte sie eine halbwegs einleuchtende Erklärung und schloss die Tür auf. Mona hatte wohl keine solchen Probleme gehabt, denn sie stürmte tatendurstig an ihrer Kollegin vorbei ins Innere.

»Warst du gestern noch lang da?« Sie trat hinter den Tresen, um wie jeden Morgen den Computer anzuschalten, und stutzte.

»Allerdings.« Beim Gedanken an den gestrigen Abend bekam Emma ein leicht schlechtes Gewissen. Obwohl … Marie hatte ihre Arbeit vor dem Gelage ordnungsgemäß beendet und sie beide nur zwei Flaschen aus der Küche stibitzt, die ohnehin keiner mehr brauchte. Außerdem konnte man die jederzeit ersetzen. »Gerade als ich gehen wollte, kam eine Frau, die die neue Abrechnungssoftware …«

»Was ist denn hier passiert?« Erst jetzt bemerkte Emma, dass Mona hinter dem Ladentisch stand und entsetzt auf den Boden starrte.

Schlagartig kehrte die Erinnerung zurück. Nicht nur, dass sie mit Marie mehrere Stunden lang ein munteres Picknick veranstaltet hatte, sie hatten am Ende auch noch alles einfach stehen und liegen gelassen. Schnell ging sie um den Ladentisch herum und erfasste das gesamte Ausmaß der Peinlichkeit. Zwei fettbefleckte Pizzakartons mit einer Mischung aus angetrockneten Tomaten, Artischocke und Pilzen lagen auf dem Boden. Leere Flaschen und Gläser, zwei Tiramisu-Schalen, zerknüllte Servietten und verschiedene Bestecke vervollständigten das eindrucksvolle Stillleben.

Es war kaum zu glauben, dass dieser Tag nach seinem katastrophalen Anfang noch schlimmer werden konnte, doch das hier war die knallharte Realität. Für einen kurzen Moment überlegte Emma, ob es eventuell eine kleine Chance gab, jeden Zusammenhang zwischen ihr und dem Chaos im Verkaufsraum zu leugnen. Wohl kaum. Schließlich war sie gestern als Letzte im Geschäft gewesen. Sie hatte ganz offensichtlich zugesperrt und den Schlüssel bis zum heutigen Morgen bei sich gehabt. Und sie hatte bereits zugegeben, dass am späten Nachmittag noch jemand gekommen war.

»Buenos días, colegas!« In diesem Moment betrat Jasmin, die zurzeit einen Spanischkurs besuchte, den Laden. Damit war die Peinlichkeit perfekt, schlimmer konnte es wohl kaum mehr werden. Was für tolle Aussichten für das Casting am Nachmittag!

»Ich hab dir doch von dieser Computerfrau erzählt, die gestern noch kam«, hörte sich Emma plötzlich zu Mona sagen. »Die Installation hat ziemlich lange gedauert, darum haben wir uns was zu essen bestellt. Ich musste ja schließlich hierbleiben, bis sie fertig war. Ihr wart ja beide schon weg.« Ein kleiner Vorwurf konnte vielleicht von ihrer Nachlässigkeit ablenken.

»Du hast doch gesagt, dass ich gehen kann!«, verteidigte sich Jasmin sofort. Sie hatte die Partyreste noch nicht bemerkt.

»Bei diesem Speiseplan bin ich aber mal auf das Ergebnis der Installation gespannt«, meinte Mona spitz und hielt anklagend die zwei leeren Weinflaschen in die Höhe.

»Ich mach das schnell weg«, erklärte Emma entschlossen und hatte in Windeseile das Abfallsammelsurium beseitigt.

Zum Glück war die Stichsäge noch in Köln, sie würde von Emmas Fauxpas hoffentlich gar nichts erfahren. Jasmin hatte das Ganze nur am Rande mitbekommen und schien sich auch nicht weiter dafür zu interessieren. Und auch Mona verlor über die leidige Angelegenheit kein Wort mehr. Wahrscheinlich hatten die beiden dann doch ein schlechtes Gewissen, weil sie so früh Feierabend gemacht und ihre Kollegin mit dem Laden allein gelassen hatten.

Immerhin hatte der kurzzeitige Adrenalinschub dazu geführt, dass Emma keinerlei Anzeichen von Erschöpfung oder Schlafdefizit mehr verspürte. Das Casting konnte ruhig kommen. Sie war bereit – soweit sie das überhaupt sein konnte.

Für vierzehn Uhr hatte sie bei der Stichsäge schon vor einigen Tagen einen Arzttermin angemeldet, den diese überraschenderweise auch sofort genehmigt hatte. In der Zeit zwischen Faschings- und Sommersaison war in der Schneiderei ohnehin nicht besonders viel Arbeit zu erwarten, da konnte selbst die gestrenge Chefin gefahrlos großzügig sein. Also gab es kein Zurück mehr. Emma musste sich jetzt auf den Weg machen, wenn sie nicht wollte, dass Jo sie für den größten Feigling unter der Sonne hielt – oder ihr Geheimnis entdeckte. Beides wäre Happy-End-technisch ein Fiasko.

Mit besten Vorsätzen stand Emma wenig später vor dem imposanten gläsernen Kasten, in dem sie, die unbedeutende Schneiderin, einen Termin für ein Werbecasting hatte. Auf zwei sehr hohen Säulen schwebte das längliche Gebäude wie ein Luftschiff über ihr und den anderen Bürogebäuden, die in der Nähe des Ostbahnhofs neu gebaut worden waren. Staunend legte Emma den Kopf in den Nacken und betrachtete das Wunderwerk aus strahlend weißem Beton, schwarzen Verstrebungen und schier unendlichen Glasflächen. In diesem Moment wurde ihr bewusst, dass sie diesmal wirklich hoch hinauswollte. Hoffentlich nicht zu hoch …

Eine leise Panik überfiel sie, und um ein Haar wäre sie auf dem Absatz umgekehrt – Jo hin oder her. Doch dann fasste sie sich ein Herz und betrat das Gebäude. Am Empfang schickte man sie auf Ebene acht, und kurz darauf stieg sie hoch über der Stadt aus dem Aufzug. Hinter den fast vollständig verglasten Außenwänden bot sich ein herrliches München-Panorama. Emma wäre sehr gerne stehen geblieben, um zu schauen, wäre sie nur nicht so aufgeregt gewesen.

An einem elegant geschwungenen, weiß lackierten Tresen saß eine auffallend geschminkte Frau, die noch sehr jung war. Sie winkte alle Neuankömmlinge zu sich und empfing jeden mit dem gleichen Spruch im immer gleichen Tonfall: »Hallo, du kommst zum Casting?«

Gleich darauf fragte sie: »Name?«

Anschließend bekamen die Bewerber von ihr einige Blätter in die Hand gedrückt und durften sich zu den bereits Wartenden setzen. Um die vierzig Frauen und Männer zwischen zwanzig und dreißig saßen da wie die Hühner auf der Stange und waren mit dem Ausfüllen der Fragebögen beschäftigt.

»Die Identitätsblätter ausfüllen und bei mir wieder abgeben, den Rest behalten«, wurde auch Emma ziemlich unfreundlich angewiesen.

Sie setzte sich zu den anderen, traute sich jedoch kaum, nach rechts oder links zu schauen. Dann betrachtete sie die Zettel in ihrer Hand genauer. Der erste war ein eingehender

Fragebogen zu ihrer Person, auf dem man sogar Allergien angeben musste. Zum Glück konnte Emma »keine« ankreuzen, eine der wenigen Antworten, die sie ohne zu lügen geben konnte. Außerdem hatte ihr der unfreundliche Paradiesvogel noch ein Blatt Papier gegeben, auf dem ihr Name stand. Der war ausnahmsweise keine Lüge, daher hätte sie ihn in keinem Fall schriftlich gebraucht. Hoffentlich dauerte das hier nicht allzu lange. Schließlich hatte sie sich lediglich für einen Routine-Arztbesuch von der Arbeit entschuldigen lassen.

»Emma Jacobi, bitte.« Jetzt war die Zeit doch wie im Fluge vergangen. Gerade eben erst hatte sie die ausgefüllten Bögen an der Theke abgegeben, schon war sie an der Reihe. Ein gut aussehender junger Mann führte sie durch einen schlauchartigen Raum, vorbei an unzähligen Schreibtischen mit emsig tippenden Menschen und dem wunderschönen Panorama von München, zu einem Büro am anderen Ende. Etwas rüde schob er sie hinein und schloss hinter ihr hastig die Tür.

In einem kurzen Gedankenblitz durchzuckte Emma ein Dialogfetzen aus *Pretty Woman*. »Wenn ich da oben war, hab ich gedacht, dass ich eine Prinzessin bin, die von einer bösen Königin im Turm gefangen gehalten wird«, sagt Vivian über den Dachboden ihres Elternhauses. Tja, dachte Emma, hier wird sicher kein Ritter auf einem Schimmel angeritten kommen und mich retten. Ich muss mir leider selbst helfen.

»Hallo, Emma, ich bin David, der Regisseur. Würdest du uns bitte ein wenig über dich erzählen?« Der Typ, der auf sie zukam, war vermutlich kaum älter als sie, Emma schätzte ihn auf Mitte dreißig. Doch auf den ersten Blick wirkte er äußerst souverän.

»Ja, also … Mein Name ist Emma Jacobi …« So recht wusste sie nicht, welche Informationen bei einem Casting wichtig waren. Schließlich war es ihr erstes.

»Ach so, eine Anfängerin«, meinte David sofort. Wodurch er das wohl so schnell gemerkt hatte? Emma spürte einen riesigen Kloß im Hals, der ihr das Sprechen nicht gerade erleichtern würde. Das ging ja gut los.

»Pass mal auf«, fuhr der Regisseur fort, »du stellst dich bitte hierher und sprichst direkt in die Kamera. Und zwar erst, nachdem ich ›bitte‹ gesagt habe. Alles klar?« Bis jetzt hatte Emma die Kamera, hinter der ihr ein weiterer Typ freundlich zuwinkte, noch gar nicht bemerkt. Ihre Nervosität wuchs. Und dass sie spürte, wie ihr Gesicht immer wärmer und dabei vermutlich auch röter wurde, trug nicht unbedingt zur Entspannung bei. Sie nahm die geforderte Position ein und blickte David Hilfe suchend an.

»Schau einfach in die Kamera, und vergiss nicht, deinen Namen hochzuhalten«, erklärte der Regisseur und wirkte schon etwas genervt. Was meinte er denn nun wieder mit »Namen hochhalten«? Ach so, sie hatte ja noch den Zettel in der Hand. Schnell hielt sie ihn vors Gesicht.

»Wenn wir jetzt auch noch was von dir sehen würden, könnten wir endlich anfangen. Ich hab übrigens heute Abend noch was vor.« Davids Laune sank merklich dem Nullpunkt entgegen, während die von Emma allmählich zu steigen begann.

Eigentlich lief doch alles genau nach Plan. Sie nahm an diesem Casting teil, wie sie es Jo versprochen hatte. Davon, dass sie den Job auch bekommen wollte, war schließlich nie die Rede gewesen. Besser, als dass sie sich hier ziemlich schnell ins Aus manövrierte, konnte es doch überhaupt nicht laufen. Emmas Karriere als Werbe-Ikone war bereits jetzt Geschichte. Zum Glück.

Sie hielt den Zettel mit ihrem Namen vor die Brust, blickte brav genau in die Kamera und wartete geduldig auf das Kommando des Regisseurs. Dann legte sie los: »Hallo, ich bin Emma Jacobi, achtundzwanzig Jahre alt und hier in München geboren und aufgewachsen. So blöd wie heute habe ich mich, glaub ich, noch nie angestellt. Was vermutlich daran liegt, dass das mein erstes Werbecasting ist.« Konnte nicht schaden, wenn das mal für die Ewigkeit festgehalten wurde. Nicht, dass die doch noch auf die Idee kamen, ihr den Job zu geben.

»Wie sieht's mit Hobbys aus?« David hatte sich wohl inzwischen mit der tollpatschigen Anfängerin abgefunden, er wirkte nicht mehr ganz so gereizt.

»Ach ja, ich schneidere gerne. In meiner Freizeit auch Kleider aus bekannten Filmen. Und die sind meine andere Leidenschaft. Manche meiner Lieblingsfilme kann ich von vorn bis hinten auswendig.« Nichts davon war gelogen, brachte aber wohl niemanden dazu, sie für einen Werbespot zu engagieren. Langsam fing das Ganze an, Emma Spaß zu machen.

»Okay, dann dreh dich doch mal kurz ins Profil … Gut … und jetzt nach hinten … wieder zurück … und jetzt die Handflächen in die Kamera zeigen … Danke … und nun noch die Handrücken … Super!« Na gut, da konnte man jetzt wirklich nichts falsch machen. David notierte sich etwas auf seiner Liste.

Erst jetzt war Emma so gelassen, dass sie den Regisseur

etwas genauer in Augenschein nehmen konnte. Eigentlich sah er mehr wie ein Musiker aus. Oder zumindest so, wie Emma sich einen vorstellte. Er trug abgewetzte Jeans, Turnschuhe und ein T-Shirt mit der Aufschrift »Hier könnte Ihre Werbung stehen«. Seine Haare waren fast schulterlang und eher unordentlich, was ihn aber, genau wie der Dreitagebart, enorm kreativ wirken ließ.

»So, bist du so weit?«, fragte er jetzt. Emma hatte keine Ahnung, was nun kommen sollte, doch sie nickte vorsichtshalber. Er nahm einen der vielen Joghurtbecher vom Tisch, die sie bis jetzt noch gar nicht bemerkt hatte, zog den Deckel ab und steckte einen Kaffeelöffel hinein. »Also gut, einen Happen nehmen … kurz genießen … Alles zur Kamera natürlich … Und dann sagst du: ›Yogilight‹ … Pause … ›Der Joghurt, der anturnt‹. Alles klar?« Vollkommen klar. Was für ein Schwachsinn. Zum ersten Mal war Emma richtig froh, dass sie nicht tatsächlich Schauspielerin, sondern »bloß« Schneiderin war.

Auf Davids »Und bitte« tat sie genau, wie ihr geheißen. Sie nahm einen Löffel Joghurt in den Mund, zog ihn langsam wieder heraus und genoss kurz. Obwohl: Was meinte er eigentlich mit »kurz«? Egal, sie schloss die Augen, schluckte und hätte sich um ein Haar ver-schluckt. Doch alles ging gut. Sie öffnete die Augen wieder und sagte: »Yogilight.« Was für ein blöder Name, dachte sie, während sie verabredungsgemäß eine Pause machte. Das musste man sich sozusagen auf der Zunge zergehen lassen. Nun noch der Rest, und die Tortur war endlich geschafft: »Der Joghurt, der anturnt.« Fertig.

Von wegen. »Okay, jetzt das ganze Programm noch mal

etwas schneller.« Na, herzlichen Dank. Inzwischen war Emmas Adrenalinspiegel so weit gesunken, dass ihre Müdigkeit sich wieder zu Wort meldete. Aber es half alles nichts, da musste sie jetzt durch. Sie sprach also den einfallsreichen Text noch einmal schneller, dann ein wenig verführerischer und schließlich auch noch fröhlicher. Dabei war sie so sehr darauf konzentriert, sich ihre Erschöpfung nicht anmerken zu lassen, dass sie zu keinem Zeitpunkt darüber nachdachte, was sie eigentlich tat, um die geforderte Emotion tatsächlich zu zeigen. Schließlich war sie keine richtige Schauspielerin und konnte deshalb auch auf keinerlei entsprechende Kenntnisse zurückgreifen. Egal. Hauptsache, es war bald vorbei. Und zwar für immer.

»Danke, das war's«, gab David endlich das erlösende Kommando.

Nichts wie weg, dachte Emma nur und wollte schon mit einem kurzen Gruß den Raum verlassen.

»Stopp«, hörte sie da hinter sich. Offenbar zu früh gefreut. »Thomas macht noch ein Foto von dir.« Wer war denn das nun wieder? Der gut aussehende junge Mann, der sie vorhin hergebracht hatte, trat ein. Thomas hieß er also.

»Kommst du bitte mit?«, sagte er zu ihr und schob sie zur Tür hinaus. Dort stand eine andere Frau, die er anwies: »Du kannst jetzt rein.«

Nachdem Thomas das Foto für ihr Identitätsblatt gemacht hatte, war Emma endlich entlassen. »Wir melden uns bei dir«, erklärte er freundlich und gab ihr zum Abschied sogar die Hand.

Hoffentlich nicht, dachte sie, ließ sich aber natürlich nichts anmerken. Als sie mit dem Aufzug nach unten fuhr, fiel ihr siedend heiß ein, dass sie ihren extrem wichtigen Schlusssatz vergessen hatte. »Kann ich den Joghurt mitnehmen? Der schmeckt sooo lecker!« Das hätte doch das i-Tüpfelchen werden sollen, um sich, entsprechend Daniels Insider-Informationen, komplett ins Aus zu manövrieren. Chance verpasst. Na ja, vermutlich reichte die Tatsache, dass sie kein Fettnäpfchen ausgelassen hatte, auch schon für eine Ablehnung aus.

Der restliche Tag im Atelier verlief zum Glück ohne weitere Vorkommnisse. Keiner wunderte sich über Emmas ausgedehnten Arzttermin, und das morgendliche Chaos hinterm Tresen wurde auch nicht mehr erwähnt. Da derzeit nicht viel zu tun und die Chefin ausnahmsweise mal weit weg war, musste man auf kleineren Fehltritten nicht unnötig herumhacken.

Nach der Arbeit fuhr Emma auf dem schnellsten Weg nach Hause und sank ziemlich bald erschöpft ins Bett. Die Nacht hielt allerdings einen Traum für sie bereit, der den Aufregungen des Tages in nichts nachstand. Nicht nur, dass Regisseur David und Kollegin Mona sie auf frischer Tat ertappten, wie sie heimlich hinter dem Ladentisch Unmengen von Joghurt in sich hineinschaufelte, nein – zu guter Letzt kam auch noch Jo und stimmte kräftig mit ein: »Wie konntest du nur den Joghurtbecher dort vergessen? Das ist ein typischer Anfängerfehler! So wirst du es nie schaffen … Nie!« Er schlug mit der flachen Hand auf den Tresen und drehte Emma anschließend den Rücken zu. »Na, Herr Kollege, wer ist denn nun in der engeren Auswahl?« Dann legte er David vertraulich den Arm um die Schulter und schob ihn in Richtung Werkstatt. »Wie hat sich denn die kleine Blonde so angestellt? Die machte doch einen sehr guten Eindruck. Ziemlich erfahren und trotzdem erfrischend locker – das ist genau die Mischung, die wir brauchen!«, hörte sie ihn noch sagen, während Emma die Tränen in die Augen traten. Jetzt war sie endgültig abgemeldet. Aus der Traum.

Am nächsten Morgen war Emma fast so sehr gerädert wie am Tag zuvor. Während sie ihre Augenringe überschminkte, zog sie eine enttäuschende Bilanz: Mit Jo war sie keinen Schritt weiter. Dafür galt sie vermutlich inzwischen als die unprofessionellste Schauspielerin Münchens, hatte sich also mit dem Rollenwechsel das größte Ei ihres Lebens gelegt. Na, bravo. Beste Voraussetzungen für eine glückliche Zukunft.

Am Wochenende rief Kirsten an, um zu fragen, ob sie mit den Freundinnen ins Kino käme, doch das war das Letzte, was Emma jetzt gebrauchen konnte. Ein Liebesfilm? Und vielleicht auch noch ein romantisches Happy End? Nein, das hätte ihren Kummer nur verstärkt. Da hielt sie sich lieber an ihre DVDs, bei denen sie ganz genau timen konnte, wann die Tränen flossen und wann nicht. Am Sonntagabend war Emma so deprimiert, dass sie überhaupt keine Lust auf die nächste Woche hatte.

Doch überraschenderweise war die Stichsäge am Montag erstaunlich gut gelaunt von der Stoffmesse zurück, und auch sonst ging erst mal nichts schief.

»Du, ich glaub, die hat sich verliebt«, flüsterte Jasmin über die Nähmaschine hinweg Emma zu und wies mit einer knappen Kopfbewegung auf die Chefin.

»Ja, klar«, wisperte die zurück, »und ich bin Hollywoodstar. Die Stichsäge und sich verlieben … Eher fällt Weihnachten in den Mai.«

»Doch, bestimmt. Ich hab vorhin gesehen, wie sie sich den Lippenstift nachgezogen hat. Kaum dass sie eine halbe Stunde im Laden war.«

»Und was soll das mit Liebe zu tun haben? Der Richtige nimmt dich doch so, wie du bist. Da musst du nicht ständig Maske machen.«

Kaum hatte Emma das ausgesprochen, stutzte sie. Was hatte sie da gerade gesagt? Wenn das stimmte, dann war Jo entweder nicht der Richtige oder ihre Eroberungstaktik komplett die falsche. Vielleicht auch beides? Noch während sie darüber nachgrübelte, meldete sich Ronan Keating zu Wort. *»When you say nothing at all«*, trällerte er aus Emmas bunter Flickentasche, die zu ihren Füßen lag. Die Nummer, von der da angerufen wurde, konnte das Handy offensichtlich keinem Namen zuordnen, denn es drückte sich mit der vagen Aussage »Unbekannter Teilnehmer«.

Kurze Zeit später wünschte seine Besitzerin, sie hätte es ihm gleichgetan und sich ebenfalls gedrückt. Denn am anderen Ende verkündete ihr eine freudig erregte Stimme, dass sie eine besonders gute Nachricht und Emma die Rolle im Yogilight-Werbespot habe. Dass das »Fitting« (was auch immer das sein mochte) schon in zwei Tagen stattfinde und der Dreh dann am darauffolgenden Montag.

Wie in Trance schrieb Emma alle Termine und Informationen mit und legte am Ende völlig betäubt auf. Es war doch passiert. Jetzt war sie tatsächlich so etwas wie eine Schauspielerin – wider Willen sozusagen.

9

Für ihn wurde Aschenputtel eine Prinzessin, doch er kam gar nicht erst zum Ball.

ATELIER KREUZSTICH
Innen/Tag

Noch während Emma ins Leere starrte und krampfhaft versuchte, das eben Gehörte irgendwie zu verdauen, klingelte ihr Handy erneut. Am liebsten wäre sie gar nicht drangegangen, aber die neugierigen Blicke der Kolleginnen zeigten, dass sie eine solche Entscheidung hätte erklären müssen. Auf dem Display erschien diesmal eine Nummer, die Emma nicht kannte. Es half nichts, sie musste abheben. Noch eine Werbespot-Rolle würde es ja wohl hoffentlich nicht sein.

»Hey, wie geht's?«, grüßte eine unbekannte Stimme.

»Geht so«, antwortete sie und fand das angesichts ihrer momentanen Lage schon enorm positiv.

»Du, entschuldige, ich hab mir deine Nummer von Jo besorgt. Das ist doch kein Problem für dich, oder?«

So langsam dämmerte es Emma. Das konnte eigentlich nur Daniel sein. Aber warum rief er an? Schon wieder eine Rolle, ein Casting, Fitting, Vorsprechen? Diesmal würde sie es einfach abwimmeln. Ein wichtiger Termin, zwei wichtige Termine, Urlaub – irgendetwas würde ihr schon einfallen.

»Daniel, bist du das?«

»Aber so was von … Ich wollte mich mal erkundigen, wie dein Casting gelaufen ist. War's schlimm?« Immerhin einer, der ein bisschen Mitleid hatte.

»O ja, das war es. Der Regisseur hat sofort gemerkt, dass ich Anfängerin bin, weil ich alles falsch gemacht habe, was man nur falsch machen kann.« Da Mona und Jasmin soeben die Werkstatt verlassen hatten, konnte sie frei reden.

»Ehrlich? Das glaub ich dir nicht. Du übertreibst wahrscheinlich maßlos.«

Obwohl das doch eher das Metier von euch Filmleuten ist, dachte Emma. Sie freute sich, dass Daniel sich nach ihr erkundigte, auch wenn Jo ihr lieber gewesen wäre. Na gut, man konnte schließlich nicht alles haben. Auf diese Weise hielt sie auf jeden Fall auch irgendwie den Kontakt zu ihrem Traummann.

»Nein, nein. Aber du errätst nie, was gerade passiert ist! Die haben vorhin tatsächlich angerufen. Ich hab die Rolle.« Ein spitzer Überraschungsschrei, der allerdings nicht aus dem Telefon kam, ließ Emma erschrocken zusammenfahren. Sie drehte sich um und sah Mona, die Augen weit aufgerissen, im Türrahmen stehen. Sie schluckte.

»Nein! Wahnsinn! Herzlichen Glückwunsch«, quietschte jetzt auch Daniel am anderen Ende der Leitung. »Das musst du mir unbedingt genauer erzählen. Wollen wir heute Abend was trinken gehen? Dann kann ich dir noch ein paar weitere Tipps geben. Ich frag mal Jo, ob er auch Zeit hat.« Diesem Angebot konnte Emma natürlich nicht widerstehen. Eilig verabredete sie sich mit dem Regieassistenten und legte auf.

Kaum hatte Emma ihr Handy verstaut und war unter dem Nähtisch, wo ihre Tasche stand, wieder hervorgetaucht, nahm Mona sie ins Kreuzverhör: »Was hab ich da gerade gehört? Du hast eine Rolle? Was für eine Rolle? Etwa bei ›Amtliche Gefühle‹?« Du meine Güte, Mona war ja noch naiver als sie selbst. Eine Rolle bei »Amtliche Gefühle«? Was hatte sie denn für merkwürdige Vorstellungen?

»Spinnst du? Wie kommst du denn auf so etwas? Natürlich nicht.« Das war schließlich nicht gelogen. Jetzt allerdings musste sie wohl ein bisschen mehr von der Wahrheit abweichen. Denn von dem bescheuerten Yogilight-Werbespot würde sie ihr mit Sicherheit nichts erzählen. Aber was dann? Erst mal Zeit gewinnen. »Da geht's um etwas völlig anderes.«

Welche möglichst unspektakuläre Rolle könnte Emma denn sonst bekommen haben? Eine Nackenrolle, Klorolle, Biskuitrolle? Quatsch. So konnte sie Monas Neugier jedenfalls nicht befriedigen. »Da gibt es so ein Laientheater bei meinen Eltern in Tutzing. Die haben noch ein – ein Aschenputtel gesucht.«

»Wie jetzt? Ist das eine Kinderaufführung?«

»Na ja … So dazwischen.«

»Wie dazwischen? Versteh ich nicht.«

»Dazwischen eben. Und jetzt lass uns mal weiterarbeiten. Die Stichsäge kommt bestimmt gleich aus dem Büro und faltet uns zusammen, wenn wir hier rumstehen und quatschen.«

»Dann erzählst du mir aber später alles ganz genau.«

»Was erzählst du uns ganz genau?« Jasmin hatte den letzten Satz beim Hereinkommen gehört und schaltete sich sofort ein.

»Nichts«, kam es wie aus einem Mund von den beiden anderen, die sich sofort besonders eifrig über ihre Nähstücke beugten.

Zum Glück musste Mona nach Feierabend ganz dringend zu einer Verabredung, sodass es an diesem Montag »leider« nicht mehr zu einer erschöpfenden Aussprache kommen konnte.

Und auch Emma hatte es natürlich eilig. Da die Kneipe, die Daniel vorgeschlagen hatte, mitten in Schwabing lag, hatte sie sich entschlossen, vor dem Treffen nicht mehr zu ihrer Wohnung nach Haidhausen zu radeln. Stattdessen wollte sie einen Abstecher zur Großmutter ins Lehel machen, sich dort die Zeit vertreiben und dann zu ihrem Date fahren. Fanny hatte ohnehin mehr und bessere Kosmetiksachen, die sie auch benutzen durfte.

»Ja, ja, die liebe Verwandtschaft kommt nur vorbei, wenn sie was braucht«, wurde sie von Fanny lächelnd begrüßt.

»Was soll das denn heißen?« Emma wusste genau, dass sie nicht nur zu Besuch kam, wenn sie etwas brauchte. Auch wenn die Tipps und Ratschläge der Oma ein durchaus wichtiger Bestandteil ihres Lebens waren.

»Ach, der Jung von nebenan hat mir mal wieder einen Vortrag gehalten. Und bei der Gelegenheit hat er auch gleich über seine Angehörigen und die gesamte Gesellschaft hergezogen. Der Mann hat so eine negative Einstellung zum Leben … Das ist ja wirklich gesundheitsschädlich.«

»Mensch, Oma, könnt ihr nicht endlich Frieden schließen? Der Klügere gibt nach, das weißt du doch.«

»Tja, der Klügere, das ist natürlich er. Und das betont er auch bei jeder passenden und unpassenden Gelegenheit. Da ist er genau wie die Mutter der kleinen Laura. Heute hat sie sich wieder beschwert, dass ich ›Schneeweißchen und Rosenrot‹ beim Erzählen so ein ganz kleines bisschen verändert hab. Haben die alle nichts Wichtigeres, über das sie sich aufregen können?«

»Das darf doch nicht wahr sein! Fanny, Fanny … Wie schaffst du es nur, dich bei allen unbeliebt zu machen?«

»Was heißt hier ›bei allen‹? Die Kinder lieben meine Märchen. Und sie verstehen sehr wohl, warum ich kleine Veränderungen vornehme. Viele Erwachsene werden einfach so schnell spießig. Die Mutter von Laura zum Beispiel ist kaum älter als du, stell dir das mal vor.«

Fanny zog ein derart entsetztes Gesicht, dass Emma nun doch lachen musste. Und dann erzählte sie der Großmutter von ihrer überraschend ergatterten Rolle als Joghurt schlemmende Werbe-Ikone.

»Von diesem Vorsprechen hast du ja gar nichts erzählt«, meinte Fanny etwas vorwurfsvoll.

»Weil wir seitdem überhaupt nicht miteinander gesprochen haben«, verteidigte sich Emma. »Außerdem wollte ich das Ganze ohnehin sofort wieder abhaken. Und jetzt das …«

»Aber das ist doch deine Chance! Ich hätte nie gedacht, dass man als Schneiderin so einfach Schauspielerin werden kann.« Die Großmutter schien ehrlich begeistert vom plötzlichen Berufswechsel ihrer Enkelin. »Das ist meine kleine Emma! Lieber ganz umsatteln, als einen Fehler zugeben. Ich bin stolz auf dich. Dann musst du deinen Regisseur ja auch gar nicht mehr anlügen. Das hast du ja wieder mal geschickt eingefädelt, Herzerl.« Sie strich der Enkelin liebevoll über die Wange und lehnte sich entspannt in ihrem Sessel zurück.

Dass Emma eher durch Zufall als durch Strategie an diese Rolle gekommen war, wollte Fanny wohl ebenso wenig zugeben wie die Möglichkeit, dass ihr Nachbar Jung vielleicht auch einmal im Recht sein konnte. »Da siehst du mal wieder, dass sich stets alles zum Guten wendet, mein Schatz.«

»Was meinst du damit jetzt genau, Oma? Dass ich in absehbarer Zukunft mit einem dümmlichen Joghurtspruch im Fernsehen zu bewundern bin und spätestens dann alles auffliegen wird? Oder dass meine Kollegin glaubt, dass ich so eine Art Aschenputtel des Komödienstadels bin? Oder …«

»Jetzt sieh doch nicht schon wieder alles so negativ. Du hast heutzutage viel mehr Möglichkeiten als ich damals. Zwei Berufe, zwei Männer … Was willst du noch mehr?«

Während des Gesprächs bediente sich Emma im Badezimmer bei »Fannys Schönheitskabinett«, wie die Enkelinnen es heimlich nannten. Die Großmutter hatte nicht nur ein Arsenal verschiedener Düfte aus aller Welt in den elegantesten Flakons. Sie sammelte auch Cremes gegen jegliche Alterserscheinung, Puder in unterschiedlicher Konsistenz und Farbe und unzählige teure Lippenstifte in ihrem antiken Schränkchen.

Nun gut, die Klamotten, die Emma heute in der Arbeit getragen hatte, waren nicht von *Pretty Woman* und Konsorten inspiriert. Dafür sah sie mit der schwarzen Bluse und einer ebensolchen Jacke mit weißen Punkten aus wie einem alten Stummfilm entstiegen und würde mit dem Styling bei Jo vielleicht noch zusätzlich punkten.

Fanny beriet sie geduldig bei der Auswahl der passenden

Töne, und schon bald strahlte den beiden Frauen im Spiegel Emmas dezent, aber ergreifend geschminktes Gesicht entgegen. Die gedeckten Farben verstärkten den klassischen Eindruck und rundeten das Gesamtbild wunderbar ab. Ein zarter Duft nach Rosen gemischt mit einer leichten Orangennote und etwas Vanille lag in der Luft und weckte in Emma die nötige Unternehmungslust.

Währenddessen redete die Großmutter fast ununterbrochen auf ihre Enkelin ein, sie dürfe die Chancen, die sich ihr gerade boten, nur ja nicht ungenutzt verstreichen lassen. Emma nickte brav und widersprach kaum. Schließlich kannte sie ihre Oma schon lange genug, um zu wissen, dass es nur selten die Möglichkeit gab, sich mit einer anderen Meinung gegen sie durchzusetzen. Oberstudienrat a. D. Jung machte diese entmutigende Erfahrung vermutlich tagtäglich. Und vielleicht hatte sie ja recht, vielleicht war es ja gar nicht schlecht, auch mal selbst aktiv zu werden – wie die Heldinnen in Fannys Märchen.

Gegen acht machte Emma sich endlich mit ihrem Fahrrad in Richtung Schwabing auf. Vermutlich saßen Jo und Daniel schon in dem Club, in dem sie verabredet waren, und warteten auf sie. Da aber ein bisschen Verspätung den Reiz der Frauen bekanntermaßen nicht schmälerte, sondern eher erhöhte, ließ sie sich unterwegs noch zusätzlich Zeit. Die Frühlingsluft war mild und von einem schweren Blütenduft durchsetzt, daher genoss sie das langsame Dahinradeln sehr. Und die beiden Herren konnten sich ja über gemeinsame Themen unterhalten, da war eine halbe Stunde Warten vermutlich nicht der Rede wert.

Der Laden sah von außen extrem schick aus. Riesige Fenster gaben den Blick frei auf ein helles Ambiente mit stylischen Möbeln, wo elegante Menschen einen schönen Abend verbrachten. Für einen kurzen Moment kam sich Emma in ihrem Retro-Outfit viel zu altmodisch vor für die moderne Umgebung, beinahe hätte sie wieder umgedreht. Doch dann fasste sie sich ein Herz und betrat den Club. Trotz der großen Fenster hatte sie von draußen weder Daniel noch Jo ausmachen können. Sie mussten also ziemlich weit hinten einen Platz gefunden haben.

Emma durchquerte den gesamten Laden und glaubte schon, die beiden hätten sie versetzt, als sie an einem der letzten Tische plötzlich den Regieassistenten entdeckte. Von Jo keine Spur.

»Cinderella!« Daniels Miene hellte sich merklich auf, als er seine Verabredung entdeckte. Er sprang auf und küsste sie links und rechts auf die Wange: »Ich dachte schon, du kommst nicht mehr.«

Während sie sich zu ihm setzte, sah Emma sich suchend nach Jo um. Offensichtlich schien er noch nicht da zu sein, denn sie konnte weder ihn noch Getränk oder Jacke irgendwo entdecken.

»Ich habe mir die Freiheit genommen, alles zu bestellen, was auf der Karte steht. Ich wusste ja nicht, was du magst.« Dass Daniel grinsend an die *Pretty-Woman*-Zitate vom letzten Mal anknüpfte, erleichterte ihr den Einstieg ein wenig. Schließlich kannte sie ihn kaum. Und ohne Jo kam sie sich hier noch komischer vor als ohnehin schon.

Er deutete ihren erschrockenen Blick als Reaktion auf sein Zitat und meinte, sie beruhigen zu müssen: »Keine Angst, war natürlich nur ein Witz. Sozusagen in Anlehnung an unser nettes Gespräch vor einer Woche.« Wo blieb Jo denn nur? Hatte er ihr die nächtliche Flucht vielleicht so übel genommen, dass er sie gar nicht mehr sehen wollte?

»Wie kommst du auf Cinderella?«, versuchte sie ihre Verwirrung zu überspielen.

»Na, du siehst jedes Mal so anders aus, dass man den Eindruck bekommen könnte, du hättest eine gute Fee in der Hinterhand, die dich ausstattet. Hast du?«

»Leider nicht. Aber als Schneiderin …« Entsetzt brach Emma ab und hielt sich – ganz unauffällig – den Mund zu. Zum Glück war Jo noch nicht da. Doch auch sein Assistent sollte wohl besser nicht erfahren, dass Emma bei ihrem Beruf ein klitzekleines bisschen geschwindelt hatte. Vor allem jetzt nicht, wo ihre Lüge doch zumindest teilweise Wirklichkeit wurde.

Vor Emmas innerem Auge zog eine Karawane von Schreckensszenarien vorbei, die alle Jos niederschmetternde Reaktion auf die Wahrheit verdeutlichten. Einmal verkündete er, sie nie mehr sehen zu wollen. Kurz darauf stellte er sie vor dem kompletten Werbeteam bloß, indem er sie als infame Lügnerin bezeichnete.

»Cinderella … Hallo!« Daniel fuchtelte mit der Hand vor ihrem Gesicht herum, offenbar versuchte er schon eine Weile verzweifelt, ihre Aufmerksamkeit zu bekommen. Dann musste sie jetzt wohl Farbe bekennen, da half alles nichts. Abwartend blickte sie Daniel ins Gesicht und machte sich auf die schlimmsten Vorwürfe ihres Lebens gefasst.

Aber der Regieassistent sagte nur ungeduldig: »Was du bestellen willst, würde die Dame gern wissen.«

Erst jetzt bemerkte Emma, dass die Bedienung neben ihr bereits genervt mit dem Kugelschreiber auf ihren Block trommelte. Schnell bat sie um einen trockenen Rotwein. Den würde sie vermutlich gleich brauchen. Es konnte schließlich nicht schaden, sich ein wenig Mut anzutrinken.

»Du schneiderst also hobbymäßig so richtig. Na klar, wenn du *Pretty-Woman*-Kleider nähst, musst du das ziemlich gut können. Hast du dir das selbst beigebracht? Oder wie lernt man so etwas?«

Emma hätte Daniel küssen können. Ohne es zu wissen, hatte er ihr die Erklärung für ihren Versprecher sozusagen kostenfrei ins Haus geliefert. Wahrscheinlich konnte er sich nicht im Traum vorstellen, dass seine neue Bekannte keine Schauspielerin war. Gut so. Sie hatte also noch eine Chance. Und Chancen musste man nutzen, wie sie erst vorhin wieder von ihrer Oma eingetrichtert bekommen hatte. Dann musste Fanny wohl oder übel für die nächste Ausrede herhalten.

»Meine Großmutter war Schneiderin und hat mir alles beigebracht.« Wenn man das Schwindeln mal konnte, kam man offensichtlich nur noch schlecht wieder aus diesem Teufelskreis heraus. Fanny war vor ihrer Heirat mit dem Richter Max Lechner zwei Jahre auf dem Konservatorium gewesen, eine abgeschlossene Berufsausbildung hatte sie nicht, schon gar keine Schneiderlehre. Aber das würde Daniel vermutlich nie erfahren.

»Das, was du heute anhast, sieht wieder umwerfend aus. Ist das auch selbst geschneidert?«

»Nein, das ist ausnahmsweise von der Stange.« Und das war ebenso ausnahmsweise nicht einmal gelogen. Emma entspannte sich allmählich und fragte sich einmal mehr, wo Jo eigentlich blieb. Möglichst unauffällig behielt sie den Eingangsbereich im Auge und sah immer wieder kurz auf ihre Armbanduhr. Hoffentlich kam er nicht allzu spät, schließlich musste sie morgen wieder früh raus.

Daniel erzählte gut gelaunt von ihrem momentanen Dreh bei »Amtliche Gefühle« und erkundigte sich interessiert nach dem Casting am vergangenen Donnerstag. »Und er hat wirklich ›Anfängerin‹ gesagt? Das ist ja so was von gemein. Ein Wunder, dass du danach überhaupt noch spielen konntest.«

»Ehrlich gesagt war das wahrscheinlich mein Glück.« Nun ja, oder das Gegenteil, das kam ganz auf den Blickwinkel an. »Als der mich so herablassend angequatscht hat, war mir das ganze Casting auf einmal so egal …«

»… und du warst tausendmal lockerer. Klar.«

Vorsichtig sah Emma erneut auf die Uhr. Schon halb zehn. Wann gedachte Jo eigentlich, hier aufzutauchen? Gegen Mitternacht? Am liebsten hätte sie Daniel gefragt, doch das traute sie sich nicht. Was würde er sonst von ihr denken? Dass sie ein kleines verliebtes Mädchen war, das naiv hinter dem Mann seiner Träume herrannte, der eigentlich eine Nummer zu groß für es war? Aber immerhin war sie jetzt Schauspielerin – zumindest ein bisschen.

Mit dem Satz »Ach, das hab ich ja ganz vergessen« riss der Regieassistent sie plötzlich aus ihren Gedanken. »Jo kann heute Abend leider nicht. Der hat noch ein Zusatz-Briefing für unseren nächsten Block.«

Wie enttäuscht sie gerade aussah, konnte Emma in diesem Moment nur ahnen. Ihr war jedenfalls, als würde sie in sich zusammensacken wie ein welkes Gänseblümchen. Sie nahm einen großen Schluck Rotwein und bestellte kurz darauf das nächste Glas.

Daniel bemerkte zum Glück nichts von ihrem Stimmungswechsel. Hoch konzentriert war er damit beschäftigt, eine Pistazie aus dem Schüsselchen auf dem Tisch aus ihrer geschlossenen Schale zu befreien.

Sonnenklar. Jo war nach ihrem Abgang am Dienstag sauer auf sie und schob jetzt einen Termin vor, um nicht mit ihr ausgehen zu müssen. Na, bravo. Super hingekriegt, Frau Jacobi! Da kam der neue Rotwein genau zur rechten Zeit. Noch ein Schluck, und alles fühlte sich nicht mehr ganz so schlimm an.

»Übrigens soll ich dir von ihm einen besonders schönen Gruß sagen«, nuschelte Daniel jetzt zwischen unzähligen kleinen Pistazienstückchen hervor. »Es tut ihm wirklich wahnsinnig leid.« Von wem redete er nur?

Jo! Jo ließ sie eigens grüßen! Vor Erleichterung nahm Emma noch einen großen Schluck Rotwein – und verschluckte sich. Erst nach einem minutenlangen Hustenanfall konnte sie wieder aufhören zu japsen.

»Alles okay mit dir?«, fragte Daniel besorgt und klopfte ihr ein letztes Mal auf den Rücken.

Sie nickte nur, nahm das Risiko einer weiteren Attacke in Kauf und trank sofort noch einen Schluck. Was sollte sie dazu sagen? War das nun eine Floskel, oder hatte Jo das ernst gemeint? Emma spürte, wie ihre Laune langsam wieder über den Nullpunkt kletterte. Obwohl das mit Sicherheit nicht besonders viel zu bedeuten hatte, da Jo vermutlich sehr oft solche Entschuldigungen ausrichten ließ, freute sie sich.

Doch weil Emma nur noch an Jo denken konnte, geriet das Gespräch mit Daniel ins Stocken.

Kein Problem für den redseligen Regieassistenten, der im Handumdrehen ein Thema fand, mit dem er die Aufmerksamkeit seiner Begleiterin fesseln konnte: »Den musst du ja wirklich beeindruckt haben. Das schafft man eigentlich nicht so schnell.«

Wieder war Emma nicht sicher, von wem hier gerade die Rede war. Sie wartete ab und ließ Daniel erst einmal weitersprechen. Immerhin lobte er sie.

»Jo hat heute richtig von dir geschwärmt, als ich ihm von unserer Verabredung erzählt habe.«

Jetzt bestand kein Zweifel mehr. Es ging um Emma und Jo. Das neue Traumpaar des deutschen Films. Sie sah schon vor sich, wie sie mit ihm, wie Anna und William am Schluss von *Notting Hill*, durch das Blitzlichtgewitter über den roten Teppich schritt und freundlich nach allen Seiten grüßte. Liebevoll und zugleich fest hielt er ihre Hand …

Halt! Was begeisterte Jo eigentlich so an ihr? Irgendwie konnte sie es nämlich immer noch nicht glauben.

»Er sagt, du bist die erste Schauspielerin, die er kennenlernt, die nicht ständig eine Rolle spielt.«

Liegt vielleicht daran, dass ich gar keine bin, dachte Emma trocken. Außerdem lag Jo mit seiner Einschätzung komplett daneben. Ihm gegenüber spielte sie sogar ununterbrochen eine Rolle – eventuell sogar die Rolle ihres Lebens. Aber offensichtlich tat sie das nicht ganz perfekt.

»Du seist so natürlich, sagt er, und – wie hat er es ausgedrückt – unverstellt. Er hat schon überlegt, ob er dir irgendwas bei uns anbieten könnte. Wenigstens einen Gastauftritt.«

Was konnte das nur heißen? Mochte Jo nun die Schneiderin, die sie eigentlich war, oder war er von der Schauspielerin, die sie eigentlich nicht war, angetan, weil sie nicht so wirkte wie eine Schauspielerin?

»Was meinst du denn dazu? Oder ist eine tägliche Serie unter deinem Niveau? Also ich würd mich freuen, wenn wir mal miteinander arbeiten würden.« Daniel strahlte Emma an, als hätte sie soeben einen Oscar gewonnen, prostete ihr zu und redete weiter, ohne ihre Antwort abzuwarten: »Da muss ich Jo mal ausnahmsweise zustimmen. Er hat echt ein enormes Gespür für Menschen und Talente. Aus dir könnte man wirklich was machen, Cinderella. Darauf müssen wir anstoßen. Auf das Leben, den deutschen Film und uns, die ihn retten werden!«

Als sie gegen Mitternacht nach Hause radelte, hatte Emma die witzigsten Geschichten über Jo und über sich selbst die charmantesten Komplimente gehört. Daniel war wirklich ein Schatz. Nie hätte sie gedacht, dass sie mit ihm allein einen so lustigen Abend haben könnte. Und da sie in Anwesenheit des Regisseurs das, was ihr am wichtigsten war, sicher nicht erfahren hätte, war es letztendlich sogar Glück gewesen, dass Jo nicht aufgetaucht war. Um genau zu sein, ein erneuter, unübersehbarer Wink des Schicksals.

Und der schaffte es immerhin, dass Emma zwei Tage später mit deutlich gestärktem Selbstbewusstsein zum sogenannten »Fitting« für den Yogilight-Werbespot aufbrach. Im Atelier Kreuzstich hätte man dazu schlicht und einfach »Anprobe« gesagt, doch das war für die Werbeleute vermutlich zu simpel.

Schon wieder musste sie der Chefin gegenüber einen Arzttermin vortäuschen, doch die war offensichtlich immer noch verliebt, sodass es erstaunlicherweise keine Probleme gab. Auch dieses Mal hatte man Emma in die Nähe des Ostbahnhofs bestellt, wo sie in einem großen Bürokomplex bereits erwartet wurde. Auf einer riesigen Fläche waren vom Ledersessel bis zum kalten Buffet sämtliche Klischees versammelt, die man der Werbebranche zuschrieb. Und die Anwesenden passten perfekt dazu.

Emma ertappte sich kurz dabei, das Ganze ziemlich aufregend zu finden und sich ein bisschen wichtig vorzukommen, doch sofort wurde sie auf den Boden der Tatsachen zurückgeholt.

»Kannst du dich vielleicht schnell umziehen? Wir sind schon spät dran«, meinte eine unbekannte Dame, die unbekannt blieb, da sie es nicht für nötig hielt, sich vorzustellen. Vage hatte sie Ähnlichkeit mit der Stichsäge, obwohl sie im Gegensatz zur Chefin die Haare offen und lockig trug und bestimmt zehn Jahre jünger war. Doch die sorgsam lackierten Fingernägel und das akkurat geschminkte Gesicht stimmten genau. Sie schob Emma in eine Ecke, die von einem Paravent abgeschirmt war. »Zuerst Outfit eins«, zischte sie noch und verschwand.

Emma hätte gerne noch gefragt, woran sie das denn erkennen sollte, doch es war zu spät. Sie sah sich in der Kabine um und fand mehrere Kleiderbügel mit Klamotten, die alle entweder mit der Ziffer eins oder zwei beschriftet waren. Dieses System war nicht allzu schwer zu durchschauen, das hätte vermutlich sogar das dümmste Model geschafft. Ohne Nummerierung hätte man die Outfits allerdings kaum auseinanderhalten können. Das langweilige Polohemd präsentierte sich in demselben unspektakulären Hellblau wie sein Kollege, das Sweatshirt. Wahrscheinlich die Firmenfarbe …

Als Emma kurze Zeit später alle Einser-Teile anhatte, betrachtete sie sich nachdenklich im Spiegel. Als glamouröse Diva war sie vermutlich nicht im Fernsehen zu sehen. Neben einer dunkelblauen Stoffhose trug sie jetzt nämlich ein langärmeliges Baumwollshirt in derselben Farbe und darüber das Polohemd mit der Aufschrift »Yogilight« sowie hellblaue Turnschuhe. Elegant war etwas anderes. Eigentlich war die Aufmachung sogar eine ziemliche Zumutung. Zögernd trat sie hinter dem Vorhang hervor.

»Das ging ja wirklich schnell, super«, empfing sie die Dame von vorhin und musterte sie von Kopf bis Fuß wie eine Zuchtstute auf dem Pferdemarkt. Sie zupfte ein wenig am Kragen herum, zog das Oberteil nach allen Seiten glatt und meinte: »So, dann zeigen wir dich mal dem Kunden.«

Sie führte Emma zu den Ledersesseln, in denen inzwischen einige äußerst wichtig aussehende Herren Platz genommen hatten. Offensichtlich waren sie die obersten Chefs der Joghurtfirma und damit diejenigen, die die Entscheidungen trafen. Dass sie allerdings auch über ihre Aufmachung zu befinden hatten, überraschte Emma. Die Männer in ihren steifen Anzügen machten nicht gerade den Eindruck, als hätten sie auch nur die geringste Ahnung von Mode.

Dass es darum bei einem »Fitting« auch nicht im Geringsten ging, wurde ihr sehr bald klar. Sie musste sich vor den Entscheidungsträgern mal zur einen und mal zur anderen Seite drehen, näher kommen oder zurücktreten. Die

Dame ohne Namen erklärte dabei, warum der Markenname auf der linken Brustseite platziert worden war und dass der Farbton des Oberteils exakt auf das Firmenlogo abgestimmt sei.

»Aber auf einer so großen Fläche wirkt das Blau dann doch ziemlich dunkel, finden Sie nicht?«, meinte einer der Herren, während Emma erschrocken an sich hinuntersah. So groß war ihr Oberkörper nun auch wieder nicht.

»Natürlich können wir den Ton jederzeit um eine oder mehrere Nuancen heller machen. Ganz wie Sie wünschen«, antwortete die Klamottenfrau eilfertig, »Sie könnten sich auch noch das Alternativoutfit ansehen und danach entscheiden. Moment.«

Sie gab Emma einen Wink – schon verstanden, das war der Moment für die Zweier. Blitzschnell zog sie sich um und stand kurz darauf in einem hellblauen Kapuzenshirt mit »Yogilight«-Schriftzug vor der Jury. Ihrer Einschätzung nach hatte sich kaum etwas verändert, doch die Chefs schienen enorme Unterschiede zum ersten Outfit festzustellen.

»Das entspricht nun wieder so gar nicht unseren Vorstellungen«, meinte der eine und lehnte sich herablassend zurück.

»Ganz meine Meinung. Die andere Variante war wirklich deutlich besser«, beeilte sich die Kostümdame zu sagen und scheuchte Emma zurück, um möglichst schnell den vorherigen Zustand wiederherzustellen. Und schon stand sie wieder in Langarm- und Poloshirt vor der Altherrenriege. Die wusste allerdings immer noch nicht so genau, was sie wollte.

»Also dieser Farbton … Ich weiß nicht«, meinte der jüngste, der Emma ein wenig an einen der Grauen Herren aus

Momo erinnerte. »Einerseits kommt dieses Blau in seiner Gesamtheit doch sehr, sehr kräftig rüber. Andererseits würde eine hellere Nuance den blassen Teint nur noch verstärken.« Etwas eigenartig kam sich Emma schon vor, wie da seit etwa einer halben Stunde ihr Aussehen diskutiert wurde, als wäre sie Luft.

»Das widerspräche auch ganz klar unserer Werbebotschaft«, stimmte ein älterer zu, »schließlich ist ›Yogilight‹ ein Produkt, das gesund ist und den Körper mobilisiert. Das muss man sehen!«

Während die Herren untereinander und mit der Kostümdame diskutierten, ob man die helle Farbe des Shirts oder eher Emmas blasses Gesicht austauschen sollte, ließ sie ihren Gedanken freien Lauf. Ihre Rolle als Schauspielerin hatte sie sich jedenfalls bedeutsamer vorgestellt. Stattdessen wurde jede Entscheidung über ihren Kopf hinweg getroffen, sie wurde nicht einmal gefragt. Jetzt sprachen sie darüber, den Dreh eventuell zu verschieben, um eine neue Darstellerin suchen zu können. Hatten die noch alle Tassen im Schrank? Dann wäre ja alles umsonst gewesen!

Emma erinnerte sich an Fannys Dornröschen, das nicht gemütlich schlafend auf den Prinzen wartete, sondern sich selbst aus der Rosenhecke befreite. Vielleicht sollte sie der Diskussion endlich ein Ende bereiten? Möglichkeiten, das Shirt zu verändern, gab es genügend. »Man könnte zum Beispiel nur den Kragen etwas dunkler oder auch in einer ganz anderen Farbe machen«, dachte sie und merkte erst dann, dass sie den Satz laut ausgesprochen hatte.

Abrupt wandten die Namenlose und sämtliche Grauen Herren die Köpfe zu Emma um. Ersterer war die Entrüstung deutlich anzusehen, Letztere wirkten erstaunt. Am erschrockensten war jedoch Emma selbst. Schließlich war es keinesfalls ihre Aufgabe, die obersten Chefs in Modefragen zu beraten.

»Da hat wohl jemand Angst, den Auftrag zu verlieren«, meinte prompt die Kostümfrau spitz. »Ich denke, die Herren wissen schon, was sie tun. Bitte misch dich nicht ein.« Sie schob Emma in Richtung Paravent und zeigte deutlich, dass für sie die Angelegenheit erledigt war.

»Einen Moment, bitte«, kam es da aus den Jurorensesseln, »würden Sie das noch einmal wiederholen, Mädchen?« Damit konnte nur Emma gemeint sein, auch wenn die Aufforderung so streng klang, dass sie am liebsten die Flucht ergriffen hätte. Es war ein Gefühl wie beim morgendlichen Ausfragen in der Schule, nämlich, es in jedem Fall und unweigerlich falsch zu machen. Emma war nur in den künstlerischen Fächern gut gewesen, Mathematik, Chemie oder auch Geografie dagegen waren ihr immer ein Gräuel.

Genauso unsicher wie vor ihrem Erdkundelehrer stand sie jetzt den forschenden Blicken der Herren gegenüber, die nicht erkennen ließen, was sie mit ihr vorhatten. Zaghaft wiederholte sie: »Man könnte eventuell den Kragen des Hemds in einer anderen Farbe halten und den Rest des Oberteils trotzdem im Hellblau des Firmenlogos lassen«, und zog den Kopf in Erwartung des losbrechenden Donnerwetters vorsichtshalber schon mal ein. Doch zunächst blieb es ruhig.

»Was meinen Sie dazu? Wäre das möglich?«, fragte der jüngste der Riege die Namenlose.

Diese war offensichtlich auch noch sprachlos geworden,

denn sie brauchte einige Sekunden, um zu antworten: »Ja … Das wäre theoretisch möglich.«

»Theoretisch nützt uns nichts. Es geht um die praktische Umsetzung dieses Vorschlags. Wäre das ohne allzu großen Aufwand machbar, sodass wir am Montag wie geplant drehen könnten?« Die Grauen Herren wurden offensichtlich langsam ungeduldig, was natürlich auch der Kostümfrau nicht entging.

Schnell gestand sie ein: »Wenn Sie es wünschen, ist das überhaupt kein Problem.«

Nach einigem Hin und Her einigte man sich auf einen dunkelblauen Kragen, der farblich genau auf das langärmelige Baumwollshirt darunter abgestimmt sein sollte. In der Diskussion erkundigten sich die Chefs immer wieder interessiert nach Emmas Meinung, was ihre Beliebtheit bei der Kostümfrau nicht gerade steigerte.

Schade, dass Emma weder Jo noch Daniel, ja, nicht mal ihrer Schwester oder den Freundinnen von ihrem Triumph berichten konnte. Schließlich wusste keiner von ihnen über alle Facetten von Emmas momentanem Leben Bescheid. Die einen hielten sie für eine Schauspielerin, die anderen für eine Schneiderin. Und was würde passieren, wenn der Werbespot im Fernsehen und damit für alle Welt zu sehen war? Was würden Freunde und Familie sagen, was die Stichsäge oder ihre Kunden? Wie sollte sie das jemals vernünftig erklären?

Die Einzige, mit der sie offen sprechen konnte, war Fanny. Und darum war die Großmutter auch Emmas erste Anlaufstelle, kaum dass sie das Atelier an diesem Abend verlassen hatte. Zum Glück lag Fannys Wohnung so gut wie auf dem Nachhauseweg.

Dass Emma ihre Großmutter in einer hitzigen Diskussion mit Oberstudienrat Jung vorfand, wunderte sie keineswegs, trotzdem kam es ihr äußerst ungelegen. Immerhin hatte sie von ihrem aufschlussreichen Abend mit Daniel *und* einem durchaus Erfolg versprechenden »Fitting« zu berichten und konnte es kaum erwarten, ihre Neuigkeiten loszuwerden.

»Geh doch schon mal rein, Schatz, ich bin hier gleich fertig«, meinte Fanny ungerührt und blieb mit dem zeternden Nachbarn an der Tür stehen. Eigentlich wirkten die beiden Alten überhaupt nicht so, als würden sie in absehbarer Zukunft ihren Streit beilegen können.

»Sie traktieren mich mit Mausefallen und anderen Unannehmlichkeiten und verlangen, dass ich das toleriere«, beschwerte sich Jung gerade, »aber wenn ich ein Anliegen vortrage, stoße ich bei Ihnen auf taube Ohren – und zwar im wahrsten Sinne des Wortes.«

»Weil Sie ein schrecklicher Korinthenkacker sind. Tut mir leid, aber das muss ich Ihnen jetzt schon mal sagen«, reizte die Großmutter ihn weiter. Auch wenn sie mit ihrem Urteil vielleicht recht hatte, so war doch klar, dass Oberstudienrat Jung einen solchen Vorwurf nicht ohne Widerspruch stehen lassen konnte.

Er schnaufte. »Sie verbreiten in diesem Haus nur Chaos! Ich versuche lediglich, dem entgegenzuwirken.«

»Entgegenwirken? Dass ich nicht lache«, versetzte Fanny höhnisch.

Emma bekam das Gefühl, dass es nicht mehr lang dauern würde, ehe sich die beiden Streithähne tatsächlich an die

Gurgel gingen. Und das würde für den armen Jung wahrscheinlich nicht gut ausgehen, denn schließlich konnte Fanny Karate. Vielleicht war es besser, die Debatte vorsichtig zu beenden, als seelenruhig zuzusehen, wie sie sich gegenseitig immer mehr auf die Palme brachten.

Sie ging also zurück zur Wohnungstür und sah am anderen Ende des Flurs Herrn Jungs vor Wut knallrotes, fast bläuliches Gesicht. Aus der Nähe konnte man seine Halsschlagader wie wild pulsieren sehen. Fanny schien das nicht zu bemerken, aber vielleicht wollte sie es auch einfach nicht sehen.

»Oma, kannst du jetzt mal kommen? Ich hab leider nicht ewig Zeit«, schaltete Emma sich ein. Zum ersten Mal in ihrem Leben hatte sie das Gefühl, dass ihre störrische Großmutter gelegentlich einen Aufpasser – oder wenigstens einen besänftigenden Einfluss – benötigte.

Fanny zog ihre Enkelin verschwörerisch ein Stück in den Flur und flüsterte: »Einen kurzen Moment noch, Herzerl, es dauert nicht mehr lange.«

»Bis du Herrn Jung auf die Intensivstation gebracht hast? Bestimmt nicht. Oma, der Mann ist fix und fertig. Willst du, dass er dir hier vor der Wohnungstür zusammenbricht?« Emma legte in ihre Stimme allen Nachdruck, der ihr zur Verfügung stand.

»Dann soll er doch aufhören zu diskutieren, wenn er nicht mehr fit genug ist. *Mir* geht es großartig.« Die Situation war doch wohl gravierender als gedacht.

Nicht einmal der Hinweis auf das altbekannte Sprichwort »der Klügere gibt nach«, mit dem Fanny selbst ihre Enkel früher immer genervt hatte, half. Erst als Emma drohte, sofort zu gehen, ließ sich die Großmutter erweichen, die Debatte bis auf Weiteres zu beenden.

Allerdings konnte sie es nicht lassen, Jung trotzdem noch nachzurufen: »Aber glauben Sie ja nicht, dass ich klein beigebe! Beim nächsten Mal kommen Sie mit Ihren Spitzfindigkeiten nicht mehr durch.« Ihre Enkelin musste sie beinahe gewaltsam von der Tür wegziehen, damit endlich Ruhe herrschte.

Doch sobald Emma von ihrem Abend mit Daniel und von Jos Meinung über ihre Vorzüge zu erzählen begann, hatte Fanny den widerspenstigen Nachbarn sofort vergessen. »Madl, ich bin stolz auf dich«, erklärte sie strahlend, »du hast es geschafft, einen richtigen Regisseur von dir zu überzeugen. Respekt! Das müssen die Gene sein.« Sie eilte in die Küche und kam kurz darauf mit einer Flasche Prosecco zurück: »Das sollten wir begießen.«

»Ist das nicht ein bisschen übertrieben? Du tust ja gerade so, als hätte er mir einen Heiratsantrag gemacht.« Trotzdem freute sich Emma, dass die Großmutter Jos Äußerung so viel Bedeutung beimaß. Sie selbst tat es schließlich auch.

Nach ein paar Schluck Prosecco und der nicht weniger erfolgreichen Geschichte vom Fitting setzte Fanny noch einen drauf: »»Und jetzt ein Triumphmarsch für den zukünftigen Stern am deutschen Fernsehhimmel!«

Sie ging zum Flügel, griff gehörig in die Tasten, und mit Getöse erklang die »Marseillaise«. Die gesamte Wohnung schien erfüllt von der kraftvollen Melodie, und die Fensterscheiben und Glastüren vibrierten um die Wette. Jetzt erst bekam Emma das Gefühl, etwas wirklich Großes geschafft zu haben. Und wieder einmal war es die Großmutter, die diesen Stolz in ihr geweckt hatte. Fanny war einfach unbezahlbar. Jetzt würde Emma bestimmt auch den Dreh des Werbespots mit Bravour meistern.

Doch die Idylle währte nicht lange. Kaum war die erste Strophe vorüber, klingelte es Sturm an der Wohnungstür.

»Das ist bestimmt wieder dieser Spielverderber.« Fanny schoss in die Höhe, und jeglicher Triumph schien vergessen. Jetzt sah sie eher wie eine furchterregende Rachegöttin aus, die getanes Unrecht mit gezogenem Schwert und unnachgiebiger Härte vergalt.

Emma bekam fast ein wenig Angst, als sie Fanny so sah. »Ich glaub, ich geh dann besser mal«, meinte sie vorsichtig und trank ihren Prosecco in einem Zug leer. Dann ging sie zur Tür und öffnete Herrn Jung, bevor die Großmutter es tun konnte. »Es tut mir schrecklich leid, dass wir so laut waren«, nahm sie ihm gleich den Wind aus den Segeln, »ich bin auch schon weg. Dann haben Sie Ihre Ruhe.«

Freundlich hakte sie sich bei dem grimmigen Oberstudienrat ein und schob ihn sanft zu seiner offen stehenden Wohnungstür. »Bis zum nächsten Mal, Oma«, rief sie über die Schulter nach hinten und hatte die beiden Streithähne damit offensichtlich so überrascht, dass sie sich alle beide höflich von ihr verabschiedeten. Und kurz danach hörte sie deutlich, wie sich hinter ihrem Rücken die Wohnungstüren schlossen, ohne dass eine der Parteien auch nur ein weiteres böses Wort an die jeweils andere gerichtet hätte.

Vom Lob der Großmutter beflügelt, schwebte sie mehr, als dass sie radelte, vom Lehel nach Haidhausen. Ein leichter Sprühregen hatte eingesetzt, doch das störte Emma in ihrer Euphorie überhaupt nicht. Die Luft war mild und trotzdem erfrischend, ihre Gedanken optimistisch wie selten. Genussvoll atmete sie den aromatischen Isarduft, als sie über die Maximiliansbrücke und anschließend am Landtag vorbeifuhr. Das Leben konnte so schön sein, schier unzählige Wege standen ihr offen. Was für ein Gefühl!

Zu Hause angekommen schob sie ihren Drahtesel in den Hinterhof zum Fahrradständer und schloss ihn dort an. Um diese Jahreszeit musste man das Rad nicht mehr unbedingt im Keller abstellen. Die Temperaturen waren inzwischen angenehm genug, um es auch mal draußen zu parken.

Als sie die Haustür aufsperrte, kam ihr das mit Weinranken bewachsene Gebäude wieder einmal wie ein geheimnisvolles Märchenschloss vor. Doch sie war endgültig aus dem Dornröschenschlaf erwacht, in dem sie sich jahrelang befunden hatte – gefangen gehalten von einer bösen, spinnenfingrigen Schneidermeisterin. Jetzt, da sie ihre vielfältigen Möglichkeiten kannte, wollte sie sich nie mehr mit einem Durchschnittsleben zufriedengeben.

Sie hatte es als unbedeutende Schneiderin geschafft, eine Rolle in einem Werbespot zu ergattern und das, obwohl man sie sofort als Anfängerin geoutet hatte. Sie hatte die gesamte Chefetage einer Joghurtfirma von ihren Ideen überzeugt und dabei sogar eine Kostümbildnerin in den Schatten gestellt.

Beflügelt von den Erfolgen des vergangenen Tages und dem Lob der Großmutter hätte Emma ihr Glück gerne noch mit jemand anderem geteilt. Die Eltern, Lisa oder die Freundinnen kamen nicht infrage. Doch wofür hatte sie schließlich Maries Nummer, wenn nicht für einen solchen Moment? Sie kramte den Zettel aus ihrer Handtasche und wählte sofort.

»Ach, hab ich dich geweckt?« Irgendwie hörte sich die Informatikerin schläfrig an.

»Nein, nein … Wir haben nur … Wer ist denn da überhaupt?«

»Oh, entschuldige … Emma … die Schneiderin …«

»Mensch, wie schön, dass du dich meldest.« Jetzt klang sie überhaupt nicht mehr schläfrig. »Gibt's was Neues? Erzähl!«

Da ließ Emma sich nicht lange bitten. Bis ins kleinste Detail berichtete sie vom heutigen Fitting und ihrer Glanzleistung. Marie riet ihr wie Fanny, jetzt dranzubleiben und keine auch noch so geringe Chance ungenutzt zu lassen. Wunderbar! Doppelt bestätigt fühlte sich Emma nun noch besser.

Gedankenverloren stand sie später im Schlafzimmer am Fenster und blickte in die Dunkelheit. »Der zukünftige Stern am deutschen Fernsehhimmel«, hatte die Großmutter gesagt. Ob das wohl wirklich möglich war? Man hörte ja öfter von Menschen, die aus dem Nichts eine märchenhafte Karriere starteten. Oder gab's das nur im Film?

»Je mehr ich über alles nachdenke, desto öfter frage ich mich, ob es im Leben Gerechtigkeit gibt«, meinte Williams Freundin Bella, nachdem Emma *Notting Hill* eine halbe Stunde vor Schluss eingeschaltet hatte, »niemand weiß, warum manche Dinge gut gehen und manche ganz und gar nicht.«

Das klang zwar einerseits beruhigend, andererseits aber auch wieder nicht. Vielleicht musste man ab und zu dem Schicksal seinen Lauf lassen und darauf vertrauen, dass alles schon so kam, wie es kommen sollte. Da eben dieses Schicksal bei Emma in den letzten Wochen durchaus ordentliche Arbeit geleistet hatte, konnte sie ihm sicherlich erneut das Vertrauen schenken.

Hätte sie nicht das Brautkleid in die Filmstudios liefern und dort anprobieren müssen, wäre sie wohl Jo niemals begegnet. Und hätte sie sich nicht beim Bavaria-Empfang in einem Augenblick geistiger Umnachtung als Schauspielerin ausgegeben, dann wäre auch niemand auf die Idee gekommen, ihr ein Werbecasting vorzuschlagen. Und hätte David sie nicht beim Vorsprechen sofort abfällig als blutige Anfängerin bezeichnet, wäre sie nie locker genug gewesen, um ihre Sache gut zu machen. Und wäre Jo am Montag zu der Verabredung erschienen, hätte sie vermutlich nie erfahren, was er wirklich über sie dachte.

Alles Zufall? Emma gefiel es besser, den Gang der Dinge als eine schicksalhafte Fügung zu sehen. Beim Zufall wusste man schließlich nie genau, wie lange und wie oft das noch gut ging. Der Vorherbestimmung dagegen lag schon vom Namen her eine gewisse Logik zugrunde, und das ließ doch auf weitere positive Entwicklungen hoffen. Im Vertrauen darauf und auf ihre eigenen Fähigkeiten, die sie in letzter Zeit mehrfach unter Beweis gestellt hatte, schlief Emma schließlich entspannt ein.

10

Lügen haben kurze Kleider –
welcher Mann kann da schon widerstehen?

WOHNUNG EMMA
Innen/Tag

Am Morgen des Drehs erwachte Emma weit vor dem Wecker. Um sechs Uhr sollte sie ein Fahrer abholen, also hatte sie ihn auf halb sechs gestellt. Gegen fünf jedoch war sie bereits hellwach. Dabei hatte sie vor Aufregung kaum ein Auge zugetan, war immer wieder hochgeschreckt, weil sie meinte, den Wecker gehört zu haben. In der Arbeit hatte sie sich gestern schon krankgemeldet. Am heiligen Sonntag hatte sie die Stichsäge angerufen und sie mit der anschaulichen Schilderung heftigster Magen-Darm-Beschwerden überzeugt. Das wenigstens war überraschend glatt gelaufen.

Emma stand auf und öffnete das Schlafzimmerfenster weit, um die frische Frühlingsluft hereinzulassen. Ein paar tiefe Atemzüge lang versuchte sie, die bleierne Müdigkeit aus den Gliedern zu bekommen. Die Vögel zwitscherten unternehmungslustig, und Emma gähnte. Eine fast schlaflose Nacht war nicht gerade die ideale Voraussetzung für den ersten Drehtag des Lebens. Andererseits war sie auch beim Casting, nach der Sause mit Marie, völlig übermüdet gewesen. Und es hatte perfekt geklappt.

Vielleicht war das genau ihr Konzept als Schauspielerin. Sie war möglicherweise die erste Künstlerin, die nur mit einem ordentlichen Schlafdefizit zur Höchstform auflief. Intuitives Spielen, sozusagen aus dem Bauch heraus – das hörte sich doch fast nach Schauspielschule an. In Gedanken bastelte sich Emma bereits ihre neue Zukunft zurecht – die kleine Schneiderin als Pionierin der darstellenden Kunst. Diese Vorstellung nahm ihr ein wenig von ihrer Aufregung. Schließlich war für eine Trendsetterin so ein einfacher Werbedreh wirklich ein Klacks.

Nach einer ausgedehnten Dusche ging es ihr schon ein wenig besser, und sie fühlte, wie zumindest ein paar Kräfte wieder in ihren Körper zurückkehrten. Und zwei Tassen Kaffee später war sie bereit, in die Schlacht zu ziehen. Je eher es losging, desto schneller war es schließlich auch vorbei. Trotzdem musste sie noch etwa eine Viertelstunde wartend in der Wohnung sitzen, bis der Fahrer endlich klingelte. Seine forsche Art zu läuten ließ keinen Zweifel aufkommen, was ihr heute bevorstand – Widerstand zwecklos.

Bereits beim Einsteigen ins Auto erlebte Emma die erste Überraschung. Dass sie nicht die Einzige sein würde, die heute zu diesem Werbespot gefahren wurde, hatte sie erwartet. Dass sie aber den Wagen mit drei Halbwüchsigen teilen musste, die offensichtlich nichts Besseres zu tun hatten, als sich aus der ganzen Sache einen Riesenspaß zu machen, entsprach nicht gerade ihrer Wunschvorstellung. Während der gesamten Fahrt prahlten die Jugendlichen mit den vielen

Filmen und Spots, die sie schon gedreht hatten. Emma hielt lieber den Mund. Was hätte sie zu diesem Thema auch beitragen sollen?

Nach einer guten Stunde Fahrt, in der sie sich unzählige Male fragte, warum sie sich das eigentlich antat, kamen sie endlich am Drehort an. Emmas Euphorie war wie weggeblasen. Fast fluchtartig verließ sie das Auto als Erste – und erlebte die nächste Überraschung. Diesmal eine angenehme. Vor ihr lag eine perfekte Idylle. Ein herrliches altes Bauernhaus inmitten grüner Wiesen und Felder. Davor ein riesiger Baum, der – für Anfang Mai doch etwas spät – herrlich blühte. Daneben befand sich ein rustikaler Holztisch mit passenden Stühlen und auf ihm eine Tonschale mit knackigen Äpfeln, ein hübscher Krug mit Wasser und ein weiterer mit einem Blumenstrauß in leuchtenden Farben.

Emma kam sich vor wie in einem ihrer Lieblingsfilme, sie konnte sich nicht sattsehen an den vielen Farben und Formen, die wie für ein klassisches Stillleben arrangiert schienen. Erst auf den zweiten Blick entdeckte sie daneben und dahinter ganz und gar unromantische Scheinwerfer. Sie beleuchteten die Szenerie von allen Seiten und sorgten dafür, dass trotz leicht bewölktem Himmel ein sonniges Licht auf den Tisch in der Mitte fiel. Alles machte einen sehr unwirklichen Eindruck. Kein Wunder – bei dem Aufwand, der hier offensichtlich betrieben worden war.

Die anderen Neuankömmlinge waren natürlich bei Weitem nicht so fasziniert wie Emma. Sie hatten ja schon genügend Filmproduktionen erlebt und bewegten sich wie selbstverständlich unter den Mitarbeitern der Filmproduktion, die schon seit einiger Zeit an dieser Idylle zu werkeln schienen. Die Frau, die alle in Empfang nahm, war höchstens Mitte zwanzig und hatte ein Headset auf. Sie schickte die vier Darsteller erst einmal zum Frühstücken an eine Art Buffet, das alle erdenklichen Leckereien bereithielt. Während die Jugendlichen hemmungslos und mit großem Appetit zugriffen, brachte Emma keinen Bissen hinunter. Sie nahm sich lediglich einen Orangensaft und sah den anderen beim Essen zu. Die drei jungen Leute plauderten, wie schon im Auto, fröhlich miteinander, mit ihr jedoch sprach keiner.

Wenig später wurden alle in das Bauernhaus zum Umziehen und anschließend »in die Maske« geschickt. In dem Raum, an dessen Tür ein Zettel mit der Aufschrift »Kostüm« hing, begegnete Emma dem dunkelblauen Baumwollshirt, dem dazugehörigen Polohemd und leider auch der namenlosen Dame wieder. Die machte beim Anblick ihrer Widersacherin ebenfalls kein besonders begeistertes Gesicht. Immerhin hatte das Polohemd jetzt einen leuchtend blauen Kragen, was nicht schlecht aussah. Emma atmete auf. Wäre ja auch zu blöd gewesen, wenn sich im Nachhinein herausgestellt hätte, dass ihre Idee genauso unvorteilhaft aussah wie das ursprüngliche Outfit.

Als sie umgezogen war und in das Zimmer mit dem Schild »Maske« wechselte, waren die anderen bereits da und wurden geschminkt und frisiert. Mit einem Blick erkannte Emma, dass alle ähnliche Klamotten wie sie anhatten, auch mit leuchtend blauen Kragen. Ein Mädchen trug ein T-Shirt mit einem U-Boot-Ausschnitt, dazu jedoch ebenfalls ein Halstuch in derselben dunkleren Farbe. Emma freute sich. Die Halbwüchsigen mochten zwar mehr Filmerfahrung haben, doch in Sachen Mode machte ihr hier keiner was vor. *Sie* hatte den entscheidenden Tipp für die richtige Ausstattung der Darsteller gegeben.

Eine Frau Mitte vierzig mit kleinen Löckchen und einer großen, dunklen Kunststoffbrille war für Emmas Gesicht und Haare zuständig. Sie stellte sich knapp mit »Lolo« vor und drückte ihr Opfer auf einen Stuhl, der wie die anderen vor einem großen Spiegel stand. Emma war so überrascht, bei diesem Werbespot endlich mal wieder einen Namen zu hören, dass sie ganz vergaß, sich ebenfalls vorzustellen. Doch so eilig und wortkarg, wie sich Lolo ans Werk machte, schien sie kein übermäßiges Interesse an einem Geplauder zu haben. Sie kämmte Emmas Haare erst zur einen und dann zur anderen Seite, toupierte sie ein bisschen und legte den Kamm schließlich weg.

»So geht das nicht«, erklärte sie resolut. Emma erschrak, sagte aber nichts. In Frisurfragen konnte sie nun wirklich nicht auch noch weiterhelfen, aber damit hatte Lolo wohl auch nicht gerechnet. Entschlossen griff sie zur Schere und ließ sie mehrmals auf- und zuschnappen.

»Da muss was weg«, sagte sie in einem Ton, der keinen Widerspruch duldete. Oje, dieses stille Wasser war offenbar tatsächlich tief. Lolos Flutwellen drohten, über Emmas Kopf beziehungsweise ihren Haaren zusammenzuschlagen und sie zu ertränken.

»Von Haareschneiden ist aber nie die Rede gewesen«, erhob Emma zaghaft Einspruch.

»Kann schon sein«, bekam sie knapp zur Antwort, »das entscheiden wir immer erst vor Ort.«

»Ich würde aber meine Frisur gerne behalten.«

»Tja, Herzchen, dann lies mal den Vertrag, den du unterschrieben hast, genau durch. Da hast du jetzt leider kein Mitspracherecht mehr.«

Tatsächlich hatte Emma das mehrseitige Papier vor der Unterzeichnung nur überflogen. Zu spät. »Lolo mit den Scherenhänden« klapperte mit dem Schneidewerkzeug und schnippelte mal hier, mal da eine Strähne ab. Emmas Lockenfrisur wurde im Nacken kürzer und damit deutlich moderner und flippiger. Der klassische Look, den sie so mochte, ging komplett verloren.

So hatte Emma sich das eigentlich nicht vorgestellt. Die schöne Vorstellung vom zukünftigen Schauspielstar, der Trends setzt und umjubelt wird, platzte wie ein bunter Luftballon. Nicht einmal bei ihrer Frisur durfte sie ein Wörtchen mitreden! Schlimmer konnte es ja kaum noch kommen.

Irrtum. Nachdem Lolo mit der Frisur zufrieden war, erklärte sie: »Ganz schöne Augenringe.« Sie griff zu ihrem Farbkasten und machte sich daran, Emmas Gesicht mit sämtlichen Farben des Regenbogens zu verzieren und die Schneiderin in einen Paradiesvogel zu verwandeln. Als nach einer gefühlten Ewigkeit die Darsteller den Raum verlassen durften, sahen sie alle ziemlich gleich aus. Klamotten in den gleichen Farben und jede Menge Make-up.

Am Set begrüßte Regisseur David sie alle wie alte Bekannte in der ländlichen Idylle, hielt sich jedoch nicht lange mit Small Talk auf. Er zeigte jedem, wo am Tisch er oder sie zu sitzen hatte, und ging dann zum Kameramann, um mit ihm die Szene zu besprechen. Während die beiden immer wieder die Darstellergruppe in Augenschein nahmen und dann konzentriert miteinander diskutierten, traten noch andere Mitarbeiter der Filmproduktion an den Tisch, um Details zu verändern. Zu den jungen Leuten sagte keiner ein Wort.

Eine Frau brachte einen Teller mit Joghurtbechern, den sie in die Mitte stellte. Die Verpackung sah viel glatter aus, als Emma das aus dem Supermarkt kannte. Neugierig strich sie mit dem Finger darüber. In jedem Fall war das kein normaler Joghurtdeckel, sondern aus einem anderen Material, wohl um selbst bei Scheinwerferlicht eine ebenmäßige Optik zu gewährleisten.

»Finger weg«, keifte es da hinter ihr. Es war die Frau, die den Teller gebracht hatte. Schnell murmelte Emma eine Entschuldigung und zog schuldbewusst den Kopf ein. Die anderen Darsteller grinsten schadenfroh.

»Bitte mal hochschauen«, bat sie ein Mann mit Knopf im Ohr, und schon bekam sie wieder das Gefühl, etwas falsch gemacht zu haben. Aber es ging wohl lediglich um die richtige Ausleuchtung ihres Gesichts. Wie peinlich. Zum Glück hatte sie nichts gesagt.

Sie sah sich um. Der riesige Baum, der aus der Ferne so herrlich geblüht hatte, war aus der Nähe mit Plastikblüten besetzt. Was musste das für eine Arbeit gewesen sein! Kurz dachte sie an das Pailletten-Abtrennen in der Schneiderwerkstatt, so ähnlich geisttötend war es wohl, eine riesige Eiche mit Kunststoffblüten zu bestücken. Trotz ihrer inzwischen fast auf den Nullpunkt gesunkenen Stimmung war Emma beeindruckt. Hier hatte sie es mit wirklichen Profis zu tun. Ihre Nervosität steigerte sich zur Übelkeit. Denn sie war, wie hier immer deutlicher wurde, keiner. Leider.

Endlich kam David wieder zu ihnen an den Tisch. »Die

Chefetage ist eingetroffen. Wir können loslegen«, verkündete er und verstärkte damit Emmas Brechreiz. Als sie kurz darauf die »Grauen Herren« vom »Fitting« wiedererkannte, wurde er noch schlimmer. Wieso mussten die denn unbedingt dabei sein? Ob sie Emma wohl wiedererkennen würden? Während die anderen Darsteller strahlten, wuchs Emmas Panik ins Unerträgliche.

Was tat sie eigentlich hier zwischen lauter namenlosen, unfreundlichen Menschen, die kaum ein Wort mit ihr sprachen? Wie sollte sie in dieser verkrampften Umgebung ganz locker einen dümmlichen Text aufsagen? Was wurde denn hier noch alles von ihr erwartet? Auf einmal kam Emma die bevorstehende Aufgabe schier unüberwindlich vor, und ihr Respekt vor den Leistungen einer Schauspielerin verzehnfachte sich auf einen Schlag.

»Wir machen erst einmal die Totale«, erklärte David, »das heißt für euch, dass ihr möglichst gut gelaunt am Tisch sitzt und diesen tollen Joghurt genießt. Jeder bekommt vom Food Designer einen Becher und einen Löffel und zelebriert das bitte richtig. Verstanden?«

Noch bevor einer der Angesprochenen antworten konnte, kam die Frau von vorhin zurück. Diesmal mit einem Tablett offener Joghurtbecher, in denen bereits je ein Kaffeelöffel steckte. Jeder Darsteller bekam einen davon in die Hand gedrückt, und schon rief David: »Alles okay, wir können drehen.«

Er lief zum Kameramann und ließ eine vollkommen verwirrte Emma zurück. Wie jetzt? Drehen? War es beim Film nicht üblich, dass vor dem Aufzeichnen einer Szene erst einmal geprobt wurde? Hier offensichtlich nicht, denn das gesamte Team wuselte aufgeregt um den Tisch mit den Darstellern herum.

Das war er wieder, der Ameisenhaufen. Endlich erkannte Emma, dass diese Art des Drehens offensichtlich doch ein bisschen etwas mit dem zu tun hatte, was sie vor einigen Wochen im Studio drei beobachtet hatte und was wohl Jo den ganzen Tag machte. Die Damen von der Maske kamen mit kleinen Plastiktäschchen in der Hand herbeigeeilt, aus denen sie ihre Puderdosen hervorholten. Mit geschickten Fingern drückte Lolo die Quaste überraschend sacht auf Emmas Stirn und Wangen und fuhr ihr anschließend damit noch einmal über das Kinn. Dann waren alle »drehfertig«, was auch von der Mittzwanzigerin, die sie bei der Ankunft in Empfang genommen hatte, lautstark verkündet wurde. Sie erledigte hier offensichtlich den Job, den Basti bei den »Amtlichen Gefühlen« innehatte.

Als alle, die nicht vor der Kamera zu sehen sein sollten, hinter ihr verschwunden waren und eine seltsame Ruhe einkehrte, bekam Emma eine Heidenangst. Was, wenn sie wieder etwas falsch machte und sich als blutige Anfängerin outete? Mit David und einem Kameramann allein in einem Raum war es schon schlimm für sie gewesen. Wie würde das erst hier vor versammelter Mannschaft sein? Was hatte er gesagt? Gut gelaunt den Joghurt genießen? Wie machte man das? Noch nie in ihrem Leben hatte sie gut gelaunt einen Joghurt genossen. Einen Rotwein oder einen Cocktail vielleicht. Eventuell auch ein Schnitzel oder eine Pizza. Aber einen Joghurt?

»Und – bitte«, hörte sie David rufen und wusste im gleichen Moment, dass dies das ultimative Kommando zum

Loslegen war. Nun starrten alle Anwesenden auf sie und ihre pubertierenden Tischgenossen und würden alles, was nicht hundertprozentig perfekt lief, sofort bemerken. Alles. Jede Kleinigkeit. Was für eine grauenhafte Vorstellung!

»Stopp, stopp, stopp, so geht das nicht«, schrie gleich darauf der Regisseur und deutete mit dem Finger auf sie, »Emma ist nicht gut gelaunt genug!« O nein, welche Blamage! Am liebsten wäre sie im Erdboden versunken. Jetzt starrten auch noch die restlichen Darsteller auf sie und rollten genervt die Augen.

»Und – bitte«, ertönte es da noch einmal, diesmal von hinter der Kamera.

Was für ein Glück! Die Blamage, die soeben in Emmas Kopfkino abgelaufen war, ließ sich noch verhindern. Sie musste sich jetzt nur zusammenreißen und einfach besonders gut gelaunt diesen Joghurt genießen. Der erste Löffel, den sie nahm, schmeckte nach Ananas. Ausgerechnet. Sie hasste Ananas. Egal. Gut gelaunt, einfach gut gelaunt. Sie strahlte ihre Mitspieler an, und die strahlten zurück. Schließlich wussten ja auch sie, dass jetzt die Kamera lief. Im So-tun-als-ob waren sie alle miteinander ganz große Klasse. Richtig filmreif. Mehr Schein als Sein … Leider.

Als die gute Laune fast unerträglich zu werden begann und Emma das Gefühl hatte, sie könnte ihr breites Grinsen höchstens durch Lippen-Amputation je wieder aus dem Gesicht bekommen, ertönte ein »Danke … Aus«.

David kam über die Wiese gelaufen und meinte: »Hört zu, wir machen es noch mal, wir müssen noch was am Licht verändern. Ihr macht alles genau so wie gerade eben.«

Nach diesem Versuch wollte David noch einen weiteren,

weil offensichtlich etwas an der Kamerafahrt noch verbesserungswürdig war. »Aber ihr bitte wieder ganz genauso – toll.« Allmählich verlor Emma sämtliche Illusionen über die Werbebranche – mit Schauspielerei hatte das kaum etwas zu tun. Beschwingt lief der Regisseur zurück zur Kamera und gab kurz danach das Kommando. Und wieder schmeckte der Joghurt traumhaft, nachdem das »Bitte« ertönt war, und alle waren unglaublich gut gelaunt. Emma fühlte sich langsam ein wenig sicherer, auch wenn sie ihre »Kollegen« immer noch ziemlich doof fand.

Das dritte Mal brachte wohl das erhoffte Ergebnis, denn die Basti-Ersatzfrau verkündete laut, dass diese Einstellung »im Kasten« sei. Während das gesamte Team erneut in alle Richtungen ausschwärmte, trat sie an den Tisch und sagte: »Ihr habt kurz Pause. Wir richten jetzt die Nahen ein.«

Wenn Emma erwartet hatte, man werde sich jetzt ein wenig um sie kümmern, hatte sie sich gründlich getäuscht. Dieser Service war wohl richtigen Stars vorbehalten. Um Emma und ihre Kollegen kümmerte sich niemand. Vermutlich hätte sie einfach gehen können, ohne dass es irgendjemandem aufgefallen wäre.

Wäre das vielleicht eine Option? Emma dachte ernsthaft darüber nach, verwarf die Möglichkeit dann aber wieder. Was würde Jo von ihr denken?

Sie kam sich ziemlich allein vor. Ihre Mitspieler schlugen sich erneut den Bauch mit irgendwelchen Leckereien voll und prahlten immer noch mit ihren Filmerlebnissen. Warum musste sie bloß ausgerechnet mit diesen Hohlköpfen zusammen drehen? Hätte es da nicht ein paar nettere Kollegen gegeben? Oder existierten die vielleicht auch nur im Film?

Noch während Emma innerlich beschloss, dass sie mit diesen Jungspunden nichts zu tun haben wollte, rief die Basti-Ersatzfrau auch schon zur nächsten Probe. Wobei »Probe« ein recht schmeichelhafter Ausdruck dafür war, dass der Regisseur eine kurze Anweisung gab, die Beleuchter die Scheinwerfer nachrückten und die Maskendamen einmal kurz mit der Puderquaste über die Gesichter strichen. Der Ablauf war also auch bei den Nahaufnahmen nicht anders.

Während alle vier genau auf ihrer Position bleiben mussten, erklärte David dem Ersten, der drankam, was er zu tun hatte. Wie sich dabei herausstellte, hieß er Kevin, was Emma nicht im Geringsten wunderte, weil er genauso aussah. Kevin machte seine Sache gut. Er strahlte, lachte, genoss und war nach einem Durchgang schon abgedreht. Beneidenswert, dachte Emma und fühlte erneut den Druck, der auf ihr lastete.

»Den Hauptcharakter machen wir zum Schluss«, verkündete David anschließend und nickte ihr freundlich zu. Eigentlich hätte sie es lieber möglichst schnell hinter sich gebracht, doch daraus wurde wohl nichts. Zuerst musste sie noch die routinierten, fehlerfreien Leistungen der beiden anderen über sich ergehen lassen.

»Okay, jetzt bist du dran«, sagte David schließlich zu ihr, und Emma fühlte sich noch unwohler als zuvor. »Auf dich kommt es an! DU bist der Hauptcharakter, der Schlusspunkt – das, was dem Zuschauer am ehesten im Gedächtnis bleibt.« Die anderen blickten sie neidisch an, und Emma rutschte das Herz tief in die dunkelblaue Hose. Ungeschickter hätte der Regisseur es gar nicht anfangen können. Jetzt war ihr nämlich erst so richtig übel.

Keine besonders guten Voraussetzungen für den Dreh einer Einstellung, die zwar lediglich aus einem einzigen Satz bestand, der aber »haargenau auf dem Punkt« sein musste, wie David betonte. Emmas Herz war aus der Hose wieder aufgetaucht und klopfte ihr nun bis zum Hals.

Die Food Designerin kam mit einem Kaffeelöffel, auf den bereits ein elegant proportioniertes, glänzendes Häufchen von dem guten Ananasjoghurt gespritzt war. Äußerst vorsichtig schob sie ihn Emma in die Hand, und die bekam sofort Angst, er könnte ihr auf den Boden fallen, noch bevor sie ihn sicher zum Mund geführt hatte. In einem harschen Tonfall, den sie sich vermutlich von der Stichsäge abgeschaut hatte, sagte die Designerin: »Wir haben nur vier davon.« Was auch nicht gerade zu Emmas Entspannung beitrug.

»Also, auf geht's. Löffel in den Mund, genießen und dann ›Yogilight‹ … Pause … ›Der Joghurt, der anturnt‹. Wie beim Casting. Verstanden?« David war psychologisch wirklich kein großer Könner. Das Regieführen mochte er hervorragend beherrschen, doch den Umgang mit Schneiderinnen, die zum ersten Mal bei einem Werbespot mitmachten, hatte ihm keiner beigebracht. Mit seiner tollen Einleitung hatte er den Druck auf Emma gerade noch zwei Umdrehungen höher geschraubt. Vielen Dank.

Der perfekt gefüllte Joghurtlöffel in Emmas rechter Hand zitterte so heftig, dass sie sicher war, alle anderen würden es bemerken. Doch keiner sagte etwas. Stattdessen kam Lolo noch einmal vorbei und zog den Lidstrich nach, trug etwas Gloss auf die Lippen auf und puderte erneut. Dann rief sie direkt neben ihrem Ohr so laut »Fertig!!!«, dass Emmas verheißungsvolles Häufchen mit Ananasgeschmack erneut in

Gefahr geriet. Aus dem Augenwinkel bemerkte sie die Food Designerin, die nicht weit entfernt ihre anderen Häufchen bewachte. Die Frau sah sie so streng an, dass Emma beschloss, sich nur noch auf den vollen Löffel in ihrer Hand zu konzentrieren.

Dabei hätte sie beinahe Davids »Bitte« überhört. Doch da war es wohl gewesen, denn auf einmal wurde es so still, dass ihr klar war, auf wen es jetzt ankam. Die Kamera und die meisten der Teammitglieder waren diesmal so nah, dass sie glaubte, ihren Atem zu hören.

Also nichts wie Löffel in den Mund ... genießen, genießen, genießen und ... schlucken: »Yogilight« ... Pause ... »Der Joghurt, der anturnt«. Puuuh, geschafft. Emma war so erleichtert, sich weder versprochen noch verschluckt zu haben, dass sie diesmal ganz ehrlich strahlte.

David tauchte hinter der Kamera auf und meinte: »Versuch's doch mal ein bisschen kecker.« Zu früh gefreut. Das Martyrium war offensichtlich noch nicht zu Ende.

Die Ersatz-Stichsäge brachte ein neues wohlproportioniertes Häufchen, reichte es Emma wieder höchst vorsichtig und nahm den benutzten Löffel mit. David sagte »bitte« und Emma ihren spannenden Satz – diesmal natürlich etwas kecker. Tatsächlich wusste sie gar nicht so genau, wie sie das machen sollte, versuchte es aber natürlich mit allen ihr zur Verfügung stehenden Mitteln. Schließlich hatte sie keine Lust, alle vier Joghurthäufchen zu verschleißen, während die anderen Darsteller alle nur einen einzigen Durchgang gebraucht hatten.

»Das war ganz okay, versuch's einfach noch mal«, war diesmal Davids Urteil. Und man musste kein Werbeprofi sein, um zu verstehen, was er wirklich damit meinte: »Ganz okay« hieß »nicht gut genug«, um nicht zu sagen »zu schlecht«. Was offenbar auch für Emmas nächsten Versuch galt, denn der Regisseur wollte noch einen.

Die Löffelfrau zischte: »Das ist der Letzte!« und überreichte ihr das vierte weiße Häufchen. Emma wurde schon vom Geruch übel. Das hatte sie sich alles ganz anders vorgestellt! Zwischen ihren Träumen vom glamourösen Schauspielerinnendasein und dieser qualvollen Realität lagen Welten!

Als es auch beim nächsten Anlauf nicht klappte, war die Stimmung des gesamten Teams unter dem Gefrierpunkt. Kevin, Denise und Michi rollten überheblich mit den Augen, und der Rest der Crew trat genervt von einem Bein auf das andere. Die Grauen Herren aus der Chefetage diskutierten hektisch, während sie ruhelos auf und ab marschierten. Die Food Designerin hatte sich offensichtlich in ihren kühnsten Träumen nicht vorstellen können, dass irgendjemand mehr als vier vorbereitete Joghurtlöffel benötigen konnte, denn sie machte sich erst jetzt mit ihrer Assistentin daran, ein paar weitere zu füllen.

Tja, so war das mit den Träumen. Manchmal landete man beim Erwachen recht unsanft auf dem Boden der Tatsachen.

David gab sich sichtlich Mühe, seinen Ärger nicht merken zu lassen, doch auch ihm sah man schon von Weitem an, dass er sich das Ganze anders vorgestellt hatte. Nach dem nächsten Versuch nahm er Emma beiseite, legte ihr den Arm um die Schulter und versuchte, seine Vorstellung in Worte zu fassen: »Pass mal auf. Dieser Joghurt ist Verführung. Er ist Lust. Motivation sozusagen.« Zur Untermalung seiner Hymne machte er mit der freien Hand runde, schwelgende Gesten wie ein Italiener bei der verklärten Beschreibung seines Heimatlandes. »Du musst dich in die Situation einfühlen!«

Die Verführung durch einen widerlichen Ananasjoghurt? Wie um Himmels willen sollte man sich da einfühlen und trotzdem gut gelaunt bleiben? Schauspieler hatten wirklich ein schweres Los.

Wie hatte sie sich für ihre Lüge nur diesen Beruf aussuchen können? Es hätte tausend andere gegeben. Ärztin zum Beispiel. Na gut, operieren wäre eventuell noch weniger ihr Fall gewesen, als einen Werbespot zu drehen. Warum hatte sie sich denn nicht als Kindergärtnerin ausgegeben? Weil das Jo wahrscheinlich nicht im Geringsten beeindruckt hätte? Na gut. Aber Anwältin, Staatsanwältin oder Richterin? Dann hätte er sie am Ende noch bei einem juristischen Problem um Rat gefragt.

Aber jetzt war es ohnehin zu spät; sie saß in dieser aussichtslosen Situation fest und musste sich irgendwie durchkämpfen.

Während Emmas Überlegungen hatte David weiter versucht, seine Vorstellung vom lustvollen Genuss eines Milchprodukts zu verdeutlichen. Nun fasste er sie an beiden Schultern, sah ihr tief in die Augen und meinte: »Am besten siehst du die ganze Zeit mich an. Und wenn ich ›bitte‹ sage, schaust du in die Kamera und sagst deinen Satz.« Na, danke. Ob ihr das helfen würde?

Nun war David durchaus ein Mann, den vermutlich viele Frauen attraktiv fanden. Er sah gut aus, bewegte sich äußerst geschmeidig und hatte das Team und den Dreh fest im Griff.

Doch die Verführung schlechthin war er bestimmt nicht, vor allem nicht für Emma. Wie konnte man nur so eingebildet sein?

Emma spürte, wie ihre Motivation weiter in den Keller sank. Für wen machte sie das alles hier? Etwa für einen Schnösel, der sich selbst für Gottes Meisterstück hielt, während die anderen nur Laubsägearbeiten waren? Nein, sie tat es für Jo. Um ihm zu gefallen. Und das würde auch gelingen, denn der war kein Schnösel.

Zum Glück kam in diesem Moment die Basti-Ersatzfrau und sagte zu David: »Wir müssen jetzt erst mal Mittagspause machen. Wegen der Zeiten. Kommst du damit klar?«

»Kein Problem«, antwortete der natürlich und wandte sich an Emma: »Okay, du hast jetzt ein bisschen Zeit zum Runterkommen. Dann kriegen wir zwei das schon hin.« Er zwinkerte ihr blasiert zu und eilte in Richtung Buffet.

Emma wusste genau, dass Essen nicht infrage kam, wenn sie nicht beim nächsten Löffel Ananasjoghurt würgen wollte. Außerdem hatte sie das unbestimmte Gefühl, dass alle hier der Meinung waren, sie habe sich den Tafelspitz auch nicht verdient. Sie hatte nur einen halben Tag gebraucht, um zur Außenseiterin zu werden, eine Rolle, die sie seit ihrer Schulzeit nicht mehr gehabt hatte. Aber es fühlte sich immer noch genauso schlimm an – vielleicht sogar noch etwas schlimmer.

Als die Mittzwanzigerin das Ende der Pause verkündete, nahmen alle hurtig wieder ihre Plätze ein. Vermutlich wollten sie genau wie Emma diesen unsäglichen Spot möglichst schnell zu Ende bringen. Und damit hatten sie wenigstens etwas gemeinsam. Emma wünschte sich momentan nämlich nichts so sehr, wie möglichst bald von hier verschwinden zu können.

Doch noch war es nicht so weit. Ein weiterer Ananaslöffel wurde vorsichtig gereicht und musste höchst genussvoll geleert werden.

»Danke … Aus«, rief David anschließend und beugte sich hinter der Kamera hervor: »Ich hab dir doch gesagt, du sollst vorher nur *mich* anschauen. Wir machen's noch mal.«

»Die schwitzt. Maske bitte«, meinte der Kameramann trocken, und für Emma wurde die Situation noch peinlicher.

Nachdem Lolo nachgepudert hatte, starrte sie David unverwandt in die Augen und wartete sehnsüchtig auf sein Kommando. Der wertvolle Löffel in ihrer Hand zitterte, und sie fühlte schon wieder Schweißperlen auf der Stirn. Mit Fug und Recht konnte man sagen, dass sie sich in einem Zustand äußerster Erregung befand. Daran waren aber weder der unheimlich verführerische David noch der unglaublich leckere Ananasjoghurt schuld, sondern ausschließlich die peinliche Zwangslage, in der sie steckte. Emma war sogar aufgeregter als vor ihrer Gesellenprüfung. Und da war sie eigentlich schon ein völliges Nervenbündel gewesen.

»Und – bitte«, kommandierte der Regisseur, und Emmas Blick verließ wie in Trance Davids Gesicht und richtete sich auf die Kamera, die jetzt wie ein tiefes schwarzes Loch vor ihr zu klaffen schien. Ein gefährlicher Sog schien davon auszugehen.

Mit letzter Kraft knipste Emma ihr Lächeln wieder an, nahm den Löffel in den Mund … Genießen, genießen, genießen und … schlucken: »Yogilight« … Pause … »Der Joghurt, der anturnt«. Erst mit dem erlösenden »Danke« fand sie wieder in die Realität zurück. Doch die war auch nicht weniger bedrohlich. Bang wartete sie auf Davids Urteil.

»Das war's. So lassen wir's«, meinte der nach einer kurzen Absprache mit dem Kameramann, und Emma wäre ihm am liebsten um den Hals gefallen.

Doch dann hörte sie, wie er leise zu seinem Assistenten sagte: »Das wird auch beim hundertsten Mal nicht besser«, und war froh, es nicht getan zu haben. Nichts wie weg hier, war der einzige Impuls, der sich nach dieser Tortur noch in ihr regte.

Gegen achtzehn Uhr schloss sie endlich die Tür ihrer Wohnung auf. Erst jetzt war sie in der Lage, in Ruhe über den vergangenen Tag nachzudenken. Natürlich hatte sie sich das wohl alles etwas zu leicht vorgestellt. Doch sie mochte einfach nicht glauben, dass dieser Club der Namenlosen und Unfreundlichen typisch sein sollte für die gesamte Filmbranche. Die Crew war doch selbst schuld gewesen, dass nichts geklappt hatte! In einer so ungemütlichen, ja, fast unmenschlichen Atmosphäre konnte ja keiner zur Höchstform auflaufen. Außer Kevin vielleicht. Aber der war schließlich selbst nicht gerade mit Einfühlungsvermögen gesegnet.

Trotzdem konnte sie nicht leugnen, dass der Dreh und alles, was damit zusammenhing, ihre gute Laune der vergangenen Tage komplett zunichtegemacht hatte. Jetzt konnte nur noch ein Gespräch mit Marie die Rettung bringen. Doch die Freundin nahm auch nach endlosem Klingeln nicht ab. Vielleicht lag sie gerade in den Armen von Lutz und konnte nicht ans Handy gehen.

Einen Moment lang wurde Emma ein bisschen neidisch. Da half nur noch der Griff zu DVD und Fernbedienung.

»Wenn man so weit abgerutscht ist, gibt es nicht mehr viele Möglichkeiten«, erklärte Vivian alias Julia Roberts kurz darauf, und Emma hatte das Gefühl, dass sie selbst gemeint war. Nach einem solchen Drehtag hatte man als Schauspielerin wirklich keine große Auswahl mehr. Auch dann nicht, wenn man eigentlich Schneiderin war.

»Ich kenne das Problem, mehr zu wollen. Man kann fast sagen, ich hab's erfunden«, meinte Edward alias Richard Gere einige Szenen später, »es ist nur die Frage, wie viel mehr.« Und damit hatte er den Nagel auf den Kopf getroffen.

Danach verteidigte Marisas Sohn Ty seine Mutter auf der finalen Pressekonferenz in *Manhattan Love Story*: »Denken Sie, sie sollte noch eine Chance kriegen? Ich meine, kein Mensch ist vollkommen – richtig?«

Warum war heute niemand für Emma in die Bresche gesprungen? Wieso waren bei diesem unsäglichen Werbedreh nur Menschen gewesen, die sich offensichtlich für unfehlbar hielten und das auch von anderen erwarteten? Konnte man so von sich überzeugt sein, dass man seiner Umgebung nicht einmal den kleinsten Fehler zugestand? Dabei war doch kein Mensch vollkommen, oder?

Als krönenden Abschluss legte sie schließlich auch noch *Notting Hill* ein. Und selten hatte sie so sehr mit William gelitten, für den seine Anna ähnlich unerreichbar zu sein schien wie Jo für Emma.

»Ich nehme an, dass ich in diesem Traum, in dieser Wunschvorstellung, dann eine neue Persönlichkeit annehme, denn das geht in Träumen«, orakelte der junge Held vor sich hin. Warum war das denn nur in der Realität so schwer? Wieso konnte Emma nicht auch in der Wirklichkeit eine etwas andere Identität annehmen? Und zwar so, dass sie auch funktionierte …

»*The smile on your face lets me know that you need me*«, trällerte Ronan Keating plötzlich, obwohl der Song im Film jetzt noch gar nicht dran war. Das Lied kam aus Emmas Handtasche. »*There's a truth in your eyes saying you'll never leave me.*« Wer jetzt wohl noch anrief? Sie nahm das Handy heraus, aber die Nummer auf dem Display kannte sie nicht.

»Hallöchen! Wie war dein Dreh heute?« Da das nicht die Großmutter sein konnte, musste es Daniel sein.

»Ganz furchtbar«, brach es traurig aus Emma heraus, noch bevor sie sich überlegen konnte, ob es klug war, sich vor einem fast Fremden so sehr zu offenbaren. Aber heute hatte sie ohnehin nicht mehr die Kraft, Theater zu spielen. Und außerdem war es nun ohnehin zu spät.

»O nein, was ist denn passiert? So schlimm kann es doch gar nicht sein«, sagte der Regieassistent beschwichtigend.

»Ach, eigentlich will ich gar nicht drüber reden.« Wenn sie jetzt alles erzählen würde, müsste sie das Grauen des Tages noch einmal durchleben. Das schaffte sie jetzt einfach nicht.

»Kommt nicht infrage, dass du jetzt Trübsal bläst«, widersprach Daniel. »Jo und ich gehen gleich noch was trinken. Weißt du, was? Du kommst einfach mit, okay?«

»Ich weiß nicht so recht – ich bin eigentlich ziemlich erledigt.«

»Papperlapapp. Ich hol dich in einer Stunde ab.« Und weg war er.

Für ein Wiedersehen mit Jo hätte sich Emma wirklich bessere Gelegenheiten vorstellen können. Doch genau wie William konnte auch sie sich nicht einfach die Realität nach ihren eigenen Wünschen zurechtschneidern. Also musste sie sich dem Schicksal unterwerfen, das für sie heute Abend offensichtlich noch so einiges in petto hatte. Und sich unterwerfen hieß in diesem Fall, hurtig unter die Dusche und in ein angemessenes Outfit zu springen. Und das wollte wie immer mit Bedacht ausgewählt sein.

Die Kleider aus *Pretty Woman* und Konsorten waren für diesen Anlass sicherlich viel zu overdressed, aber vielleicht konnte sie sich aus einem der Filme doch ein wenig Anregung holen. Da sie die wichtigsten Szenen gerade noch einmal gesehen hatte, konnte sie sich auch die Klamotten mühelos ins Gedächtnis rufen. Zugegeben, Emma hätte das vermutlich sogar dann gekonnt, wenn man sie mitten in der Nacht überraschend geweckt hätte. Da war zum Beispiel die Stelle, an der es für Julia Roberts alias Anna Scott so ziemlich um alles geht. Diese Szene war doch durchaus mit Emmas gegenwärtiger Situation zu vergleichen. Schließlich musste es ihr gelingen, Jo trotz der heutigen Werbepleite weiterhin für sich zu begeistern.

Anna steht also vor William, trägt einen knielangen Rock, ein Twinset und Flipflops. Nicht dass Emma vorgehabt hätte, in Plastiksandalen zu ihrer Verabredung zu gehen. Aber dieses Outfit gab Anna etwas Zerbrechliches, das ihren geradezu legendären Satz meisterhaft unterstrich: »Ich bin doch nur ein Mädchen, das vor einem Jungen steht und ihn bittet, es zu lieben.« Nun gut, bei William hatte es nicht sofort gewirkt, doch nur wenig später war er wegen eben dieser Frau über alle Hindernisse hinweg durch die ganze Stadt gerast.

Diesem Vorbild folgend wählte Emma ebenfalls einen knielangen Rock – etwas Bein konnte man schließlich schon zeigen. Dazu zog sie ein Top mit Sternchenmuster und eine dazu passende Kapuzenjacke an. Ins Haar kam ein Band, das mit zwei Ansteckstemen verziert wurde. Fertig. Das Make-up hielt sie, annalike, ganz dezent.

Als es nach einer Stunde Warten gegen neun endlich klingelte, warf sie einen letzten Blick in den Spiegel, schnappte sich ein Handtäschchen (denn auch das gehörte zum Outfit) und verließ die Wohnung.

»Hast du mich vergessen?« Ob Daniel dieses schwierige *Pretty-Woman*-Zitat erkennen würde, war die große Frage. Blitzschnell nahm sich Emma vor, bei der richtigen Antwort ihre lange Warterei sofort zu den Akten zu legen.

»Du siehst umwerfend aus«, erwiderte der Regieassistent und hatte damit seinen Kopf elegant aus der Schlinge gezogen. Dass ein Mann diesen Film so gut kannte wie sie, hatte sie bisher noch nie erlebt.

»Ich verzeihe dir«, führte sie den Dialog planmäßig zu Ende und hakte sich bei ihm unter, genau wie Vivian bei Edward.

»Sag mal, warst du beim Friseur?« Daniels prüfender Blick erinnerte Emma unsanft daran, was Lolo an ihren Haaren verbrochen hatte.

»Von wegen«, ereiferte sie sich, »das war diese doofe Maskenbildnerin. Die mochte meine Frisur nicht.«

»Sieht aber gar nicht schlecht aus, Cinderella. Es gibt dir so etwas Verruchtes.« Daniel war wirklich ein Spinner. Er grinste sie an und zupfte ihr ein paar Haare in die Stirn. »Wir treffen Jo in dem Club, wo wir beim letzten Mal auch waren«, verkündete er, während sie zu seinem Auto gingen.

Emma war alles recht, solange es nur bald geschah. Der Abend war ja nicht mehr ganz jung, und sie musste morgen wieder halbwegs wach in der Arbeit erscheinen. Natürlich wäre es sogar ganz passend, wenn sie nicht vollkommen fit aus der Wäsche schaute, schließlich hatte sie ein paar Tage Krankheit hinter sich. Doch eine durchzechte Nacht konnte sie sich auf keinen Fall leisten.

Sie waren beim Auto. Dass Daniel einen knallblauen Mini fuhr, passte irgendwie zu ihm. Emma stieg ein und fühlte sich sofort ziemlich wohl, auch wenn er anschließend in sehr rasantem Tempo die Stadt durchquerte.

Jo war bei ihrer Ankunft sogar schon da. Er umarmte Emma überraschend herzlich, ganz so, als wäre sie niemals mitten in einem Kuss völlig überstürzt aus seinem Auto geflüchtet. Und sie hütete sich natürlich, das peinliche Ereignis noch einmal zu erwähnen.

»Daniel hat gesagt, dein Werbedreh wäre nicht gut gelaufen?« Kaum saßen sie, schnitt der Regisseur auch schon das leidige Thema an. Ausgerechnet. Aber eigentlich hätte sie schon gern gewusst, wem die Filmprofis recht geben würden – einem überheblichen, unfreundlichen Team oder einer unerfahrenen Anfängerin.

Also erzählte sie ausführlich von ihrem schrecklichen Drehtag, der übergriffigen Maskenbildnerin, viel zu wenig Joghurtlöffeln und einem Regisseur, der sich selbst für den Allertollsten seiner Gattung hielt. Zwischendurch spülte sie ihren Ärger mit so viel Wein hinunter, dass sie schon

Angst bekam, wieder eine ähnliche Nacht wie mit Marie zu erleben.

»Da hattest du aber echt so was von Pech«, meinte Daniel schließlich, »das solltest du nicht überbewerten.«

»Da hat er recht«, stimmte ihm Jo zu, »dieser David hat wirklich alles falsch gemacht, was man nur falsch machen kann. Da hätte ich auch nicht mehr spielen können.«

So viel Zuspruch tat Emma nach der Kränkung des vergangenen Tages natürlich besonders gut. Sie ließ sich von Daniel und Jo ausgiebig trösten und versichern, dass ihr Versagen bei der Joghurtwerbung sicher viel weniger an ihr als an den selbstgefälligen Hampelmännern am Set gelegen habe. Und als Jo schließlich auch noch liebevoll den Arm um sie legte, war die Welt für Emma fast wieder in Ordnung.

»Du bist so echt und so natürlich«, schwärmte der Regisseur geradezu, »das hättest du mit ein bisschen Unterstützung locker geschafft.« Nun ja, »natürlich« vielleicht, aber »echt«? Wohl eher nicht. »Und deshalb solltest du auch in keinem Fall so schnell aufgeben«, fuhr er fort, und Emma schwante Böses. »Das ist wie beim Reiten. Wenn man vom Pferd gefallen ist, muss man so schnell wie möglich wieder rauf«, erklärte er ihr. »Ich hab da schon was für dich im Auge.«

Na toll! Herzlichen Dank, liebes Schicksal, dass du direkt nach dem Zuckerbrot auch gleich wieder die Peitsche zückst. »Ach ja?« Vorsichtshalber hielt sie sich mit Begeisterungsstürmen erst einmal zurück.

»Du hast recht, Jo«, stieß jetzt auch Daniel ins selbe Horn, »bei dem Fernsehfilm hab ich auch gleich an sie gedacht.«

»Was für ein – Fernsehfilm?« Emma glaubte, sich verhört zu haben. Wollten die beiden ihr allen Ernstes eine Rolle in einem richtigen Film vorschlagen? Nun ja, wenn es nur ein einziger Satz sein sollte, konnte sie es sich vielleicht überlegen. Auch zwei Sätze wären eventuell noch möglich. Danach wurde es allerdings schon schwierig.

»Mir wurde gerade die Regie in einem Zweiteiler angeboten«, erklärte Jo nicht ohne Stolz, »und da wäre eine der Nebenrollen geradezu wie gemacht für dich.« Auch das noch. Er selbst war der Regisseur. Das würde sie ja noch mehr hemmen, als es dem eingebildeten David mit seinem blöden Gerede schon gelungen war.

Andererseits – dann wäre sie ständig in seiner Nähe. Allein, dass er ihr eine solche Rolle anbot, war doch schon so etwas wie ein Liebesbeweis, oder? Ihr, der Schneiderin. Aber wie sollte sie das mit ihrem Beruf vereinbaren? Schließlich konnte sie sich nicht für Tage oder Wochen krankmelden. Sie könnte vielleicht Urlaub nehmen …

»Versprich mir, dass du wenigstens zum Casting gehst. Einverstanden?« Jo schien es schon für eine ausgemachte Sache zu halten, dass sie die Rolle haben wollte.

»Ich denk drüber nach«, meinte Emma trotzdem und wollte jetzt nur noch heim. »Ich sollte dann auch los, ich muss morgen sehr früh raus.«

»Wieso musst du denn aufstehen? Du hast doch deinen Dreh schon hinter dir«, wollte Daniel wissen. Hier konnte man auch wirklich nichts ganz Normales sagen, ohne ins Fettnäpfchen zu treten. Wenn sie nicht auffliegen wollte, musste sie ihre Worte in Zukunft etwas mehr auf die Goldwaage legen.

»Arzttermin«, antwortete sie knapp und gähnte demonstrativ. Das wurde langsam zur Standardausrede.

»Ich fahr dich«, sagten Jo und Daniel gleichzeitig und sahen sich belustigt an.

»Zwei Männer, ein Gedanke!« Der Regieassistent lachte. »Natürlich lasse ich meinem Chef den Vortritt. Gute Fahrt.« Dabei grinste er so, als wollte er noch einen Ratschlag dranhängen, und warf Jo einen wissenden Blick zu.

Der Regisseur rief weltmännisch nach dem Ober und ließ sich die Rechnung geben. Als er die Brieftasche aus der Innentasche des Jacketts nehmen wollte, blieb sein Blick auf den langen Beinen einer vorbeigehenden Dame hängen. Emma registrierte genau, wie seine Augen von den hohen Pfennigabsätzen bis hinauf zu ihrem Po wanderten, der zum Glück von einem Rock bedeckt wurde – allerdings einem sehr knappen. Für einen kurzen Moment machte sich Eifersucht in ihr breit. Lange Beine, mit denen sie Jo bezirzen konnte, hatte sie nicht. Aber genügten nicht ihre inneren Werte, von denen schließlich den ganzen Abend die Rede gewesen war?

Auf einmal war sie nicht sicher, ob sie nicht doch lieber mit Daniel nach Hause fahren sollte. Was, wenn der Regisseur vielleicht wieder mehr wollte als sie? Doch dann erinnerte sie sich an die Ratschläge Maries und der Großmutter. Nur keine Chance entwischen lassen!

Jo fuhr gelassen durch das nächtliche München bis nach Haidhausen und hielt kurze Zeit später in der Milchstraße. Nicht einmal nach ihrer Adresse hatte er sich erkundigt, er hatte sie sich also gemerkt. Was für ein aufmerksamer Mann. Nicht nur bei fremden langen Beinen.

Er stellte den Motor ab und wandte sich ihr zu: »Was machen wir denn jetzt mit dem angebrochenen Abend?« Und schon war sein Gesicht ganz nah an ihrem. Der ließ wirklich nichts anbrennen.

Noch während Emma überlegte, ob sie ihn mit in ihre Wohnung nehmen oder es lieber lassen sollte, lagen seine Lippen auf den ihren und seine Finger auf ihrem nackten Oberschenkel. Emma fand eigentlich nicht, dass es sich schlecht anfühlte, doch sie konnte sich irgendwie so gar nicht entspannen.

Während sie ziemlich passiv geschehen ließ, was Jo da an ihrem Gesicht und den Beinen machte, waren ihre Gedanken bei den Reizen der Konkurrenz. Denn die schlief ganz offensichtlich nicht. Wenn sie den Regisseur zurückwies, standen schon genügend Frauen in der Schlange, die sofort ihren Platz einnehmen würden. Chancen nutzen! Unbedingt jede Chance nutzen!

Obwohl sie nach dem anstrengenden Tag lieber schlafen gegangen wäre, begann Emma nun, Jos immer heftigere Küsse zu erwidern. Seine Hände waren inzwischen überall an ihrem Körper zugange und schienen auch keine Grenze zu akzeptieren. Vielleicht sollte es ja so sein, dass sie für das große Glück einmal über ihren Schatten springen musste? Irgendwie hatte sie sich ihr erstes Mal mit Jo zwar romantischer vorgestellt, aber das schien jetzt nicht so wichtig.

Vorsichtig ließ sie nun ihre Finger ebenfalls über seinen Körper wandern. Schließlich sollte er nicht denken, dass sie die Chance, die er ihr gab, ungenutzt lassen wollte. Doch während ihre Gedanken fortwährend Purzelbäume schlugen, schienen die seinen eine Auszeit genommen zu haben. Erregt nahm er ihre Hand und legte sie zwischen seine Beine. Jetzt bestand auch für Emma kein Zweifel mehr daran, welche

Chance ihr da gerade gegeben wurde. War das die Chance ihres Lebens?

»Kann ich mein Auto über Nacht hier stehen lassen?« Emma erschrak. Es war also schon beschlossene Sache, dass Jo mit ihr schlafen, danach bei ihr übernachten und erst morgen weiterfahren würde? Vielleicht ganz gut so. Dann musste sie sich wenigstens keine Gedanken mehr darüber machen, was die richtige Entscheidung war. Das Schicksal hatte gesprochen. Einverstanden.

Kurz prüfte sie in Gedanken den Zustand ihrer Wohnung und befand ihn für durchaus männertauglich. Dann sollte es wohl so sein. »Kein Problem«, flüsterte sie und löste sich aus seinen Armen. Wenn nun schon klar war, wie es weiterging, wollte sie das Unvermeidliche nicht mehr allzu lange hinauszögern. Schließlich hatte sie morgen einen ganz normalen Arbeitstag vor sich. Denn noch einmal blauzumachen war nicht drin.

Kaum hatten sie Emmas Wohnungstür hinter sich zugezogen, war Jo nicht mehr zu bremsen, er begann hastig, sie auszuziehen. »Du machst mich verrückt«, murmelte er, und Emma hatte keine Ahnung, ob das ein Kompliment war. Eh sie sich's versah, stand sie in ihrer Spitzenunterwäsche im Flur, während Jo noch alle Kleidungsstücke am Leib hatte. Gierig bedeckte er ihren Körper von oben bis unten mit feuchten Küssen und begann zu stöhnen.

Eigentlich hatte Emma sich das mit der großen Liebe anders vorgestellt. Ob sie es überhaupt noch ins Schlafzimmer schafften? Jo öffnete jetzt ungeduldig seine Hose und fragte: »Und? Wie willst du mich?«

Keine Ahnung, dachte Emma, auf jeden Fall nicht so.

»Wollen wir nicht erst mal ins Bett gehen?«, schlug sie vor und kam sich ohne Klamotten im Flur ziemlich nackt vor.

»Wozu? Ich finde es hier nicht schlecht.«

Was mache ich da eigentlich? Emma fühlte sich, als würde sie soeben aus einem ihrer Träume erwachen. Das führte doch zu nichts! Jedenfalls nicht zu der Art von Beziehung, die sie sich vorstellte. Jo musste offensichtlich erst einmal von den Gepflogenheiten seiner Branche geheilt werden, ehe sie sich wirklich nahekommen konnten. Bloßer Sex schaffte schließlich keine wirkliche Nähe, so wie Emma sie sich wünschte.

»Tut mir leid, Jo, aber ich bin sehr müde«, sagte sie deshalb entschuldigend und bekam ein schlechtes Gewissen, als sie Jo so mit offener Hose und großen Erwartungen vor sich sah.

»Dachte ich mir schon«, sagte er nur und schien gar nicht beleidigt zu sein. »Früher hab ich auf Frauen anders gewirkt.« Dann knöpfte er sich die Hose zu, gab ihr einen flüchtigen Kuss und verschwand wortlos aus der Wohnung.

11

Auf der Suche nach dem Happy End
machte sie einen großen Umweg …
und landete in seinem Garten.

WOHNUNG EMMA
Innen/Nacht

Kaum zu glauben, was an diesem Tag alles geschehen war. Nach ihrem äußerst unangenehmen Ausflug in die schillernde Werbewelt hatte man ihr schon wieder eine Rolle angeboten. Und zu guter Letzt wollte der Mann, den sie liebte, auch noch mit ihr schlafen. Aber hatte er nur das gewollt oder doch mehr?

Trotz aller Aufregung wollte Emma jetzt nur noch eines – ins Bett. Morgen war zur Abwechslung mal wieder Arbeit in der Schneiderei angesagt, und dafür musste sie wenigstens halbwegs ausgeschlafen sein. Und tatsächlich sank sie nach der großen Aufregung sofort in den Tiefschlaf.

Als sie am nächsten Morgen durch den Englischen Garten zum Atelier radelte, freute sie sich zum ersten Mal seit Langem wieder so richtig aufs Nähen. Nach der gestrigen Enttäuschung war es schön, eine vertraute Aufgabe zu haben, der man gewachsen war. Eine Tätigkeit, bei der man das unmittelbare Ergebnis der Mühe anfassen konnte und sich nicht in die Verführung durch einen Ananasjoghurt einfühlen musste. Sie freute sich auf ein solides, konkretes Stück Handarbeit.

Kaum betrat sie den Laden, sah sie sich der strengen Miene der Stichsäge gegenüber. Die Chefin zog zweifelnd die akkurat nachgezogenen Augenbrauen nach oben und musterte ihre Angestellte von Kopf bis Fuß: »Na, Fräulein Jacobi, sind Sie wieder ganz in Ordnung?«

Fast hatte Emma vergessen, dass sie sich für den gestrigen Tag krankgemeldet hatte. Zum Glück war sie jetzt daran erinnert worden, sonst hätte sie sich am Ende noch verplappert. Sie setzte ein etwas leidendes Gesicht auf und sagte: »Ja, ja, es geht schon wieder einigermaßen.« Sollte die Stichsäge ruhig denken, dass sie sich nur halb gesund in die Arbeit geschleppt hatte.

Doch wenn sie Lob erwartet hatte, hatte sie sich gründlich getäuscht. Die Chefin trat näher und sah ihr tief in die Augen. Dazu setzte sie ihre Lesebrille auf, die sie meist an einer goldenen Kette um den Hals trug und nur für äußerst diffizile Arbeiten benötigte, und ihre Spinnenfinger mit den lackierten Nägeln fuhren prüfend über Emmas Wangen. »Schwächelnde Schneiderinnen kann ich in meiner Werkstatt nicht brauchen. Wir sind kurz vor der Sommersaison. Da gibt es viel zu tun. Also?«

»Mir geht es gut, wirklich«, beteuerte Emma und ließ den jämmerlichen Unterton lieber weg.

»Sie waren in letzter Zeit so oft beim Arzt oder krank. Und tatsächlich sehen Sie manchmal sehr mitgenommen aus. Da stimmt doch was nicht!«

Auch wenn die Stichsäge mit dieser Feststellung natürlich gar nicht so unrecht hatte, mochte Emma ihr lieber nicht erzählen, wo sie in den letzten Wochen einen Großteil ihrer Kraft gelassen hatte. Aber jetzt stand sie der Schneiderei erst einmal wieder ganz zur Verfügung, denn sie hatte keineswegs vor, den nächsten Dreh sofort in Angriff zu nehmen. Falls sie es mit Jos Fernsehfilm überhaupt versuchen wollte. Das war noch längst nicht beschlossene Sache.

Zunächst einmal hatte sie einen Sommermantel zu nähen, der morgen Vormittag zur zweiten Anprobe fertig sein musste.

Die Stichsäge gab sich damit zufrieden, dass sie bei Emma keine deutlichen Anzeichen für eine ernsthafte Erkrankung feststellen konnte, und wandte sich dem Computer zu. Und Emma verzog sich schnellstens in die Werkstatt, um den bohrenden Fragen zu entkommen.

»Bist du wirklich wieder ganz okay?«, erkundigte sich jedoch auch Mona sofort. »Ich hab nämlich keine Lust, mich mit irgendwas anzustecken.«

»Ich übrigens auch nicht«, stimmte Jasmin sofort ein. Beide sahen sie so vorwurfsvoll an, als hätte sie tödliche Viren in einen sterilen Raum eingeschleppt.

»Macht euch keine Sorgen, ich war ja gar nicht krank«, beruhigte Emma sie. Wohl oder übel musste sie jetzt zumindest teilweise Farbe bekennen, wenn sie nicht wollte, dass die Kolleginnen sie zur Quarantäne ins Klo sperrten.

Das Rattern der Nähmaschinen stoppte sofort, und die beiden starrten Emma mit offenem Mund an. Die flüsterte, damit die Chefin nichts von ihrem Geständnis mitbekam: »Wegen der Rolle bei dem Laientheater musste ich gestern unbedingt nach Tutzing. Da war eine Probe.«

»Ein Laientheater probt an einem Werktag?«, fragte Mona verblüfft und leider etwas zu laut, »wann arbeiten denn die Leute am Starnberger See üblicherweise? Nachts?«

So genau hatte Emma sich ihre Lügengeschichte nun auch nicht überlegt. Dabei log sie inzwischen doch lange genug, um ein wenig Übung zu haben. Aber dann unterliefen ihr immer wieder solch grobe Schnitzer. Ärgerlich. Sie versuchte zu retten, was zu retten war. »Da sind ganz viele Lehrer dabei, die haben nachmittags am besten Zeit.«

Doch Mona sah sie weiterhin zweifelnd an und schien ihr kein Wort zu glauben. »Aha«, erwiderte sie trocken und setzte hinzu: »Warum werde ich das Gefühl nicht los, dass bei dir zurzeit ein ganz anderer Film abläuft?«

»Keine Ahnung.« Emma zuckte mit den Schultern und wandte sich endlich dem Sommermantel zu, um das Thema vorerst zu beenden. Hoffentlich.

Als Mona merkte, dass aus der Kollegin im Moment nicht mehr herauszubekommen war, gab auch sie erst einmal Ruhe. Und weil die Stichsäge gerade in die Werkstatt kam und neue Aufträge verteilte, dachte zum Glück erst einmal niemand mehr über Emmas eigenartige Nebenbeschäftigungen nach. Was sie den anderen sagen sollte, wenn der Werbespot oder gar der Fernsehfilm schließlich gesendet wurden, konnte sie sich immer noch überlegen, wenn es so weit war. Für den Moment reichte es ihr völlig, wenn niemand sie weiterhin mit unangenehmen Fragen quälte.

Trotzdem war Emma den ganzen Tag über unkonzentriert und etwas fahrig. Sie stach sich mehrmals in den Finger, was zwar Berufsrisiko war, aber spätestens nach der Gesellenprüfung nicht mehr oft vorkam. An der Overlock riss ihr der Faden ganze drei Mal hintereinander, was nicht nur die Fertigstellung des Mantels erheblich verzögerte, sondern auch die Maschine für die anderen blockierte. Vielleicht war das mit der soliden Handarbeit eben doch nicht ganz so einfach. Oder es ging zurzeit tatsächlich alles schief, was sie in Angriff nahm.

Doch selbst heute kam irgendwann der Feierabend. Emma war unsagbar froh, dass sie endlich vor den Fragen der Kolleginnen und den Missgeschicken des Tages flüchten konnte, und radelte auf direktem Weg nach Hause.

Aber auch dort fühlte sie sich unzufrieden. Ihr eigenes Happy End schien wieder unerreichbar weit weg zu sein, und kein Glück aus der Konserve war in der Lage, ihre Laune zu bessern. Warum gab es nur nichts, was ihr aus ihrem Tief heraushelfen konnte? Nicht einmal die neue Rolle, die Jo ihr in Aussicht gestellt hatte, hatte sie aufgeheitert. Und ebenso wenig die gelassene Art, mit der er ihre Zurückweisung aufgenommen hatte. Irgendwie hatte sie das ungute Gefühl, die vielen Chancen, die sich ihr boten, überhaupt nicht genutzt zu haben.

Den Werbedreh hatte sie komplett vergeigt. Und statt dass sie wenigstens in der Schneiderei ihre Fähigkeiten unter Beweis stellen konnte, ging da nun auch alles daneben. Gab es vielleicht so etwas wie die konsequente Schieflage der Ereignisse, durch die ein negatives Erlebnis automatisch viele andere nach sich zog? Oder war das ein Teufelskreis, aus dem man nicht mehr herausfand? Der Teufelskreis der verpassten Chancen? Bei der Beziehung zu Jo trat sie nun auch schon seit einiger Zeit auf der Stelle, obwohl sie sich bereits seit fast sechs Wochen kannten. Wenn man von Emmas erstem Besuch im Filmstudio an rechnete, sogar noch viel länger.

Missmutig lief Emma in ihrer Wohnung von Zimmer zu Zimmer und konnte sich für nichts begeistern. Im Schlafzimmer fuhr sie mit der Hand über die Nähmaschine und wünschte sich für einen kurzen Moment die Zeit zurück, in der sie hier mit Begeisterung die unterschiedlichsten Filmkostüme nachgeschneidert hatte. Ihr Blick fiel auf die nackte Schneiderbüste, auf der diesmal keines der Kleider einer Premiere in der Öffentlichkeit harrte. Selbst das hatte sie in der letzten Zeit vor lauter Casting, Fitting und Dreh ganz vergessen.

Entschlossen ging sie zum Kleiderschrank und öffnete ihn. Zwar wusste sie noch nicht, bei welcher Gelegenheit sie das nächste Mal ein außergewöhnliches Outfit benötigen würde, doch es konnte sicher nicht schaden, sich wieder ein Ziel zu setzen. Damit machte sie sich zumindest bewusst, dass sie durchaus auch einige Fähigkeiten besaß, die sich sehen lassen konnten. Manchmal musste man sich eben mit Nachdruck wieder daran erinnern.

Emma nahm die knallrote, schulterfreie Abendrobe aus der *Pretty-Woman*-Opernszene zur Hand und hielt sie sich vor den Körper. Na ja, das war vielleicht etwas hoch gegriffen. Sie konnte wohl kaum damit rechnen, dass sie in absehbarer Zeit zu einem Anlass gebeten würde, zu dem dieses unglaublich elegante Kleid passte. Als Nächstes holte sie das orangefarbene von Charlotte Coleman alias Scarlett in *Vier Hochzeiten und ein Todesfall* aus dem Schrank. Selbst das hatte sie noch nie getragen, obwohl es von allen Gewändern eindeutig das schlichteste war.

Das Sommerkleid, dessen melierter Chiffonstoff an Dekolleté und Rock in weichen Wellen fiel, war farblich schon etwas knallig. Das Orange kontrastierte sehr stark mit der violetten Schärpe, die gürtelähnlich über der Taille gebunden wurde. Der pinkfarbene Tüll, der leicht unter dem Rocksaum hervorblitzte, vervollständigte den sommerlich bunten Eindruck, den dieses Kleid vermittelte. Nun, die warme Jahreszeit stand schließlich unmittelbar vor der Tür, und Emma hatte gerade das ganz starke Bedürfnis, ihrer negativen Stimmung konsequent entgegenzuwirken. Sie zog also das farbenfrohe Gewand über die Schneiderbüste und zupfte den Wasserfallkragen und die Rockfalten zurecht.

Dann betrachtete sie es in Ruhe. Na gut, das Licht war in der Abenddämmerung nicht gerade ideal, doch Schnitt und Form konnte sie trotzdem beurteilen. Außerdem kannte sie das Kleid, nachdem sie es stundenlang gezeichnet, zurechtgeschnitten und zusammengenäht hatte, nahezu in- und auswendig. Sie legte den Kopf schief und überlegte. Hatte sie wirklich alle Details richtig wiedergegeben? Irgendwas an dem Kragen schien nicht so ganz zu stimmen. Zur Kontrolle legte sie *Vier Hochzeiten und ein Todesfall* in den DVD-Player und spulte bis zum ersten Auftritt des Kostüms. Alles richtig. Aufs i-Tüpfelchen genau. Irgendwie komisch.

Sie ging zur Büste zurück und zog und zupfte den Wasserfallkragen mal hin und mal her. Wäre das Kleid nicht auch ganz interessant mit einem großen runden Ausschnitt, der das Dekolleté deutlich besser zur Geltung brächte? Und könnte sich dann nicht auch die Figur am Oberkörper schöner abzeichnen? Ach herrje. Wie konnte sie sich nur erdreisten, an der Idee einer sicher namhaften Kostümbildnerin herumzumäkeln und zu verbessern? Andererseits: Was für Charlotte Coleman und ihre Rolle der beste Schnitt war, war es für Emma Jacobi vielleicht nicht unbedingt. Wer hinderte sie eigentlich daran, das vorhandene Kleid nach ihren eigenen Vorstellungen und Ideen zu verändern?

Voll Tatendrang holte Emma ihren Steckigel aus dem Nähtischchen und begann sofort mit dem Abstecken. Im Eifer des Gefechtes bemerkte sie überhaupt nicht, wie die Zeit verging. Hier noch ein Stückchen weggenommen und dort ein bisschen straff gezogen. Mehrmals nahm sie die Nadeln wieder aus dem Stoff und steckte sie an einer anderen Stelle hinein. Am Ende trat sie zwei Schritte zurück und betrachtete zufrieden ihr Werk. Es war schon erstaunlich, wie man mit ziemlich einfachen Mitteln einen völlig anderen Eindruck erzielen konnte.

Beim Zubettgehen konnte es Emma kaum noch erwarten, bis sie sich am nächsten Tag nach der Arbeit endlich an die eigene Nähmaschine setzen konnte. Wenn sie schon bei der Stichsäge ihre Ideen nicht umsetzen durfte, warum sollte sie nicht wenigstens in den eigenen vier Wänden schalten und walten, wie sie wollte? Nachmachen und möglichst genau kopieren, das war gestern gewesen. Heute ging sie noch einen Schritt weiter und fühlte sich dabei unsagbar frei, selbstständig und stark.

In der Nacht träumte sie von einer großen Modenschau, deren Designerin sie selbst war. Unter tosendem Applaus holte man sie nach der Show auf den Laufsteg. Sie verbeugte sich, bekam Blumen überreicht, wurde unzählige Male fotografiert. Das Scheinwerferlicht blendete so sehr, dass sie die Augen ein wenig zukneifen musste. Aber wollte sie auf den Fotos der gesamten Tagespresse mit halb geschlossenen Lidern zu sehen sein? Krampfhaft versuchte sie, mit offenem Blick in die Kameras zu schauen, doch die Helligkeit wurde immer greller, schmerzte immer mehr, bis es schier unerträglich war.

Schweißgebadet schreckte Emma aus dem Schlaf hoch. Ihre Schläfen pochten, und der Puls raste wie ein Hamster im Laufrad. Erst als sie die Silhouetten der Schlafzimmermöbel wahrnahm, beruhigte sich ihr Herzschlag langsam. Sie ließ sich in die Kissen zurücksinken und lag danach noch lange wach. Was hatte dieser Traum bloß zu bedeuten? Was war denn falsch daran, die vorhandenen Kleider ein wenig nach dem eigenen Geschmack weiterzuentwickeln? Emma konnte nichts, aber auch gar nichts Sittenwidriges daran finden und sank über der Grübelei schließlich doch wieder in Schlaf.

Am nächsten Tag las sie, sobald sie im Atelier angekommen war, als Erstes das Wochenhoroskop in Jasmins *Gala*. Unter der Rubrik »Liebe« gab es für Fische nichts Besonderes. Doch bei »Beruf« war zu lesen: »Jetzt ist der Zeitpunkt, um Neues zu wagen. Lassen Sie sich von Rückschlägen nicht entmutigen, sondern überwinden Sie Ihre Ängste. Dann winkt Ihnen schon bald Erfolg auf der ganzen Linie.« Sollte sie tatsächlich eine Schauspielkarriere von besonderen Ausmaßen vor sich haben? War dies das Zeichen, dass sich ihr gesamtes Leben umkrempeln würde?

Mona sah ihr neugierig über die Schulter: »Neues wagen? Bei mir steht, ich soll mich auf Vertrautes besinnen.« Sie ging um den Tisch herum und setzte sich gegenüber auf einen Stuhl. »Dann mach doch du die Bluse nach dem neuen

Schnitt, die mir die Stichsäge aufs Auge gedrückt hat. Du bist ja dafür wohl eher die Richtige.«

»Keine Chance!« Emma grinste und hielt ihre fast abgeschlossene Arbeit hoch. »Der Mantel muss unbedingt fertig werden. Die Müller kommt gleich zur Anprobe.« So weit ging ihre Schicksalsgläubigkeit nun auch wieder nicht, dass sie sich von Mona deren ungeliebte Arbeiten andrehen ließ.

Zwei Abende lang steckte, schnippelte und nähte Emma in ihrer heimischen Schneiderwerkstatt emsig vor sich hin, bis sie Scarletts orange-violettes Chiffonkleid nach ihren eigenen Wünschen umgestaltet hatte. Nicht einmal ein Anruf der Freundinnen konnte sie dazu bewegen, die Wohnung zu verlassen. Am Ende hatte sie nicht nur den luftig-lockeren Wasserfallkragen zu einem figurbetonten Oberteil mit großem, rundem Ausschnitt umgearbeitet, sondern die Armausschnitte mit einer zarten lila Spitze umrahmt, sodass das Kleid um einiges eleganter wirkte als das Original. Für Scarlett sicher nicht das Richtige, für Emma jedoch schon. Jetzt brauchte sie nur noch eine Gelegenheit, um das gute Stück zu tragen.

Zumindest konnte sie es jetzt schon einmal unter Ausschluss der Öffentlichkeit probieren. Schnell zog sie das fertige Kleid über und blickte in den Standspiegel. Nicht schlecht. Da sie einen hellen Teint und kurze Haare wie Charlotte Coleman hatte und auch nicht besonders groß war, war es das ideale Kleid für sie. Die Farbe stand ihr sehr gut, und der Ausschnitt betonte das Dekolleté. Stolz zog sie es wieder aus und stülpte es über die Schneiderbüste. Noch einmal zwei Schritte zurück. Perfekt!

Für eine Premiere des neuen Kleides kam natürlich nur Jo

infrage. Und da der es vermutlich nicht genügend zu würdigen wüsste, musste Daniel in jedem Fall mit. Außerdem fiel es ihr bei ihm wenigstens ein bisschen leichter, anzurufen und zu fragen. Schließlich hatte sie Daniel keine Abfuhr erteilt. Trotzdem zitterten ihr am nächsten Mittag die Finger, als sie die Nummer des Regieassistenten wählte. Schließlich war es das erste Mal, dass sie ihn anrief. Bisher hatte immer er sich bei ihr gemeldet. Hoffentlich störte sie ihn nicht gerade beim Dreh oder irgendeiner Besprechung.

»Bellmann«, meldete sich eine männliche Stimme am anderen Ende, und Emma war so erschrocken, dass sie fast wieder aufgelegt hätte.

»Ja … Hallo … Hier ist Jacobi. Ich hätte gerne den – Daniel gesprochen.« In diesem Moment wurde ihr bewusst, dass sie seinen Nachnamen gar nicht kannte. Aber der Mensch am Telefon konnte hoffentlich auch mit dem Vornamen etwas anfangen.

»Der ist schon dran. Aber wer ist bitte schön Jacobi?« Da hatten sie wohl beide dasselbe Problem.

»Ich bin's – Emma«, sagte sie lachend. »Entschuldige, ich hab deine Stimme jetzt gar nicht erkannt.«

»Ich deine ja auch nicht. Kein Thema. Hallo, Cinderella.« Daniel fühlte sich offensichtlich nicht gestört und plapperte gleich drauflos: »Na, was macht die Schauspielerei? Hast du das Fiasko schon verdaut?«

»Nein«, antwortete sie wahrheitsgemäß, »aber ich könnte es eventuell verdauen, wenn du und Jo mit mir was trinken gehen würdet.« War das jetzt ein zu plump oder ganz raffiniert verpacktes Anliegen? Vermutlich eher Ersteres, aber egal. Immerhin war es raus, bevor sie es sich noch einmal anders überlegen konnte. Jetzt gab es kein Zurück mehr. Hoffentlich sagte er nicht »Nein«.

»Das geht leider nicht«, antwortete Daniel tatsächlich, »Jo und ich haben heute Abend eine Besprechung wegen des Fernsehfilms. Du weißt schon …« Ach so. Dann war ja noch nicht alles verloren.

»Kein Problem. Wie wär's denn dann mit morgen?«

»Was mich betrifft, okay. Ich frag mal Jo und meld mich später noch einmal bei dir. Oki doki?«

»Super, bis später.« Erleichtert legte Emma auf. Und diesmal würde sie den Regisseur, der ihr so sehr gefiel, nicht mehr zurückweisen. Diesmal würde sie ihre Chance ergreifen und ihn sich endlich schnappen. Und dann würde sie ihn auf jeden Fall nie mehr hergeben. Sondern mit ihm zusammen den direkten Weg zum Happy End einschlagen. Und bis ans Ende ihrer Tage glücklich und zufrieden mit ihm leben. Und wenn sie nicht gestorben sind … Oder so.

Wenig später rief Daniel an und bestätigte die Verabredung für den nächsten Abend. Eigentlich war Emma der Samstagabend sowieso viel lieber, da konnte sie sich wenigstens in aller Ruhe auf ihr heiß ersehntes Date vorbereiten. Das war die beiden letzten Male doch recht überstürzt passiert und deshalb nicht gerade perfekt gewesen. Aber diesmal würde nichts schieflaufen. Am Sonntag hatten vermutlich alle frei und mussten daher nicht so auf die Uhr sehen. Ideale Voraussetzungen für den vielleicht entscheidenden Abend.

Aufgeregt erwachte Emma am Samstagmorgen. Dieser Tag musste ausnahmsweise ganz wie am Schnürchen laufen, wenn an seinem Ende ein ebenso romantischer wie erfolgreicher Abend stehen sollte. Dass Regieassistent Daniel auch mit von der Partie war, würde nicht im Geringsten stören. Denn erstens sorgte er jederzeit für lockere Stimmung, was dazu beitragen würde, dass zwischen Jo und ihr keine verkrampfte Atmosphäre aufkam. Und zweitens war Daniel inzwischen schon fast so etwas wie ein Freund. In seiner Gegenwart bewegte sie sich um einiges sicherer. Vielleicht konnte sie ihm ihre Gefühle für Jo schon bald einmal anvertrauen. Schließlich war er der einzige Mensch auf der Welt, der sie beide ganz gut kannte.

Emmas Styling-Zeremonie dauerte dieses Mal noch länger als vor dem Bavaria-Empfang und dem Restaurantbesuch mit Jo. Das lag sicher auch am Anruf der Eltern, die wieder einmal nachfragen wollten, wie es ihrer Tochter ging. »Von dir hört man ja gar nichts mehr«, meinte die Mutter und klang etwas besorgt. »Was ist denn los bei dir?«

»Was soll los sein?«

»Na ja, Oma hat gestern am Telefon so komische Andeutungen gemacht.«

»Was für Andeutungen?« Jetzt war Emma in Sorge.

»Dass wir dich mal machen lassen sollten. Du wüsstest ganz genau, was du tust.« Erleichtert atmete Emma aus. Kurz hatte sie befürchtet, Fanny hätte etwas zu sehr aus dem Nähkästchen geplaudert. Doch so konnte sie ihre Mutter schnell mit ein paar Anekdoten aus der Arbeit zufriedenstellen. Genauere Informationen über ihr abwechslungsreiches Privatleben hätten die Eltern zu diesem Zeitpunkt nur beunruhigt.

Nach dem Telefonat holte sie das frisch renovierte Sommerkleid von der Schneiderbüste, um es endlich einmal so richtig auszuführen. Bei Tageslicht sah das Resultat noch besser aus als im Lampenschein. Schade, dass die Verabredung erst so spät stattfand, dass es draußen schon wieder dunkel war. Die neuen violetten Akzente ergänzte Emma mit einem lilafarbenen Haarreif in den schwarzen Locken, auf dem ein kleiner Schmetterling flatterte.

Als sie sich geschminkt, frisiert und angezogen im Spiegel betrachtete, sah sie aus wie den Fünfzigern entsprungen. Das Pelzjäckchen, das sie dazu tragen wollte, unterstrich den Look ebenso wie die spitz zulaufenden, filigranen Stöckelschuhe. Alles war hundertprozentig perfekt – bis auf den Zeitpunkt. Emma war mit Daniel und Jo um einundzwanzig Uhr in einem Restaurant in Thalkirchen verabredet, und jetzt war es erst kurz nach sechs. Sie konnte ja wohl kaum über zwei Stunden nahezu tatenlos in ihrer Wohnung herumsitzen.

Konnte man am Erscheinungsbild denn noch irgendetwas verbessern, um wenigstens einen Teil der Zeit sinnvoll zu nutzen? Nein, es war eigentlich alles am richtigen Platz, bis auf … Emma warf einen Blick auf ihr Dekolleté, das zwar jetzt, nach ihrer erfolgreichen Änderungsschneiderei, perfekt zur Geltung kam, aber doch ziemlich nackt wirkte. Etwas Schmuck hätte noch gut gewirkt. Doch sie selbst besaß nur wenige Stücke, von denen keines zu diesem Traum in Orange und Violett passte. Außerdem handelte es sich bei ihren Preziosen ausschließlich um billigen Modeschmuck, der ein Kleid wie dieses bestimmt nicht stilecht ergänzen würde.

Lisa … Ja, Lisa, die hatte eine hübsche silberne Kette, an der ein Anhänger baumelte, in den ein kleiner Amethyst eingearbeitet war. Ein dezenter violettfarbener Stein, der ideal für dieses Ensemble aus Orange und Lila geeignet wäre. Emma war so begeistert von ihrer Idee, dass sie weder anrufen noch eine SMS schreiben wollte. Lisa war bestimmt daheim. Erst vor Kurzem hatte die Schwester sich bitter darüber beklagt, dass sie den Samstagabend meistens zu Hause verbringen musste. Außerdem lag Harlaching fast auf dem Weg nach Thalkirchen, und die Zeit bis einundzwanzig Uhr wäre damit bestens genutzt.

Als sie die Wohnungstür hinter sich schloss, war Emma äußerst erleichtert, dass sie nicht untätig wartend in der Küche sitzen musste. Etwas Bewegung an der frischen Mailuft und die Gesellschaft der Schwester würden ihre Aufregung sicherlich lindern. Und Clara war vermutlich auch noch wach – eine bessere Ablenkung konnte es gar nicht geben. Schon wenig später trat sie so kräftig wie selten in die Pedale, als wollte sie ihr klopfendes Herz damit in Schach halten. Plötzlich fiel ihr ein, dass sie Lisa und deren Familie natürlich eine glaubwürdige Erklärung für ihre ungewöhnlich elegante Aufmachung liefern musste. Diesmal kam sie wahrscheinlich nicht mit einem lässigen »Warum nicht?« durch. Und die Theatergruppe in Tutzing war da auch nicht die passende Erklärung.

Aber »Theater« war vielleicht doch gar nicht so schlecht. Irgendjemand könnte ihr eine Karte geschenkt haben … Aber wer? Und warum? Während sie an der Steinmauer des Ostfriedhofs vorbeiradelte, bastelte sich Emma im Kopf eine Notlüge für Lisa zurecht. Vielleicht war es doch besser, wenn sie sich die Karte selbst gekauft hatte … Die Mädels … Ja, die Freundinnen und sie hatten beschlossen, endlich mal zusammen ins Theater zu gehen. Sehr gut. Selbst die Vögel in den Bäumen am Straßenrand schienen diese Erklärung zwitschernd gutzuheißen.

Aber Lisa würde bestimmt wissen wollen, in welches Stück und wohin sie gingen. Und Emma war bereits am Wettersteinplatz und hatte sich darüber noch überhaupt keine Gedanken gemacht. Ungeduldig kramte sie in ihrem Kopf nach den Überbleibseln ihres Deutschunterrichts. Besonders viele Theaterstücke hatte sie sich nicht gemerkt. »Faust«, »Kabale und Liebe«, »Romeo und Julia« und »Woyzeck« – das typische Repertoire einer Gymnasiumslaufbahn. Die Verfasser dazu fielen ihr schon gar nicht mehr ein. Und jetzt war sie schon an der Grenze zu Harlaching …

Egal. Sie würde einfach sagen, sie habe den Namen des Stücks vergessen, weil sie es nicht kannte. Das würde ihr die Schwester sicher glauben. Und wenn sie nach der Karte fragte, würde sie auf Yvonne verweisen. Sie habe die Tickets besorgt und bringe sie mit. Für eine mittlerweile in Ausreden und Notlügen versierte Schauspielerin war diese Geschichte zwar nicht gerade ein Ruhmesblatt, doch fürs Erste musste das genügen. Und das würde es – bestimmt.

Emma bog in die Autharistraße ein und sah schon von Weitem Lisas Raumschiff-Haus, das aus den anderen Häuschen wie ein riesengroßer Bauklotz herausragte. Emma stellte ihr Fahrrad ab und drückte auf die Klingel. Im Inneren des Hauses hörte man keinerlei Geräusche. Clara kam nicht, wie sonst, lautstark brüllend zur Tür gelaufen. Lisa ermahnte sie nicht, sich etwas leiser zu freuen.

Im Haus herrschte absolute Stille, und daran änderte sich auch beim zweiten und dritten Klingeln nichts. Ausgerechnet heute, da ihre Schwester ein dringendes Anliegen hatte, war Lisa das eine Mal im Jahr nicht zu Hause. Keine Kette, keine Gesellschaft, keine Ablenkung. Emma war einen Moment lang geneigt, ihrer Schwester das übel zu nehmen, doch dann musste sie zugeben, dass es Lisa zu gönnen war, wenn auch sie etwas erlebte – an diesem schönen, lauen Maiabend.

»Knusper, knusper, Knäuschen. Wer klingelt an meinem Häuschen?«

Emma fuhr erschrocken herum, als sie plötzlich jemand über den Zaun hinweg mit krächzender Stimme ansprach. Im Vorgarten stand Willi und grinste sie breit an.

»Haben Sie mich erschreckt!«

»Hast *du* mich erschreckt«, korrigierte er.

»Ich? Ich hab überhaupt nichts gemacht.«

»Wir waren schon mal beim ›Du‹. Hast du das vergessen?«

»Natürlich nicht«, widersprach Emma, »ich war nur so überrascht … Was machen Sie eigentlich hier – allein? Ich meine …, *du* hier – allein?«

»Na ja … Mein Geschäft geht gerade nicht so besonders gut. Und Henning hat da so ein paar Sachen in seinem Haus, die würden sich wunderbar zu Geld machen lassen. Aber jetzt hast du mich ja leider, leider auf frischer Tat ertappt.« Offensichtlich hatte Willi ihre Frage als Misstrauen verstanden.

»Nein, nein, nein, so war das gar nicht gemeint«, beteuerte sie schnell. »Ich habe mich nur gewundert …« Dadurch wurde es vermutlich auch nicht besser. Vielleicht versuchte sie es mal anders: »Warum sind denn die Herrschaften nicht zu Hause? Die sind doch sonst immer da – am Wochenende.«

»Ärzteball«, antwortete Willi trocken und knapp. Dann schwieg er.

Aber Emma konnte doch gegen neunzehn Uhr nicht schon in Richtung Thalkirchen aufbrechen. Zu früh zu kommen wirkte leider so, als hätte man die ganze Zeit nur auf diese eine Verabredung gewartet. In ihrem Fall traf das zwar den Nagel auf den Kopf, doch das musste ja nicht unbedingt jeder gleich merken. »Und wo ist Clara?«, fragte sie deshalb weiter.

»Soviel ich weiß, bei eurer Großmutter.« Das war ja wunderbar. Ihre Familie plante weitreichende Unternehmungen, ohne dass Emma etwas davon mitbekam. Nun war sie in der letzten Zeit auch ziemlich viel unterwegs gewesen, aber so schwer konnte das doch nicht sein, zum Telefonhörer zu greifen. Auch die Mutter hatte bei ihrem Gespräch heute kein Sterbenswörtchen darüber verloren.

Und sie musste es wieder ausbaden. Jetzt stand sie hier mit diesem kanadischen Holzfällerverschnitt, der ja recht nett sein konnte, heute aber offensichtlich seinen maulfaulen Tag hatte. Vielen Dank auch.

Jetzt beugte sich Willi konspirativ über den Zaun. »Ich bin tatsächlich sozusagen ›undercover‹ hier«, sagte er geheimnisvoll. Emma hatte eigentlich keine große Lust auf Schauergeschichten, aber es interessierte sie doch, was Willi im Garten der Merkers so trieb. Vielleicht setzte er ja heimlich schon mal ein paar Bäume? Deshalb fragte sie »Wieso?« und hoffte auf eine lohnenswerte Pointe.

Willi erklärte: »Ich wollte mir den Garten endlich mal

in Ruhe ansehen. Henning meint immer, er müsste zu allem seinen Senf dazugeben. Da kann einfach kein Bild entstehen.«

»Was für ein Bild?« Emma verstand nur Bahnhof.

»Das Bild im Kopf. Wenn man ein Stück Natur verändern will, muss man erst einmal auf ihre Stimme hören. Und das, was möglich ist, vor sich sehen.«

»Und da plappert Henning ständig dazwischen?« Das fand Emma eine ziemlich lustige Vorstellung.

»Genau. Erst wenn man verstanden hat, was die Natur einem über dieses Grundstück sagen will, kann man einen Garten richtig anlegen.«

»Und am Samstagabend hast du nichts Besseres zu tun, als hier der Stimme der Natur zu lauschen?«

»Gibt es überhaupt etwas Besseres?«, fragte Willi nur, und Emma kam sich wie ein kleines, dummes Mädchen vor. »Und was machst du heute Abend? Du hast dich ja wahrscheinlich nicht für deine Schwester so in Schale geworfen. Sieht übrigens toll aus.«

»Danke. Ich wollte mir von Lisa nur noch schnell eine passende Kette leihen. Sie hat da so eine … Na ja, ist jetzt egal.«

Etwas unschlüssig standen sie sich gegenüber. Nachdem sie einander ihre Anliegen gebeichtet hatten, wusste keiner der beiden so recht, was es noch zu sagen gab. Emma hätte nun eigentlich unverrichteter Dinge davonradeln können, aber sie wusste nicht so recht, wie sie sich die restliche Zeit vertreiben sollte. Und Willi …

Willi sah sie nachdenklich an. »Möchtest du mal sehen, wie weit ich schon bin?«

»Okay …« Emma betrat den Vorgarten und folgte Willi hinter das Haus. Dort sah es immer noch ziemlich leer aus. Was sollte es hier zu besichtigen geben?

Willi musste ihren verblüfften Blick bemerkt haben, denn er nahm sie bei der Hand und führte sie an den Zaun, der das Grundstück zum Nachbarn hin begrenzte. Dann fasste er sie mit beiden Händen bei den Schultern und drehte sie in Richtung Haus, was Emma wenig erhellend fand. Auch aus dieser Perspektive sah der Garten recht leer aus.

»Sieht doch aus wie immer. Viel Wiese, ein paar Sträucher und einige Bäume«, meinte sie. »Du bist also noch nicht besonders weit, oder?«

»Nun warte doch erst mal …« Er legte Emma den Arm um die Schultern und zeigte mit der freien Hand zum linken Ende des Gartens: »Stell dir da drüben einen kleinen Teich vor … Am Rand wächst Schilf, auf der Wasseroberfläche schwimmen ein paar Seerosen … nicht zu viele natürlich. In die Ecke daneben bauen wir eine Pergola aus unbehandeltem Lärchenholz, an der sich im Sommer weiß blühende Rosen emporranken und Schatten spenden. Der Teich wird eingefasst von Frauenfarn, dazu vielleicht hellviolette Funkien, gefleckter Goldfelberich und für Lisa natürlich Sumpf-Schwertlilien.« Mit seinen Worten ließ Willi vor Emmas innerem Auge tatsächlich ein Bild des künftigen Gartens entstehen. Und je länger er sprach, desto genauer sah sie die verschiedenen Farben der Stauden vor sich. Ihr war sogar, als könnte sie auch den Duft des Wassers und der Blüten bereits riechen.

Willi füllte den Garten jetzt mit stattlichen Bäumen, aromatischem Flieder und den verschiedensten Blumen. Trotz seiner Begeisterung schien er ganz genau zu wissen, wo das Bild noch etwas mehr Opulenz vertrug und wo eine gewisse meditative Leere angeraten war.

»Was hältst du von einem Zitronenbäumchen im Topf neben der Terrasse? Oder einer granatroten Prachtspiere dort drüben? Man könnte auch noch einen kleinen Steingarten mit einer Trockenmauer integrieren …«

»Ich verstehe überhaupt nicht, wo Hennings Problem liegt«, sagte Emma schließlich staunend. »Das hört sich doch alles super an! Ich kann es schon genau vor mir sehen – zu jeder Jahreszeit.«

»Ach, der …« Willi ließ sich auf einen der alten Gartenstühle fallen und seufzte. »Henning will unbedingt klare Linien und deutliche Einteilungen. Wenn's nach ihm geht, sag ich den Blumen ganz genau, wo sie blühen dürfen und wo nicht. Die Bäume, die er sich vorstellt, dürfen keine Blätter abwerfen. Und der Rasen wird kurz geschoren und muss strammstehen.«

Emma setzte sich neben ihn und sah in den Himmel, wo es schon zu dämmern begann. »Schade«, meinte sie leise, »ich kam mir schon vor wie in Notting Hill.«

»Wieso gerade dort?«

»Ach, eben musste ich an den Film denken … An die Stelle, wo die beiden in diesen Park einsteigen.«

»Kenne ich nicht.«

»Na ja, ist wahrscheinlich auch nicht dein Filmgeschmack.«

»Macht nichts, erzähl …«

In wenigen Worten beschrieb Emma Willi die berühmte Parkszene mit Julia Roberts und Hugh Grant. Schließlich kannte sie sie in- und auswendig.

»Gewisse Parallelen lassen sich tatsächlich nicht leugnen«, gab er danach zu, »immerhin ist das hier auch nicht wirklich unser Garten.«

»Genau genommen ist es noch überhaupt kein Garten«, erwiderte sie lachend, »aber … es könnte einer werden.« Sie zwinkerte ihm zu, obwohl sie wusste, dass er auch dieses Zitat aus *Pretty Woman* bestimmt nicht erkennen konnte.

Trotzdem machte es Spaß, mit ihm zusammen zu träumen, auch wenn es nur von einem Garten und nicht von der großen Liebe war. Wie Emma konnte sich Willi seinen Wünschen und Vorstellungen hingeben, so unrealistisch sie auch sein mochten. Und auch wenn für sie ein schöner, naturnaher Garten noch kein Happy End war, für Willi war er das vermutlich schon.

Wortlos saßen sie nebeneinander auf den alten, rissigen Holzstühlen und schauten in den inzwischen fast ganz dunklen Nachthimmel. Die Luft war immer noch angenehm mild und die Geräusche der Großstadt hier im Wohngebiet kaum zu hören.

»Schön, dass du gekommen bist, um mir bei der schwersten Aufgabe meines Lebens zu helfen«, sagte Willi plötzlich.

Emma drehte den Kopf zu ihm und sah ihn fragend an.

»Noch nie hatte ich mit einem Kunden solche Probleme wie mit Henning. Wir können uns einfach nicht einigen. Ich glaube, Lisa traut sich schon gar nicht mehr, ihm zu widersprechen.« Er seufzte noch einmal. »Vorhin war ich ziemlich mutlos, und dann kamst du – in deinem wunderschönen Kleid …«

O mein Gott. In diesem Moment fiel Emma siedend heiß ein, warum sie »in ihrem wunderschönen Kleid« eigentlich hier aufgetaucht war. Sicher nicht, um von der geglückten Umgestaltung eines verwilderten Gartens zu träumen. Hastig blickte sie auf ihre Armbanduhr, die sie bei der Dunkelheit leider nicht erkennen konnte.

»Mist. Wie spät ist es?«

Willi holte sein Handy aus der Hosentasche. »Gleich Viertel nach neun. Wieso?«

»Weil ich verabredet bin. Schließlich habe ich mich nicht den ganzen Tag aufgebrezelt, um mit dir im Gestrüpp herumzukriechen. Wie sehe ich aus?«

»Tadellos. Der Glückliche wird nichts zu beanstanden haben.«

»Von wegen. Immerhin komme ich viel zu spät. Ich muss los. Tschüs!« So schnell sie mit ihren Stöckelschuhen konnte, verließ sie den Garten, schwang sich auf ihr Fahrrad und trat beherzt in die Pedale. Das war ja mal wieder gründlich schiefgegangen. Keine Amethyst-Kette, dafür aber jede Menge Verspätung. Warum hatte Willi sie so lange aufgehalten? Er hätte sich doch denken können, dass sie sich nicht für ihn so in Schale geworfen hatte!

Bis nach Thalkirchen waren es mit dem Fahrrad nur etwa fünfzehn Minuten, aber das war trotzdem zu viel. Was würde Jo von ihr denken, wenn sie ihn über eine halbe Stunde lang warten ließ? Emma brach sämtliche Geschwindigkeitsrekorde und nahm jetzt weder Frühlingsluft noch Blütenduft wahr. In ihrer Handtasche, die wie immer im Korb an der Lenkstange lag, sang Ronan Keating *When you say nothing at all* munter vor sich hin; vermutlich versuchte Daniel herauszubekommen, wo sie sich herumtrieb. Doch wenn sie jetzt stehen geblieben und drangegangen wäre, hätte sie nur wertvolle Zeit verloren. Emma legte noch einen Zahn zu.

Zum Glück fand sie das Restaurant sofort. Ein Kontrollblick auf die Uhr ergab eine deftige Verspätung von vierzig Minuten. Das Telefon berichtete, dass Daniel auf die Mailbox gesprochen hatte, doch fürs Abhören war es jetzt ohnehin zu spät. Alles, was er ihr unbedingt mitteilen wollte, konnte er in einer Minute direkt loswerden.

Schuldbewusst betrat sie das ziemlich elegante Lokal und sah sich um, konnte jedoch weder den Regisseur noch seinen Assistenten entdecken. Dann bemerkte sie, dass der Raum hinter der Theke weiterging – vielleicht gab es dort noch weitere Nischen, die nicht auf den ersten Blick einsehbar waren. Emma durchkämmte das gesamte Restaurant und fragte sogar einen der Kellner, ob er die beiden gesehen hatte. Erfolglos.

Genauso wütend wie vorher auf Willi war sie jetzt auf Daniel und Jo. Wie kamen sie dazu, sie einfach zu versetzen? Nun gut, sie hatte sich etwas verspätet. Aber auch dann lief man doch nicht so einfach weg, ohne Bescheid zu sagen. Da fiel Emma die Nachricht auf dem Handy ein, die immer noch unabgehört vor sich hin blinkte. Etwas sauer wählte sie die Mailbox an.

»Hallo, Cinderella, wir sind ein bisschen überrascht, dass du den Ball schon vor Mitternacht verlassen hast. Aber da wir keinen Schuh von dir finden und du auch so was von nicht ans Handy gehst, reiten wir jetzt wieder los. Wir wollten dich sowieso nur abholen, weil wir kurzfristig auf eine Filmpremiere eingeladen wurden. Wir dachten, du hättest vielleicht Lust mitzukommen. Na, egal. Hoffentlich ist bei dir alles okay. Bis bald mal wieder. Ciao.« Selbst auf der Mailbox redete der Regieassistent ohne Punkt und Komma. Was nichts daran änderte, dass die beiden tatsächlich weg waren. Und zwar so was von!

Tief enttäuscht verließ Emma das Lokal. Und nun? Was sollte sie mit dem angebrochenen Samstagabend anstellen, so ganz allein? Durch die Fenster sah sie die fröhlich plaudernden Gäste an den Tischen und wäre am liebsten in Tränen ausgebrochen.

Langsam ging sie zu ihrem Fahrrad und sperrte es auf. Ohne genau zu wissen, wohin sie wollte, stieg sie auf ihren Drahtesel und radelte los. Erst nach ein paar Minuten bemerkte sie, dass sie geradewegs zum Haus ihrer Schwester zurückfuhr. Ob Willi wohl noch im Garten saß? Ob er in der Dunkelheit immer noch der Stimme der Natur lauschte? War er inzwischen mit der Planung des Gartens schon weiter?

Vermutlich war er ein bisschen sauer auf sie. Schließlich war sie bei ihrem Aufbruch nicht gerade besonders nett zu ihm gewesen. Als Erstes würde sie sich entschuldigen, nahm sie sich vor und bog in die Autharistraße ein.

Möglichst geräuschlos stellte sie ihr Fahrrad ab und öffnete die Gartentür. Was, wenn sie sich jetzt von hinten an ihn heranschlich und »Buh« rief? Dann wäre der Spannung zwischen ihnen wenigstens ein wenig die Schärfe genommen. Auf sehr leisen Sohlen bog Emma ums Hauseck und blickte in ein dunkles Loch, das von den Straßenlaternen kaum einen Lichtschein abbekam. Nachdem sich ihre Augen an die Dunkelheit gewöhnt hatten, erkannte sie zwar Umrisse, doch keiner davon hatte eine menschliche Gestalt. Da knackte es plötzlich hinter ihr in einem Strauch, was Emma im ersten Moment erschrocken zusammenfahren ließ. Dann drehte sie sich erleichtert um. Nun hatte zwar er sie und nicht sie ihn erschreckt, doch das bedeutete wohl, dass er ihr nicht böse war.

Eigentlich hatten sie sich vorhin sehr nett unterhalten. Es war auch gar keine unangenehme Vorstellung, mit Willi irgendwann mal unter der rosenbewachsenen Pergola auf einer Bank zu sitzen und auf den Teich zu schauen. Attraktiv war er ja. Und er hatte sie überhaupt nicht bedrängt, fiel ihr jetzt ein. Dabei hätte er dazu vorhin im dunklen Garten genug Gelegenheit gehabt …

Doch hinter ihr im Gebüsch lauerte er leider nicht, wie Emma betrübt feststellen musste. Auch Willi war fort. Stattdessen stand sie mutterseelenallein in einem dunklen, leeren Garten. Schade.

12

Was passiert eigentlich,
wenn der Frosch die Prinzessin küsst
und nicht umgekehrt?

WOHNUNG EMMA
Innen/Tag

Das Wochenende war nicht mehr zu retten. Und wer sich den heiß ersehnten Samstagabend durch eigene Blödheit dermaßen vermasselte, hatte auch keinen genussvollen Sonntag verdient, fand Emma. Sie schaltete das Handy erst gar nicht ein, hängte den Hörer des Telefons aus und vergrub sich mit ihren Filmen im Schlafzimmer. Warum konnte es in ihrem Leben nicht wenigstens ein Mal so ideal laufen wie im Kino? Warum kletterte bei ihr kein Mann an der Feuerleiter hoch? Und warum kam keiner auf ihre Pressekonferenz? Na gut, sie hatte weder das eine noch das andere. Aber warum um alles in der Welt musste sie eigentlich immer alles allein machen?

Hatte sie es sich mit Jo tatsächlich verscherzt, weil sie nicht sofort mit ihm ins Bett wollte? War der Sex denn wirklich so wichtig? Wichtiger als so etwas wie Seelenverwandtschaft? Für Emma auf keinen Fall; sie saß lieber träumend mit Willi in einem dunklen Garten als knutschend mit Jo in einem von der Standheizung gewärmten Auto. Aber leider ähnelte ihr Traummann nun mal eher dem eleganten Regisseur als dem raubeinigen Landschaftsarchitekten. Warum konnte eigentlich nichts so laufen, wie sie sich das in ihren Wunschträumen vorstellte?

»Jemanden zu haben, den man wirklich liebt und der einen auch liebt – die Chance, dieses Glück zu haben, ist winzig«, versuchte William alias Hugh Grant sie zu trösten. Doch einen besonders guten Job machte er dabei nicht gerade.

Und Annas Tipp »Nur mit einer Geige spielenden Ziege ist es das vollkommene Glück« brachte Emma auch nicht recht viel weiter.

Sie war in einer Sackgasse gelandet und wusste nicht, wie sie wieder herauskommen sollte. Jo war ein toller Mann, Daniel extrem witzig und Willi netter als gedacht. Aber welcher davon war denn nun der Richtige? Welchen dieser Frösche musste sie küssen, damit er sich in einen liebenden Prinzen verwandelte?

Und was war mit der Schauspielerei? Der Dreh des Werbespots war ziemlich verunglückt, doch hatte sie deswegen keinerlei Chancen mehr in dieser Branche? Besaß sie wirklich schauspielerisches Talent, oder hatte sie vielleicht einfach nur *ein* Mal unglaubliches Glück gehabt? Und was wollte sie wirklich? Konnten die Filme auf all diese Fragen überhaupt eine Antwort geben?

Gegen Mittag hielt es Emma dann doch nicht mehr vor dem Fernseher. Mit ihren schlauen Analysen und Ratschlägen stießen die Kinohelden an ihre Grenzen. Irgendwie konnte man das eigene, ganz besondere Leben doch nur schwer in eine dieser märchenhaften Schablonen pressen. Und wenn man es versuchte, musste man wahrscheinlich mit erheblichen Verlusten rechnen. Die Parallele zu Aschenputtels Stiefschwestern, die an ihren Füßen herumschnippelten, um in den begehrten Schuh zu passen, drängte sich geradezu auf. Doch Emma wollte es keinesfalls bis zum Blutvergießen kommen lassen.

Vielleicht hatte ja Marie ein paar Antworten auf ihre Fragen? Die Parallelen ihrer beider Liebesgeschichten waren immerhin offensichtlich, und sie hatte die ihre bravourös gemeistert. Doch auch die neue Freundin hatte kein Patentrezept, wie man den richtigen Frosch erkannte.

»Du hast Probleme!«, meinte Marie schließlich. »Dabei sind drei Männer doch in jedem Fall besser als keiner.«

»Hast du eine Ahnung. Drei Männer machen auch dreimal so viel Ärger.«

»Ich hab's! Zwei hast du ja schon geküsst. Wenn sie sich nicht in Prinzen verwandelt haben, musst du vielleicht auch noch den Dritten küssen. Dann hast du wenigstens alles versucht.«

Toller Tipp. Nach dem Gespräch mit Marie war Emma nicht ein Fünkchen klüger als zuvor.

Um sich abzulenken, setzte sie sich an die Nähmaschine. Ihr Blick fiel auf das orangefarbene Kleid, das sie gestern nach ihrer Heimkehr wieder auf die Schneiderbüste gezogen hatte. Es hatte seinen Zweck noch nicht wirklich erfüllt, schließlich war es im Garten dunkel gewesen.

Die Änderungen waren ihr tatsächlich nicht so schlecht gelungen. Das Modell erschien jetzt etwas weicher und verspielter, was einen ganz anderen Eindruck vermittelte als im

Film. Vielleicht ließ sich ja an den übrigen Kleidern auch noch das eine oder andere variieren?

Im Schrank bewahrte Emma sämtliche Stoffreste ihrer Nähprojekte und schöne Stoffe, die sie gerne mal auf Verdacht kaufte, in mehreren großen Schachteln auf. Inzwischen hatte sich dort auch schon ein üppiger Fundus angesammelt, den sie schon lange nicht mehr gründlich gesichtet hatte.

Bald lagen die Textilien über den Schlafzimmerboden ausgebreitet, und Emma saß mittendrin. Um sie leuchtete es in allen Farben. Glitzerstoffe, Fellstücke, weiche und harte Materialien, Geblümtes und Gestreiftes – im Laufe der Zeit war eine stattliche Auswahl verschiedenster Muster zusammengekommen. Der Stoff, aus dem die Träume sind …, dachte Emma.

Sie nahm dieses oder jenes Stück zur Hand, fuhr mit dem Finger über die rauen oder glatten Oberflächen und hielt mehrere Materialien aneinander. Eine schier unerschöpfliche Menge an Möglichkeiten tat sich vor ihr auf. Genau das Richtige für diesen trüben Sonntag, an dem es jetzt auch noch zu regnen angefangen hatte. Emma strich mit der Handfläche über ein großes Stück zarter rötlicher Spitze, für das sie irgendwann einmal immens viel Geld ausgegeben hatte. Zum Verarbeiten war es ihr bisher immer viel zu schade gewesen.

Wenn sie in Vivians rotes Ballkleid kleine Ärmel aus dieser Spitze einsetzte, würde das der Robe vermutlich etwas von ihrer Strenge nehmen. Das war nämlich einer der Gründe, warum Emma das Kleid noch nie getragen hatte. Vielleicht könnte sie es dann doch einmal anziehen – zu einer passenden Gelegenheit. Aber an einem Stoff von der Qualität dieser Spitze konnte man natürlich nicht einfach so herumschnippeln. Da musste zunächst ein anständiger Entwurf her.

Schon lange hatte Emma keine Modezeichnung mehr gemacht, nicht mehr, seit sie die Filmklamotten nachgeschneidert hatte. Danach hatte sich keine Gelegenheit mehr ergeben. Ein Grund mehr, sich mal wieder mit Papier und Stift an die Arbeit zu machen. Mit wenigen Strichen war das Modell skizziert – das gab es ja schließlich schon. Entscheidend waren lediglich die Neuerungen. Daran saß Emma über eine Stunde – immer wieder zeichnete sie Ärmel und verwarf sie. Auf einem Meer von Stoffen schwammen nun auch noch etliche Papierknäuel über den Schlafzimmerboden.

Doch endlich war eine Skizze fertig, die tatsächlich keinen schlechten Eindruck machte. So könnte es funktionieren. Sie holte die Schachtel mit dem Schnittpapier.

Ein bisschen aufgeregt war Emma schon, als sie nach dem angefertigten Schnitt die endgültigen Teile abmaß und dann mit der Schere abtrennte. Dann nähte sie die Stoffstücke zusammen und setzte sie an den Schultern in Vivians Opernkleid ein. Und allmählich bekam sie auch wieder Spaß am Experimentieren nach ihren eigenen Ideen, die sie so lange verdrängt hatte. Die Stichsäge legte darauf ja keinen Wert, im Gegenteil.

Den ganzen Nachmittag war Emma an ihrem Nähtischchen mit Entwerfen, Zuschneiden, Heften und Nähen beschäftigt. Danach erstrahlte das veränderte Kleid in neuem Glanz. Emma schlüpfte hinein.

Stolz stand die Designerin, Schneiderin und Model in einer Person vor dem Spiegel und betrachtete ihr Werk. Tatsächlich sah es nun etwas verspielter und weniger streng aus, was zu Emma viel besser passte. Als sie sich von ihrem Anblick endlich trennen konnte, nahm sie das orangefarbene Modell von der Schneiderbüste und zog die neue Errungenschaft über. Auch so konnte sich die Robe durchaus sehen lassen.

Als sie abends im Bett lag, hielt Emma den Blick noch einmal lange auf Vivians rotes Kleid gerichtet, dem sie in einem inspirierten Nachmittag ein neues Gesicht gegeben hatte. Nachts träumte sie dann, dass Julia Roberts sie im Atelier aufsuchte und für die »Verunglimpfung« zur Rechenschaft ziehen wollte. Als die Stichsäge das mitbekam, war sie entsetzt, dass ihre Angestellte hinter ihrem Rücken das Urheberrecht anderer Leute missachtete. Zum Glück wachte Emma rechtzeitig auf, bevor beide Frauen gemeinsam über sie herfallen konnten.

Am nächsten Morgen fand sie ihr Werk trotzdem noch äußerst gelungen. Schon auf dem Weg zur Arbeit überlegte sie, welche Veränderungen sie an den anderen Filmkostümen oder vielleicht sogar an ihrer übrigen Kleidung vornehmen konnte. Voller Unternehmungslust traf sie im Atelier ein, ohne auch nur ein einziges Mal über die verpatzten Männergeschichten des Wochenendes nachgedacht zu haben. Arbeit war für Emma schon immer eine gute Ablenkung gewesen, und sie beschloss, dass das ihr Überlebensrezept für die nächsten Wochen sein sollte.

Die nächsten Tage vergingen wie im Flug. Tagsüber gab Emma die Leibeigene von Frau Stich, die, ohne aufzumucken, die ihr aufgetragenen Arbeiten erledigte. Und abends zu Hause schmiedete sie Pläne für eigene Kreationen, die sie aus vorhandenen Kleidungsstücken zaubern wollte. Sie zeichnete Entwürfe, machte Skizzen, kombinierte Stoffe und probierte die verschiedensten Varianten und Zusammenstellungen aus. Dabei hatte sie mehr Spaß als damals beim Nachschneidern. Und immer wieder dachte sie darüber nach, ob ein selbstbestimmtes, kreatives Arbeitsleben vielleicht genauso erfüllend sein konnte wie eine glückliche Beziehung.

Zu Emmas Überraschung klingelte gegen Ende der Woche ihr Handy, als sie noch in der Arbeit war, und Regieassistent Daniel meldete sich. »Hallo, Cinderella«, begrüßte er sie liebevoll, »was macht das Schauspielerleben?«

Auf diese Frage konnte es nur eine einzige Antwort geben: nichts. Emma hatte so lange nicht mehr an diese Facette ihres Lebens gedacht, dass ihr auf die Schnelle gar keine Antwort einfiel. Für sie zählten gerade ausschließlich Schnitte und Stoffe – und zwar ganz reale und nicht die irgendwelcher Filme.

Doch sie musste zum Telefonieren das Atelier verlassen, Daniel durfte auf keinen Fall eine Nähmaschine rattern oder die Stichsäge kreischen hören. Sonst gehörte ihr spannendes Doppelleben recht bald der Vergangenheit an. Im Hinausgehen vernahm sie, das Handy vorsichtshalber fest an die Brust gepresst, noch Frau Stichs spitze Bemerkung: »Fräulein Jacobi ist bald mehr außer Haus als bei der Arbeit. Wenn sie nicht krank oder beim Arzt ist, dann telefoniert sie stundenlang …« Emma schloss schnell die Türe hinter sich und lehnte sich im Hinterhof mit dem Handy am Ohr an ein Geländer.

»Entschuldige, Daniel, ich musste nur kurz raus.« Hoffentlich fragte er jetzt nicht weiter nach.

Doch keine Chance. »Wo bist du denn?«, kam es zurück.

»Ach, nur beim Einkaufen.« Etwas Besseres fiel ihr auf die Schnelle nicht ein.

»Mensch, so gut möchte ich es auch mal haben. Ihr Schauspieler könnt einfach so unter der Woche zum Shoppen gehen. Cool.« Sie ließ ihn in dem Glauben. Da konnte am wenigsten schiefgehen.

Denkste. »Dann bist du ja perfekt ausgeruht für unser Casting«, sagte Daniel fröhlich und stürzte Emma damit in die nächste Bredouille. Das angekündigte Vorsprechen hatte sie eigentlich gerade wieder so schön vergessen. Der Regieassistent leider nicht.

»Ich hab dich schon mal eingetragen«, meinte er jetzt. »Kannst du nächste Woche am Dienstag um zwölf?«

Nun ja, um die Mittagszeit konnte sie den Termin vielleicht sogar in der Pause unterbringen. Das war ja fast wieder ein Wink des Schicksals. Und eigentlich hatte sie nichts zu verlieren. Wenn sie genommen wurde, klappte es vielleicht doch noch mit der Schauspielkarriere und ihrem Traummann Jo. Gekündigt hatte sie in der Schneiderei dann schnell. Und nahm man sie nicht, konnte sie einfach so weitermachen wie bisher oder es an anderer Stelle noch einmal versuchen. Auf ein oder zwei Stunden für ein Casting kam es dann auch nicht unbedingt an.

»Klar, kein Problem«, sagte sie also großspurig, »ich hab ja Zeit.«

»Super. Jo will nämlich die, die er schon kennt, zuerst anschauen.«

Jetzt wurde Emma wieder bewusst, dass sie sich dieses Mal auch noch vor ihrem Schwarm beweisen musste. Und wenn das erneut so ein Fiasko wurde, war sie vermutlich gleich ganz unten durch. Es stand also alles auf dem Spiel – beruflich wie privat. Ob sie mit dieser Aussicht ganz locker in ein Vorsprechen ging, blieb noch abzuwarten. Doch zurück konnte sie jetzt sowieso nicht mehr. Nun musste sie darauf vertrauen, dass es das Schicksal doch gut mit ihr meinte.

Als sie zurück in die Werkstatt kam, konnte sich die Stichsäge einen weiteren bissigen Kommentar nicht verkneifen: »Schön, dass Sie auch noch mal auftauchen. Ich dachte schon, Sie wären bereits ins Wochenende gegangen.«

Emma antwortete lieber nicht darauf und war umso froher, dass das Casting am Dienstag in ihre Mittagspause fiel. Noch einmal konnte sie sich keine fingierte Krankmeldung oder einen Arzttermin leisten.

Erst einmal musste sie aber nach der Arbeit dringend bei der Großmutter vorbeischauen. Erstens war sie heute mit Einkaufen dran, und zweitens gab es schon wieder einiges zu erzählen. Also fuhr sie zum Biosupermarkt und danach mit den Lebensmitteln im Fahrradkorb ins Lehel. Fanny erzählte ausführlich von ihrem Wochenende mit Clara. Natürlich hatte sie auch ihr ein paar Märchen erzählt, die nicht ganz dem Original entsprachen.

»Und? Was glaubst du? Sie hatte kein Problem damit. Sie fand es toll«, berichtete sie triumphierend und sah Emma Beifall heischend an.

Kein Wunder, dachte die, ihr seid ja auch verwandt.

Fanny war kein bisschen erstaunt, als sie von der Pleite am

Samstag und dem bevorstehenden Casting erfuhr. »Bei dir überrascht mich zurzeit gar nichts mehr«, meinte sie spitzbübisch und kniff ihre Enkelin leicht in die Wange.

»Das hilft mir aber jetzt auch nicht recht viel weiter«, meinte Emma weinerlich und ließ sich, nachdem sie die Einkäufe in den Kühlschrank geräumt hatte, auf einen Küchenstuhl plumpsen. »Glaubst du, ich hab eine Chance?«

»Meinst du den Fernsehfilm oder eher seinen Regisseur?«

»Beides. Ich hab das Gefühl, dass alles ziemlich aus dem Ruder läuft. Soll ich es so einfach laufen lassen?«

»Laufen lassen war noch nie die beste Lösung, Herzerl. Finde heraus, was du wirklich willst, und nimm dein Leben selbst in die Hand. Von deiner Chefin hast du dich jetzt lange genug gängeln lassen.«

»Du meinst also auch, dass ich das mit der Schauspielerei machen sollte?« Emma war froh, von der Großmutter endlich einen ganz konkreten Ratschlag zu bekommen.

Doch Fanny sagte nur: »Du musst das machen, was du wirklich willst. Was auch immer das ist, mein Schatz.«

Vielen Dank. Jetzt war sie wieder genau da, wo sie in den letzten Wochen schon mehrmals gewesen war. Mal wollte sie es als Schauspielerin versuchen, mal hatte sie die Nase gestrichen voll davon. Manchmal konnte sie sich nichts Schöneres vorstellen, als mit Jo vor dem Traualtar zu stehen, und dann wieder hatte sie das Gefühl, dass vielleicht doch Daniel besser zu ihr passen würde. Und was war eigentlich mit Willi? Zu wissen, was man im Leben wollte, war gar nicht so einfach.

»Madl, jetzt setz dich doch nicht so unter Druck mit deinen Männern und Berufen«, meinte Fanny jetzt auch noch,

»du bist doch jung und hast noch genug Zeit, alles Mögliche auszuprobieren.«

»Jung? Ich bin immerhin schon achtundzwanzig«, protestierte ihre Enkelin und kam sich vor wie Clara, die gerne mal vehement darauf pochte, dass sie schließlich kein kleines Kind mehr war.

»Das ist ja uralt!« Die Großmutter lachte. »Glaub mir, du hast trotzdem noch einiges vor dir.« Und Emma war sich momentan nicht ganz sicher, ob sie sich darüber freuen sollte.

Als sie durch den lauen Maiwind nach Hause radelte, ging ihr das Gespräch mit Fanny nicht aus dem Kopf. Manchmal hätte sie gerne gewusst, was in ihrem Leben noch so auf sie zukommen würde. Von der Maximiliansbrücke konnte man die Schwäne auf der Isar beobachten – ein prächtiges Vorbild für lebenslange Partnerschaft. Wenn die das schafften, obwohl so etwas im Tierreich eher unüblich war, dann sollte es doch für Emma kein so großes Problem darstellen. Schließlich hatte sie drei Männer zur Auswahl – von denen sie allerdings nicht so genau wusste, ob sie überhaupt noch zu haben waren.

Willi war vermutlich eher nicht vergeben, denn Lisa hätte ihrer Schwester nie einen Mann angeboten, der bereits gebunden war. Leider war er auch der Frosch unter den Prinzen – am wenigsten glamourös und witzig. Daniel hatte auch noch nie eine Frau oder Freundin erwähnt, obwohl er derjenige war, zu dem sie bisher am meisten Kontakt gehabt hatte. Und Jo? Er war zwar laut Internet geschieden, hätte aber durchaus wieder eine Beziehung haben können. Ein Mann wie er blieb bestimmt nie lang allein.

Zu Hause war Lisa auf dem Anrufbeantworter: »Wir fahren morgen übers Wochenende zu Mama und Papa. Wenn du Lust hast mitzukommen, dann ruf mich doch heute noch zurück. Bis Mitternacht sind wir sicher wach. Bussi.«

Eigentlich keine schlechte Idee – Emma hatte ihre Eltern schon seit Ostern nicht mehr gesehen und in letzter Zeit auch selten mit ihnen gesprochen. Aber was sollte sie ihnen sagen, wenn sie sich wieder nach ihrem Befinden erkundigten? Anlügen wollte sie sie auf keinen Fall. Aber verschweigen war ja nicht wirklich lügen, oder?

Ohne noch länger zu überlegen, rief Emma die Schwester zurück. Doch wenn sie gedacht hatte, mit ihr lediglich eine unverfängliche Terminabsprache zu treffen, hatte sie sich gewaltig getäuscht.

»Was hast du denn mit Willi gemacht?« Lisa hielt sich erst gar nicht lange mit Begrüßungsfloskeln auf.

»Wieso, was soll ich gemacht haben? Nichts.« Emma war wirklich nicht klar, worauf ihre Schwester hinauswollte.

»Ihr wart doch am Samstag gemeinsam in unserem Garten, oder?« Konnten Henning und Lisa tatsächlich etwas dagegen haben? Schließlich hatten sie nichts verändert oder beschädigt, sondern lediglich von ein paar Neuerungen geträumt. »Willi sagt, du hättest ganz plötzlich die Flucht ergriffen.«

»Was heißt da ›Flucht ergriffen‹? Ich war verabredet und viel zu spät dran. Das hab ich ihm aber auch gesagt.« Emma begriff nicht, warum sie sich jetzt ihrer Schwester gegenüber rechtfertigen sollte. »Und überhaupt: Rennt euer Gärtner immer gleich zu dir und petzt, wenn ihm irgendwas nicht passt? Wieso redet ihr hinter meinem Rücken eigentlich über mich?«

»Er hat nur erzählt, dass ihr einen ganz tollen Abend hattet, aber am Ende wärst du ziemlich unfreundlich zu ihm gewesen. Er wollte wissen, ob er vielleicht was falsch gemacht hat.«

»Was könnte er schon falsch gemacht haben? Ich hab nichts Besonderes gesagt.« Emma wusste noch genau, was sie Willi bei ihrem Aufbruch zugerufen hatte. Aber zugegeben hätte sie das der Schwester gegenüber niemals.

»Du hättest was Besseres zu tun, als mit ihm im Gestrüpp herumzukriechen oder so ähnlich. Das ist nicht gerade nett, Schwesterherz.« Nun gut, Lisa wusste es also auch wortwörtlich. Was gab es dann noch zu sagen? Emma schwieg.

»Was war denn auf einmal los? Willi sagt, ihr habt euch vorher ganz gut verstanden«, wollte die Schwester wissen.

»Lass uns da ein andermal darüber reden. Ich bin morgen früh um neun bei euch«, sagte Emma. Wie hätte sie Lisa das Problem auf die Schnelle erklären sollen? Von Jo hatte ihre Schwester ja keinen blassen Schimmer.

Am nächsten Morgen fühlte sich Emma nicht viel besser. Egal. Ein Wochenende bei den Eltern lag vor ihr, zusammen mit der ganzen Familie. Das war meistens ein Grund zur Freude. Als endlich alle zusammen bei Lisa ins Auto stiegen und losfuhren, war Clara sehr aufgeregt. »Warum fahren wir denn zu Oma und Opa?«, wollte sie immer wieder wissen und war mit der Antwort »Einfach nur so« nicht zufriedenzustellen. Sie brauchte für jedes große Ereignis einen nachvollziehbaren Anlass wie Weihnachten oder Geburtstag, sonst geriet ihr Weltbild ins Wanken.

Bis Tutzing fuhr man an einem Samstagvormittag eine

knappe Stunde. Trotzdem musste Emma, die hinten neben ihrer Nichte saß, ihr gesamtes Repertoire an Liedern, Spielen und Geschichten herauskramen, um die Kleine bei Laune zu halten. Clara liebte Schlagermusik. Und so sang ihre Tante aus vollem Halse »Schön ist es, auf der Welt zu sein«. Angesichts des sonnigen Morgens hätte sie es fast selbst geglaubt.

»Und jetzt das mit der Liebe, Tante Emma«, krakeelte Clara und klatschte begeistert in die Hände.

»Du bist lustig«, erwiderte die. »Erstens geht's bei allen Schlagern um Liebe, und zweitens sollst du mich doch nicht so nennen. Welches Lied meinst du denn?«

»Das mit ›Na, na, na, na, na‹ und so.«

Nun wusste Emma natürlich, um welchen Song es sich handelte. Notgedrungen stimmte sie *Eine neue Liebe ist wie ein neues Leben* an.

Nachdem auch noch *Fiesta Mexicana*, Howard Carpendales *Ti amo* und *Ich will keine Schokolade, ich will lieber einen Mann* erklungen waren, beendete Lisa das Konzert mit dem Ruf: »Jetzt sind wir gleich da!«

Clara, die eben noch heftigst hin und her gezappelt und mit den Händen im Rhythmus der Songs gerudert hatte, stützte sich aufgeregt auf den Seiten ihres Kindersitzes auf. »Ich kann schon das Haus von Oma und Opa sehen«, verkündete sie, obwohl sie gerade erst den Ortsrand passiert hatten.

»Gleich sieht man es«, bremste Lisa und begann schon einmal, CDs und Trinkflasche einzupacken.

»Wir sind daaaaa«, brüllte Clara, als das Auto endlich anhielt, und schnallte sich in Windeseile ab.

Wie immer kamen Traudl und Klaus sofort aus dem Haus

gestürzt, sobald sie das Motorengeräusch hörten. »Da seid ihr ja«, meinte die Mutter völlig überflüssigerweise und nahm ihre Enkelin in die Arme. »Wie war die Fahrt?«

»Schön! Tante Emma hat gesungen.«

Traudl lachte. »Oje, dann bin ich froh, dass ich nicht mit im Auto war!« Sie zwinkerte ihrer jüngeren Tochter zu, die jetzt auch ausgestiegen war.

»Frag mich mal«, kam Lisas Stimme gequält aus dem Kofferraum.

»Beim nächsten Mal kannst ja du singen«, gab ihre Schwester etwas beleidigt zurück und lief mit ein paar Taschen zum Haus.

Ein Wochenende bei den Eltern war jedes Mal wie ein kleiner Urlaub. Die Mutter kochte die Leibgerichte ihrer Mädchen, für Emma Reiberdatschi mit Apfelmus und für Lisa Semmelknödel mit Rahmschwammerl. Am Nachmittag gab es dann auf der Terrasse Kuchen bis zum Abwinken, und am Abend würden Henning und sein Schwiegervater zusammen die Sportschau ansehen. Clara konnte im großen Obstgarten spielen, wo es für sie natürlich Schaukel und Sandkasten gab. Emma sah ihr von der Hängematte aus dabei zu und musste plötzlich an Willi denken. Hatte er denn bei seiner Planung überhaupt nicht an die Tochter des Hauses gedacht? Von Spielgeräten war jedenfalls nie die Rede gewesen.

Als Lisa in den Garten kam, rief Emma sie zu sich. Wie früher setzte sich die Schwester auf den Rand der Hängematte und stieß sich mit dem Fuß immer wieder ab, sodass sie hin und her schwang. »Warum hat Willi eigentlich keine Schaukel für Clara im neuen Garten vorgesehen? Das kann er doch nicht machen. Von einem Teich und einer schicken Pergola hat sie schließlich überhaupt nichts.« Emma wusste gar nicht, warum, aber irgendwie war sie jetzt von Willi enttäuscht. Wie hatte er nur die kleine Clara vergessen können, die ihn doch so sehr liebte?

»Das hat er doch«, erklärte Lisa und lehnte sich zurück. »Auf der rechten Seite hat er eine ganze Spielecke eingeplant. Da hat die Kleine ein Klettergerüst aus Holz mit Rutsche und zwei verschiedene Schaukeln. Wenn du am Samstag bei ihm geblieben wärst, hätte er dir das bestimmt auch erzählt.« Diese Spitze konnte sich die Schwester nicht verkneifen.

»Schaut mal«, rief zum Glück Clara gerade und wies stolz auf eine ganze Batterie von Sandkuchen, die sie »gebacken« hatte. Und natürlich mussten Mutter und Tante auch gleich zum Probieren kommen. Gott sei Dank waren das Schwesterngespräch damit vorerst beendet und Lisas Vorwürfe vielleicht auch schon abgehakt.

Doch als sie abends wie früher oft zusammen in einem Bett lagen, fing die Schwester wieder damit an: »Warum magst du ihn denn nicht? Er ist wirklich ein Schatz.«

Emma war eigentlich zu müde, um jetzt noch Diskussionen zu führen, hielt es aber für klüger zu antworten. »Das mag schon sein, ich finde ihn ja auch nett, aber das reicht eben nicht.«

»Lern ihn doch erst mal genauer kennen«, flüsterte Lisa eindringlich. Aber sie konnte natürlich nicht wissen, dass es da schon einen anderen gab. In ihren Augen war die Schwester seit Jahren erfolglos auf der Suche und benötigte dringend Hilfe.

Zu so später Stunde war Emma das mit dem Lügen jetzt

zu anstrengend. Sie gähnte lange und anhaltend und murmelte dann kaum hörbar: »Ich bin schon in einen anderen verliebt.« Vielleicht war dann endlich Ruhe. Demonstrativ drehte sie sich von der Schwester weg und hoffte, das Gespräch damit beenden zu können.

Doch da kannte sie Lisa schlecht. Ihre Schwester hatte sehr wohl verstanden, was Emma gemurmelt hatte, und richtete sich ruckartig auf. »Was?«, rief sie so laut, dass Emma schon befürchtete, die gesamte Familie käme ins Zimmer gestürzt. »Und warum erzählst du mir davon nichts? Und lässt mich Männer für dich suchen?« Sie packte Emma an den Schultern und drehte sie zu sich um. Nun war an Schlafen nicht mehr zu denken.

»Ich habe dich nie darum gebeten«, erwiderte sie jetzt ebenso laut, »und ich habe dir von Anfang an gesagt, dass ich deinen Holzfäller nicht will.«

»Er ist kein Holzfäller, sondern Landschaftsarchitekt. Das ist etwas ganz anderes.« Lisa war jetzt richtig sauer: »Und? Wie heißt dein Schwarm? Was macht er? Warum hast du ihn mir noch nicht vorgestellt?«

»Wir … Wir – sind noch in der Anbahnungsphase.« Emma hatte keine Ahnung, wie sie Lisa erklären sollte, was für eine Beziehung zwischen ihr und Jo bestand. Schließlich wusste sie es eigentlich selbst nicht so genau.

»Was heißt das denn?«, fragte Lisa prompt. Sie wollte sich offensichtlich nicht mit Floskeln zufriedengeben.

»Das erklär ich dir morgen«, erwiderte Emma, »jetzt bin ich einfach zu müde. Gute Nacht.«

Natürlich brachte Lisa das Thema am nächsten Tag wieder zur Sprache. Den ganzen Tag bis zur Rückkunft in Harlaching versuchte sie in jedem unbeobachteten Moment, Genaueres über den großen Unbekannten herauszubekommen. Doch jedes Mal erhielt Emma unbeabsichtigt Hilfe von Clara oder einem anderen Familienmitglied, sodass sie bis zum Abend nicht Farbe bekennen musste. Auf der Heimfahrt sang sie aus vollem Halse »Schöner fremder Mann« von Connie Francis und spürte die ganze Zeit über Lisas strengen Blick im Rückspiegel auf sich gerichtet.

Als sie zu Hause die Wohnungstür aufschloss, fiel ihr ein, dass in dieser Woche das Casting anstand. Nicht gerade eine verlockende Vorstellung. In ihrem E-Mail-Postfach fand sie eine Nachricht von Daniel; er hatte ihr zwei Szenen geschickt, die sie für das Vorsprechen am Dienstag vorbereiten sollte.

Daran hatte sie ja noch überhaupt nicht gedacht. Bei dem Werbespot war der Text kein Problem gewesen. Den kurzen, allseits bekannten Satz hatte sie sich ohne Schwierigkeiten merken können. Aber jetzt sollte sie in zwei Tagen fünf Seiten Text auswendig lernen – auch das noch.

Am besten, sie begann sofort damit. Auf der Stelle. Schließlich wollte sie sich auf keinen Fall vor Jo und Daniel blamieren. Von einem geruhsamen Sonntagabend vor dem Fernseher konnte also nicht mehr die Rede sein, und von einem Happy End aus der Konserve schon erst recht nicht. Im Moment musste sie an ihrem eigenen Glück arbeiten, und zwar mit allen vorhandenen Kräften und hoch konzentriert – da biss die Maus keinen Faden ab.

Noch bevor Emma ihre Reisetasche ausgepackt hatte, druckte sie die Filmszenen aus. Wie auf den ersten Blick zu sehen war, enthielten sie sehr viel Dialog und wenig Regieanweisungen, also viel Lernstoff. Verflixt und zugenäht – so hatte sie sich das nicht vorgestellt. Zur Sicherheit las sie im Internet schnell noch ihr Horoskop für die kommende Woche durch. »Lassen Sie den Dingen ihren Lauf. Zu viel Planung könnte sich kontraproduktiv auswirken«, stand unter der Überschrift »Fische«. Und den Schützen wurde geraten: »Die kommende Woche stellt in der Liebe wichtige Weichen. Nutzen Sie sie!« Ach, wenn Jo doch Schütze wäre …

Die Dialoge waren so schwer zu lernen, dass Emma nach einer Stunde das Gefühl hatte, sie hätte keinen einzigen Satz auch nur zur Hälfte behalten. Mehrmals vergaß sie ihren Einsatz oder den Anfang der zu sprechenden Zeile, dann wieder deklamierte sie den Text, den eigentlich ihr Partner zu sagen hatte. Nach zwei Stunden gab sie entnervt auf und legte sich erschöpft ins Bett. Wenn ihr von zu viel Planung eindeutig abgeraten wurde, war jetzt vielleicht doch etwas erholsamer Schlaf das Richtige. Schließlich hatte auch Dornröschen auf diesem Weg ihren Traumprinzen gefunden. Wenn auch nicht in der eigenwilligen Version der Großmutter …

Am nächsten Tag war Emmas Panik umso größer. In der Mittagspause saß sie allein im Hinterhof in der Sonne und paukte ihre zwei Castingszenen. Da sie aber ständig Angst hatte, eine der Kolleginnen könnte sie dabei überraschen, war auch das nicht von Erfolg gekrönt. Und die Arbeit in der Schneiderwerkstatt litt ebenfalls unter Emmas Nervosität, was die Stichsäge natürlich mit deutlichem Missfallen bemerkte. Es war wirklich wie verhext – einen knappen Tag vor dem alles entscheidenden Termin konnte sie nicht einmal ein Viertel des Textes aufsagen, geschweige denn spielen.

In ihrer Not fiel Emma nur noch die Großmutter ein. Zum Glück war sie abends immer zu Hause, sodass man auch ohne Voranmeldung jederzeit vorbeikommen konnte.

»Das schaffen wir schon«, meinte Fanny beruhigend, »wir haben ja noch den ganzen Abend Zeit.«

Und schon kam ihrer Enkelin alles nicht mehr so schlimm vor. Sie holte die Textseiten aus der Tasche und breitete sie vor der Großmutter aus.

»Welcher Dialog fällt dir denn leichter? Mit dem fangen wir an«, schlug Fanny vor.

Emma tippte auf den kürzeren, der eine Art Liebesszene war. Der andere dagegen erzählte einen großen Krach zwischen Mutter und Tochter, der vom Wut- bis zum Tränenausbruch alles beinhaltete. Das wollte sie sich lieber für später aufheben. Wenn sie sich etwas warm gespielt hatte, sozusagen …

»Wir dürfen das nicht«, begann Fanny etwas hölzern zu lesen, »ich bin nicht frei.«

»Aber du willst es doch auch«, antwortete ihre Enkelin nicht weniger steif. »Hör einfach auf dein Herz und folge ihm.«

»Das werde ich nicht tun«, erwiderte die Großmutter und konnte sich nur mühsam das Lachen verbeißen, »das steht nämlich erst vier Sätze später.«

»Mist, was kommt denn dann nach ›du willst es doch auch‹?«

»Sei ehrlich zu dir und kämpfe nicht gegen deine Gefühle.«

»Das ist doch eigentlich dasselbe.« Emma hatte nicht die geringste Ahnung, wie sie bis morgen alle Sätze in der richtigen Reihenfolge und mit dem entsprechenden Pathos draufhaben sollte.

Doch wie durch ein Wunder konnte sie nach einer guten Stunde mit Großmutters Hilfe die gesamte Szene in- und auswendig.

»Hör einfach auf dein Herz und folge ihm«, hauchte sie ihrer Oma ins Ohr, die wiederum ergriffen antwortete: »Was soll daran einfach sein, wenn mein Kopf einen ganz anderen Weg für mich vorgesehen hat?«

»Aber so wirst du nie glücklich werden«, kam es wie aus der Pistole geschossen zurück, worauf Fanny mit dem bedeutungsschweren Satz antwortete: »Das Glück ist sowieso nur eine Stecknadel im Heuhaufen.« Stolz klatschten die beiden Frauen ihre Handflächen gegeneinander und nahmen sich sofort die nächste Szene vor.

Da wurde es schon ein wenig schwieriger. Deutlich mehr und vor allem emotionalere Dialoge waren nun zu bewältigen. Emma hätte am liebsten schon gleich die Flinte ins Korn geworfen, aber Fanny beharrte darauf, den Text mit verteilten Rollen zu sprechen.

»Diese Szene ist wie für uns gemacht«, meinte sie euphorisch. »Mutter und Tochter – da kann man sich doch viel leichter hineinversetzen. Wirst schon sehen. Auf geht's!«

Dagegen konnte sich ihre Enkelin wohl kaum wehren und fügte sich. Außerdem war ihr natürlich klar, dass sie am nächsten Tag nicht mit bloß einer einzigen vorbereiteten Szene beim Casting erscheinen durfte.

»Wie konntest du mir das nur antun?«, las sie also mit wenig Pathos von ihrem Blatt ab und reichte es dann der Großmutter.

»Was habe ich dir schon angetan? Schließlich hast du dein ganzes Leben lang keine Rücksicht auf mich genommen.« Auch Fannys Satz kam noch nicht besonders emotional daher.

»Wie kannst du so etwas sagen? Immerhin habe ich deine Ausschweifungen über Jahre finanziert. Aber jetzt kann ich nicht mehr!«

»Ach, sie kann nicht mehr! Und ich? Wie es mir damit geht, fragt auch niemand.«

»Dann mach doch endlich eine Entziehungskur. Und jammer nicht dauernd nur herum!«

Irgendwie fühlte es sich schon komisch an, der Großmutter so harte Sätze an den Kopf zu werfen, auch wenn das, was sie sagte, noch lange nicht wirklich wütend klang. Aber damit durfte eine Schauspielerin wahrscheinlich keine Probleme haben. Daran musste sie also auch noch arbeiten.

»So, jetzt sind wir einmal durch. Noch zwei Durchläufe für die Textsicherheit und dann endlich mit mehr Wut im Bauch«, kommandierte Fanny und hörte sich schon an wie ein richtiger Regisseur.

Hoch konzentriert sagten sie die Szene zweimal auf, ohne dass Emma auf das Textblatt schauen durfte. Und je sicherer sie die Dialoge sprach, desto mehr Emotionen waren in ihrer Stimme zu hören. Auch die Großmutter hatte jetzt offensichtlich Spaß daran bekommen, mit ihrer Enkelin diesen Streit möglichst realitätsnah darzustellen.

»Was habe ich dir schon angetan? Schließlich hast du dein ganzes Leben lang keine Rücksicht auf mich genommen«, schrie sie sie beim nächsten Mal an und bekam einen roten Kopf wie sonst nur im Streit mit Herrn Jung.

»Wie kannst du so etwas sagen? Immerhin habe ich deine Ausschweifungen über Jahre finanziert. Aber jetzt kann ich nicht mehr«, gab Emma kaum weniger laut zurück. So langsam bekam sie das Gefühl dafür, wie sie den einen oder anderen Satz möglichst effektvoll anbringen konnte. Das hörte sich alles schon ziemlich echt an, fand sie und freute sich sogar ein wenig auf morgen.

»Ach, sie kann nicht mehr«, brüllte Fanny zurück und wurde im selben Moment von einem Klingeln an der Wohnungstür unterbrochen. Sie warf Emma einen fragenden Blick zu, zuckte mit den Schultern und stand auf. Während sie zum Öffnen ging, vergaß sie jedoch nicht, ihren Text weiterzusprechen: »Und ich? Wie es mir damit geht, fragt auch niemand.«

»Dann mach doch endlich eine Entziehungskur. Und jammer nicht dauernd nur herum«, schrie die Enkelin ihr hinterher und hörte kurz danach Herrn Jungs Stimme: »Wie können Sie zu so später Stunde einen derartigen Lärm veranstalten?«

»Was heißt hier ›Lärm‹? Wir streiten uns nur«, gab die Großmutter locker zurück und störte sich offensichtlich nicht daran, was sie damit für einen Eindruck erweckte. Emma verließ die Küche und gesellte sich zu den beiden, um vielleicht wieder ein bisschen schlichten zu können.

»Könnten Sie sich dann eventuell ein wenig leiser streiten? Ich kann in meiner Wohnung jedes einzelne Wort verstehen.«

»Na und? Dann kommt bei Ihnen vielleicht endlich mal Leben in die Bude.« Fanny schien kein Problem damit zu haben, dass der Nachbar sie aufgrund des Textes für eine

Süchtige halten musste, solange sie den Irrtum nicht aufklärte.

Der Oberstudienrat sah sie tatsächlich wissend an, so als wollte er sagen, dass er so etwas schon immer geahnt habe.

Emma dagegen wollte das nicht so gern auf ihrer Großmutter sitzen lassen und setzte an: »Entschuldigen Sie, Herr Jung, wir haben nur …«

Weiter kam sie nicht, weil Fanny sie sofort unterbrach und sagte: »Regen Sie sich ab. Wir sind jetzt leiser. Gute Nacht.« Damit schlug sie dem Nachbarn die Tür vor der Nase zu und grinste ihre Enkelin stolz an.

»Jetzt hält er dich für eine Alkoholikerin oder noch was Schlimmeres«, wisperte Emma, während sie wieder in die Küche gingen.

»Na und?«, gab Fanny zurück. »Dann hat er wenigstens mal was, über das er sich zu Recht aufregen kann. Mit seinen Pillepalle-Problemen geht er mir jetzt schon lange genug auf die Nerven. Leere Flaschen im Flur, schmutzige Schuhe, Lautstärke – wir sind doch hier nicht im Altersheim!« Sie schlug mit der Faust auf den Küchentisch und war jetzt richtig verärgert. »So, und jetzt machen wir deine Szene noch mal mit richtig viel Wut.«

Nach zwei weiteren Durchläufen, bei denen Emma genau darauf achtete, dass die Zimmerlautstärke nicht überschritten wurde, war die Großmutter endlich zufrieden und entließ ihre Enkelin nach Hause. Und die radelte so schnell wie möglich in Richtung Haidhausen, denn inzwischen war es fast elf, und am nächsten Morgen hatte sie schließlich einiges vor. Die Nacht wurde erneut ziemlich unruhig. Immer wieder wachte Emma auf, wälzte sich aufgeregt hin und her und konnte lange nicht wieder einschlafen. Entsprechend müde war sie am nächsten, dem endgültig alles entscheidenden Tag.

Irgendwie schien das ihr Schicksal zu sein – immer unausgeschlafen zu einem Dreh. Emma hätte sich ein besseres Los gewünscht, aber sie sollte ja, laut Horoskop, den Dingen ihren Lauf lassen. Also gehorchte sie der Vorsehung, fuhr brav zur Arbeit und bemühte sich, möglichst nicht an das bevorstehende Casting zu denken. Da es auf dem Bavaria-Gelände stattfinden sollte, hatte sich Emma am Tag zuvor freiwillig bereit erklärt, ein paar Kleider nach Grünwald zu bringen. Dann konnte sie auf dem Rückweg wunderbar einen Abstecher zum Vorsprechen machen, ohne dass irgendjemand etwas davon bemerkte.

Gegen Viertel nach elf versuchte sie vorsichtig, den Absprung zu finden: »Ich würde dann jetzt nach Grünwald fahren und die Lieferung abgeben.«

»In Ordnung. Und vergessen Sie nicht, Frau Schwab an die pünktliche Zahlung zu erinnern. Sie lässt sich immer gerne ein bisschen viel Zeit. Vergessen Sie das nicht!«

Emma versprach's, packte die Sommerkleider ins Kreuzstich-Auto und rollte wie geplant vom Hof. Wenn sie gut durch den Münchner Verkehr kam, war sie gegen Viertel vor zwölf bei der Villa der Kundin und kurz danach auf dem Bavaria-Gelände. Jetzt konnte eigentlich nichts mehr schiefgehen.

Die Fahrt verlief ohne Zwischenfälle. Punkt dreiviertel zwölf klingelte sie an Frau Schwabs Gartentor. Hinter der hohen Mauer, die das Grundstück umzäunte, zwitscherten Vögel. Ein Summen ertönte, das sich nach einem Bienenschwarm anhörte, jedoch der Türöffner war. Emma betrat das Grundstück und wurde sofort von der Hausherrin in Empfang genommen: »Ach, schön, dass Sie da sind! Ich sehne mich ja schon nach meiner Sommerkollektion!«

Na, wenn sie sonst keine Probleme hatte, war sie wirklich zu beneiden … Obwohl Emma um nichts in der Welt in einer so pompösen Villa hätte wohnen wollen. Auf dem Weg zum Hauseingang passierte sie ein Schild, das nach rechts zum unübersehbaren Pool und nach links zur »Lobby« wies. Emma schüttelte innerlich den Kopf. Da war ihr Willis naturnahe Gartenplanung wesentlich lieber.

Während die Kundin jedes Sommerkleid einzeln gründlich begutachtete und ein ums andere Mal in Entzückensschreie ausbrach, saß Emma wie auf Kohlen. Immer wieder blickte sie nervös auf ihre Armbanduhr, wo der Minutenzeiger unbeirrt Strich für Strich weiterzog. Als Frau Schwab schließlich auch noch darauf bestand, ihr sofort einen Scheck auszustellen, um nicht erneut mit der Zahlung in Verzug zu geraten, war es sprichwörtlich und auch in der Wirklichkeit fünf vor zwölf.

Emma trippelte unruhig von einem Fuß auf den anderen, und Frau Schwab suchte in aller Seelenruhe ihr Scheckheft. Vier Minuten später hatte sie es endlich gefunden und machte sich daran, Summe und Namen sorgfältig einzutragen. Von draußen hörte man eine Kirchturmuhr schlagen, doch die Kundin nahm keine Notiz davon. Wie auch? Schließlich ahnte sie nichts vom Termindruck ihrer Lieferantin. Und auch wenn sie es gewusst hätte, wäre es ihr vermutlich vollkommen egal gewesen. Emmas Uhr zeigte bereits fünf nach zwölf, als sie mit dem Scheck in der Hand eilig die Grünwalder Villa verließ und in den Dienstwagen steigen wollte. Spätestens um Viertel nach konnte sie auf dem Bavaria-Gelände sein. Falls sich das Casting nur ein wenig verzögerte, was gut möglich war, wäre sie dann immer noch rechtzeitig vor Ort.

»Na, das ist ja ein Zufall«, rief es in diesem Moment aus einem Vorgarten gegenüber. Noch in der Autotür drehte sich Emma erstaunt zu der vertrauten Stimme um und sah Willi über eine Hecke winken. Auch das noch! Vor Überraschung rutschte ihr Frau Schwabs Scheck aus der Hand, und als sie ihn wieder aufheben wollte, wurde er von einem plötzlichen Windstoß die Straße entlanggetragen. Wieso wurde sie eigentlich immer durch Willi von wichtigen Terminen abgehalten? Irgendwie schaffte er es immer, zur falschen Zeit am falschen Ort zu sein. »Oh, warte, ich helfe dir«, rief er jetzt, als er sah, dass sie dem Stück Papier mit großen Sprüngen nachjagte.

Äußerst elegant schwang er sich über das Gartentürchen und rannte dem Scheck, der inzwischen mitten auf der Fahrbahn liegen geblieben war, von der anderen Seite entgegen. Fast gleichzeitig kamen beide dort an, als eine erneute Böe das Papier wieder davonwehen wollte. Genau im richtigen Augenblick konnte es Willi packen und – stieß frontal mit Emmas Kopf zusammen. Falsche Zeit, falscher Ort, schon wieder. Etwas benommen standen sich die beiden gegenüber.

»Ich hab ihn«, stellte der Landschaftsgärtner nach einer Weile fest und hielt ihr befangen den geretteten Scheck hin. »Hat's eigentlich noch geklappt mit deinem Termin am Samstag?«

»Nee, leider. Und jetzt hab ich schon wieder keine Zeit«,

antwortete Emma und bedauerte das plötzlich. Was war denn eigentlich mit ihr los? War ihre Angst vor dem Casting bei Jo jetzt schon so stark, dass sie ihm ein Date mit Willi vorzog? Oder waren es ihre Schuldgefühle wegen des überstürzten Aufbruchs aus Lisas Garten?

Während sie noch darüber nachdachte, wie sie sich diesmal besser verabschieden konnte, hatte er sich ihrem Gesicht schon bis auf ein paar Millimeter genähert und ihr einen zarten Kuss auf die Lippen gedrückt. Emma war so überrumpelt, dass sie überhaupt nicht reagieren konnte. Sie war doch eigentlich auf dem Weg zu Jo. Was mischte sich Willi denn da jetzt ein?

Endlich riss sie sich aus ihrer Erstarrung. »Ich … Ich kann nicht. Das mit uns – geht nicht. Du hast da was falsch verstanden. Ich muss weg«, stotterte sie, zerrte ihm den Scheck aus der Hand und flüchtete erneut, diesmal zu ihrem Auto.

Was war denn das? Auf dem Weg zum Filmgelände wurde Emma erst klar, was da gerade eben mit ihr passiert war. Die Uhr am Armaturenbrett zeigte bereits Viertel nach zwölf, also konnte sie frühestens gegen halb mit ihrer Ankunft beim Casting rechnen. Wie sie aus dem Augenwinkel bemerkte, blinkte auf dem Beifahrersitz inzwischen ihr Handy. Vermutlich versuchte Daniel sie schon zu erreichen. Doch dafür war jetzt keine Zeit. Verflixt und zugenäht, ihre Pechsträhne schien auch in dieser Woche kein Ende zu nehmen.

Von wegen »den Dingen ihren Lauf lassen«! Was dabei herauskam, konnte man ja sehen. Der Frosch hatte ganz gegen die Spielregeln die Prinzessin geküsst. Und jetzt? Würde sich die Herzensdame nun in eine Fröschin verwandeln, die bis ans Ende ihrer Tage mit ihrem Gemahl im Harlachinger Tümpel der Schwester leben musste? Und wenn sie nicht gestorben sind, dann quaken sie noch heute? Pah! Noch hatte sie eine Chance, dieses Schicksal zu verhindern, und die würde sie nutzen. Das wäre doch gelacht!

Emma trat aufs Gas und raste aus Grünwald heraus und in das Bavaria-Filmgelände hinein. Zum Glück war das Casting im selben Gebäude, in dem auch die »Amtlichen Gefühle« gedreht wurden, sodass sie nicht lange suchen musste. Vor der Halle ging Daniel mit grimmiger Miene nervös auf und ab. Er hatte sein Handy am Ohr und nahm es erst herunter, als er Emma kommen sah.

»Da bist du ja endlich!«, rief er, kaum dass sie den Motor abgestellt hatte. »Jo ist auf hundertachtzig.«

Fast hätte Emma von ihrem verkorksten Liefertermin erzählt, doch ihr fiel noch rechtzeitig ein, dass diese Ausrede hier nur zu Komplikationen führen würde.

»Jetzt musst du aber richtig gut sein, damit er dir das verzeiht!« Ohne es zu wollen, erhöhte der Regieassistent den Druck auf Emma noch weiter. Er legte ihr den Arm um die Schulter.

»Darf ich denn überhaupt noch vorsprechen?« Auch wenn Emma dort, wo sie das Schauspielzentrum ihres Gehirns vermutete, nur Leere entdecken konnte, gab es nichts, was sie sich in diesem Moment mehr wünschte.

»Nicht so schlimm – wir haben zwei andere vorgezogen«, beruhigte sie Daniel und schob sie in einen Flur, »als Nächste kommst du. Versau's nicht!«

13

*Das Glück ist eine Stecknadel,
und manchmal findet man sie
tatsächlich auch …*

BAVARIA-STUDIO
Innen/Tag

Emma schlotterten richtiggehend die Knie, als sie den Raum betrat, in dem Jo mit zwei anderen Filmleuten die Bewerber empfing. Der eine stand hinter einer kleinen Kamera und war offensichtlich der Kameramann. Der andere saß lässig auf einem Stuhl und trank Kaffee aus einem Plastikbecher.

»Ach, sieh mal einer an«, begrüßte sie der Regisseur und blickte kaum von seinen Unterlagen auf, »auch schon da?« Das fing ja gut an. Jetzt schlotterten nicht nur Emmas Knie, sondern auch der ganze Rest des Körpers.

»Tut mir leid«, sagte sie vorsichtshalber nur, »ich wurde aufgehalten.« Stimmte ja irgendwie auch.

»Okay, kümmern wir uns jetzt nicht auch noch um das ganze Drumherum«, befahl Jo streng und sah sie nicht einmal an. »Wir machen nur die beiden Szenen. Den Rest kennen wir ja.« Sehr charmant.

Emma wäre am liebsten im Erdboden versunken. Vielleicht war das nur wieder einer dieser Tagträume? Sie kniff sich in den Unterarm und musste feststellen, dass der Horrortrip tatsächlich Realität war. Auch das noch. Und es gab keine Fluchtmöglichkeit, die sie für Jo nicht gänzlich unmöglich gemacht hätte. Schon jetzt stellte sich die Frage, ob sie als Frau bei ihm überhaupt noch die geringste Chance hatte.

Vielleicht schon … Wenn sie dieses eine Mal nicht versagte. Sie hatte den Text gelernt, mit der Großmutter ausführlich geübt und so gut gespielt, dass zumindest Herr Jung alles geglaubt hatte. Warum sollte das denn schiefgehen? »Den Dingen ihren Lauf lassen« war die Devise. Also los!

Der Kaffee trinkende Typ erhob sich langsam und baute sich vor ihr auf. Irgendwie erinnerte er Emma ein bisschen an Williams Mitbewohner in *Notting Hill*. Wenn er jetzt noch eine Taucherbrille aufgehabt und *»groovy«* gesagt hätte, wäre er der perfekte Doppelgänger gewesen. Was für ihn nicht gerade ein Kompliment, für Emma jedoch eine große Hilfe war. Andere stellten sich ihre Prüfer in Unterhose vor, sie dachte sich eine Taucherbrille über die sie musternden Augen und ließ den Dingen ihren Lauf.

Doch gerade nach einer solchen Vorstellung war es schwer, eine Liebesszene mit diesem Typen zu spielen. Schließlich war sie keine richtige Schauspielerin, die bestimmte Gefühle einfach an- und ausknipsen konnte.

»Hör einfach auf dein Herz und folge ihm«, riet sie ihrem Spielpartner und sah ihn mit Schwimmflossen aufs Meer hinauspaddeln.

Und als er plangemäß antwortete: »Was soll daran einfach sein, wenn mein Kopf einen ganz anderen Weg für mich vorgesehen hat«, konnte sie sich das Lachen kaum verkneifen.

»Aber so wirst du nie glücklich werden!«, versuchte sie möglichst ernst zu erwidern, doch bei »Das Glück ist sowieso nur eine Stecknadel im Heuhaufen« fiel ihr das Ernstbleiben schon deutlich schwerer. Ein Taucher im Heuhaufen war auch wirklich eine allzu komische Vorstellung.

»Komm, Emma, wir gehen mal kurz vor die Tür«, meinte Jo, nachdem sie die Szene beendet hatten, und legte ihr den Arm um die Schulter.

Vor der Halle zündete er sich eine Zigarette an und sah ihr fest in die Augen: »So geht das nicht. Ich will dich wirklich für diese Rolle haben, aber wenn du nicht ablieferst, sehe ich da keine Möglichkeit.«

Er, der tolle Jo Fürstberg, wollte sie, die unbedeutende Schneiderin Emma Jacobi, unbedingt für diese Rolle haben? Hatte er das wirklich gesagt? Hatte er. Und jetzt sprach er auch noch weiter: »Wo ist deine Natürlichkeit geblieben? Warum bist du so verkrampft? Hol sie raus, deine Stärken! Du kannst das, ich weiß es! Gleich kommt es drauf an.« Er drückte den Zigarettenstummel elegant mit der Fußspitze aus und fasste sie bei den Schultern: »Ich habe so von dir geschwärmt. Lass mich jetzt nicht hängen!« Er gab ihr einen liebevollen Kuss auf den Mund und schob sie zurück in den Flur der Halle.

Im Grunde fühlte Emma sich jetzt besser. Jo glaubte an sie, dann konnte sie das ja wohl auch. Selbst wenn sie in Wirklichkeit keine ausgebildete Schauspielerin war. Nein, das war sie nicht. Sie war eine kleine Schneiderin und durfte den erfahrenen Regisseur auf keinen Fall hängen lassen. Was für eine Verantwortung! Als sie den Castingraum zum zweiten Mal betrat, schlotterten Emmas Knie genauso heftig wie zuvor. Sie musste das schaffen, sie musste einfach.

Als sie ihrem Spielpartner erneut gegenüberstand, war ihr das Lachen gründlich vergangen. Die Texte in ihrem Kopf schienen wie weggewischt, und ihr Mund war so trocken wie ein monatealter Brotkanten. »Wie konntest du mir das nur antun?«, brachte sie mühsam, aber wenig anklagend heraus.

»Stopp, stopp, stopp«, ging Jo dazwischen, »jetzt gib dir mal ein bisschen Mühe. Wo ist denn deine Wut? Das muss stärker kommen. Noch mal!«

»Wie konntest du mir das nur antun?«, versuchte sie es aufs Neue und dachte kurz an Willi und den Kuss vorhin. Vielleicht hätte sie doch bleiben und ihm eine Chance geben sollen? Aber hätte sie dafür das Casting aufs Spiel setzen dürfen? Und überhaupt: Warum musste sie ausgerechnet hier und jetzt an Willi denken?

»Was habe ich dir schon angetan? Schließlich hast du dein ganzes Leben lang keine Rücksicht auf mich genommen.«

Der Typ hätte sich aber auch ein wenig anstrengen können. Schließlich war es schon schwer genug, sich bei einem schlaksigen Endzwanziger die alkoholkranke Mutter vorzustellen. Wahrscheinlich hatte er sie schon als untalentiert abgehakt und wollte seine Kräfte nicht unnötig verschwenden.

»Hey, du bist dran«, meinte er gerade unfreundlich. Vor lauter Spekulation hatte sie gar nicht gemerkt, dass er schon längst mit seinem Text fertig war.

»Äh … Wie kannst du so etwas sagen?« setzte sie an und versuchte sich zu konzentrieren. »Immerhin habe ich …«

In diesem Moment wurde hektisch die Tür aufgerissen, und Daniel stürzte aufgeregt herein: »Emma, Emma … Du musst unbedingt mitkommen. Es geht um Leben und Tod!« Dass diese Filmleute immer so übertreiben mussten.

»Was ist denn jetzt schon wieder?«, stöhnte Jo auf und fasste sich genervt an die Stirn. »Ich kann so nicht arbeiten.« Und auch ihr Spielpartner meinte, seine Verärgerung mehr als deutlich zeigen zu müssen. Dabei hatte der doch schon vorhin mit dem Casting abgeschlossen gehabt …

»Draußen warten genügend Kandidaten, du kannst einfach mit jemand anderem weitermachen«, schlug Daniel seinem Regisseur vor und nahm Emma bei der Hand. Fast kam er ihr vor wie der heiß ersehnte Prinz, der auf seinem Schimmel herbeigeritten kam und die Prinzessin aus der Gewalt des bösen Zauberers befreite. War dies das Schicksal, für das sie den Dingen ihren Lauf hatte lassen sollen? Jedenfalls kümmerte sich ihr Retter nicht weiter um das Gezeter seines Widersachers, sondern zog seine Liebste den Gang entlang.

»Was ist denn los?« Emma hätte jetzt allmählich doch ganz gerne gewusst, wohin die Reise überhaupt ging. Schließlich war sie trotz ihrer romantischen Ader durchaus an einer gleichberechtigten Partnerschaft interessiert.

»Die haben ein Problem im Kostüm, und es ist keiner da, der sich damit auskennt. Du kannst doch so gut schneidern – kennst du zufällig jemanden, der uns helfen kann?«, sprudelte Daniel wie eine frisch angezapfte Ölquelle. »Es muss aber schnell gehen!«

Und schon stand Emma im Kostümbüro der »Amtlichen Gefühle«, wo alles begonnen hatte – nur dieses Mal hatte eine andere das Brautkleid an.

»Ich weiß auch nicht genau, worum es geht, aber die Schubert ist mit ihrer Assistentin beim Klamottenkaufen«, erklärte Daniel atemlos, »Sanni ist beim Außendreh, und Christiane ist krank.«

»Ich bin nur die Praktikantin«, piepste ein dünnes Mädchen schüchtern, »und das Kleid war doch auch schon abgenommen ... Und jetzt wollen sie alles anders haben ... Und in einer halben Stunde wird gedreht ... Und die Chefin erreiche ich auch nicht ...«

Für den Bruchteil einer Sekunde dachte Emma an das Casting, das ein paar Türen weiter gerade ohne sie stattfand. Sie war sicher, dass sie das Problem, mit dem hier offensichtlich alle überfordert waren, selbst an Ort und Stelle lösen konnte. Doch wenn sie sich sofort an die Arbeit machte, konnte sie ihre Karriere als Schauspielerin endgültig vergessen. Jo war schon jetzt nicht gerade gut auf sie zu sprechen. Was würde er erst sagen, wenn sie nicht sofort zum Vorsprechen zurückkehrte?

Die Praktikantin war sichtlich verzweifelt, Emma dagegen in einer höchst komfortablen Situation. Im Gegensatz zum Casting konnte sie hier nur gewinnen. Schaffte sie es nicht, das Problem auf die Schnelle zu lösen, würde ihr das niemand übel nehmen. Gelang es ihr aber, die kurzfristigen Wünsche zu erfüllen, dann würde das ihre Patzer beim Vorsprechen vielleicht ein wenig mildern und Jos Meinung von ihr wieder heben. Den Dingen ihren Lauf zu lassen war eben doch keine so schlechte Idee – jetzt bekam sie eine wirkliche Chance, die sie nur ergreifen musste. Daniel sah sie erwartungsvoll an, und Emma traf eine Entscheidung.

»Ich übernehme das«, sagte sie so schnell, als hätte sie

Angst, es sich doch noch einmal anders zu überlegen, und kam sich dabei wie eine Heldin vor. »Was muss denn gemacht werden?«

»Ich habe keine Ahnung«, jammerte die Praktikantin, »irgendwie ist ihnen das Kostüm jetzt auf einmal zu weiß … Aber das ist schließlich ein Brautkleid – das muss doch so sein, oder?«

Emma betrachtete das elegante Empire-Kleid eingehend. Ja, es war sehr klar geschnitten, ohne großartigen Faltenwurf oder sonst eine besondere Note. Das Bustier legte sich ganz glatt um die Brust, unter der eine unspektakuläre Taillennaht saß. Der Ausschnitt war weit und rund, aber nicht ausgefallen geformt, es gab keine Ärmel, und der Satinrock fiel ziemlich steif bis kurz über den Boden. Ein Klassiker – ohne Zweifel.

»Na ja, man könnte schon auf die Schnelle ein paar farbliche Akzente setzen …«, begann Emma zögernd.

»Wunderbar, wunderbar«, fiel ihr Daniel nervös ins Wort, »umso besser, wenn du das selbst kannst … Und es macht gar nichts, wenn's auch noch schnell geht.«

Emma bremste ihn sofort. »Halt, so einfach ist das auch wieder nicht«, sagte sie. »Erst mal sollte ich vielleicht wissen, in welche Richtung die Veränderung gehen soll …«

»Wie? Richtung?« Für einen Regieassistenten hatte er etwas wenig Ahnung von Kostümen.

»Na ja, was wollt ihr aussagen? Warum soll das Hochzeitskleid nicht ganz weiß sein? Was für ein Mensch ist die Braut? Welche Farben sollen verwendet werden?« Während sie sprach, sah Daniel Emma so verständnislos an, dass er ihr fast ein wenig leidtat.

»Ich habe so was von keine Ahnung«, jammerte er fast und wirkte so orientierungslos wie ein kopfloses Huhn. »Das ist doch gar nicht mein Dreh. Ich hab nur zufällig mitbekommen, dass es Probleme gibt.« Rat suchend blickte er die Praktikantin an, die ihrerseits hilflos zu Emma sah. Und zum ersten Mal seit Langem fühlte Emma sich richtig wohl in ihrer Haut. Jetzt war sie die Expertin, und die anderen hatten keine Ahnung.

»Ich hol mal den Kollegen vom Set. Rühr dich nicht von der Stelle!«, kommandierte Daniel und war wie der Blitz verschwunden. Einen ähnlichen Befehl hatte sie hier doch schon einmal gehört. Und mit ihrem Ungehorsam hatte alles angefangen …

»Leider weiß ich auch nichts Genaueres«, meldete sich jetzt die Dame im Brautkleid zu Wort. »Als ich ins Studio kam, hat man mich sofort wieder nach draußen geschickt.«

»Das Problem kenn ich«, meinte Emma trocken und erinnerte sich an ihren ersten Auftritt im Serien-Standesamt. Seitdem hatte sich so einiges getan. Sie war von der Schneiderin zur Teilzeit-Schauspielerin geworden, hatte Jo und Daniel kennengelernt und zumindest Ersteren schon mal mit offener Hose gesehen …

»So, nun kann es losgehen«, riss Letzterer sie jetzt aus ihren Träumen und schob einen gut aussehenden jungen Mann ins Zimmer, »das hier ist Felix. Der kann alle Fragen beantworten.«

»Das hoffe ich zumindest«, meinte Felix und lächelte Emma freundlich an. »Ich habe gehört, man hat für unser Hochzeitskleid extra eine Expertin geholt.« Er reichte ihr die Hand und forderte sie auf: »Dann lass mal deine Ideen hören. Was kann man denn auf die Schnelle überhaupt noch verändern?«

»Na ja, man könnte hier ein farbiges Bindeband auf die Taillennaht setzen und im gleichen Ton Chiffonärmel annähen zum Beispiel ...« Emma kam sich vor wie eine Dozentin, während sie mit dem Finger auf verschiedene Stellen des Kleides zeigte, um ihre Vorschläge zu verdeutlichen: »Ich weiß natürlich nicht, welche Materialien hier vorhanden sind, aber man könnte den Farbton vielleicht auch am Ausschnitt noch einmal aufnehmen.« Fragend blickte sie die Praktikantin an, die langsam ruhiger zu werden schien.

»Bindebänder haben wir in fast allen Farben«, beteuerte sie eilig, »und Chiffon ist auch da.«

»Gut, dann machen wir das in einem dezenten Ton. Das Kleid ist uns so einfach zu steif, zu klassisch. Die Braut soll ja schließlich erst neunzehn sein«, sagte Felix erleichtert und legte Emma die Hand auf die Schulter. »Ich danke dir – sehr.« Dabei sah er ihr so tief in die Augen, dass sie langsam gar nicht mehr wusste, wohin die Dinge wohl laufen würden. Doch da sie das Schicksal sowieso nicht beeinflussen sollte, machte sie sich jetzt keine weiteren Gedanken.

»Dann zeig mir doch bitte mal, was ihr so alles dahabt«, bat sie die Praktikantin, die sich inzwischen als Lilli vorgestellt hatte. Lilli stürmte sofort los, um nacheinander verschiedene Kisten mit Accessoires anzuschleppen.

Nach einer schnellen Bestandsaufnahme entschied Emma sich für eine weiße Bordüre mit filigran eingewebten rosa Herzen, dazu unten offene Chiffonärmel in Rosa und ein Unterbrustband aus Satin in derselben Farbe. In Windeseile nähte sie dann im Nebenzimmer das, was Lilli auf ihre Anweisung hin sorgsam zuschnitt, an das weiße Kleid.

Das Ergebnis konnte sich sehen lassen. Stolz hielt Emma eine halbe Stunde später ein völlig verändertes Brautkleid in der Hand.

»Super«, urteilte auch Lilli aus vollem Herzen. »Das hätte ich nie so hingekriegt.«

»Du hast ja auch keine jahrelange Berufserfahrung als Schneiderin. Du musst das gar nicht können.«

»Aber du doch auch nicht, oder?« Emma hatte ganz vergessen, dass die Praktikantin sie natürlich immer noch für eine näherisch begabte Schauspielerin hielt, die lediglich an einem Casting hatte teilnehmen wollen.

Aber was war sie denn nun wirklich? Gerade eben fühlte sie sich dann doch wieder eher wie eine Schneiderin. Wollte sie das denn überhaupt sein?

Schnell lenkte sie die Aufmerksamkeit auf ein anderes Thema. »Irgendjemand muss dieses Kleid jetzt noch einmal anziehen. Wo ist denn die dazugehörige Braut?«

Liftboy Alex, der das Ganze schon seit einiger Zeit beobachtete, gab bereitwillig Auskunft: »Die musste unbedingt zum Fresh-up in die Maske.«

»Und wie lange dauert so ein – ›Fresh-up‹?«

»Gerade wurden zehn Minuten angesagt.«

»So lange können wir nicht warten. Falls noch Änderungen zu machen sind …« Emma musterte kritisch Lillis Figur und sah dann an sich selbst herunter.

Da biss die Maus keinen Faden ab – jetzt musste sie doch noch einmal für einen kurzen Moment die Braut geben. Rasch zog sie in der Kabine Schuhe, Hose und Shirt aus und schlüpfte in das weiße Kleid, das durch die rosa Akzente längst nicht mehr so steif wirkte wie zuvor. Als sie die Umkleide verließ und sich vor dem großen Spiegel hin und her drehte, fühlte sie sich fast wie vor einigen Wochen, als sie schon einmal an dieser Stelle ein fremdes Brautkleid getragen hatte. Mit einem entscheidenden Unterschied: Damals hätte sie alles gegeben, um bei einem Film mitmachen zu können – heute war sie sich da nicht mehr so sicher.

»Wow«, hörte sie da hinter sich Daniels Stimme, »du siehst ja zum Anbeißen aus.«

»Es geht hier nicht um mich, sondern um das Kleid. Wie findest du es?«

»Aber so was von toll … Mir fehlen die Worte.« Manchmal hatte er wirklich einen leichten Hang zur Übertreibung. »Willst denn du nicht die Rolle spielen? Du siehst aus wie die geborene Braut. Also, mir gefällst du besser als Andie McDowell. Und das will was heißen!«

Was sollte denn das nun wieder? Irgendwie wurde sie aus Daniel nicht schlau. Einerseits machte er ihr die schönsten Komplimente, andererseits hatte es aber noch nie auch nur die kleinste wirkliche Annäherung zwischen ihnen gegeben. Wollte er etwa Jo nicht in die Quere kommen? Herrschte auch bei Frauengeschichten die berufliche Hierarchie und durfte nicht durchbrochen werden? Aber war ihr der Assistent nicht eigentlich lieber als sein Chef?

Daniels Gedanken schienen ähnliche Wege zu gehen, denn er kam näher und legte Emma den Arm um die Schulter. Dann beugte er sich zu ihr und gab ihr einen zarten Kuss neben das Ohr. »Wenn ich nicht schwul wäre, würde ich dich sofort nehmen. Du bist toll«, flüsterte er und küsste sie gleich noch einmal. Dann verschwand er so schnell, als wäre ihm sein Geständnis nun doch etwas peinlich.

Das war es also gewesen. Und schon verringerte sich der Kreis der möglichen Prinzen wieder erheblich … Von wie vielen Fröschen konnte man sich eigentlich gefahrlos küssen lassen, ohne selber zum Frosch zu werden? Und welcher Frosch war tatsächlich nur ein solcher, und hinter welchem versteckte sich vielleicht der Märchenprinz? Das zu entscheiden war doch eine unglaubliche Verantwortung für eine kleine Schneiderin, die vielleicht auch noch eine Schauspielkarriere vor sich hatte und allein damit schon überfordert war.

Was sollte sie tun? Eigentlich hatte sie den Dingen doch jetzt lange genug »ihren Lauf gelassen«. Mit dem Ergebnis, dass sie erneut in einem fremden Brautkleid dastand, an derselben Stelle wie vor einigen Wochen, und sich seitdem nichts, aber auch gar nichts verändert zu haben schien.

Tatsächlich? Hatte sich ihr Leben und hatte vor allem sie selbst sich seitdem wirklich kein bisschen entwickelt? Nun gut, sie war immer noch Schneiderin, obwohl man ihr sogar schon eine richtige Filmrolle angeboten hatte. Aber waren ihre Träume tatsächlich die gleichen geblieben? Hatte sie sich nicht, wie bei Daniels Prinzentauglichkeit, auch in so manch anderer Wunschvorstellung gründlich getäuscht?

Emma fiel es wie Schuppen von den Augen, während sie das Brautkleid auszog. Wie viele deutliche Winke hatte das Schicksal ihr in den letzten Wochen gegeben, ohne dass sie die Hinweise ernst genommen hatte! Die einsamen abendlichen Nähstunden waren so viel erfüllender gewesen als Casting, Fitting und Werbedreh zusammen. Wollte sie da denn wirklich Schauspielerin sein? Und die Sehnsucht nach dem Happy End mit Jo Fürstberg – dabei war doch schon Willis erster Kuss schöner gewesen als der von Jo, das gemeinsame Träumen mit dem Landschaftsgärtner wesentlich romantischer als das etwas gierige Stelldichein mit dem Regisseur. Dennoch hatte sie Willi vorhin erneut zurückgewiesen, nur um zu Jo zu fahren.

Hatte sie denn in all den Wochen überhaupt nichts begriffen? Warum jagte sie denn immer noch einer Wunschvorstellung nach, die sich doch schon längst als überholt erwiesen hatte? Das Filmgeschäft war nicht so glamourös und komfortabel, wie sie sich das immer vorgestellt hatte, sondern ziemlich anstrengend und bisweilen auch unsympathisch. Nun gut, das war die Stichsäge auch. Aber wollte sie nicht sowieso einen ganz anderen Weg einschlagen und endlich etwas Eigenes anfangen? So ein Modestudium konnte man schließlich auch mit Ende zwanzig noch machen …

Auf einmal hatte es Emma sehr eilig, das Kostümbüro zu verlassen. Jetzt, da sie sicher wusste, was sie wollte, mochte sie keine Zeit mehr verlieren. Denn wie erklärte schon Harry seiner Sally am Ende des berühmten Films: »Wenn man begriffen hat, dass man den Rest des Lebens zusammen verbringen will, dann will man, dass der Rest des Lebens so schnell wie möglich beginnt!« Bei Emma galt das sogar für die Liebe *und* den Beruf – hoffentlich war im ersten Fall überhaupt noch etwas zu retten …

Wenn man sich *für* etwas oder jemanden entschied, entschied man sich meistens auch gleichzeitig *gegen* etwas oder jemanden. Auch das war Emma klar. Praktischerweise war derjenige, der sie sowohl in beruflicher wie auch in privater Hinsicht verlor, ein und dieselbe Person – Jo. Wie sehr hatte sie sich gewünscht, die Frau an seiner Seite zu werden und als Schauspielerin unter seiner Leitung Erfolge zu feiern. Doch dabei hatte sie ganz übersehen – oder genauer gesagt, verdrängt –, dass beides weder ihrem Naturell noch ihren wahren Wünschen entsprach. Ein Mann, der sein Verlangen nicht einmal so lange zurückhalten konnte, bis sich die Wohnungstür hinter ihm geschlossen hatte, ein Mann, der ständig anderen Frauen nachsah, obwohl sie bei ihm war, so ein Mann konnte sie nicht wirklich glücklich machen. Emma war froh, dass sie das gerade noch rechtzeitig erkannt hatte.

Energisch klopfte Emma an der Tür, hinter der Jo vermutlich noch immer mit dem Casting beschäftigt war. Sie hatte kein Problem damit, ihn dabei zu stören. Schließlich wollte sie, dass ihr Rest des Lebens jetzt so schnell wie möglich begann. Jos unwilliges »Jaaaa« war deutlich zu verstehen, der Ärger in seiner Stimme unüberhörbar.

»Schaust du auch mal wieder vorbei? Jetzt musst du eben warten«, empfing er sie schnippisch und legte demonstrativ den Arm um die hübsche Blondine an seiner Seite. Und deren Blick verriet ganz deutlich, dass er das heute nicht zum ersten Mal tat. »Da hast du jetzt Pech gehabt. Den hab ich mir geangelt«, sagten ihre Augen und blitzten triumphierend.

Noch vor wenigen Stunden wäre Emma tief verletzt gewesen, jetzt war es ihr egal. Sie wollte möglichst schnell reinen Tisch machen, um zu Willi aufbrechen zu können. Bei ihm würde es vermutlich nicht so einfach werden wie hier. Jo hatte die Nachfolgerin ja offensichtlich schon gefunden.

»Tut mir leid, aber ich kann nicht mehr warten. Das habe ich viel zu lange getan«, gab sie Jo zur Antwort. »Deine Rolle interessiert mich nicht mehr. Herzlichen Dank für deine Hilfe. Du hast mir wirklich die Augen geöffnet.«

»Komm, sei doch nicht gleich beleidigt. Du bist als Nächste dran, wenn du willst.« Ein kleines Gefühl des Triumphes verspürte Emma nun doch, als er sofort einlenkte. Das wurde ein filmreifer Abgang nach ihrem Geschmack. Von wegen »den Dingen ihren Lauf lassen«! Manchmal musste man eben doch ein wenig nachhelfen, um seine Träume Wirklichkeit werden zu lassen.

Jo schob Emma hinaus auf den Flur und schloss die Tür hinter sich. Dann packte er sie bei beiden Schultern und sagte eindringlich: »Mensch, das ist deine Chance! Willst du das wirklich aufs Spiel setzen, nur weil du auf mich sauer bist?«

»Du irrst dich«, antwortete sie fest und löste sich aus seinem Griff, »ich bin nicht sauer auf dich. Im Gegenteil. Ohne dich wüsste ich wahrscheinlich immer noch nicht, was ich wirklich will.«

»Und was soll das bitte sein?«

»Ein Modestudium – und Willi.«

»Willi? Wer zum Teufel ist denn das?« Für einen kurzen Moment meinte sie, einen Funken Eifersucht in seinen Augen zu entdecken.

»Ich fürchte, ich kann dir das jetzt nicht genauer erklären. Ich hab's nämlich ziemlich eilig. Der Rest meines Lebens wartet. Alles Gute.« Schnell drückte sie ihm einen Kuss auf die Wange und wandte sich zum Gehen.

»Und wieso überhaupt ›Modestudium‹?«, rief er ihr noch

nach, doch sie drehte sich nicht mehr um und verließ das Gebäude.

Wenn sie jetzt zuerst zum Atelier fuhr, kam sie frühestens nach Feierabend zu Willi. Aber wenn es dann vielleicht zu spät war? Schließlich hatte sie ihn schon zweimal einfach stehen lassen. Ihr Bauchgefühl sagte ihr, dass es eilte – und sie hatte viel zu lange den Kopf anstelle des Bauches entscheiden lassen. Damit war jetzt Schluss. Wenn sie jedoch erst zu Willi und dann zurück zum Atelier fuhr, verlor sie eventuell ihren Job bei der Stichsäge. Inzwischen war die Chefin bestimmt so wütend auf sie, dass das womöglich das Fass zum Überlaufen brachte. Egal. Für ein Modestudium musste sie sowieso kündigen. Und Willi war eindeutig wichtiger.

Kaum saß Emma wieder im Dienstwagen, kramte sie ihr Handy aus der Tasche und rief Lisa an. Ihre Schwester wusste bestimmt, wo Willi um diese Zeit zu erreichen war.

Lisa antwortete bloß: »Ach, hast du's endlich kapiert?«

»Darüber reden wir später«, gab Emma zurück. »Es wird sich so einiges ändern. Aber jetzt muss ich erst einmal unbedingt zu Willi.«

»Kein Problem. Der steht hier bei uns im Garten und macht Holz.«

»Wunderbar!« Emmas Herz begann wie wild zu klopfen. »Halt ihn unbedingt auf, wenn er wegwill, bevor ich komme. Hörst du?«

Ohne Lisas Antwort abzuwarten, trennte sie die Verbindung, pfefferte das Handy auf den Beifahrersitz und fuhr los. Jetzt ging es um jede Sekunde. Hoffentlich erzählte Lisa Willi nicht brühwarm, dass sie auf dem Weg zu ihm war. So etwas wäre ihr zuzutrauen. Vermutlich würde er sich aber trotzdem nicht aufhalten lassen – nach dem, was Emma ihm vorhin unmissverständlich klargemacht hatte. Wie blind sie gewesen war!

So schnell war Emma noch nie im Auto durch München gefahren, und schon gar nicht im Dienstwagen. Dabei missachtete sie auf dem Weg nach Harlaching nicht nur sämtliche Geschwindigkeitsbegrenzungen, sondern auch einige dunkelgelbe Ampeln. Kurz dachte sie an *Notting Hill* und kam zu dem Schluss, dass ein richtiges Happy End offensichtlich ein rasantes Finale benötigte. Hoffentlich war das ein gutes Zeichen …

Mit bis zum Hals klopfendem Herzen bog sie eine Viertelstunde später in die Autharistraße ein. So schnell hatte sie auch noch nie ein Auto geparkt und abgeschlossen. Als sie auf das Haus zulief, wurde ihr plötzlich klar, dass sie sich nicht einmal einen ersten Satz überlegt hatte. Was wollte sie Willi denn eigentlich sagen? »Es tut mir leid« oder gleich »Willi, ich liebe dich«? Etwas dürftig. Egal. Wenn sie vor ihm stand, würde ihr hoffentlich rechtzeitig etwas Sinnvolles einfallen.

Hinter dem Haus hörte sie gleichmäßige laute Schläge. Willi war also noch da. Was auch immer er gerade tat. Vorsichtig blieb sie hinter der Hausecke stehen und spähte in den Garten. Am anderen Ende des Grundstücks sah sie den Landschaftsgärtner mit einer Axt hantieren. Also doch Holzfäller, dachte sie und musste grinsen. Aber das, was er da entschlossen in kleine Stücke zerteilte, war kein Baumstamm oder Ähnliches. Das, was noch davon übrig war, sah aus wie eine Bank. Und zwar eine funkelnagelneue …

»Hey, was machst du denn da?« Eigentlich hatte sie doch

etwas Sinnvolles sagen wollen. Aber jetzt war ihr das einfach so rausgerutscht.

Willi drehte sich um und sah ertappt aus, aber auch wütend. »Und was machst du hier? Ich dachte, du hast was Wichtigeres vor.« Dann hob er die Axt erneut.

Emma trat einen Schritt näher und konnte erst jetzt sehen, dass auf der Holzbank eine Inschrift zu lesen war. Noch ein Schritt, und sie konnte sie entziffern: »Für Emma, die diesen Park mit erschuf. Von William, der mit ihr hier träumen durfte.« Und nun bemerkte sie auch, dass die noch vorhandenen Reste des Sitzmöbels der Parkbank aus *Notting Hill* verblüffend ähnlich sahen. Das konnte kein Zufall sein. Schnell sprang sie vor und hinderte Willi am nächsten Schlag.

»Warum machst du sie denn kaputt?« Ihr traten Tränen in die Augen, als ihr klar wurde, welche Liebeserklärung er ihr damit gemacht hatte. Und sie hatte ihn zurückgestoßen! Hoffentlich war es noch nicht zu spät.

»Dieses Modell ist leider schon wieder aus der Mode gekommen, noch bevor es ein Trend werden konnte. Ich hab da wohl was falsch verstanden.« Willis Stimme klang ziemlich enttäuscht. Und schon hob er wieder die Axt und wollte weiterhacken.

Emma hielt seinen Arm fest: »Ist es denn wirklich zu spät? Kann man da gar nichts mehr retten?« Sie sah ihm fest in die Augen und wünschte sich nichts mehr, als dass er ihr noch eine Chance geben möge.

»Es ist schon so einiges kaputtgegangen«, meinte er mit einem ernsten Blick auf die Einzelteile zu seinen Füßen, »da bräuchte man einen guten Leim, Geduld und sehr, sehr viel Liebe, um das zu kitten.«

»Was für ein Glück, dass ich einiges davon mitgebracht habe«, flüsterte sie und gab ihm einen liebevollen Kuss auf die Wange. »Vielleicht kriegen wir es zusammen hin … wenn du noch willst.« Bang sah sie zu ihm auf und hoffte auf einen freundlichen Blick, ein kleines Lächeln. Doch seine Miene blieb bewegungslos.

»Was willst du denn auf einmal? Ich denke, das mit uns geht nicht.« Leicht machte er es ihr wirklich nicht. Sie hatte es wohl auch nicht anders verdient, nach allem, was sie ihm im Laufe der Zeit an den Kopf geworfen hatte … Aber immerhin hatte er aufgehört zu hacken. Vielleicht bestand doch noch Hoffnung …

Emma erinnerte sich an das, was Fanny gesagt hatte, was Marie gesagt hatte, an die Chancen im Leben, die man unbedingt nutzen musste. Und diesmal wusste sie sicher, dass es die richtige war. Die entscheidende Chance ihres Lebens. Also los …

»Die Bank …«, fing sie an. »Also, die Bank … Ich habe erst vorhin gemerkt, was das alles mir bedeutet.« Irgendwie war es deutlich einfacher, mit einer solchen Metapher über seine Gefühle zu sprechen. Hoffentlich erkannte Willi darin das, was sie ihm eigentlich sagen wollte. »Und diese Bank … Ich würde sie gerne mein ganzes Leben behalten.«

»Na, ob sie das aushält … so zusammengeklebt …« Willi blickte sie zweifelnd an, und Emma sah sämtliche Felle davonschwimmen. Ratlos sah sie auf ihre Schuhspitzen. Fiel es ihm denn so schwer, ihr zu verzeihen, dass sie nicht von Anfang an gewusst hatte, was das Richtige für sie und ihr Leben war? Dass sie für diese Erkenntnis so lange gebraucht hatte? »… aber wir könnten es versuchen.«

Hatte er das wirklich gesagt? Vorsichtig hob sie den Blick wieder und sah ihn lächelnd die Axt an die Hauswand lehnen. Dann nahm er sie endlich in die Arme.

»Das hätten wir alles viel einfacher haben können«, meinte er und drückte sie an sich. Doch Emma wusste, dass sie all ihre Umwege gebraucht hatte. Denn schließlich hatten erst diese sie zum wahren Ziel ihrer Träume geführt. Jeder einzelne hatte auf seine Weise dazu beigetragen, dass sie sich jetzt endlich ganz sicher war.

»Wieso eigentlich ›William‹?«, fragte sie mit Blick auf die Bank-Inschrift.

»Meine Mutter war Shakespeare-Fan«, erklärte er verlegen, »ich kann nichts dafür.«

»Willkommen im Club!« Nun wusste Emma ganz genau, dass sie zusammengehörten. »Meine liebt Jane Austen.«

»Ich hab den Namen gehasst, bis ich …«, Willi machte eine kleine Pause, »bis ich *Notting Hill* gesehen hatte.«

»Ach ja? Wann war denn das?«

»Vor einer Woche. Nach unserer ersten Nacht.«

»Von wegen ›Nacht‹. Das waren höchstens zwei Stunden.«

»Aber die schönsten meines Lebens. Dafür hat es sich auf jeden Fall gelohnt, jahrzehntelang diesen schrecklichen Namen zu ertragen, den in Bayern keiner anständig aussprechen kann.«

Und Emma war allein dieser Liebeserklärung wegen froh um jeden einzelnen ihrer vielen Umwege. Jo, Daniel, David … Casting, Fitting, Werbung … und was sonst noch in den letzten Monaten passiert war … Denn ohne sie hätte sie ihr eigenes Happy End vielleicht nie gefunden.

Emmas Lieblingsfilme

Harry und Sally, MGM Home Entertainment GmbH (DVD, 2006)

Manhattan Love Story, Sony Pictures Home Entertainment (DVD, 2003)

Notting Hill, Universal (DVD, 2010)

Pretty Woman, Touchstone (DVD, 2001)

Vier Hochzeiten und ein Todesfall, Studiocanal (DVD, 2004)

Danke!

Meiner Mutter, die beim Korrekturlesen leider feststellen musste, dass sie so gar nicht zur Zielgruppe gehört, sich aber trotzdem tapfer durch den Text quälte und weiter an mich geglaubt hat.

Meiner Schwester Nicole, die Emma zeitweise besser kannte als ich selbst und in endlosen Tag- und Nachtschichten mit dafür gesorgt hat, dass sie Gestalt annehmen konnte.

Meinem Vater und seiner Frau Marion, die unerschütterlich von meinen Fähigkeiten überzeugt sind und das zum Glück auch ab und zu sagen.

Meiner Lektorin Hanna Bauer, die es mit ihrer Begeisterung für die Hauptfigur, viel Geduld und Sachverstand geschafft hat, dass dieser Roman überhaupt entstehen konnte.

Uta Rupprecht, die in der Endredaktion noch weit mehr aus dem Text herausholte, als ich je für möglich gehalten hätte, und damit sowohl die Geschichte als auch mein Gefühl bezüglich des Romans verbessert hat.

Meiner Freundin Janne, die nicht nur ein paar ihrer Filmerfahrungen beisteuerte, sondern dabei sogar alte Wunden aufriss, um mir eine lückenlose Recherche zu ermöglichen.

Meiner Freundin Jenny für den Landschaftsgärtner und den Nachhilfekurs in Romantik, den ich bitter nötig hatte.

Lotte Greier, die mir zum Thema »Nähen« geduldig Rede und Antwort stand und dabei so viele eigene Ideen und Fantasie einbrachte, dass aus Emma tatsächlich eine Schneiderin werden konnte.